Nicki Fleischer

Seealpmord

Das Buch

Das Highlight des Jahres steht in Oberstdorf an: Der Alpabtrieb und die Kür der schönsten Kuh im Allgäu. Das lässt sich die Familie Huber, inklusive PHK Egi Huber, natürlich nicht entgehen. Doch plötzlich nimmt das Spektakel eine so kuriose wie tragische Wendung. Zwei Leichen landen, an Gleitschirmen befestigt, mitten in der Menschenmenge. Egi steckt mal wieder mitten drin im nächsten Mordfall. So ein Ärger! Bei den Toten handelt es sich um die Zwillinge Bert und Gert Dampf. Doch warum die beiden sterben mussten, ist völlig unklar. Nur langsam und mit wie immer ungebetener Hilfe der Kripo Kempten kommen Egi und sein Team dahinter, was passiert sein könnte...

Von Nicki Fleischer sind bei Midnight erschienen:

Nebelhorn

Breitachklamm

Klausentod

Seealpmord

Die Autorin

Nicki Fleischer wurde in den 1970er Jahren geboren und hat in Essen und Bamberg Informatik studiert. Ihre Masterarbeit zum Thema IT-Forensik hat sie der Polizeiarbeit näher gebracht, dies war der Anstoß für ihre Romane. Heute arbeitet sie für ein Beratungsunternehmen der Umweltbranche und als Autorin. In ihrer Freizeit tanzt sie - auch auf der Bühne. Sie lebt mit ihrer Familie bei Frankfurt am Main und schreibt Allgäukrimis, Thriller und Sience-Fiction.

Nicki Fleischer

Seealpmord

Ein Allgäukrimi

Midnight by Ullstein
midnight.ullstein.de

Originalausgabe bei Midnight
Midnight ist ein Digitalverlag der Ullstein Buchverlage GmbH, Berlin
Oktober 2019

© Ullstein Buchverlage GmbH, Berlin 2019
Umschlaggestaltung: zero-media.net, München
Titelabbildung: © FinePic®
Innengestaltung: deblik Berlin
Gesetzt aus der Quadraat Pro powered by pepyrus.com
Druck- und Bindearbeiten: CPI books GmbH, Leck

ISBN 978-3-95819-281-2

Inhalt

Prolog

»Verdammte Scheiße, du solltest ihnen nur kurz die Luft abdrehen, damit ich dran vorbeikomm, du Hornochs! Stattdessen hast du die ganze Luft rausgelassen. Sieh dir das an, Himmel, Arsch und Zwirn!«

»Du hast sie doch runtergedrückt! Ich wusste nicht, dass du sie nicht hochlässt. Und die Ventile sind auch noch kaputt, ich wollte gar nicht alles rauslassen!«

»Red dich nicht raus! Kümmer dich lieber darum, dass wir deinen Scheiß hier geregelt kriegen!«

»Das ist nicht mein Scheiß, du hast ...«

»Wo sollen wir jetzt hin mit denen? Sag es mir!«

»Mmh. Ich hab's, wir werfen sie zurück in den See, der ist vierzig Meter tief!«

»In den See, in den See! Die kommen doch bald wieder hoch. Und jeder, der hier oben vorbeikommt, sieht sofort, was Sache ist. Da können wir auch gleich ein Schild hinstellen, damit alle sehen, wo und wen sie suchen müssen.«

»Nein, bloß nicht, dann wissen die ja, dass wir es waren! Was sollen wir denn jetzt nur machen?«

»Du hast wirklich von gar nix einen Plan!«

»Jetzt weiß ich, wir tragen sie runter und vergraben sie irgendwo im Wald.«

»Stopp! Hör auf, an denen rumzufuchteln. Die fetten Kaulquappen willst du tragen? Das schaffen wir nie! Und die Kiste ist mir grad in dem Tümpel auch noch aus der Hand gerutscht. Ich find sie nicht mehr!«

»Wir könnten noch mal rein …«

»Noch mal rein, noch mal rein. Nein, wir können jetzt nicht noch mal da rein, wir müssen hier schnellstens weg! Und wir müssen die loswerden, kapiert?«

»Aber wir wollten doch den …«

»Schnauze! Lass mich überlegen.«

Freitag, 13.09.2019: Auf zum Viehscheid

»Tommi, jetzt zieh dich endlich an! Bist mit deine fünfzehn Jahre langsamer als mit fünfe im Kindergarten. Sogar die Belli ist mit ihre zehn Lenzen fixer als du, und die isch a Mädle!«, rief Egi um 07:05 Uhr seinem Sohn zu.

Egi, der Polizeihauptkommissar (PHK) Egon Huber, war heute sehr nervös. Ihn plagten seit Wochen schlimme Albträume, da der diesjährige Termin für den Alpabtrieb der Kühe (im Allgäu: Viehscheid) für Oberstdorf auf einen Freitag den 13. gelegt worden war. Heute war es also so weit, und Egi hoffte inständig, dass nichts passieren würde.

Seinen Sohn Tommi hingegen plagten andere Sorgen. Er kramte immer noch in seinem Kleiderschrank, er musste wie alle heute Tracht tragen. Und das hieß: eine Bundlederhose samt Hosenträgern mit aufgestickten Edelweißen, ein weißes Leinenhemd, dazu Haferlschuhe, Kniestrümpfe und ein Plüschhut mit Gamsbart. Als er dieses Outfit das letzte Mal vor Monaten getragen hatte, war er noch fünf Zentimeter kleiner gewesen, und genau das war an diesem Morgen sein Problem.

»Er kommt schon gleich runter, Brummerle. Räum doch schon einmal Lillis Buggy in den Kofferraum«, hörte Egi die Stimme seiner Angetrauten aus dem Treppenhaus.

Egis Golden Retriever Bruno lag beleidigt hinter dem Schirmständer neben der Haustür. Wenn es um den Abtrieb der Kühe von den Alpen ging, durfte er aus verständlichen Gründen nicht mit. Lilli, das Nesthäkchen von Egi und dessen Frau Elisabeth, der Elli, war mittlerweile anderthalb Jahre alt und lief aufgeregt in der Diele ihres Mehrgenerationenhäusles am Moorweiher herum. Sie hockte sich auf den Boden, klappte den abgewetzten Läufer vom Opa hoch, zog kleine Kieselsteine hervor, die sie gerade erst aus Langeweile in der Einfahrt aufgesammelt und in der Rocktasche ihres rosafarbenen Dirndls deponiert hatte, legte sie unter den Teppich und brabbelte fröhlich vor sich hin. Ihr großer Bruder brauchte immer ewig, um sich zu stylen, und auf diese Weise hatte sie die lange Wartezeit zumindest sinnvoll überbrückt.

Ihre Schwester Belli stand mit einem dunkelblauen Dirndl mit strahlend silbernen Knöpfen und gestärkter, weißer Bluse bekleidet vor ihr und manikürte sich noch schnell im Stehen die Fingernägel. Jeden in einer anderen Bonbonfarbe. Gut, dass Tommi in letzter Zeit immer so lange brauchte, da fiel ihr eigenes Herumgetrödel nicht weiter auf. Auf der Kommode neben der schweren, hölzernen Haustür standen fünf kleine Gläschen mit Nagellack: Gelb, Grün, Blau, Rot und Orange waren im Angebot. Jedes Mal, wenn Belli das zugehörige Pinselchen aus dem Fläschchen zog, tropften bunte Klekse auf Opas dunkle Fliesen.

Egi schleppte währenddessen Lillis Buggy zu seiner neuen Familienkutsche, einem Mercedes Vito Line SPORT, den er vor einigen Wochen als Gebrauchtwagen zum absoluten Schnäppchenpreis erworben hatte. Die 3,1 Tonnen schwere Rakete hatte über ein Jahr beim Mercedes-Händler in der Ausstellung verbracht, bevor Egi die allererste Probefahrt damit getätigt hatte. Der Autoverkäufer war froh, sogar regelrecht erleichtert gewesen, endlich hatte sich jemand für seine Fehlbesetzung im Schaufenster interessiert.

Egis Bruder Volker, der Chefarzt aus Immenstadt, hatte dem PHK daraufhin vorgeworfen, der größte Bachl Oberstdorfs zu sein. Den Mid-Size-Van, wie Volker das Vehikel nannte, hätte sich außer dem Egi niemand andrehen lassen, denn ihn zierten drei peinliche, breite, goldene Rallye-Streifen quer über der braunen Karosserie. Auch die Sportfelgen waren peinlich goldfarben. Egi habe sich gegen Zahlung von Unsummen einen Ladenhüter aufschwätzen lassen, behauptete Volker.

Egi hatte sich vehement gegen die üblen Verleumdungsversuche seines Bruders gewehrt und daraufhin erst recht beherzt zugeschlagen, ja, den Megadeal seines Lebens abgeschlossen. Der liebe Volker hatte einfach keine Ahnung von Autos, er selbst fuhr einen tiefgelegten Breitreifen-BMW mit elektrischem Dach in mattem Schwarz, eine Aufreißerschüssel allererster Güte. DAS war peinlich, vor allem, wenn man Chefarzt der Gynäkologie war.

Opa Joseph, der Beppi, hatte sich langsam an den schlechten Ausblick aus seinem Küchenfenster gewöhnt, wo seit neuestem Egis braunes Geschoss parkte. Opa Beppi hatte keine Ahnung davon, dass seine Enkelinnen Belli und Lilli gerade auch noch seine Diele mit Steinen und bunten Farbsprenkeln verunstalteten. Er rumpelte mit Oma Elisabeth, der Liesl, in der Küche herum. Sonst trieben sich die beiden als wohlverdiente Ruheständler tagein, tagaus in der atemberaubenden Allgäuer Bergwelt herum, aber heute waren sie ausnahmsweise einmal mit von der Partie und schufteten zum Wohle ihrer Nachkommenschaft. Es mussten schließlich für zehn Familienmitglieder Proviant und vor allem diverse alkoholfreie und alkoholische Getränke eingepackt werden. Die Hubers sahen es nicht ein, ihr sauer verdientes Geld an den Ständen und in den Festzelten am Viehscheidplatz auszugeben, sie brachten ihre Verpflegung wie jedes Jahr selbst mit. Dieses Mal sah es besonders schlecht um die Vermögensverhältnisse aus, Egi hatte erst vor Kurzem sein Erspartes in diesen hässlichen Ladenhüter gesteckt, aber sein neuer, brauner Rallye-Van bot zumindest ausreichend Platz für alle.

Brunhilde Huber, die mittlerweile achtundneunzigjährige Uroma Bruni, hockte zufrieden in ihrem Rollstuhl, beobachtete das Treiben in der Huberschen Diele und grinste schelmisch. Ihre beiden Urenkelinnen waren einfach zuckersüß in ihren Dirndln. Und wenn ihr Sohn Beppi gleich wieder einen Aufstand machen würde, würde sie den zwei feschen Mädels zur Seite stehen. Fliesen wie Teppichläufer hatten ohnehin schon über sechs Jahrzehnte auf dem Buckel. Es wäre also kein großer Verlust, wenn sie am heutigen Tage zugrunde gingen.

Uroma Bruni schaute durch die offen stehende Haustür hinaus in den Hof. Dort stand dieses neue, schäbig-braune Auto vom Egi. Ihr geliebter Enkel war ein Pfennigfuchser, und ihn schien die Optik im Gegensatz zum Rest der Familie nicht im Geringsten zu stören. Bruni sah zu, wie er vor dem geöffneten Kofferraum in gebückter Haltung an Lillis Buggy herumhantierte. Sein weißes Hemd zierten wachsende Schweißflecken am Rücken, seine Hosenträger waren ihm in die Armbeugen gerutscht und er versuchte verzweifelt das störrische Fahrgerät durch das Drücken auf unterschiedlichste Knöpfe und Hebel zusammenzuklappen.

»Kruzifix noch amal!«, schimpfte er mit hochrotem Kopf. Der Schweiß tropfte von seiner Stirn auf die Kieselsteine in der Einfahrt, wo er innerhalb kürzester Zeit im gleißenden Sonnenlicht verdampfte.

Uroma Bruni grinste, ihr Egi war a Guata. Als seine Frau Elli im rauschenden hellgrünen Dirndl an ihrem Rollstuhl vorbeiging, tippte Bruni sie an den Unterarm.

»Ögi hösch ö Pöböm«, nuschelte sie Elli zu und zeigte mit ihrem krummen Zeigefinger hinaus auf den verzweifelten Familienvater, der in Uroma Brunis Sprache Ögi hieß.

»Ah, verstehe, Uroma Bruni«, erkannte Elli und rief hinaus: »Ich übernehme das, Brummerle. Geh du rein und mach dich noch mal frisch.«

»Nicht nötig!«, schrie Egi den zwei skeptischen Damen zu. Er sah überhaupt nicht ein, so kurz vor seinem Ziel aufzugeben, und drückte den einzigen Knopf an dem Buggy, den er bisher noch nicht ausprobiert hatte. Plötzlich fiel das Fahrgestell ineinander zusammen, die Vorder- und Hinterräder verschoben sich und verpassten Egi einen Hieb ans Schienbein, gleichzeitig klappte der Sitz hoch und schlug ihm eine Macke an die Stirn, die sofort anfing zu bluten. Bruno, der Familienhund, lag immer noch neben dem Schirmständer. Er hob kurz den Kopf, gab ein missfälliges »Wuff« von sich und rollte sich wieder zusammen.

»So a Scheißdregg!«, fluchte Egi und griff sich an das malträtierte Haupt. Er warf den hinterhältigen Buggy in den Kofferraum und begab sich ins Haus, um seine Wunden zu lecken.

»Ich habe dir doch gesagt, dass ich dir helfen kann, Brummerle«, tröstete Elli und strich ihrem Mann mit dem Handrücken über den Vollbart.

»Ja, ja. Tommi, wennst jetzt nicht hier drunten antanzt, dann bleibst daheim!«, brüllte Egi die Treppe hoch und schob Ellis Hand von sich.

Uroma Bruni zuckte dabei leicht zusammen. Endlich konnte sie die Gespräche um sich herum hören, vor einigen Tagen war ihr ein In-Ear-Hörgerät eingesetzt worden. Allerdings musste sie sich jetzt erst einmal wieder an die ganzen Störgeräusche in ihrer Umgebung gewöhnen, die sie fast zwanzig Jahre nicht mehr vernommen hatte. Und vor allem fiel ihr nun auf, wie laut ihr Enkel Egi immer schrie.

»Ögi, mösch nö schö lösch spöhe!«, rief sie ihm zu. Das Hörgerät hatte leider nichts an ihrer Aussprache retten können. Sie konnte ihre eigenen Worte zwar wieder besser verstehen, aber ihre dritten Zähne saßen locker wie eh und je. In ihrem betagten Alter reichte ihr eine grundlegende Veränderung innerhalb von vier Jahren. Mit der Anschaffung eines Hörgeräts hatte sie lange gehadert, aber ihre Beißerle wollte sie keinesfalls auch noch austauschen lassen – zumindest nicht in den nächsten zwölf Monaten. Wenn sie dann immer noch nicht unter der Erde lag, würde sie vielleicht noch einmal darüber nachdenken.

»Schon gut, Bruni, wir fahren gleich, gell?«, beruhigte Elli sie und warf ihrem Göttergatten einen strafenden Blick zu. »Wenn dich die Langeweile plagt, Brummerle, kannst du die Bruni ins Auto bringen und ihren Rollstuhl verstauen. Und klemm dir beim Zusammenklappen nicht die Finger ein!«

Freitag, 13.09.2019: Egi parkt ein

Zum Glück fuhr der Chefarzt der Gynäkologie aus Immenstadt getrennt an, den Volker und seine Gitti hätte Egi nicht auch noch herumkutschieren wollen. Es reichte ihm, dass hinter ihm Vatter Beppi, Mutter Liesl, Uroma Bruni und die Kinder Tommi, Belli und Lilli hockten und dummes Zeug über sein neues Auto schwätzten.

Seine Frau Elli saß neben ihm auf dem Beifahrersitz und grinste die ganze Fahrt lang. Gut genug, um die Herrschaften inklusiv ihrer fahrbaren Untersätze, Gehhilfen und zwei Bollerwagen gefüllt mit üppigem Proviant bequem den kurzen Weg vom Moorweiher zum Viehscheid-Treffpunkt am Ried (Renksteg) am südlichen Ortseingang Oberstdorfs zu kutschieren, schien der Mid-Size-Ladenhüter trotz allem zu sein. Aber jetzt, jetzt würden sie gleich alle aus dem Staunen nicht mehr herauskommen, von wegen optische Beleidigung in Kuhfladenfarbe! Egi bog ab auf den Viehscheidplatz am Ried und fuhr an den besetzten Parkbuchten entlang. Ein Auto reihte sich an das nächste.

»Verdammt, Tommi, wegen deinem Haarstyling kriegen wir keinen Parkplatz mehr!«, beschwerte Egi sich.

»Jetzt gib nicht dem armen Bub die Schuld, mach deine Polizeipeiler richtig auf!«, grunzte Vatter Beppi.

Beleidigt kniff Egi seine Augen zusammen, um zu erkennen, was der Vatter denn meinte. Da, ganz hinten, wurde er zwischen zwei Sport-Utility-Vehicles fündig. Eine winzige Nische hatten sie zwischen sich freigelassen. Aber das würde für den PHK kein Problem darstellen.

Elegant fuhr er schräg vor die beiden SUVs und schaltete gekonnt in den Rückwärtsgang. Es ertönte ein melodischer Piepser, die Videokamera an seinem Heck lieferte die ersten Bilder zum Touchscreen in der Mitte des Armaturenbretts. Egis Brust schwoll vor Stolz an und ein breites Grinsen eroberte sein Antlitz. So ein modernes Hightech-Gefährt hatte er niemals zuvor besessen. Er fühlte sich wie der erste auf dem Mond landende Raumfahrer, dessen geschickte Navigation nun von der gesamten Erdbevölkerung bestaunt werden konnte. Die kritischen Stimmen im Fond verstummten. Bis auf eine.

»So a Schnickschnack braucht's nicht!«, urteilte Vatter Beppi, der direkt hinter Egi saß. »I kann meinen alten VW Kombi allein einparken. Was bisch nur für a Polizist! Einer der sein Schäm-Mobil nicht ohne Kamera wohin stellen kann?«

»Jetzt lass den Bub doch, Beppi«, schlichtete Mutter Liesl und legte ihm die Hand auf den prallen Oberschenkel. »Die jungen Leut benützen halt die moderne Technik.«

»Moderne Technik? Die können doch alle nix mehr selbscht. Und jung isch der Egi mit seine knapp fünfzig aah nimmer«, urteilte Vatter Beppi und verschränkte die Arme vor seiner stattlichen Brust.

»Wenn der Papi mal die moderne Technik bedienen könnt«, fügte Egis Sohn Tommi hinzu. Seine Stimme erzeugte ein Potpourri aus extrem hohen und tiefen Tönen, die hin und wieder gar in einem einzigen Krächzen endeten. Alle lachten lauthals los.

»Ögi, dü mö pöhö!«, rief Uroma Bruni nach vorne, als es wieder ruhiger auf den billigen Plätzen wurde.

»Jetzt haltets mal allen den Mund und lasst mich einparken«, brummte Egi und gab Gas.

Alle starrten gebannt auf den Touchscreen, der einen bedenklich nahen Holzpfosten zeigte, an dem ein grünes Drahtgeflecht zur Abgrenzung der Parkbuchten von der dahinterliegenden Buschreihe angebracht war. Die Fauna wurde so vor den wild parkenden Touristen geschützt.

Der Bildschirm zeigte nun einen regelrechten Einpark-Thriller. Mit jedem Zentimeter, den Egi weiterfuhr, nahm der Pfosten einen immer größeren Anteil des Bildausschnittes ein. Kleine Fruchtfliegen liefen darauf hin und her und lutschten an den Resten eines abgestürzten Eises.

Egi fuhr weiter rückwärts und lenkte mal links und mal rechts, um einen hinreichenden Abstand zu den beiden schwergewichtigen Geländewagen auf den nebenliegenden Parkbuchten zu halten. Die seitlichen Einparkhilfen piepsten wild, das Display zeigte rot blinkende Balken rund um das Auto herum. Egi ließen die Warnmeldungen unberührt, er fuhr seine Seitenscheibe herunter und streckte den Kopf aus dem Fenster, um eine bessere Sicht nach hinten zu haben. Er musste sichergehen, dass er nach seinem genialen Einparkmanöver auch noch die Türen öffnen konnte.

»Papi, pass auf!«, kreischte Tommi am Zenit seines Stimmbruches angelangt. Seine Augen weiteten sich, er krallte die Finger in den weißen Ledersitz und richtete seinen Blick wie gebannt auf den Bildschirm am Armaturenbrett.

Ein quietschendes, kratzendes Knirschen war zu hören. Der Touchscreen zeigte flüchtende Fruchtfliegen. In der Nahaufnahme erkannte man die Risse, die der kleine Rumpler dem angefahrenen Holzpfosten beigebracht hatte. Egi bremste abrupt, im Kofferraum klimperte es durch den plötzlichen Ruck. Die Insassen wurden leicht durchgeschüttelt.

»Du bisch so a Pfeifa, Egi!«, brüllte Vatter Beppi.

Eine Gestalt näherte sich dem braunen Mid-Size-Van mit Sportoptik, baute sich neben Egis offenem Fenster auf, beugte den Kopf hinein und schaute auf den Bildschirm.

»Gute Auflösung«, meinte der Mann. »Aber wenn du den Abstand nicht richtig peilen kannst, nützt deine Hightech-Ausstattung absolut gar nichts. Aber wie ich sehe, bist du hier nicht das erste Mal angeeckt, hast auch eine Macke an der Denkerstirn, Bruderherz!«

»Volker, kannst nicht einfach mal deine Klappe halten?«, brummte Egi. Wäre er doch heute lieber mit seinem Hund Bruno daheim geblieben.

»Brummerle, jetzt reg dich nicht so auf. Der Volker kann doch nichts dafür, dass du jetzt trotz Rückfahrkamera vor den Pfosten gefahren bist«, maßregelte Elli.

»Daaa, daaa, daaa!«, plapperte die kleine Lilli plötzlich los und zeigte zappelnd mit ihrem winzigen Zeigefinger zum Seitenfenster hinaus.

Mit großen Augen blickte sie hoch und wunderte sich über die riesigen, bunten Vögel mit den dicken schwarzen Würmern in den Krallen, die ihre Kreise am Himmel zogen. Aber niemand schien sie zu verstehen.

»Ja, der Papi, der hat eine Beule ins neue Schäm-Mobil gefahren, das ist nicht so schlimm«, erklärte ihre große Schwester Belli, die neben ihr saß und sie abschnallte.

»Daaa, daaa, daaa!«, schrie Lilli noch lauter, damit endlich jemand nach oben sah und das unglaubliche Szenario am Firmament erkannte.

»Ist ja schon gut, Lilli«, tröstete Belli ihr aufgeregtes Schwesterchen, hob sie aus dem Kindersitz und stellte sie zwischen den Sitzen wieder ab, damit sie aus dem Unfallwagen herauskrabbeln konnte.

»Bähähähä!«, fing Lilli nun an zu heulen.

Dicke Tränen kullerten ihr über die Wangen. Sie stampfte wütend mit ihren kleinen Schühchen auf den Boden. Niemand wollte nach oben zu den bunten Vögeln mit den schwarzen Würmern schauen.

»Hast recht, kleines Schätzle! So a scheiß Technik kann man sich auch spare, wenn der Fahrer zu bleede isch«, hörte Egi wiederholt die Stimme vom Vatter hinter sich.

»Ruhe jetzt! Alle aussteigen«, schrie Egi und fuhr noch einmal ein bissle vor, um wieder etwas Abstand von dem Holzpfosten zu bekommen.

Freitag, 13.09.2019: Der Kuhstall bricht

Einen der riesigen, bunten Vögel mit dickem Wurm in den Krallen schien die Kraft verlassen zu haben. In fünfzig Metern Höhe geriet er ins Trudeln, pendelte sich in einen kreisförmigen Sinkflug ein und schraubte sich wie ein Korkenzieher durch die Luft nach unten. Mit einem beachtlichen, rauschenden Schwung zielte er direkt auf die Huberschen Felder, die Vatter Beppi bereits seit über fünf Jahren an Milchbauern verpachtet hatte, und zwar an die Busch-Beier-Wolf-Sippe.

Diese weitverzweigte Familie bestand im Kern aus folgenden Mitgliedern: Hubertus Wolf, seiner Frau Tilli, seinem Schwager Gerti Beier mit Frau Hanni (Tillis Schwester) und deren Mutter Ursula Busch, allesamt gerade auf dem Weg zum Viehscheid. Für gewöhnlich bürsteten sie ihre Kühe, molken sie mehrmals täglich, sammelten die Kuhfladen ein, schoben den angehäuften Naturdünger auf Schubkarren zu Anhängern, die an ihren grünen Traktoren hingen, und luden den Mist mit Spaten auf, um ihn später als Dünger zu verwenden oder als solchen verkaufen zu können. In den letzten Monaten hatten sie das jedoch nicht getan, da Anfang Juni zum Alpauftrieb geblasen worden war und das Vieh von da an ungefähr einhundert Tage auf den Bergwiesen hatte verweilen dürfen.

Diese sogenannte Sommerfrische kräftigte das Jungvieh, und die Kühe genossen ihr Leben in relativer Freiheit auf schmackhaften Kräuterwiesen, um sich für die härteren Monate des Jahres zu wappnen. Aber auch die Bauern kamen während dieser Zeit nicht zu kurz. Sie konnten es über drei Monate lang locker angehen lassen, da sie das Vieh nicht füttern und die Ställe nicht ausmisten mussten.

Jedes Jahr war dieses Allgäuer Happening am Sommeranfang zu beobachten, was sich auch die interessierten Touristenmassen nicht entgehen ließen. Genauso wenig wie den Viehscheid, den Abtrieb im September. Auf den gepachteten, sattgrünen Wiesen der Busch-Beier-Wolf-Sippe stand heute ein verlassener hölzerner Kuhstall, der am Abend wieder vom Braunvieh bezogen werden sollte. Deshalb war er in den letzten Tagen anständig gewienert und mit prächtig blühenden Blumengirlanden geschmückt worden.

Jedoch ahnte die Busch-Beier-Wolf-Sippe zum jetzigen Zeitpunkt noch nicht, dass all ihre Mühen umsonst gewesen waren und ihre Kühe sich in einigen Stunden einen neuen Unterschlupf suchen mussten, da just in diesem Moment eine Windböe aufkam, die dem großen, bunten Vogel mit dem dicken, schwarzen Wurm in den Fängen einen Linksdrall verpasste. Er driftete ab. Nur noch zehn Meter hoch flog er.

Was seinen Landeplatz anging, schien er nicht gerade wählerisch zu sein. Ziellos flatterte er rum und num, bis er direkt über dem Kuhstall schwebte. Der Aufwind fand ein abruptes Ende, die bunten Flügel fielen plötzlich in sich zusammen. Der dicke, schwarze Wurm hing immer noch an dem gescheiterten bunten Vogel und stürzte zusammen mit ihm senkrecht auf das Dach zu.

Freitag, 13.09.2019: Die Hubers kommen

Nachdem Egi seinen verbeulten Van ausgeladen hatte, stand ihm zum zweiten Male am heutigen Tag der Schweiß auf der Stirn. Er hatte Lillis Buggy, Uroma Brunis Rollstuhl und zwei Bollerwagen mit je circa zwanzig Kilo Proviant und Getränken aus dem Kofferraum gehievt und die diversen Transporthilfen für das bevorstehende Ereignis bereitgestellt.

Bis auf Tommi waren alle ausgestiegen. Lilli hockte abfahrbereit in ihrem Buggy, Uroma Bruni saß grinsend in ihrem Rollstuhl, Egis Schwägerin Gitti tuschelte mit Oma Liesl, Elli und seiner Tochter Belli über Egis Einparkversuch. Egis Bruder Volker und Vatter Beppi loteten aus, wer denn die zwei Bollerwagen ziehen könnte.

»I hab seit zwei Wochen Rücken«, jammerte Beppi und umklammerte demonstrativ seinen mit unzähligen Plaketten behauenen Wanderstock, der einen guten Einblick in das Lotterleben eines Allgäuer Rentners gab.

»Also, ich habe seit Monaten einen Tennisarm. Ich muss mal etwas kürzer treten, das waren einfach zu viele Turniere diesen Sommer«, lamentierte Volker, zog seinen rechten Hemdärmel hoch und gab damit freie Sicht auf seinen mit blauem Kinesio-Tape umwickelten Ellenbogen.

Vatter Beppi grunzte ablehnend und stützte sich gequält auf seine hölzerne Gehhilfe. Als Volker auch von den Umstehenden kein bedauerndes Raunen vernahm, drehte er sich herum und warf einen prüfenden Blick auf seine Familienmitglieder. Liesl, Gitti und Elli flüsterten sich Heimlichkeiten zu und kicherten hin und wieder hinter vorgehaltener Hand. Belli betrachtete ihre perfekt manikürten Fingernägel. Lilli brabbelte in ihrem Buggy vor sich hin und zeigte mit ihren kleinen Fingerchen in die Luft. Uroma Bruni war in ihrem Rollstuhl in einen leichten Dämmerschlaf gefallen. Egi wischte sich gerade mit einem Taschentuch den Schweiß aus dem Gesicht.

»Mit meinem Tennisarm kann ich auf keinen Fall die zwei Bollerwagen ziehen, Leute!«, rief er in die Runde. »Egi, alter Gaul, das wird dein Part.«

»Du hasts ja nimmer alle beisamme!«, protestiert Egi und sah sich nach seinem Sohn Tommi um. »Tommi, jetzat steig mal endlich aus!«

»Warte, Egi, ich schaue mir den Bub einmal an. Vielleicht gab es ja doch Verletzte bei dem Crash«, meinte Volker seinem hippokratischen Eid entsprechend und lief zurück zu dem braunen Mid-Size-Van.

»Nicht nötig, alles okay«, piepste Tommi. Seine Stimme gehorchte ihm seit einigen Wochen überhaupt nicht mehr.

Endlich stieg er aus und schob die Autotür hinter sich zu. Als Volker vor ihm stand, musste er zu Tommi aufsehen, der mittlerweile einen halben Kopf größer als der Chefarzt war. Volkers Blick glitt an Tommi hinab und seine Augen blieben an dessen kneifend sitzender Tracht hängen.

»Hahaha!«, lachte Volker lauthals los. »Mensch, Tommi, gibt's nichts mehr in deiner Größe im Mehrgenerationenhaus? Du siehst aus wie eine Presswurst, hahaha.«

Tommi ließ den Kopf hängen. Die Hemdärmel reichten nur bis zur Hälfte seiner Unterarme, die Hosenträger spannten sich wie Zurrgurte über seine Schultern, die Krachlederne wirkte an ihm wie eine eingelaufene Badehose.

»Jetzt lass meinen Bub in Ruh!«, ging Egi dazwischen. »Der hat schon ausreichend mit der Pubertät zu kämpfen, da braucht's nicht noch deine Gehässigkeiten! Lasst uns jetzt mal losgehen, sonst sind die Kühe im Stall, bevor wir sie gefeiert haben.«

»Ich zieh auch einen von den Bollerwagen«, jodelte Tommi, um schnell wegzukommen. Die Tracht war einfach megapeinlich, ebenso seine Stimme, und er sehnte sich inständig nach dem Ende dieses Tages.

Endlich wanderten die Hubers los. Tommi hatte sich einen Bollerwagen geschnappt und zog ihn beidhändig hinter sich her. Für den zweiten war Egi zuständig. Belli lief neben ihnen, sie hatte bereits einen Kaminwurzen aus einer Frischhaltebox stibitzt und kaute an dem deftigen Stück Hirschfleisch. Oma Liesl schob den Rollstuhl ihrer Schwiegermutter Uroma Bruni, die mittlerweile in einen tiefen Schlaf gefallen war. Opa Beppi schlurfte mit seinem Wanderstock hinter dem Bollerwagen-Gespann und stemmte sich die linke Hand in den Rücken. Unerträglich, diese Schmerzen. Elli schob Lillis Buggy und ratschte weiter mit Schwägerin Gitti und Schwager Volker.

Egis Autokauf wurde in Endlosschleifen von ihnen durchdiskutiert, Vor- und Nachteile gegenübergestellt, die Optik kritisiert und der Preis zum x-ten Male unter die Lupe genommen. Egi konnt's nimmer hören. Er versuchte ihnen fernzubleiben und bildete mit seinen großen Kindern Tommi und Belli die Vorhut. Sie hatten vor, einen besonders guten Platz zu ergattern, von dem aus man den Viehscheid gut beobachten konnte. Ihr Plan war, den Kühen ein Stück entgegenzulaufen, um sie dann die letzten Meter zum Viehscheidplatz begleiten zu können. Egi und Beppi brannten darauf, zu erfahren, wer heute die schönste Kuh war.

Freitag, 13.09.2019: Die Kühe kommen

Die Heiligen St. Wendelin und St. Leonhard hatten dieses Jahr überaus gute Arbeit geleistet. Unter ihren schützenden Händen war keine Kuh während der Sommerfrische auf den Alpen Bierenwang, Traufberg, Haldenwang, auf der Rappenalpe, Biberalpe und Taufersbergalpe zu Schaden gekommen. Also war zur Feier des unversehrten Viehbestandes die Kranzbinderin Herta Lenz beauftragt worden, in mühsamer Handarbeit einen Kranz für jede Alpe herzustellen.

Diese bestanden aus zusammengebundenen, farbenfrohen Blumen, die an einem Drahtgestell befestigt wurden, das dem schönsten Rind einer jeder Alpe wie eine Art Krone mit Maske aufgesetzt wurde. In das Gesteck wurden auch Spiegel eingearbeitet, deren Sinn und Zweck darin bestand, die bösen Geister zu vertreiben, die während des Viehscheids am Wegesrand lungerten. In der heutigen Zeit nahmen diese Geister meist die Form von fotowütigen Touristen an, die sich für ein Selfie mitten auf den Weg vor die schreitenden Kühe stellten, ihren Selfiestick hochhielten, um im richtigen Moment abzudrücken und fix wieder verschwinden zu können. Die Alphirten versuchten, die Schaulustigen auf ihre Plätze zu verweisen, aber das gelang ihnen oft nicht, immerhin hatten sie sich um rund tausend Rinder zu kümmern, die gesittet den Berg hinuntergeführt werden mussten. Die Hirten trugen daher lange Holzstöcke bei sich, mit denen sie Kühe wie Touristen wieder auf die richtige Spur schieben konnten.

Auch die Busch-Beier-Wolf-Sippe wartete ungeduldig am Wegesrand. Sie konnten es nicht erwarten, ihr prächtiges Braunvieh wieder daheim begrüßen zu dürfen. Vor allem die Lotte. Lotte war ein bildhübsches Exemplar mit perfekten Proportionen. Und genau darum ging es heute: Die Hirten hatten auf jeder Alpe die infrage kommenden Kühe vermessen, sie hin und her geführt, von allen Seiten kritisch betrachtet und sie interviewt, um die Schönste unter ihnen auszusuchen.

Hubertus Wolf, das Oberhaupt der Busch-Beier-Wolf-Sippe und Eigentümer von Lotte, war der unumstößlichen Meinung, dass seine Milchkuh dieses Jahr das Zeug zum Kranzrind hatte. Er wartete nun ungeduldig darauf, dass die Kühe in Sichtweite erschienen, um zu erfahren, ob seine Lotte den Titel geholt hatte. Hören konnte man das Braunvieh schon, das Läuten der Schellen und Glocken hallte bereits den Berg hinab. Es konnte sich also nur noch um wenige Minuten handeln.

Freitag, 13.09.2019: Die Schönheitskönigin

»Grüaß di, Hubi«, rief Egi dem Pächter der Huberschen Felder zu. »Bist auch schon da?«

»Sicherlich, muss doch schauen, ob die Lotte heut zum Kranzvieh ernannt worden ist!«

Familie Huber war mittlerweile an ihrem Ziel angekommen und hatte sich neben der Busch-Beier-Wolf-Sippe aufgestellt.

Das Läuten der Glocken und Schellen war noch lauter geworden. Egi schaute sich zufrieden um. Ein azurblauer Himmel spannte sich über die kräftig grünen Berghänge, vereinzelte Kumuluswolken wanderten langsam am Horizont entlang, ein leichter Wind kühlte die schwitzenden Alpabtrieb-Teilnehmer. Die Sonne strahlte, genauso wie die vielen Gesichter der Einheimischen und Touristen, die auf die Kühe warteten.

Es war ein herrlicher Tag für den Viehscheid. Dann jedoch fiel Egi wieder ein, dass heute Freitag der 13. war. Sein Lächeln erstarb, es bildete sich stattdessen eine Gänsehaut auf seinen Unterarmen.

»Da, schauts, da, die Lotte!«, brüllte Hubertus Wolf plötzlich und zeigte zu der Wegbiegung, auf der gerade der führende Alphirte mit dem Kranzrind um die Ecke kam. »Herrschaftszeiten, das ist sie, die Lotte ist Schönheitskönigin!«

Das Kranzrind führte die Herde beim Abtrieb an, und es war eindeutig die Lotte, die heute die Poleposition innehatte! Hubertus Wolf, seine Frau Tilli, sein Schwager Gerti Beier mit Frau Hanni (Tillis Schwester) und deren Mutter Ursula Busch klatschten johlend in die Hände, machten Freudensprünge und tanzten im Kreis. Die Lotte würde heute kräftig gefeiert werden, das war sicher.

Familie Huber jubelte mit ihnen, bis auf Uroma Bruni. Sie schlummerte immer noch in ihrem Rollstuhl und hatte noch nicht mitbekommen, dass die Pächter der Huberschen Felder ihr Kranzrind begrüßt hatten. Egi hegte den leisen Verdacht, dass sie ihr Hörgerät wieder einmal ausgestellt hatte, um ihre Ruhe zu haben. Vatter Beppi legte seinen Wanderstock auf einen der Bollerwagen, bückte sich mit einer unerwarteten Leichtigkeit hinunter, zog mehrere Flaschen Weizenbier aus den Kühlboxen und ließ die Kronkorken ploppen. Seine Rückenschmerzen schien er vergessen zu haben.

»Lasst uns auf die Lotte anstoßen«, rief Beppi in die Runde und Liesl, Egi, Volker und Tommi griffen beherzt zu. Elli und Gitti öffneten lieber a Fläschle Haselnusslikör für sich, Belli und Lilli genossen alkoholfreien Kindersekt.

»Dann lasst uns mal gemeinsam mit unserer Königin zum Viehscheidplatz gehen«, entschied Hubertus Wolf, setzte seine Flasche noch einmal an und nahm einen ergiebigen Schluck.

Die Bollerwagen wurden gewendet und die Truppe machte kehrt. Gemeinsam mit vielen anderen Milchbauern und Landwirten machten sie sich auf den Weg zurück.

Nach ungefähr acht Minuten zog ein Schatten über die Wandergruppe. Irgendetwas musste den Himmel gekreuzt und kurzzeitig die Sonne verdunkelt haben. Egi hörte ein Flattern und kurz darauf ein Raunen hinter sich.

»Daaa, daaa, daaa!«, rief die kleine Lilli wieder in ihrem Buggy, beugte sich nach hinten und zeigte, wie schon anfangs auf dem Parkplatz, empor in die Lüfte. Dabei fiel ihr der Becher mit Kindersekt hinunter, Belli hob ihn schnell auf und füllte nach, damit Lilli nicht noch grantiger wurde.

Egi wollte sich umdrehen, um zu sehen, was da los war, aber Bauer Strunz, ein Nachbar der Familie Huber, legte plötzlich seinen rechten Arm um ihn, packte ihn mit seinen grobschlächtigen Pranken an der

Schulter und fixierte ihn damit so, dass Egi sich ausschließlich nach vorne richten konnte. So schleifte Bauer Strunz den PHK den von Bäumen gesäumten Weg hinunter und textete ihn mit allerlei strunzigen Familienfehden zu, die sich um irgendwelche uralten Geschichten von verlorengegangenem Familienschmuck drehten. Bauer Strunz war der Meinung, dass es nun endlich an der Zeit sei, dass sich der PHK einmal um die Aufklärung der verjährten Verbrechen kümmere.

Egi hörte gar nicht zu, es interessierte ihn nun doch viel mehr, was da oben am Himmel passiert war. Die kleine Lilli war schon die ganze Zeit ungewöhnlich aufgekratzt gewesen, und er wollte jetzt und hier dem Grund ihres seltsamen Verhaltens nachgehen. Er versuchte also immer wieder, sich aus dem Klammergriff zu befreien und umzuschauen, wurde aber von Bauer Strunz dermaßen in die Zange genommen, dass selbst eine leichte Seitenwende nicht möglich war. Dann klingelte auch noch sein Diensthandy. Egi zog es umständlich aus seiner Gesäßtasche und versuchte, es sich um Bauer Strunz' Arm herum an sein Ohr zu halten. Es gelang ihm nur mäßig.

»Huber!«

»Grüaß di, Egi! Rudi hier. Was ist denn da für ein Lärm?«, meldete sich Polizeioberwachtmeister Rudolf Ströber, Egis Kollege aus der Polizeiinspektion (PI) Oberstdorf.

»Wer ist da?«, brüllte Egi in sein Smartphone. Die läutenden Kuhglocken und die erhobenen Stimmen der angeheiterten Laufgesellschaft machten es unmöglich, etwas zu verstehen.

»Ruuudiiiiii!«

»Ach, du bist's, Rudi. Was gibt's denn?«

»Es ga … ei … Fall … in … stall … Tau … der ha … und i … to …!«

Egi hörte nur ein Drittel des Gesagten. Er hatte seine Mühe damit, zu kapieren, was sein Kollege ihm mit diesen zerstückelten Worten mitteilen wollte. Aber es musste etwas ungemein Wichtiges sein, sonst hätte Rudi ihn niemals an seinem freien Tag während des Viehscheids gestört.

Daher schrie Egi in sein Handy: »Rudi, ich ruf dich in ein paar Minuten zurück, ich kann gar nix verstehen!«

Freitag, 13.09.2019: Der Absturz

Die Gruppe kam wieder am Viehscheidplatz an. Hier waren Festzelte, Jahrmarktsbuden und zahlreiche Stände mit Allgäuer Genussmitteln und Schlemmereien aufgebaut worden. Eine Blasmusikkapelle hatte sich aufgestellt. Gleich würde das zünftige Volksfest starten.

Durch Rudis Anruf hatte Egi ganz vergessen, sich um Lilli und ihre Hirngespinste zu kümmern. Er musste sich gleich unbedingt ein ruhiges Plätzchen zum Telefonieren suchen und seinen Kollegen zurückrufen. Aber den wichtigsten Teil des diesjährigen Viehscheids wollte er auf keinen Fall verpassen, Lotte war immerhin heute Kranzrind. Rudi musste also noch einen Moment warten.

Als Erstes wurde nun damit begonnen, das Vieh zu scheiden. Das hieß, die Kühe wurden voneinander getrennt, an ihre Milchbauern und Landwirte zurückgegeben und in die jeweiligen Ställe geführt. Ganz vorne stand Lotte mit ihrem üppigen, bunten Kranz. Sie schüttelte den Kopf, um das schwere Ding endlich loszuwerden. Es war heiß darunter und sie konnte vor lauter Blumen kaum noch etwas sehen. Sie ahnte aber, dass hier etwas nicht stimmen konnte. Etwas Bedrohliches lag in der Luft. Sie hatte es auf dem Hinweg aus den Augenwinkeln wahrgenommen, aber nicht zuordnen können. Der Alphirte tätschelte ihr nun lobend den Hals und rief Hubertus Wolf auf, der unverzüglich mit stolz erhobener Brust als allererster Milchbauer antanzte.

»Hubi, deine Lotte ist ein prächtiges ...«, begann der Alphirte mit seiner Ansprache, die jedoch jäh von dem aufkommenden Geschrei der anwesenden Gäste unterbrochen wurde.

Wieder verdunkelte sich die Sonne. Alle drehten sich herum und starrten nach oben. Lotte fing lautstark an zu muhen und schüttelte heftig den Kopf. Der Kranzschmuck kippte von rechts nach links und drohte herabzustürzen. Herabzustürzen wie dieser riesige, bunte Vogel mit dem dicken, schwarzen Wurm, der hoch über dem Viehscheidplatz schwebte.

»Daaa, daaa, daaa!«, kreischte Lilli wieder aufgeregt und zeigte auf das Ungetüm am Himmel.

Von dem Spektakel wachte Uroma Bruni auf und blickte sich verstört um. Gerade hatte sie noch neben Egis neuem Van im Rollstuhl gehockt, nun befand sie sich plötzlich zwischen Hunderten Kühen und noch mehr Menschen, und alle starrten gen Himmel und schrien.

»Ögi! Wösch ösch hö lösch?«, rief sie mit weit aufgerissenen Augen.

»Alles gut, Uroma Bruni, alles gut! Der Volker bringt euch alle zurück zum Auto, dort seid ihr in Sicherheit, gell?«, beschwichtigte Egi sie und drückte Volker seinen Autoschlüssel in die Hand.

»Das Schäm-Mobil rühre ich nicht an!«, boykottierte Volker Egis Sicherheitsvorkehrungen.

»Jetzat mach schon, sonst zeig ich dich an wegen unterlassener Hilfeleistung!«, zischte Egi und verpasste ihm einen Schubser Richtung Parkplatz.

Die Hubers entfernten sich widerwillig, nur Egi blieb am Ort des Geschehens. Heute war Freitag der 13., und er hatte die ganze Zeit geahnt, dass etwas passieren würde. Nur was würde nun passieren?

Einheimische und Touristen schauten gebannt nach oben. Endlich erkannte Egi, worum es sich bei diesem Gebilde handelte. Es war ein schwarz gekleideter Fallschirmspringer, der an einem bunt gestreiften Gleitschirm hing. Seltsam daran war jedoch, dass der Fallschirmspringer keine Anstalten machte, seinen Schirm zu lenken und kontrolliert zu landen. Ziellos flatterte er hin und her, wie eine Fahne im Wind, und wurde dabei von den aufkommenden leichten Böen immer tiefer gedrückt.

Die Menschen schossen nun von ihren Bänken hoch, schrien und rannten kopflos zwischen den Biertischen und Ständen herum. Einige Stände kippten gar um, die feilgebotenen Waren landeten im Gras. Die Kühe wurden durch das Getöse unruhig und versuchten aus ihrem mit Holzlatten abgegrenzten Bereich zu entwischen. Je mehr Braunvieh an dem provisorischen Zaun drückte, desto mehr gab dieser nach und neigte sich letztendlich zu Boden. Einige der Kühe machten sich nun alleine auf den Weg zu ihren Ställen, andere verweilten noch etwas auf dem Viehscheidplatz und gönnten sich einen letzten Bissen frisches Gras, bevor auch sie sich entfernten.

Als der untätige Fallschirmspringer nur noch fünf Meter über ihren Köpfen schwebte, entschieden weitere Kühe, dass es besser wäre, sich aus dem Staub zu machen. Die Menschen hatten sich bereits unter Tischen und Bäumen in Sicherheit gebracht. Nun liefen auch die letzten Kühe davon, um die drohende Bruchlandung des seltsamen Vogels nicht am eigenen Leibe miterleben zu müssen.

Bis auf eine. Das Kranzvieh Lotte stand immer noch an ihrem Platz, da ihr Besitzer Hubertus Wolf sie bereits in Empfang genommen hatte, das am Nasenring befestigtes Seil in seinen Händen hielt und unschlüssig mit ihr auf der Wiese stand. In leicht gebückter Haltung schaute er hoch und fragte sich, wo dieser passive Fallschirmspringer herunterkommen würde. Diese Frage wurde ihm jetzt ruckzuck beantwortet, denn der Gleiter befand sich nur noch in drei Metern Höhe und flog direkt auf Hubertus und Lotte zu.

Lotte fing an zu brüllen und stampfte mit ihren Hufen ins Gras. Um leichtfüßiger loslaufen zu können, entleerte sie noch einmal fix ihren Darm. Dann bäumte sie sich auf und versuchte sich von Hubertus loszureißen. Dabei rutschte der Kranzschmuck von ihrem Kopf und fiel Hubertus auf die Füße. Sie lief los und zog ihren Eigentümer am Seil mit sich. Hubertus stolperte über den Kranz und fiel der Länge nach hin, das Seil noch immer fest in Händen. Lotte zog ihn nun auf dem Bauch liegend hinter sich her. Schnell kam sie so aber leider nicht von der Stelle, denn Hubertus mochte nach der Sommerfrische auch seine einhundertundzehn Kilo haben.

Ein Windstoß verpasste dem Fallschirm einen Ruck, sodass der schwarze Springer heruntergerissen wurde, die letzten zwei Meter nach unten taumelte und in Lottes üppigen Kuhfladen plumpste. Der Fallschirm glitt in Zeitlupentempo herab und begrub ihn, Hubertus und Lotte unter sich. Daraufhin war ein wildes Muhen zu vernehmen. Unter dem Fallschirm bewegte sich etwas, Hubertus schien wieder aufzustehen. Lotte duckte sich und streckte Hubertus den Kopf entgegen. Hoffentlich würde ihr Besitzer sie aus dieser prekären Situation befreien können.

Der Viehscheidplatz war wie leergefegt, nur der Fallschirm lag dort, wo vorher noch das Braunvieh gestanden hatte. Mit Hubertus und Lotte unter sich formte er ein bizarres Bild in der idyllischen Allgäuer Landschaft. Die ersten Gäste trauten sich wieder, unter den Biertischen hervorzuschauen. Egi stand knapp zehn Meter entfernt und kratzte sich am Bart.

Freitag, 13.09.2019: Ein Taucher

Zwei schwarze Beine lugten unter dem bunten Stoff hervor. Der Fallschirmspringer lag regungslos da, nichts rührte sich an seinem Ende des Gleitschirms. Was Egi aus der Entfernung wunderte, war die Länge seiner Füße, sie maßen bestimmt einen halben Meter und waren platt. Sie erinnerten ihn an die Paddelflossen einer Kaulquappe. Was war nur dort oben in den Lüften über dem Viehscheid passiert?

»Jetzat hilf mir doch einer!«, war ein Brüllen unter dem Fallschirm zu vernehmen, begleitet von einem erzürnten Muhen. Egi fiel wieder ein, dass Hubertus Wolf noch mit seiner Lotte in der Falle saß.

»Wart, Hubi, ich komme!«, schrie Egi und rannte los. Gerade jetzt meldete sich wieder sein Handy, aber just in dieser dramatischen Situation hatte der PHK absolut keine Zeit für ein Schwätzchen mit seinem Kollegen Rudi und rannte weiter.

Egi kam an dem zuckenden Fallschirm an und hob das eine Ende hoch. Er kroch darunter, zog den glatten Stoff vor sich nach oben, um weiterzukommen, und kämpfte sich vor bis zu Hubertus und Lotte. Dort standen die beiden mit bedröppeltem Gesichtsausdruck, die bunten Streifen des Fallschirms wurden von den durchdringenden Sonnenstrahlen auf ihre Körper geworfen. Egi kam bei dem Anblick der Begriff *psychedelische Streifenhörnchen* in den Sinn. Er wischte ihn aber sofort weg, unter den bedrohlichen Umständen wollte er sich nicht über sie lustig machen. Bestimmt hatte Lotte noch niemals in ihrem kurzen Braunviehleben ein derartiges Drama durchstehen müssen. Man musste ihr hoch anrechnen, dass sie nicht hysterisch mit ihren dicken Hufen um sich trat.

»Dann kommts mal her, ihr zwei, ich bring euch zum Ausgang«, bot Egi an. Er nahm Hubertus' Hand, zog daran und marschierte los.

Hubertus hielt immer noch fest Lottes Seil in seiner Faust. Um keinen Preis hätte er sein Kranzrind bei diesem absonderlichen Vorfall im Stich gelassen.

Als Egi, Hubertus und Lotte unter dem bunten Fallschirm hervortraten, schaute der PHK sich erstaunt um. Die Gäste waren wieder aus ihren Schlupflöchern hervorgekrochen und hatten am anderen Ende des Fallschirms eine Traube um die schwarzen Kaulquappenfüße herum gebildet.

»Dann bringts euch mal in Sicherheit. Die Lotte werden wir heut noch ausgiebig feiern, Hubi. Ich muss mir nur mal kurz den Übeltäter da hinten vornehmen«, vertröstete Egi den Pächter der Huberschen Felder. Er wusste jedoch noch nicht, dass er dieses Versprechen zumindest am heutigen Tage nicht würde halten können.

»Leut, lasst mich mal durch, ich bin Kommissar!«, rief Egi und quetschte sich durch die Masse der neugierigen Gaffer.

Als der PHK sich bis zu den schwarzen Paddelflossen durchgeschlängelt hatte, stand ein ihm wohl bekannter Nachbar breitbeinig, mit in die Seiten gestemmten Händen und nervösem Schnaufen vor dem immer noch von seinem Fallschirm bedeckten Störenfried.

»Du, Egi, das isch a Taucher«, meinte Bauer Strunz. »Und der tut sich nimmer rühren.«

Freitag, 13.09.2019: Noch ein Taucher

Egi zog den Fallschirm beiseite und schaute sich den korpulenten Taucher näher an.

»Oooh!«, »Aaah!«, »Herrje!«, »Schau nicht hin, Bibi!«, riefen die umstehenden Zuschauer.

»Dass es für so a Wal einen Taucheranzug gibt«, kommentierte Bauer Strunz.

»Jetzt gehts ihr mal alle beiseite und nervt mich nicht!«, maulte Egi.

Der PHK hockte sich neben den Fallschirmspringer, zog den Kragen des schwarzen Neoprenanzuges etwas beiseite und suchte an dem recht umfänglichen Hals nach einem Pulsschlag, fand aber nichts. Vielleicht hatte sich ja im Laufe der Jahre zu viel Fett um die Halsschlagader herum angesammelt. Egi schaute sich um. Die Schaulustigen hatten einen Diskretionsabstand von drei Metern eingenommen und starrten ihn schweigend an.

»Hat hier jemand eine Taschenlampe dabei?«, fragte Egi in die Runde.

»Klar, hab i«, antwortete Bauer Strunz und zog prompt seinen Schlüsselbund, an dem eine kleine LED-Lampe hing, aus der Hosentasche. Er ging einen Schritt auf Egi zu und reichte ihm die Lampe. Als Egi sich das Leuchtmittel schnappte, sah Bauer Strunz das als Genehmigung, hinter dem PHK stehen zu bleiben.

Egi richtete den Lichtstrahl in die Taucherbrille hinein. Er erkannte darin zwei weit offen stehende, starre, graublaue Augen. Die Pupillen zeigten keine Reaktion auf das Licht der Taschenlampe. Egi stellten sich die Nackenhaare auf, ein eiskalter Schauer lief am PHK-Rücken herunter. Himmelsakrament, dieser Unterwassermensch hatte ganz offensichtlich die Schwelle zum Tode bereits hinter sich gebracht.

Egi richtete sich auf und wandte sich wieder den Viehscheid-Gästen zu. Dabei stieß er mit dem Kopf an Bauer Strunz' Stirn. Dieser hatte sich über Egis Schulter gebeugt, um zu checken, was der PHK sich mit seiner Taschenlampe ansah.

»Der isch doad!«, grunzte Bauer Strunz.

Ein Aufschrei ging durch die Menge. Dann folgten heftigste Diskussionen um die Sicherheit des Oberstdorfer Viehscheids. Egi wollte davon nichts hören. Er stand auf, breitete seine Arme aus und ging auf die erregte Diskussionsrunde zu. Er versuchte so, die Zeugen des Absturzes von dem Leichnam abzudrängen.

»Bitte, Ruhe. Ruhe bitte! Leuts, verlasst die Wiesen und stellt euch dahinten hinter dem Zaun auf, sonst werden hier noch mehr Spuren zerstört. Ich schalte jetzt die zuständigen Behörden ein. Haltet euch bereit, damit wir eure Personalien und eure Beobachtungen aufnehmen können.«

Egi blieb alleine vor der Leiche stehen.

Ja, der Taucher, oder besser der Fallschirmspringer, war tot. Nur, wie war das passiert? Mit Taucheranzug und Fallschirm? War er ertrunken oder beim Absturz ums Leben gekommen? Was für eine absonderliche Disziplin könnte das gewesen sein? Immer ausgefallener und vor allem halsbrecherischer wurden diese neumodischen Funsportarten am Berg! Noch schlimmer an der Sache war aber, dass Egi die graublauen Augen bekannt vorkamen. Nur durfte er nicht weiter an dem Toten herumfuhrwerken, und die Tauchermaske bedeckte den Rest seines Gesichts. Egi blieb nichts anderes übrig, als in der Zentrale anzurufen, dann konnte er auch endlich mit Rudi sprechen.

»Polizeiinspektion Oberstdorf, Daniel Müller am Apparat«, meldete sich der Empfangsmann der PI, der vor rund drei Jahren erfolgreich seine Polizistenausbildung abgeschlossen hatte und aus allgemeinen Sicherheitsgründen immer noch Dienst an der Zentrale schieben musste.

»Du, Daniel, hier ist der Egi, ich hab a Leich …«

»Egi, endlich, wir haben a Leich … Äh, was sagst da? Woher weißt das denn schon?«

»Ja, das glaubst nicht, der, ähm, der Fallschirmspringer-Taucher ist vor meinen Augen abgestürzt, und jetzt ist der tot!«

»Naa, du bist beim Kuhstall gestanden, als der runterkam?«

»Am Kuhstall? Quatsch, am Viehscheidplatz, Daniel, hör mir doch erst mal zu!«

»Warum denn am Viehscheidplatz, Egi? Bist schon ganz spinnert? Der liegt doch auf euren Feldern im Kuhstall vom Hubi!«

Freitag, 13.09.2019: Der Viehscheid-Tatort

Lilli klatschte entzückt in ihre kleinen Händchen, endlich kümmerte sich der Papi um den großen, bunten Vogel mit dem dicken, schwarzen Wurm. Hätte er mal gleich auf sie gehört. Aber leider durfte sie nicht dabei sein, Papi hatte die Familie Huber heimgeschickt. Mama musste nun den Mid-Size-Van fahren. Lilli saß gackernd am Fenster und winkte ihrem Papi Egi aufgeregt zu.

Als die Hubers davongebraust waren, kamen Rudi und Daniel mit ihrem Streifenwagen an. Daniel saß heute am Steuer und parkte rückwärts auf dem soeben von Egis Ehefrau Elli freigegebenen Parkplatz ein. Egi fragte sich, wie dem Daniel das so fix und ohne anzuecken gelungen war. Höchstwahrscheinlich waren die Einparkhilfen der Streifenwagen doch hochwertiger als die von Egis Familienkutsche.

Daniel stieg beschwingt aus und lief zu Egi hinüber. Rudi kämpfte noch mit seiner Autotür, sie fiel ihm immer wieder entgegen. Als sie endlich einrastete, schwang er seinen rechten Fuß aus dem Auto und stellte ihn auf dem Kies ab. Dann griff er an die B-Säule des Streifenwagens und stemmte sich mit hochrotem Kopf auf. Gar nicht so einfach, seine einhundertzwanzig Kilo aus dem Auto herauszuwuchten. Als er endlich stand, zog er sich die Hose zurecht, warf die Tür zu, schlenderte dem PHK entgegen und stellte sich neben Egi und Daniel.

»Egi, was treibts ihr denn auf'm Viehscheid? Habts ihr den Vogel abgeschossen?«, ärgerte Rudi seinen Vorgesetzten und verpasste ihm einen freundschaftlichen Hieb an die Schulter.

Rudi, mit amtlichen Namen Rudolf Ströber, war seit über zwölf Jahren Polizeioberwachtmeister in Oberstdorf, stammte jedoch aus Lindau am Bodensee. Er hatte mittlerweile den Status eines Einheimischen. Diesen hatte er erlangt, indem er sich seit Beginn seines Dienstes in diesem südwestlichsten Zipfel Deutschlands aufopferungsvoll um die harmlosen Ungeschicke der Oberstdorfer gekümmert hatte.

»Das ist eine ganz irre Geschichte, Rudi. Ich blick da nicht durch«, fasste Egi zusammen und schüttelte resigniert den Kopf. »Du, sag amal, Daniel, kennst du dich nicht mit so neumodische Funsportarten aus?«

»Was genau meinst?«

»Na, ein Taucher mit Fallschirm halt! Was soll das denn sein?«

»Ich kenn nur Surfer mit Fallschirm«, mischte sich Rudi ein.

Surfer mit Fallschirm, so ein Blödsinn, dachte Egi und tippte sich an die Stirn. Der Rudi gehörte ganz sicher der falschen Generation an, um eine präzise Antwort auf diese Frage geben zu können.

»Ja, Kitesurfen meinst bestimmt, Rudi. Aber Taucher mit Fallschirm sagt mir auch nix«, antwortete Daniel.

»Kannst nicht mal kurz googeln, Daniel, bevor die Kemptener kommen?«, bat Egi.

»Klar«, meinte Daniel und zückte sein Smartphone. »Da gibt's keine vernünftigen Treffer, Egi. Die Chinesen haben da mal was ausprobiert, mit Militär-Fallschirmspringern, die im Wasser landen.«

»Die Chinesen ...«, grübelte Egi. »Nun ja, dann lasst uns mal weitermachen. Die Spurensicherung ist bereits am Werk, und der Erich ist auch schon da. Lasst uns mal schauen, ob er dem Toten die Tauchermaske abgezogen hat.«

Die drei machten sich auf den Weg zum Viehscheidplatz, der jetzt mit weiß-rot gestreiftem Absperrband umspannt worden war. Egi, Rudi und Daniel blieben brav davor stehen und schauten zu, wie sich der schwäbische Gerichtsmediziner Erich Engstein, komplett in einen weißen Schutzanzug gehüllt, am Kopf des Toten zu schaffen machte. Er schien Egi aus den Augenwinkeln erkannt zu haben.

»Dass die Toten bei euch immer Masken tragen müssen, Himmelherrgott!«, schnaufte der korpulente Schwabe und spielte damit auf den letzten Mord in Oberstdorf an, wo er den Ermordeten aus einer hölzernen Klausenmaske hatte herausholen müssen. »Und schau mal hier! Ist dir noch nicht aufgefallen, Egi, dass der in der Kuhscheiße liegt? Das hättest mir vorher sagen können!«

Erichs Schnaufen wurde noch eine Nuance lauter, er litt an einer chronisch verstopften Nase, unter Insidern auch Leichenschnupfen genannt. Aber aktuell war das nur gut für ihn, er stand gerade in dem äußerst prächtigen Kuhfladen von Lotte, dem Kranzrind.

»Ähm, ich wollte dir nicht alles vorwegnehmen, Erich. Ich weiß ja, wie viel Freude dir das Leichenfleddern machen tut«, meinte Egi.

»Von wegen, von nix keine Ahnung hast du wieder mal!«, schimpfte Erich. Er zog weiter an der Gummischnalle, um die Taucherbrille zu lockern, damit er sie endlich abnehmen konnte. Mit einem lauten FLATSCH rutschte die Schnalle aus der Halterung und verpasste Erich einen Peitschenhieb an die rechte Hand.

»Aaaauuuu! Verdammtes Scheißding!«, schrie er und hüpfte im Kreis um die Leiche herum. Lottes Kuhfladen spritzte an seinen Stiefeln hoch.

»Du, Erich, pass auf, dass du die Spuren nicht mit deinem Totentanz verwischst«, kommentierte Rudi und erntete dafür einen tödlichen Blick vom Erich.

»Hier gibt's nichts mehr für mich zu tun, ich bin jetzt fertig!«, maulte der Gerichtsmediziner, hob die Tauchermaske ab und legte sie dem Toten auf die Brust. »Und bestimmt kennst du den wieder, Egi.«

Egi wurde heiß und kalt, als er in das bleiche, runde Gesicht schaute. Denn natürlich kannte er den Toten. Das war der Bert Dampf, eine Oberstdorfer Vereinsgröße mit dubiosen finanziellen Hintergründen! Und kruzifix, der Daniel hatte gerade erst von den chinesischen Fallschirmspringer-Versuchen im Meer erzählt, da fiel Egi ein, dass Bert Dampf mit einer Chinesin verheiratet war!

Freitag, 13.09.2019: Der Kuhstall-Tatort

Am Kuhstall auf den Huberschen Feldern spielte sich das gleiche Drama noch einmal ab. Als die Ermittler dort ankamen, sahen sie schon von Weitem den bunt gestreiften Fallschirm, der sich auf dem Dach des Kuhstalls verhakt hatte. Als sie die Holzhütte betraten, hing der Tote noch an den Seilen in der Luft, schwebte in seinem Gleitschirmsitz über dem frisch duftenden Heu, das Hubi erst am frühen Morgen für sein Kranzrind Lotte in den Stall gebracht hatte.

Nachdem alles fotografiert worden war, musste Erich die Schnüre kappen, um an die Leiche herankommen zu können. Der Leichnam wurde auf eine weiße Plane gelegt, die Erich zuvor unter dem Fallschirmspringer ausgebreitet hatte. Er wollte vermeiden, dass Stroh an dem Taucheranzug hängen blieb und der Forensik damit die Spurensicherung erschwerte.

»Der isch ja genauso fett wie der andere, Egi«, urteilte Rudi und bezog sich damit auf den Leibesumfang des Toten.

Egi stimmte ihm zu. Er hatte schon eine Ahnung, um wen es sich hier handeln könnte. Aber erst einmal mussten sie wieder auf Erichs Freigabe warten, bevor sie einen Blick in das Gesicht des Ermordeten werfen durften.

Der Gerichtsmediziner hatte binnen kurzer Zeit zum zweiten Mal mit einem Taucheranzug zu kämpfen. Er machte sich an allen möglichen Körperteilen zu schaffen und kam dabei ganz schön ins Schwitzen. Die Sonne knallte erbarmungslos auf das durchbrochene, dunkle

Dach, es waren sicher um die achtunddreißig Grad Celsius in der Tierbehausung.

Erich lief der Schweiß von der Stirn hinab und tröpfelte in den Kragen seines weißen Schutzanzuges. Endlich schien er fertig zu werden. Er packte seine Utensilien zurück in den Koffer und zog ein Messer heraus. Egi bekam einen Schreck. Was hatte der Erich jetzt damit vor? Erich Engstein ging auf den Toten zu und setzte das Messer an seinem Ohr an. Egi wandte sich fix ab. Wollte der den Toten hier und jetzt obduzieren? Das wollte der PHK auf keinen Fall mit ansehen.

»Kannst die Äugle wieder aufmachen, Egi, der Erich hat dem nur die Schnalle von der Taucherbrille durchtrennt«, kommentierte Rudi grinsend.

Erich drehte sich zu ihnen um und lachte. »Egi, so zart besaitet heut? Aber mich ohne Vorwarnung in die Kuhscheiße schicken!«

Egi ärgerte sich schwarz über seinen Fauxpas. Aber noch mehr ärgerte er sich über seine Kollegen! Wie konnten sie dermaßen auf den PHK-Gefühlen herumtrampeln?

»Wenn ich mir den ansehe, Egi, fällt mir direkt auf, der sieht genauso aus wie der Erste!«, urteilte Erich Engstein und stemmte ungläubig die Hände in die Hüften. »Habt ihr mir denselben Kerl noch einmal hierhin gelegt, um mich zu ärgern?«

Nein, das hatten sie nicht! Es handelte sich bei dem zweiten Toten um Gerd Dampf, ebenfalls eine Oberstdorfer Vereinsgröße mit dubiosen finanziellen Hintergründen und der Zwillingsbruder von Bert Dampf. Und der Gerd war auch mit einer Chinesin verheiratet!

Freitag, 13.09.2019: Die Kripo kommt

»Was genau haben denn die Chinesen da vorgehabt beim Militär?«, fragte Egi seinen jungen Kollegen Daniel, als sie wieder in der PI im Konferenzraum saßen.

»Keine Ahnung, es war, glaube ich, nur eine Art Wettbewerb zwischen Kampfschwimmern, die mit Fallschirmen abgesprungen sind. Sie wollten abchecken, welche Truppe schneller ans Ziel kommt, die mit oder die ohne Tauchausrüstung. War nix Ernstes, Egi. Überleg mal, man muss ja den Fallschirm auf dem Rücken tragen, und die Sauerstoffflasche auch. Das passt ja hinten und vorn nicht zusammen, daraus kann man keine sinnvolle Disziplin machen«, erläuterte Daniel während er die Berichte dazu auf seinem Smartphone überflog. »Das haben die Chinesen dann auch einsehen müssen, und die Tests wurden eingestellt.«

»Aber wie haben's denn der Bert und Gerd gemacht mit Fallschirm und Flasche auf dem Rücken?«, wollte Rudi wissen.

»Bei denen waren das Gleitschirme, Rudi. Fallschirmspringer hüpfen aus einem Flugzeug oder Hubschrauber und lassen sich erst einmal fallen, bevor sie den Schirm öffnen, den sie wie einen Rucksack auf dem Rücken tragen. Bert und Gerd hingen aber an Gleitschirmen. Die sind schon offen, wenn man am Berg anläuft und sich hinuntergleiten lässt.«

Auf Rudi hatten Daniels präzise Erläuterungen eine einschläfernde Wirkung, er nickte kurz ein. Immerhin war er seit vielen Stunden auf den Beinen gewesen und hätte längst Feierabend gehabt, als einer der großen, bunten Vögel mit dem dicken, schwarzen Wurm in Hubis Kuhstall gekracht war.

»Ach so«, kommentiert Egi. »Und die Chinesen ...«

»Na, was haben denn die Chinesen in Oberstdorf zu schaffen?«, drang eine kräftige Stimme an Egis Ohr, die er nur zu gut kannte.

Es handelte sich um die männlich tiefe Stimme des selbst ernannten schönsten Kriminalhauptkommissars Bayerns, Akay Tok, ein Mittdreißiger mit türkischem Migrationshintergrund. Er war vor knapp drei Jahren aus dem Sündenmoloch Frankfurt am Main in das idyllische Kempten im Allgäu gewechselt, um dort Karriere bei der Kripo zu machen. Genauso wie die gleichaltrige, blonde Model-Profilerin Dr. Silvia Stern, eine promovierte Polizeipsychologin sowie gebürtige Münchnerin, die neben ihm stand. Leider hatte es sich wieder einmal nicht vermeiden lassen, dass der Schöne und das Biest die PI Oberstdorf bei den Mordermittlungen unterstützten.

»Grüaß euch«, meinte Egi lustlos und blieb sitzen. Rudi schlummerte noch auf seinem Stuhl. Nur Daniel sprang auf und reichte den Kripobeamten die Hand.

»Ich sehe schon, ihr seid wie immer voll motiviert«, meinte Akay mit einem amüsierten Blick auf den schlafenden Rudi.

»Kann ich euch was zum Trinken bringen?«, fragte Daniel, um von der Peinlichkeit abzulenken.

»Wasser«, meinte Silvia knapp und setzte sich gleich an den Konferenztisch. »Dann berichtet mal.«

Daniel lief hinaus.

»Also, das ist so, die Zwillinge Bert und Gerd Dampf sind unter mysteriösen Umständen zu Tode gekommen. Wo wart ihr eigentlich? Der Erich ist lange fertig und die Leichen sind schon abtransportiert worden.«

»Wir mussten noch unseren vorherigen Fall zum Abschluss bringen. Lenk nicht ab, Egi, weiter!«, forderte Akay den PHK auf.

Von wegen Fall zum Abschluss bringen, die haben sich bestimmt wieder auf irgendeiner Bergwiese ihren Hormonschüben gewidmet, dachte sich Egi und fuhr fort: »Ja, was soll ich da sagen, keine Ahnung, ob es sich wirklich um Mord handelt, die beiden sind halt abgestürzt.

Die haben so ein Kampfgewicht wie der Rudi hier, vielleicht warens einfach zu schwer für die Gleitschirme und haben sich bei der Landung das Genick gebrochen.«

Rudi wurde von Egis letztem Satz wachgerüttelt. Enthielt er etwa eine Beleidigung gegen seine Person?

»Zu schwer für die Gleitschirme?«, fragte Silvia. »Ich verlange jetzt einen lückenlosen Bericht von euch! Worum geht es hier?«

Rudi erschrak und blickte auf. Dann erkannte er Akay und Silvia, schüttelte seinen Kopf und schloss die Augen wieder.

Daniel kam herein, stellte drei Flaschen Wasser und fünf Gläser auf den Tisch und berichtete: »Bert und Gerd Dampf hingen in Taucheranzügen an Gleitschirmen. Sie sind unkontrolliert heruntergestürzt und waren vermutlich schon tot. Einer stürzte auf den Viehscheidplatz und einer in den Kuhstall beim Egi auf dem Feld.«

»Bert und Gerd Dampf also«, murmelte Silvia unschlüssig. Wollten diese Deppen sie auf den Arm nehmen?

»Ja, Bert und Gerd sind Zwillinge«, fügte Egi hinzu.

»Zwillinge?«, fragte Akay nach.

»Ja«, meinte Daniel und setzte sich neben Egi.

»Und was hat das mit den Chinesen zu tun?«, hakte Akay nach.

»Ach, nix. Das war was Privates«, antwortete Egi.

Freitag, 13.09.2019: Das große Brüllen

»Dann lasst uns mal die Landeplätze besichtigen«, forderte Akay die PI-Kollegen auf und trat demonstrativ hinaus in den Flur.

»Daniel, bleib du hier und halte die Stellung. Und ruf durch, wenn der Bericht vom Erich kommt. Ich fahr mit Rudi, Akay und Silvia zu den Schauplätzen«, ordnete Egi an und stieß den immer noch schnarchenden Rudi in die Rippen.

Rudi verschluckte sich, hustete, schreckte hoch und versuchte umständlich, sich auf seinem Stuhl aufzurichten. Daniel nickte mit hängenden Schultern. Langsam hatte er keine Lust mehr darauf, in der PI die Stellung zu halten. Mehrfach hatte er bewiesen, dass er auch unter extremsten Bedingungen einen ruhigen Kopf behielt, und so bereits zwei Mörder dingfest machen können. Aber das schienen hier alle schon wieder vergessen zu haben. Resigniert begab er sich zu seiner Telefonzentrale und zog sich einen heißen Kakao am Automaten. Als die Ermittler seine Empfangstheke passierten, blickte er ihnen sehnsüchtig nach. Kurz darauf hörte Daniel ein Schnaufen, gefolgt von hektischen Schritten im Flur. Auch das noch.

»Wo ist der Egi!?«, brüllte Erwin Bachmeier durch den Gang.

Erwin Bachmeier war der PI-Leiter und wurde von ganz Oberstdorf hinter vorgehaltener Hand »Chefmeier« genannt.

»Wo ist der Egiiiiii!?«, wiederholte er, als er vorne bei Daniel ankam.

Der junge Polizist sah ihn entgeistert an. Er konnte nichts daran ändern, dass die Mörder sich wieder einmal Oberstdorf als Wunschdestination ausgesucht hatten.

»Der ist naus mit der Kripo Kempten«, meinte Daniel gelangweilt und schlürfte weiter seinen dampfenden Kakao.

»Kripo Kempten, Kripo Kempten. Diese hundsverdammten Deppen! Was haben die denn schon wieder hier zu schaffen? Was sollen das schon für abstruse Morde gewesen sein? Die Dampf-Zwillinge waren nur zu blöde und zu fett zum Fliegen!«

Chefmeiers Doppelkinn bebte. Er empfand es jedes Mal als eine Beschneidung seines Kompetenzbereiches, wenn die Kripo Kempten sich in die Oberstdorfer Mordermittlungen einschaltete. Bei jedem Tötungsdelikt musste er höllisch aufpassen, dass die ihm nicht die unschuldigen Oberstdorfer einbuchteten. Es waren bisher immer Auswärtige gewesen, die zum Morden in die Touristenhochburg gekommen waren, und so sollte es auch bleiben.

Daniel beobachtete den PI-Leiter. In Anbetracht dieser begründeten Sorgen machte der Chefmeier keine glückliche Figur mit seiner mittleren Körpergröße und seinem weit ausladenden Bierbauch. Auch weiter oben war's nicht gerade ein Augenschmaus. Aus seinem dunklen Haarkranz ragte eiförmig ein glänzendes Haupt hervor, das untenrum von einem beachtlichen Doppelkinn gestützt wurde.

»So sind halt die Regeln, Chef, die Kripo ist für Tötungsdelikte zuständig und ...«

»Schwätz nicht so a blödes Zeug, Bub, redest dich um Kopf und Kragen, musst noch viel lernen!«, brüllte der aus Franken stammende Chefmeier, wobei er gekonnt seinen antrainierten Allgäuer Dialekt mit einem fränkisch rollenden R kombinierte, und verschwand wieder in seinem Büro.

Freitag, 13.09.2019: Die Suche beginnt

Hugo Hasenkamp, der ein Meter neunzig große und schwergewichtige Spurensicherer, hockte in weißem Schutzanzug in der Mitte des Viehscheidplatzes und saugte mit einem Handstaubsauger die sattgrüne Alpwiese, auf der einige Stunden zuvor noch eine Herde Kühe gestanden, ein Gleitschirm geflattert und ein toter Taucher gelegen hatte.

Das laute Summen des kleinen Haushaltsgerätes übertönte jedwedes Geräusch. Akay und Egi riefen nach dem Spurensucher, aber er hörte sie nicht. Seine Kollegen, die den Bereich um die verlassenen Biertische, Buden und Stände herum untersuchten, hatten die vier Ermittler erkannt und riefen und gestikulierten wild um sich. Aber es nützte nichts, zu Hugo Hasenkamp drang absolut nichts durch. Das Dröhnen des Handstaubsaugers verschluckte ihre Worte.

Egi entschied, dass er zu Hugo hinübergehen und ihn anstoßen würde, damit er sie endlich wahrnahm. Also stieg der PHK über das Absperrband und pirschte sich von der Seite an. Der Spurensicherer schien ihn nicht zu bemerken.

Als Egi neben ihm stand, schrie er noch einmal: »Hugooo!«

Keine Reaktion. Dieses alte Ding war brüllend laut. Egi griff nach Hugos massiger Schulter und rüttelte sanft daran.

»Aaaahhh!«

Wie vom Blitz getroffen sprang Hugo auf und warf den Sauger von sich. Dann erkannte er Egi, Rudi, Akay und Silvia. Egi hüpfte zur Sicherheit einen Schritt zurück.

»Seids ihr wahnsinnig! Wie könnt ihr mich so erschrecken?«, rief er.

»Dein Dings isch einfach zu laut, Hugo!«, entschuldigte sich Egi. »Die Kollegen Akay und Silvia wollen sich halt die Absturzstelle ansehen. Wir ...«

»Du musst erst wieder hier naus, Egi, ich bin noch nicht fertig«, maulte Hugo, holte sich seinen Handstaubsauger zurück und fuhr mit der Spurensicherung fort. »Irgendein Depp hat schon hier, wo die Leiche lag, alles an Spuren zertrampelt.«

Rudi musste grinsen. Der Depp war gewiss Erich Engstein mit seinem unfreiwilligen Totentanz in Lottes Kuhfladen gewesen. Nun stand Hugo in dem Haufen, der mittlerweile angetrocknet war. Egi trottete zurück hinter die Absperrung und wartete, bis Hugo so weit war.

»Du warst ja dabei, Egi. Von wo kam er denn angeflogen?«, fragte Akay.

»Von dort droben«, meinte Egi und schaute hoch in die Lüfte.

Silvia rollte ihre blauen Augen, aus diesen Provinzlern bekam man nichts Brauchbares heraus. Sie sperrten sich gegen jede Art von Zusammenarbeit und behinderten bis kurz vor Schluss die Ermittlungen, um ihre lokalen Pappenheimer zu schützen. Erst wenn der Mörder vor ihnen auf dem Präsentierteller lag und die Aufklärung nicht mehr abzuwenden war, baten sie die Kripo Kempten um Schützenhilfe, diese Angsthasen.

»Von dort oben also«, wiederholte Akay spöttisch. »Was könnte dann da oben sein Startpunkt gewesen sein?«

»Startpunkt?«, fragte Egi.

»Er muss irgendwo losgeflogen sein, Egi!«, fauchte Silvia. »Wo könnte das gewesen sein?«

»Na, vom Berg starten die, mit offenem Schirm, ohne Rucksack«, fasste Egi fachmännisch zusammen, er erinnerte sich an die Ausführungen über das Gleitschirmfliegen von Daniel heute Morgen.

»Am Berg, sehr gut«, meinte Akay kopfschüttelnd. »Egi, du hast dein gesamtes Leben in Oberstdorf verbracht, du musst doch wissen, wo hier die Gleitschirme starten. Rück schon raus damit!«

»Ach, jetzt versteh ich, was du meinen tust, Akay«, rief Egi erleichtert. Nach längerer Überlegung fiel es ihm tatsächlich ein. »Da gibt's so vier Firmen in Oberstdorf, die das für die Touristen anbieten. Und die starten alle am Nebelhorn. Ich könnt aber nicht sagen, dass der Bert und der Gerd Dampf sich jemals dafür interessiert hätten.«

»Na, da haben wir ja endlich einen Anfang«, meinte Akay.

»Und wo gibt es hier Taucherausrüstungen?«, fragte Silvia.

»Ähm, davon weiß ich nix«, versuchte Egi sich herauszureden.

»In Sonthofen gibt's doch so a Laden«, schaltete sich Rudi ein. Egi stieß ihn direkt für diesen Fehltritt in die Rippen.

»Aua!«

»Dann mal anders gefragt, Egi. Haben sich Bert und Gerd Dampf fürs Tauchen interessiert?«, hakte Akay nach.

Egi schwenkte den Kopf rum und num, trat von einem Fuß auf den anderen, sah in den azurblauen Himmel, erhaschte für den Bruchteil einer Sekunde den erzürnten Blick seines lang verstorbenen Großvaters Edmund Huber, dem Ehemann von der Bruni, der ihm in Kindheits- wie in Erwachsenentagen fürs Lügen immer die Ohren langgezogen hatte, und sprach: »Scho.«

»Was heißt scho?«, schrie Silvia, ihre Geduld strebte langsam aber sicher gegen null.

»Die sind scho amal hin und wieder tauchen gegangen«, gab Egi widerwillig zu.

»Wo?«, fragte Silvia.

»Du, Egi, das war doch in China, gell?«, gab Rudi an.

Ihm ging dieses Herumlamentieren seines Vorgesetzten wieder einmal gehörig auf die Nerven. In der Vergangenheit hatte er schon unzählige Überstunden schieben müssen, nur weil der PHK immer ewig brauchte, bis er die Hintergründe mal endlich vor der Kripo rausließ. Egi stampfte mit dem Fuß auf und boxte Rudi in die Rippen.

»Aua!«

»Was ist hier los, Egi?«, fragte Akay. »Ihr versucht doch wieder, etwas zu vertuschen.«

»Naa, auf keinen Fall!«, verteidigte sich Egi. »Die Dampf-Zwillinge

haben sich halt vor ein paar Jahren zwei Chinesinnen aus Hainan rüber-
geholt und die geheiratet. Seitdem waren die da jedes Jahr tauchen.«

»Das ist also die private Sache in China«, konterte Akay. »Nützt alles
nichts, Egi, die Ehepartnerinnen der beiden Ermordeten haben wir bereits ermittelt. Die Damen werden wir gleich als Nächstes besuchen.«

»So, bin fertig! Ihr könnts reinkommen«, rief Hugo den vier Ermittlern hinüber und wischte sich mit dem Ärmel den Schweiß von der
Stirn. »Gibt aber nicht viel Spannendes hier zu sehen, bis auf die un-
kenntlichen Spuren, die jemand zu zertrampeln gewagt hat.«

Freitag, 13.09.2019: Chinese Connection
I

»Guten Tag, wie kann ich Ihnen helfen?«, fragte die adrette Frau, an deren Haustür Akay soeben geklingelt hatte. Sie musste um die vierzig sein, war dezent geschminkt, trug eine kunstvolle Hochsteckfrisur mit eingearbeiteten blassrosa Blüten und ein türkisfarbenes Dirndl.

Nach der Besichtigung der Absturzstelle ihres Mannes hatten Egi, Rudi, Akay und Silvia sich auf den Weg zu Dan und Han Dampf gemacht, den beiden chinesischen Ehefrauen der Zwillingsbrüder, die gemeinsam in einem großen Haus in der Lorettostraße wohnten, nicht weit von Egis Heim entfernt. Die Familie Dampf bot auf einem bebilderten Werbeschild vor dem Eingang mehrere Apartments mit großzügigen Holzbalkonen zur Vermietung an. Bei Buchung von Halbpension servierten sie den Gästen auf ihrer herrlichen Blumenterrasse am Abend statt Allgäuer Schmankerln chinesische Köstlichkeiten. Im Keller gab es einen großzügigen Saunabereich und auf Wunsch wurde man sogar mit einer Chinesischen Massage verwöhnt.

Das weitläufige Grundstück machte einen prachtvollen Eindruck auf die Ermittler. Alles war liebevoll mit chinesischen Steinfiguren und großen, bunten Blumenkörben dekoriert worden. Der kurz geschorene, dunkelgrün in der Sonne schimmernde Rasen war gerade erst mit Wasser versorgt worden, er war umsäumt von gepflegten Heckenpflanzen, die allzu neugierige Blicke von der Straße in die Privatsphäre der Gäste verhindern sollten. Vereinzelt standen einige Liegen mit kleinen gusseisernen Tischen und Sonnenschirmen im Garten, optisch durch bunt blühende Sträucher oder Bäumchen voneinander getrennt.

Heute Mittag hielt sich dort jedoch niemand auf. Alle Gäste hatten sich auf den Weg zum Viehscheid gemacht, und nach dem Absturz der Gleitschirm-Taucher waren sie zurück ins Dorf geeilt, um an den Spekulationen, wen es denn nun erwischt haben könnte, teilhaben zu können.

Egi verspürte einen drückenden Kloß im Hals. Sie mussten Dan und Han Dampf nun mitteilen, dass ihre Ehemänner tot aufgefunden worden waren. Wie würden die beiden Frauen damit zurechtkommen? Würden sie zu zweit das große Haus halten und sich in Oberstdorf behaupten können?

»Guten Tag. Sind Sie Frau Dampf?«, fragte Akay.

»Ja, das bin ich. Mein Name ist Dan Dampf«, stellte sich die Frau lächelnd vor und machte dazu eine angedeutete Verbeugung.

Die beiden Schwestern waren von ihrem ersten Tag in Oberstdorf an äußerst höflich gewesen. Egi mochte die zwei, sie waren weitaus angenehmere Charaktere, als ihre Ehemänner Bert und Gerd es gewesen waren. Er schaute kurz hoch in den strahlend blauen Himmel, von dem sich mittlerweile alle Wolken verzogen hatten. Der plötzlich erscheinende erhobene Zeigefinger seines verstorbenen Großvaters Edmund Huber versetzte Egi einen Stromschlag. Schnell schaute er beschämt zu Boden und nahm sich vor, keinen schlechten Gedanken mehr über die verstorbenen Dampf-Zwillinge zu hegen.

»Unsere Apartments sind leider alle belegt«, entschuldigte sich Dan Dampf bei Akay.

»Es geht um etwas anderes, Frau Dampf. Wir sind von der Kriminalpolizei. Dürfen wir hereinkommen?«, bat Akay und zeigte dabei seinen Dienstausweis.

Dan Dampf machte einen erschrockenen Gesichtsausdruck und hielt sich die Hand vor den Mund. »Natürlich, kommen Sie«, bat sie und hielt den Ermittlern die Haustür auf.

»Ich bin Kriminalhauptkommissar Akay Tok aus Kempten, das ist Polizeihauptkommissar Egon Huber hier aus Oberstdorf. Wir möchten mit Ihnen reden. Ist Ihre Schwester Han Dampf auch im Haus? Meine

Kollegin Dr. Stern und Kollege Ströber würden sich dann mit ihr unterhalten.«

»Ja, sie ist in der Küche. Moment, ich hole sie«, sagte Dan Dampf und verschwand nahezu lautlos durch eine Tür.

Die vier Ermittler schauten sich in dem großen Eingangsbereich um. Auch hier war alles sehr gepflegt und geschmackvoll eingerichtet. Der Stil des alten Hauses war bei der Sanierung vor einigen Jahren nicht verloren gegangen. Die Wände waren allesamt strahlend weiß, die dicken Holzbalken, die an Decken und Wänden zu sehen waren, stachen in einem kräftigen Braun hervor, ein hochwertiger dunkler Parkettboden rundete das Bild ab. Moderne Echtholzschränke und -möbel aus Bergkiefer und dunklem Leder waren aufgestellt worden und erzeugten ein äußerst elegantes Ambiente.

So könnte es in unserem Mehrgenerationenhäusle ebenfalls aussehen, dachte sich Egi, nur rückte der alte Hausherr Beppi keinen Cent dafür heraus. Egi durchzuckte ein Gedanke, er senkte den Blick. Gut, dass er hier in der Diele nicht in den Himmel schauen konnte, er fürchtete wieder den Tadel seines verstorbenen Großvaters. Woher kamen diese Gedanken nur plötzlich, fragte er sich. Er hatte in den letzten Jahren nicht so oft an ihn gedacht wie in den vergangenen vier Stunden!

»Warum?«, hörten die Ermittler eine leise Frauenstimme aus der Küche nebenan fragen.

»Es geht bestimmt um unsere Kaulquappen«, flüsterte eine Stimme, die sich so gut wie gar nicht von der vorherigen unterschied.

»Scheiße«, sagte eine der Stimmen.

Egi konnte sie nicht auseinanderhalten. Und er hätte nicht gedacht, dass die zwei Chinesinnen derartige Wörter in den Mund nahmen. Bisher hatten sie sich, soweit er ihnen in den letzten Jahren einmal begegnet war, immer sehr gepflegt ausgedrückt.

Egi und Rudi sahen sich fragend an. Kaulquappen? Hatten sie etwa eine illegale Froschzucht im Gartenteich und bereiteten ihren Gästen hin und wieder die glitschigen Schenkel zu? Egi schüttelte sich. Akay und Silvia schienen den kurzen Wortwechsel ebenfalls gehört zu haben, sie zuckten die Schultern. Dann wechselten die Gesprächspartnerinnen in der Küche die Sprache. Der melodiöse Singsang könnte Chinesisch sein, dachte sich Egi. Dann verstummten die Stimmen.

Ein leises Rascheln war hinter der Tür zu vernehmen, durch die Dan Dampf gerade gegangen war. Die Beamten drehten sich zu ihr um. Die Kemptener rissen ungläubig die Augen auf. Vor ihnen stand ein und dieselbe Chinesin in zweifacher Ausführung! Es wirkte, als würde dort ein Spiegel stehen und das Abbild der einen verdoppeln. Es war absolut kein Unterschied an ihnen zu erkennen, sie trugen die gleiche Frisur, die gleiche Halskette, das gleiche türkisfarbene Dirndl, die gleichen Schuhe.

»Wie ... was ...?«, fing Silvia an.

»Das ist meine Schwester Han Dampf«, stellte Dan Dampf ihr Spiegelbild vor.

»Ah, also ...« Auch Akay war sprachlos.

»Bert und Gerd haben Zwillinge geheiratet«, erläuterte Egi. »Die beiden haben ihr Leben lang immer das Gleiche gemacht.«

Bei den letzten Worten schoss Egi eine Hitzewelle in den Kopf. Er hatte unbeabsichtigt angedeutet, dass die beiden nicht mehr lebten. Hoffentlich hatten Dan und Han das nicht herausgehört.

»Frau Han Dampf, würden Sie bitte mit den Kollegen Frau Dr. Stern und Herrn Ströber sprechen? Ich und Herr Huber reden getrennt mit Ihrer Schwester«, bat Akay das eine Spiegelbild.

So plante es die Kripo Kempten jedes Mal aufs Neue ein, einer von ihnen zog immer mit einem Kollegen der PI Oberstdorf los. Das hatte genau zwei Gründe: Erstens konnte man die Oberstdorfer Ermittler so besser kontrollieren, zweitens war es ein Garant dafür, von den Einheimischen eine Aussage zu erhalten. Denn sobald fremde Kriminalbeamte bei einem Oberstdorfer an der Tür klingelten, sagten die erst einmal gar nix mehr.

»Gerne können wir das so machen«, meinte Han Dampf mit einer angedeuteten Verbeugung. »Frau Stern, Herr Ströber, wir können in den Frühstücksraum gehen. Meine Schwester begleitet dann Sie, Herr Tok und Herr Huber, auf die Terrasse. Möchten Sie einen Jasmintee dazu trinken?«

»Nein danke, ist nicht nötig. Woher sprechen Sie beide so gut Deutsch?«, wollte Akay wissen.

»Wir haben in China deutsche Sprache und Geschichte studiert und gelehrt und viele Jahre in Hainan Deutschunterricht an Schulen gegeben. Bis wir Bert und Gerd kennengelernt haben«, erklärte Dan Dampf.

Die Zwillingsschwestern sahen sich an, hielten sich die rechte Hand vor den Mund und kicherten. Egi schossen Tränen in die Augen. In wenigen Minuten würde sich die heile Welt der beiden in ein Drama verwandeln.

Sie marschierten gemeinsam los, die erste Gruppe um Han Dampf trennte sich von der anderen, bog rechts ab und nahm auf einer mit schwarzem Leder bespannten Bank an einem rechteckigen, dunklen Holztisch im Frühstücksraum Platz. Dan Dampf lief weiter bis zur Terrasse, führte Akay und Egi hinaus, schloss die Tür und setzte sich mit ihnen an einen mit Blumen und einer schwimmenden Kerze in Herzform dekorierten gusseisernen Terrassentisch. Von hier aus konnte man durch die großen Glasfenster in den Frühstücksraum sehen und beobachten, wie Silvia und Rudi mit Han Dampf sprachen.

Egi hatte ein flaues Gefühl im Magen. Er setzte sich so nieder, dass er einen guten Blick auf die Gruppe im Innern des Hauses hatte.

»Frau Dampf, welchen der Dampfbrüder haben Sie geehelicht?«, fragte Akay.

»Ich habe Bert geheiratet, vor sechs Jahren. Meine Schwester und ich sind mit Bert und Gerd nach Oberstdorf gegangen. Dann haben wir gemeinsam das Haus hier saniert und die Apartments für unsere Gäste eingerichtet.«

»Sie und Ihre Schwester haben also zeitgleich geheiratet?«, hakte Akay nach.

»Ja, das haben wir.«

»Bert und Gerd haben doch immer alles gleich gemacht«, meinte Egi. Er schwelgte in Erinnerungen an die zwei achtundsechzig Jahre alten Männer, die Zeit ihres Lebens nicht zu trennen gewesen waren, die in der Schule immer nebeneinander gesessen, gemeinsam eine Schreinerausbildung absolviert und später das Geschäft vom Vater übernommen hatten. Das hatten sie aus gesundheitlichen Gründen vor acht Jahren schließen müssen, weil sie keine Nachkommen und nie geheiratet hatten. Sie hatten stets nach einem geeigneten Zwillingspärchen gesucht, waren aber bis vor sechs Jahren nicht fündig geworden.

»Wie haben Sie Ihren Mann kennengelernt, Frau Dampf?«, fragte Akay weiter und sah Egi dabei strafend an.

»Über eine Partnerbörse im Internet«, antwortete Dan Dampf mit gesenktem Blick und geröteten Wangen, es schien ihr unangenehm zu sein. »Ich weiß, das ist nicht die feine Art, aber Zwillinge möchten oft Zwillinge heiraten. Das ist gar nicht so einfach, wissen Sie? Aber warum fragen Sie danach?«

»Verstehe«, sagte Akay, schaute sie prüfend an und ignorierte ihre berechtigte Nachfrage. »Wann hat Ihr Mann heute Morgen das Haus verlassen?«

»Oh, heute war er ganz früh, weil er vor dem Verkehrschaos zum Viehscheid in die Berge wollte. Ein bisschen entspannen vor dem stressigen Abend, wenn alle hier feiern wollen. Meine Schwester und ich bereiten schon das Essen vor. Wir haben eine Party mit unseren Gästen geplant. Soll ich ihn anrufen und herbitten? Möchten Sie mit ihm sprechen, sind Sie deshalb hier?«

»Und Ihr Schwager Gerd Dampf, wo war er heute Morgen?«, fragte Akay weiter, ohne auf ihre Fragen einzugehen.

»Er hat meinen Mann Bert natürlich begleitet. Die beiden müssten in zwei Stunden wieder hier sein. Sie wollten auf dem Rückweg ein paar Liter Milch mitbringen, die letzte, die oben auf der Alpe abgemolken worden ist. Das machen wir jedes Jahr so für unsere Gäste«, erklärte Dan Dampf und lächelte Akay freundlich an. „Soll ich Bert jetzt anrufen?"

Egi schaute hinüber zu der anderen Gruppe im Frühstücksraum. Sie unterhielten sich völlig ruhig, die Nachricht war auch dort noch nicht überbracht worden.

»Frau Dampf, ich muss Ihnen jetzt den Grund für unser Erscheinen mitteilen. Ihr Mann ist tot«, sprach Akay ohne Vorwarnung aus.

Das war eine Masche von ihm und Egi hasste ihn dafür. Akay wollte auf diese Weise beobachten, wie die Ehepartnerin des Getöteten reagierte, ob sie sich auffällig verhielt, zu viel oder zu wenig Entsetzen und Trauer zeigte, oder es gar schon vorher gewusst hatte. Nun war die Reaktion von Dan Dampf nicht, wie Egi sie erwartet hätte. Und auch Akay hatte sie gewiss nicht in dieser Art erwartet. Dan Dampf schaute Akay an, schloss ihren Mund, richtete ihren Blick auf die schwimmende, herzförmige Kerze in der Mitte des Tisches, legte ihre Hände gefaltet in den Schoß und verharrte so, ohne eine weitere Miene zu verziehen.

»Frau Dampf, haben Sie verstanden? Ihr Mann ist tot«, wiederholte Akay.

»Ja?«

»Ja, Frau Dampf.«

Sie reagierte nicht weiter. Egi bekam eine Gänsehaut. Was ging jetzt nur in der Frau vor? War es in ihrer Kultur üblich, so auf den Tod des Ehegatten zu reagieren? Oder stand sie unter Schock und würde gleich vom Stuhl kippen? Egi rutschte auf die vordere Stuhlkannte und beugte sich etwas vor, um die zierliche Frau im Falle eines Falles auffangen zu können.

»Haben Ihr Mann und Ihr Schwager heute Morgen etwas in die Berge mitgenommen?«, fragte Akay weiter.

»Nein.«

»Wollten sie tauchen gehen?«, wollte Akay wissen.

»Nein.«

»Waren sie schon einmal in einem Bergsee tauchen?«

»Nein.«

Egi konnte Akays Fragerei nicht mehr mit anhören, dieser Kemptener war dermaßen pietätlos.

»Akay, verdammt noch amal, jetzt lass sie das doch erst einmal verarbeiten!«

»Misch dich nicht in unsere Verhörmethoden ein!«, zischte Akay.

Plötzlich schaute Dan Dampf auf. Ihr Blick war leer. Er verlor sich am Horizont, wo sich die hohen, grauen Gipfel rund um Oberstdorf emporreckten, als wollten sie in den noch immer strahlend blauen Himmel hineinstechen, als wäre er ein Ballon, den sie zum Platzen bringen wollten. Aber er platzte nicht.

Es war totenstill. Vereinzelt hörte man einige Vögel gegen die Stille anzwitschern. Dann drehte sich Dan Dampf ganz langsam auf ihrem Stuhl herum. Sie schaute in den Frühstücksraum. Dort saß ihre Schwester. Die gefalteten Hände lagen auf ihrem Schoß. Sie starrte auf die Kerze in der Mitte ihres Tisches. Dann sah sie auf, wandte sich ihrer Schwester draußen zu. Ihre Blicke trafen sich. Sie nickten sich zu.

Freitag, 13.09.2019: Bei Lotte daheim

Das Kranzrind Lotte scharrte unschlüssig mit den Hufen in der Wiese. Es hatte sich bereits ein beachtliches Loch gebildet. Hinter ihr stand der Rest der Herde und traute sich keinen Schritt weiter. Irgendetwas stimmte nicht mit ihrem Stall. Auch ihr Eigentümer Hubi schien nervös. Er rannte die ganze Zeit von einer Ecke zur anderen und schimpfte sich etwas in den Bart, das niemand verstehen konnte. Seine Frau Tilli legte ihm jedes Mal, wenn er sie passierte, die Hand auf die Schulter und redete tröstend auf ihn ein. Sein Schwager Gerti Beier und dessen Frau Hanni (Tillis Schwester) saßen neben Ursula Busch, der Mutter der beiden Frauen, auf einem Strohballen und vergruben ihre Gesichter in den Händen.

Zwei helle Kastenwagen mit offenen Schiebetüren standen am Straßenrand vor Lottes Wiese. Im Kuhstall wuselten sechs Gestalten in weißen Ganzkörperanzügen im duftenden Heu herum. In dem Heu, in dem sich Lotte jetzt gerne wälzen würde.

In gebückter Haltung sammelten die Spurensicherer Flusen, Haare und sonstigen Dreck auf und verstauten ihn in kleinen Plastiktüten. Ein schwergewichtiger Mann richtete sich zu seiner vollen Größe von einem Meter neunzig auf und reckte seine Hände Richtung Stalldach, um den noch immer dort herabhängenden Sitz des Gleitschirms zu fassen zu bekommen. Aber selbst ausgestreckt konnte der große Mann das Fluggerät nicht aus dem Loch im Dach entfernen. Er begann, dem Sitz entgegenzuspringen und nach einer der herunterhängenden Schnüre zu greifen, aber sie entglitt ihm jedes Mal wieder. Lotte schüttelte den

Kopf, muhte erzürnt und tänzelte nervös zurück zu ihrer Herde, die verstört auf der Wiese stand. Wären sie doch in den Bergen geblieben.

In diesem Moment brauste ein Dienstwagen der örtlichen Polizei herbei. Er kam aus Richtung Lorettostraße und hielt direkt neben dem Holzzaun mit dem Elektrokabel, der die Huberschen Felder einrahmte. Die vier Insassen stiegen aus, traten auf den Zaun zu, gingen durch das Tor und liefen über die Wiese hinüber zum Kuhstall.

»Hugo, konntest du hier mehr finden?«, fragte Akay und wunderte sich über den großen, unter dem Gleitschirm hüpfenden Mann.

Hugo gab auf, er blieb stehen und drehte sich zu den vier Ermittlern um. Sie hatten das Haus der Dampf-Witwen verlassen, ein Gespräch war nach der Todesnachricht um ihre Ehemänner nicht mehr möglich gewesen. Die Witwen hatten sich in Schweigen gehüllt und waren ohne ein weiteres Wort zurück in die Küche gegangen, um sich weiter um das Essen ihrer Gäste kümmern zu können.

»Ja, ich habe mehrere Schuhabdrücke sichern können. Könnte ein Damenschuh mit Absatz gewesen sein. Ich komme einfach nicht an das verfluchte Ding da oben dran«, maulte Hugo.

»Haben wir mitbekommen, Hugo«, grinste Akay.

»Hier, ich habe einen Abdruck gemacht«, meinte Hugo, ging zu seinem Koffer und zog einen Plastikbeutel heraus.

»Mmh, sieht tatsächlich nach einem kleinen Damenschuh mit hohem Absatz aus«, überlegte Silvia.

»So ist es«, bestätigte Hugo. »Habe ihn schon mit meiner Tabelle verglichen, müsste Schuhgröße 36 sein.«

Schuhgröße 36. Egi dachte scharf nach. In Oberstdorf gab es nicht viele Frauen mit dermaßen filigranen Füßen, selbst seine Belli trug bereits 36. Genau genommen fielen Egi nur zwei erwachsene Damen ein, die in solch kleines Schuhwerk hineinpassten. Schweißperlen bildeten sich auf seiner Stirn.

»Du, Egi, wir suchen nach Aschenputtel«, flüsterte Rudi dem PHK zu.

»Dann noch etwas«, fuhr Hugo fort. »Ich habe hier unten im Stroh ein abgebrochenes Stück Plastik gefunden, schwarz.« Wieder zog Hugo eine Tüte aus seinem Koffer. Darin lag ein rund zwölf Zentimeter langes und acht Millimeter breites Kunststoffstück. »Schicke ich alles zur Forensik. Die müssen den Gleitschirm prüfen und schauen, ob das da irgendwo dazugehört.«

»Alles klar, Hugo, danke dir«, meinte Akay. »Egi, was sind das für Leute, die da draußen in Selbstmitleid zerfallen?«

»Das sind die Pächter von den Wiesen hier, die Besitzer vom Kuhstall«, erklärte Egi. »Die wissen halt nicht, wohin jetzt mit den Kühen. Ihr habt denen ja alles abgesperrt.«

»Schickt sie noch ein paar Tage zurück auf die Alm«, riet Silvia – die Münchnerin hatte noch nicht mitbekommen, dass die Bergwiesen im Allgäu Alp genannt wurden – und lief zurück zum Einsatzwagen.

Freitag, 13.09.2019: SOKO Viehscheid

»Und, Daniel, gibt's Neuigkeiten?«, fragte Egi, als er mit Rudi, Akay und Silvia zurück zur PI kam.

Daniel saß an der Empfangstheke und schlürfte inzwischen an seinem fünften Kakao.

»Der Erich Engstein hat angerufen, er kriegt die Obduktionsberichte heute nicht mehr fertig. Gleich zwei auf einmal sind ihm einfach zu viel, das braucht seine Zeit, hat er gesagt«, erzählte Daniel.

»Kann er denn vorab nichts sagen?«, wunderte sich Egi.

»Kaa Ahnung«, meinte Daniel und blätterte weiter in der vor ihm liegenden Tageszeitung.

»Lasst uns in den Konferenzraum gehen. Wir rufen ihn an«, schlug Akay vor.

»Kann ich mitkommen?«, meinte Daniel und sprang auf.

»Bleib du bitte hier an der Telefonzentrale, Daniel«, entschied Egi. »Die Beate hat doch heute frei, und hier muss einer sitzen. Morgen wieder, gell?«

Daniel griff enttäuscht nach seiner Tasse, ging zum nebenstehenden Kaffeeautomaten und zog sich den nächsten Kakao. Egi, Rudi, Akay und Silvia begaben sich in den Konferenzraum und setzten sich an den großen, ovalen Tisch. Akay und Silvia stellten ihre Notebooks auf und fuhren sie hoch. Die SOKO Viehscheid nahm ihre Arbeit auf.

»Ich muss noch was holen«, meinte Egi, stand wieder auf und ging in sein Büro.

Dort setzte er sich an seinen Schreibtisch und zog die Sammelsurium-Schublade auf. Es war höchste Zeit, den alten Kruscht vom letzten Jahr wegzuräumen. Er griff hinein und holte die Notizen seines vorherigen Falles heraus. Es waren mehrere Skizzen von Uroma Bruni dabei, genauso wie die Lösungswörter, unter anderem »Mörder = Wiener-Walzer-Tänzer und Kampfsportler«, »Moosberger Einbruch durch Schornsteinfeger und Aldi-Süd-Einkäufer« und »Wo ist Iris?«.

Egi warf die Zettelwirtschaft in den Reißwolf. Er musste grinsen, das war ein toller Fall gewesen. Die Dampf-Morde schienen ihm um einiges undurchschaubarer und vor allem bedrohlicher, und sein Lächeln erstarb. Er schnappte sich einen Notizblock und einen Stift und schrieb seinen ersten Verdacht auf: »Kleine Stöckelschuhe an Gerds Absturzstelle: Dampf-Witwen?«, riss den Zettel vom Block, warf ihn in die Schublade und schloss sie ab. Dann stand er auf und ging mit Block und Stift zurück in den Konferenzraum. Als er eintrat, ertönte ein lautes, lang gezogenes, klägliches Brummen. Es war Rudis Magen.

»Was wollt ihr denn? Ich hab's doch dem Daniel schon erklärt!«, quäkte es aus dem laut gestellten Telefon auf dem Konferenztisch.

»Erich, der Bericht ist mir egal, sag einfach, was du bisher weißt«, rief Akay.

»Ihr Nervensägen raubt mir nur meine Zeit, ich hätte jetzt schon drei Seiten fertig, wenn ihr nicht ständig ...«

»Hab dich nicht so, Erich. Nur eine Antwort von dir: Woran sind Bert und Gerd Dampf gestorben?«, fragte Akay.

»Weißt du eigentlich, wie schwierig es ist, solche Buckelwale aus einem Neoprenanzug herauszuschälen? Ich musste am Ende mit dem Skalpell ...«

»Woran, Erich?«, wiederholte Akay so laut, dass Egi zusammenzuckte.

»Sie sind erstickt.«

Es tutete in der Leitung, Erich hatte aufgelegt.

Freitag, 13.09.2019: Schlafenszeit

»Egi, gut, dass du heimkommst! Bring doch fix die Bruni ins Bett«, rief Elli die Treppe herunter, als Egi am Abend heimkam.

Egi hatte gerade erst die Haustür aufgeschlossen und freute sich auf ein kühles Weizenbier, das seine Kehle heruntergluckerte, mit hochgelegten Beinen im Fernsehsessel. Und darauf, dass seine Ehefrau ihm eine deftige Brotzeit auf einem Tablett brachte, das er auf seine Oberschenkel stellen würde, um die Köstlichkeiten mit geschlossenen Augen in angenehmer Liegeposition verschlingen zu können, während er sich die *heute*-Nachrichten auf dem ZDF ansah. Stattdessen betrat er das Mehrgenerationenhäusle und wurde gleich wieder für eine Aufgabe eingespannt, die gerade niemand übernehmen wollte.

Der verstorbene Großvater Edmund Huber zuckte durch Egis Kopf. Er duckte sich schnell und verwarf jeden negativen Gedanken in Bezug auf seine häuslichen Pflichten, vor allem diejenigen, die Großvater Edmund Hubers Witwe Bruni betrafen. Jetzt behelligte der Geist Edmunds seinen Enkel bereits in dessen vier Wänden. Nun gut, immerhin waren es auch einmal die vier Wände von Edmund Huber gewesen, der das Häusle nach dem Krieg mit seinem eigenen Schweiße und Blute aufgebaut hatte. Also ergab sich Egi seinem Schicksal.

Der PHK warf seine Jacke in die Ecke und ging in Vatter Beppis Bad im Erdgeschoss. Dort hockte Bruni im Rollstuhl und legte ihre dritten Zähne in ein Reinigungsbad, das sogleich anfing wild zu sprudeln. Sie grinste ihn zahnlos an.

Egi musste lachen. Was für ein feines Persönchen die Bruni doch in ihrem Greisenalter noch war! Dann musste seine Brotzeit halt warten, und das Weizenbier auch.

Er nahm sich einen Waschlappen, ließ warmes Wasser darüberlaufen und wischte damit sorgsam über Brunis Gesicht, Hals und Arme. Die Hände wusch sie sich selbst über dem Waschbecken mit einer ordentlichen Portion Flüssigseife aus dem Spender. Er reichte ihr ein flauschiges Handtuch, damit sie sich abtrocknen konnte. Dann folgte ein Ritual, dass Uroma Bruni seit ihrer Jugend zelebrierte. Egi griff nach einem Cremetöpfchen im Kosmetikregal, öffnete es und hielt es ihr vor die Nase. Sie tunkte ihren krummen Zeigefinger hinein und verteilte den Cremekleks in den Handflächen. Dann rieb sie sich damit sorgfältig Gesicht und Hals ein. Schon ihre Großmutter hatte ihr beigebracht, dass man sich als junge Dame jeden Abend das Gesicht eincremen sollte, damit es im Alter nicht zu viele Mimikfalten gab.

Egi schloss die Dose wieder und stellte sie zurück. Danach rollte er sie hinüber in ihr Zimmer. Dort zog er ihr das dunkle Kleid und die Strumpfhose aus, die sie auf dem Viehscheid getragen hatte, und schob sie auf ihr Bett. Er warf ihr ein geblümtes Nachthemd über und legte sie sanft auf ihr dickes Kopfkissen. Sie schaute ihn dankbar an und nahm seine Hand.

»Dann wird jetzt mal schön geschlafen, gell?«, meinte Egi, kniff ein Auge zu und reichte ihr die Fernbedienung.

Uroma Bruni liebte es, sich vom Fernseher besäuseln und in das Reich der Träume überführen zu lassen. Am liebsten schaute sie Krimiserien wie »Pfarrer Braun« oder »Der Bulle von Tölz«. Und meist wusste sie nach wenigen Minuten, wer der Mörder war. Urmoma Bruni verfügte über ein hervorragendes kriminalistisches Gespür, deshalb versuchte sie auch jedes Mal, ihren Enkel Egi bei seinen verzwickten Kriminalfällen zu unterstützen.

»Ögi, hö ösch död?«, fragte sie ihn.

Egi verstand zwar nicht viel, konnte sich aber denken, dass sie wissen wollte, wer die beiden Toten waren. Und bestimmt hatte sie für seine Antwort auch ihr Hörgerät eingeschaltet.

»Es waren Bert und Gerd Dampf«, verriet Egi und beobachtete, wie seine Oma darauf reagierte.

Urmoma Brunis fittes Hirn hatte über neun Jahrzehnte Oberstdorfer Interna gespeichert, da war es immer interessant zu wissen, wie sie die Dinge sah. Egis Herz klopfte wild, als er sah, wie sie diese Neuigkeit aufnahm. Ihre Augen weiteten sich, tiefe Falten bildeten sich auf ihrer Stirn. Ihre Hand, die immer noch Egis Hand umfasste, griff nun fester zu, quetschte Egis Finger regelrecht zusammen.

Er bekam einen Schreck, musste schlucken. Was hatte Uroma Bruni? War der aufregende Tag zu viel für die Achtundneunzigjährige gewesen? Hätte er ihr besser vor dem Schlafengehen nichts von den Toten erzählen sollen?

Plötzlich ließ ihre Hand los und machte zackige Bewegungen in der Luft.

»Pöpööö, Pöpööö!«, rief sie.

Samstag, 14.09.2019: Sagenzeit

Glaubet mir, da, wo Breitachflusse und Groppenbach sich einander nähern, auf der Oib zu Obertiefenbach, da ist ein prächtiger Schatz verborgen! Nur wo, nur wo? Ich sag es euch: Dort, wo der Weidestrauch wächst, am Groppenbach, da ruht tief unten eine Kiste. Die Zeit wird kommen, zu der der Strauch einmal dick und kräftig genug sein wird. So kräftig, dass er größer und stärker sein wird als jeder andere Busch in Obertiefenbach. So wird er euch zeigen, wo die Kiste vergraben ist. Und dann, ja, dann kann der Schatz gehoben werden. Glaubt mir, sein Wert wird unermesslich sein!

Ein Busch. Uroma Bruni hatte gestern Abend noch einen Busch auf ein Blatt Papier gekritzelt. Bei ihrem letzten Zeichenstrich war sie eingenickt, ihre Hand war herabgesunken und hatte mit dem Bleistift eine lange Linie über das Papier bis auf die Bettdecke gezogen.

Nun war Samstag. Egi saß am Küchentisch, trank seinen Aufwachkaffee, hielt das Gemälde in seinen Händen und starrte es verständnislos an. Eine uralte Erzählung war ihm wieder eingefallen, von einem Schatz. Woher er sie kannte, wusste er nicht mehr. Was hatte dieser Busch zu bedeuten? Egi ging davon aus, dass Bruni ihre Zeichnung noch nicht vollendet hatte. Er faltete das Papier zusammen und steckte es in die Hosentasche, um es ihr am Abend noch einmal vorzulegen. Jetzt musste er sich dringend auf den Weg zur PI machen.

»Egi, getz aber zackich, die Heiopeis sitzen schon hinten drin!«, rief Beate Klingel ihm vom Empfang aus zu, als Egi hineineilte.

Beate stammte aus Essen und pflegte trotz vieler Jahre in Oberstdorf immer noch ihren Ruhrpottdialekt. Egi verstand nicht alle ihrer Worte, kapierte aber sehr wohl, dass er sich beeilen musste.

»Servus, Beate, schön, dass du wieder da bisch!«, rief er noch schnell im Vorbeilaufen.

Er stürmte in den Konferenzraum, in dem bereits Akay, Silvia, Rudi und der Chefmeier saßen. Sie schauten auf den großen, an der Wand angebrachten Bildschirm, den Akay für die Videokonferenz eingeschaltet hatte.

»Auch schon da?«, grunzte der Chefmeier und verzog sein Gesicht zu einer gequälten Grimasse.

»Grüaß euch!«, rief Egi in die Runde und setzte sich neben Rudi.

Sitzungen mit der Kripo Kempten empfand der PI-Leiter als äußerst unangenehm. Noch unangenehmer gestalteten sie sich, wenn die Kollegen aus Memmingen per Videokonferenz zugeschaltet wurden, um ihre ersten Ergebnisse vorzutragen. Das war absolut nichts für den Chefmeier, aber jetzt musste er da durch.

Egi erkannte die Kollegen auf dem Bildschirm. Dort saßen Barbara Köhler, Erich Engstein, Lorenz Küpper und Hannes, dessen Nachnamen Egi vergessen hatte. Er war Leiter der IT-forensischen Abteilung in Memmingen, ein gedrungener Mann mit schütterem Haar, der wieder einmal seinen altmodischen braunen Anzug mit Fliege trug. Egi hatte ihn bisher ausschließlich in diesem Anzug gesehen. Vielleicht besaß er ja mehrere Modelle davon? Hannes erhob sich von seinem Stuhl und hielt zwei Plastiktüten ins Bild, in denen Egi jeweils ein Smartphone erkennen konnte.

»Wir haben die Bewegungsprofile der Toten untersucht. Ihre Handys haben sich kurz vor ihrem Gleitschirmflug in mehreren Funkzellen aufgehalten. Am gestrigen Morgen befanden sie sich in Oberstdorf und bewegten sich dann Richtung Talstation der Nebelhornbahn. Danach sind sie den Berg hoch, sehr wahrscheinlich mit der Gondel.«

»Das spricht also dafür, dass Bert und Gerd Dampf auf das Nebelhorn hochgefahren sind?«, fragte Akay nach.

»Wer mit den Handys hochgefahren ist, kann ich dir nicht sagen«, relativierte Hannes. »Aber ja, die Geräte sind hochgefahren, die Frage ist nur wohin und mit wem. Die Funkzelle oben am Nebelhorn ist recht groß, sie können dort überall gewesen sein.«

»Sehr wahrscheinlich sind sie nicht in dem Taucheranzug hoch«, überlegte Silvia. »Aber ihr Ziel muss ein See gewesen sein.«

»Das werden wir noch heute klären, wir fahren gleich zur Nebelhornbahn«, entschied Akay. »Die beiden Handys haben sich aber da oben immer in derselben Funkzelle befunden, Hannes?«

»Ja, so ist es«, bestätigte der Leiter der IT-Forensik.

»Jetzt macht's mal weiter, ich hab nicht den ganzen Tag Zeit für so einen Kleinkram!«, rief der Chefmeier und rutschte wie von Ameisen gebissen auf seinem Stuhl herum.

»Hannes, gibt es noch mehr?«, wollte Akay wissen.

»Ja. Du hattest mich gebeten, auch die Funkverbindungen der beiden Ehefrauen zu überprüfen. Sie haben sich gestern den ganzen Tag unten in Oberstdorf aufgehalten. Ich meine natürlich die Geräte der beiden, was die zwei Damen gemacht haben, kann ich dir nicht sagen.«

»Sehr gut, danke, Hannes«, sagte Akay. »Dann zu dir, Lorenz, was kannst du uns schon sagen?«

Lorenz Küpper war der Leiter der Spurensicherung und damit der Vorgesetzte von Hugo Hasenkamp. Lorenz lebte in Oberstdorf und war sogar ein alter Schulfreund von Egi. Die beiden kannten sich seit Jahrzehnten und pflegten ein freundschaftliches Verhältnis, vor allem, seit Lorenz Anfang des Jahres noch einmal unter verzwickten Umständen Vater geworden war, ein später Vater wie der Egi also. Hinzukam, dass seine mittlere Tochter Susi die Freundin von Egis Sohn Tommi war, eine Tatsache, die Egi noch nicht in all ihren Ausprägungen hatte akzeptieren können. Aber jetzt ging es ja erst einmal um die Spuren, die Hugo gestern an den Absturzstellen gesammelt hatte. Und um Uroma Brunis Buschzeichnung. Hoffentlich fügten sich diese ersten Erkenntnisse bald zusammen.

Hannes setzte sich wieder. Lorenz stand auf. Er war an die zwei Meter groß, und als er sich in Memmingen vor der Kamera bewegte, zeigte der Bildschirm in Oberstdorf den Hochgewachsenen nur von den Oberschenkeln bis zum Hals, Füße und Kopf waren abgeschnitten. Er nahm eine Plastiktüte vom Tisch, in der sich ein Schuhabdruck befand.

»Der Hugo konnte an der Absturzstelle im Kuhstall Schuhabdrücke sichern, die sehr wahrscheinlich von einem Paar Damenschuhen mit breitem, hohem Absatz in Größe 36 stammen. Der Tote am Viehscheidplatz hat leider in einem Kuhfladen gelegen, daher gab es dort nicht viel an Spuren zu sichern, und die wenigen, die es gab, auch nur unter unzumutbaren Umständen.«

Lorenz wandte sich um, und weil sein Kopf auf dem Bildschirm abgeschnitten war, konnte Egi nur vermuten, wen er ansah. Im Hintergrund erkannte der PHK jedoch, dass Erich Engstein rot anlief und demonstrativ aus dem Fenster schaute.

»Und damit kommen wir zu Barbara, die euch mehr zu den Taucheranzügen erzählen kann«, schloss Lorenz seinen Bericht.

Barbara Köhler war die Leiterin der Forensik, eine graue Maus mit einem Meter fünfzig Körpergröße. Als sie sich erhob und in Bewegung setzte, lief sie auf Bauchnabelhöhe an Lorenz Küpper vorbei und stellte sich vor die Kamera. Der Bildschirm in Oberstdorf zeigte sie vom Hals aufwärts.

Der Chefmeier grunzte und murmelte: »Scheiß Technik!«

»Wie bitte?«, fragte die Köhler gleich, sie vermutete hinter jedem Kommentar eine abfällige Bemerkung gegen ihre Person.

»Nichts, Köhler, nichts weiter, der Bildschirm hier in der PI Oberstdorf ist nur nicht richtig eingestellt«, schmunzelte Akay. »Was haben dir die Taucheranzüge über die Toten erzählen können, Köhler?«

Barbara sprach man nur mit Nachnamen an, das hatte sich in Memmingen so eingebürgert. Die Kripo in Kempten und die PI in Oberstdorf hatten diese Eigenart weitergeführt, was jedoch in einigen Fällen zu erheblichen Problemen geführt hatte, da die Leiterin der Forensik für eine so zierliche Frau über eine ungewöhnlich tiefe Stimme verfügte. Egi hatte sie versehentlich am Telefon des Öfteren mit »Herr Köhler« angesprochen, was ihm einen tiefen Disput mit ihr eingebracht hatte.

»Dann kommen wir mal gleich zum Punkt«, fing die Köhler an. »Wir konnten feststellen, dass der Taucheranzug des Toten im Kuhstall durchsucht worden sein muss. Alle Reißverschlüsse, Einschubfächer und mitgeführten Umschnalltaschen waren geöffnet, umgestülpt und sehr wahrscheinlich auch ausgeräumt worden, insofern sich darin einmal etwas befunden hat. Sprich, der Tote hat nichts bei sich geführt außer seiner Sauerstoffflasche. Das Gleiche bei dem Toten am Viehscheidplatz, nur waren seine Reißverschlüsse nicht geöffnet. Die Sauerstoffflaschen der Toten waren restlos leer, auch sie wurden in dem Sinne ausgeräumt. Die Ventile waren zerbrochen und der Sauerstoff war entwichen. Sieht nach Manipulation aus. Wobei man sagen muss, dass die Ventile ihre besten Zeiten sowieso schon lange hinter sich hatten. Es könnte auch zu einem Kampf unter Wasser gekommen sein, bei dem sie gebrochen sind. Bert und Gerd Dampf sind also unvorbereitet in die Falle gegangen. Wir konnten an den Neoprenanzügen Reste von zum größten Teil verdunsteten Wasser sicherstellen, es liegt also nahe, dass die beiden tatsächlich noch vor ihrem Abflug getaucht sind.«

Barbara Köhler konnte mit ihren Ausführungen jeden Schnellsprechwettbewerb gewinnen. Egi musste jedes Mal höllisch aufpassen, dass er auch alles Gesagte erfasste und vor allem behielt. Zur Sicherheit machte er sich zwei Notizen: »Taucheranzugtaschen leer« und »Sauerstoffflaschen leer«, und steckte sich die beiden Zettel in die Hosentasche zu Uroma Brunis Buschzeichnung. Waren die entwendeten Gegenstände etwa in einem Busch versteckt? Aber woher hätte die Bruni das wissen können?

»So, jetzt zu dir, Erich, gib Gas!«, rief der Chefmeier dazwischen. Er sehnte das Ende der Sitzung herbei, aber verpassen wollte er auch nichts.

Akay schüttelte den Kopf über die allgemein herrschende Unprofessionalität in der PI Oberstdorf und fragte: »Sonst noch etwas, Köhler?«

»Ja, noch eine Sache. Das Stück Plastik hier, das Hugo im Kuhstall gefunden hat«, Köhler hielt das Tütchen mit dem Gegenstand in die Kamera und reckte sich, damit ihr Kopf ebenfalls im Bild erschien, »das stammt nicht vom Fallschirm. Die verwendeten Materialien stimmen nicht überein, und es ist auch nichts am Gleitschirm abgebrochen, er ist intakt. Genauso wie der Gleitschirm vom Viehscheidplatz. Unsere Experten konnten sicherstellen, dass beide Schirme noch flugtauglich sind, auch wenn der Stoff an ein, zwei Stellen etwas abgenutzt war. In beide war übrigens das Schild einer Flugschule eingenäht, wir schicken euch gleich Fotos davon. Das gefundene Plastikstück erinnert mich eher an die Füße einer Drohne. Mehr habe ich nicht für euch, wir sind aber noch nicht fertig.«

»Drohne? Sehr interessant! Okay, danke dir, Köhler«, murmelte Akay. »Jetzt darfst du, Erich.«

Erich Engstein, der Gerichtsmediziner blieb gleich sitzen und meinte: »Ich mach's kurz, habe es ja gestern schon gesagt. Bert und Gerd Dampf sind erstickt, sie hatten beide Kohlendioxid in ihren Lungen. Jetzt wissen wir dank Köhler auch warum, die Sauerstoffflaschen waren schlichtweg leer!«

Samstag, 14.09.2019: Drohnen in Oberstdorf

»Daniel, sag amal, was genau kann man denn so alles mit einer Drohne machen?«, fragte Egi.

Sein Sohn Tommi hatte sich eine zu seinem fünfzehnten Geburtstag gewünscht, aber was er damit trieb, hatte sich dem Wissen des PHKs entzogen, bis es vor zwei Wochen an seiner Tür geklingelt hatte. Der PHK hatte daher Daniel zu sich ins Büro bestellt, um ihn nach den technischen Möglichkeiten zu fragen.

Daniel zog sich den Besucherstuhl heran und setzte sich neben Egi. Rudi saß ihnen gegenüber und versuchte gegen seinen erneut knurrenden Magen anzugehen. Erfolglos. Seine Frau hatte ihm eine Frischhaltebox mit geschnittenen Paprika, Möhren, Radieschen und Rettich eingepackt, die er sich nur mit höchster Überwindungskraft in den Mund schieben konnte. Familie Ströber hatte sich einer Low-Carb-Diät verschrieben, da der Sohnemann im nächsten Frühjahr seine Verlobte ehelichen würde, die bereits unter Rudis Dach wohnte. Da alle vier über gut genährte Wohlstandskörper verfügten, sah man dringenden Handlungsbedarf. Auf den Hochzeitsfotos müsse man schließlich eine gute Figur abgeben, hatte Rudis Frau betont. Es war also abgestimmt worden, 3:1 für die Diät (die Gegenstimme war von Rudi gewesen, scheiß auf die spinnerten Fotos, die sich später sowieso niemand mehr ansehen würde).

»Schmeckt's?«, fragte Daniel und grinste breit.

Rudi gab nur ein ablehnendes Grunzen von sich und schob sich die nächste Möhrenspalte in den Mund.

»Jetzat sag schon, Daniel, die Drohnen!«, drängte Egi.

Daniel zog Egis Tastatur und PC-Maus zu sich und öffnete die Suchmaschine. Das Internet spuckte unzählige Treffer zu seinem Suchbegriff aus. Es erschienen Bilder und Texte, die Egi kaum überblicken konnte. Daniel klickte einen Link an, und es öffnete sich eine Website, die den Aufbau einer Drohne erläuterte.

»Siehst du hier, Egi«, begann Daniel, »die Drohnen haben mehrere Propeller, mit denen man sie in alle Richtungen lenken kann. Sie können auch in der Luft stehen bleiben, zum Beispiel über einem Tatort.«

»Wozu das?«, wollte Egi wissen.

»Na ja, du hast bestimmt schon gehört, dass man die Drohnen mit Webcams ausstatten kann, dann kann man halt filmen«, erklärte Daniel.

»Stimmt, der Tommi hat auch so eine. Wir wohnen ja am Moorweiher, die hat er dann immer zum Schwimmbad rüberfliegen lassen«, erinnerte sich Egi, der seinen Sohn deshalb schon mehrfach getadelt hatte, er befürchtete eine Anzeige wegen Voyeurismus.

»Nimm ihm das Ding weg, sonst gibt's noch Ärger«, riet Daniel und kniff ein Auge zu. Er wusste nicht, dass der Bademeister bereits an Egis Tür geklingelt hatte und Tommis Drohne seitdem in Egis Garage am Regal festgekettet war.

»Und was meinst du jetzt mit der Drohne am Tatort?«, fragte Egi weiter.

»Vielleicht hat jemand den Flugverlauf und den Absturz von Gerd Dampf gefilmt. Und als er in den Kuhstall gekracht ist, hat die Drohne einen abbekommen und ihr Fuß ist abgebrochen.«

»Wenn man den Fuß von der Drohne hat, kann man dann feststellen, um welches Modell es sich handelt?«, fragte Egi und kratzte sich am Bart.

»Klar, manche Modelle eines Herstellers haben die gleichen Füße, aber grob kann man das bestimmt eingrenzen«, meinte Daniel.

Egi machte sich eine neue Notiz und warf sie in seine Sammelsurium-Schublade: »Drohnenfuß überprüfen«.

Rudi musste aufstoßen, dieses Grünzeug bekam ihm einfach nicht. »Du, Egi, können wir jetzt rüber zum Bäcker gehen und uns Brezeln mit Butter holen?«

Samstag, 14.09.2019: Fußleiden ade?

»Daniel, könntest ab heute Mittag noch einmal an der Telefonzentrale bleiben? Die Beate arbeitet ja nur halbe Tage diese Woche, und wir sind bestimmt nicht vor zwölf zurück in der PI«, bat Egi.

Daniel verdrehte die Augen. Telefonzentrale und Empfang hingen ihm dermaßen zum Hals heraus. Er war seit drei Jahren Polizist und sollte immer noch stundenlang telefonieren und lästige Beschwerde-Junkies abwimmeln. So langsam wurde es Zeit für ihn, richtig durchzu-starten, und wenn das hier in Oberstdorf nicht ging, dann eben woan-ders. Zu diesem Schluss war er diesen Sommer gekommen. Vor allem, da es sich abzeichnete, dass seine Beziehung zu Luigi, dem Hundefüh-rer aus Kempten, sich zu einer ernsten Sache entwickelt hatte. Sie plan-ten, in nächster Zeit zusammenzuziehen, wussten aber noch nicht wo. In Oberstdorf oder in Kempten?

»Was? Auch noch an einem Samstag? Das steht so nicht in meinem Schichtplan!«

»Bitte, Daniel, nur noch heut.«

»Na gut«, maulte Daniel. »Aber ab morgen lasst mich doch die Früh-schicht übernehmen, dann kann ich wenigstens nachmittags mit euch rausfahren.«

»So machen wir das«, versprach Egi und klopfte ihm verständnisvoll auf die Schulter.

»Los jetzt, vergeudet nicht die Zeit mit euren belanglosen Interna«, rief Akay und stürmte mit Silvia an Egi, Rudi und Daniel vorbei.

»Wir sind ja schon auf dem Weg«, knurrte Egi und machte noch einen kurzen Halt bei Beate. »Rudi, kannst schon mal naus gehen, ich muss die Beate noch was fragen.«

Rudi schlurfte mit hängendem Magen hinaus Richtung Kripo-Kempten-Dienstwagen, an dessen Steuer bereits Akay saß und ungeduldig mit den Fingern auf das Lenkrad trommelte. Zum Bäcker hatte es Rudi nicht mehr geschafft.

»Sag amal, Beate, wie geht's denn deinem Füßle?«, fragte Egi vorsichtig nach.

Beate hatte seit fünf Jahren einen Hinkefuß aufgrund einer Verletzung, die sie sich im Dienst bei einem Schusswechsel zugezogen hatte – von einer Kugel, die dem Egi gegolten hatte. Der miserable Schütze war ein auswärtiger Räuber gewesen, der mit seinem Revolver den Automaten in der naheliegenden Sparkasse hatte knacken wollen und dafür noch heute hinter Gittern saß. Die Schüsse hatte man bis zur PI gehört. Egi, Rudi und Beate waren damals losgestürmt, um den Mistkerl festzunehmen. Egi war als Erster bei dem Panzerknacker angekommen, der sofort auf den Polizeibeamten gezielt und ihn auf Grund seiner Augenfehlstellung knapp verfehlt hatte. Das rechte Auge des Bankräubers schaute geradeaus, das linke scharf nach links. Gewiss war das auch der Grund dafür gewesen, dass er selbst aus einem halben Meter Entfernung den Geldautomaten nicht getroffen hatte.

Der Querschläger hatte dann Beates Knöchel durchbohrt. Ein Alptraum für Egi, der seitdem händeringend versucht hatte, einen Chirurgen zu finden, der ihr Fußgelenk wiederherstellen könnte. Egis Bruder Volker, der Chefarzt der Gynäkologie, kannte sich bestens mit Frauenleiden aus, nur halt nicht mit denen am Laufapparat. Aber er hatte Beziehungen zu einem Spezialisten in Hamburg. Und genau bei dem war Beate letzten Monat gewesen und hatte sich von dem versierten Fischkopp operieren lassen. Sie war heute nach drei Wochen Krankschreibung wieder in die PI gehumpelt. Egi war der kalte Schweiß ausgebrochen, das hatte nicht besser ausgesehen als vor der OP.

»Also, dieser Orthopäde hat dat wirklich toll gemacht, dat klappt getz alles viel besser mit'm Laufen«, versicherte Beate. »Ich muss aber noch dat Dingens hier tragen, deshalb humpel ich noch so.«

Sie zeigte auf eine dicke Schuhsohle, die mit mehreren Schnallen an Fuß und Knöchel befestigt war.

»Ach so, und wenn das ab ist, dann kannst wieder vernünftig laufen?«, hakte Egi verunsichert nach.

»Sicha!«, beruhigte Beate den PHK, auch wenn sie selbst noch nicht wusste, wie sich ihr Fortbewegungsorgan ohne das Ding zukünftig verhalten würde.

»Egiiiii, jetzt komm endlich, sonst fahren wir ohne dich!«, hörte Egi Akay von draußen schreien.

Samstag, 14.09.2019: Auf zur Nebelhornbahn

Ohne Kopf kommt er geritten, der Schimmelreiter! Gib acht, wenn er des Weges kommt und du ihn störst, dann jagt er dich mit lautem Getöse. Ergreife die Flucht, renne, denn ich habe gehört, dass er zuweilen ein fürchterliches Brüllen von sich gibt, wenn er sich seine Opfer schnappt. Und es heißt, sein Schimmel trägt gläserne Eisen an den Hufen.

Egi schreckte hoch. Er musste im Auto kurz eingenickt sein. Von den schauerlichen Bildern vom kopflosen Reiter musste er sich erst einmal erholen. Woher waren sie nur gekommen? Zum Glück hatte Akays Stimme ihn geweckt, sonst wäre am Ende noch Schlimmeres passiert.

»Als Erstes befragen wir die Leute an der Kasse, ob sie sich an alte Zwillinge mit Taucheranzügen und großen Taschen erinnern«, entschied Akay auf dem Weg zur Nebelhornbahn.

»Die Bergdeppen hören doch gar nicht zu, Akay«, meinte Silvia genervt mit einem Blick nach hinten.

Rudi hatte die Augen geschlossen und döste einmal wieder vor sich hin. Egi starrte ins Leere und schien sich gerade in einer anderen Dimension zu befinden.

»Danach fahren wir hoch und fragen an jeder Station nach, ob sich jemand daran erinnern kann, wo sie ausgestiegen sind«, fuhr Akay unbeeindruckt fort.

Egi saß neben Rudi im Fond und schaute aus dem Seitenfenster. Nach seinem kurzen Albtraum war ihm wieder Beate in den Sinn gekommen. Ob der Fischkopp wirklich gute Arbeit an ihrem Hinkefuß geleistet hatte? Würde sie zukünftig vor dem abscheulichen Schimmelreiter davonlaufen können? Oder würde sie den Rest ihres Lebens durch Oberstdorf humpeln? Eine grässliche Vorstellung.

Es ruckelte. Der Kripo-Kempten-Dienstwagen fuhr plötzlich rückwärts. Erst jetzt nahm Egi wahr, dass sie bereits an der Nebelhornbahn angekommen waren und Akay einparkte. Der Parkplatz war, wie immer bei so herrlichem Wetter wie heute, voll besetzt, also stellte Akay das Auto frech ins Halteverbot neben die lange Warteschlange, die bis draußen vor dem Eingang zur Talstation stand, und legte einen Kripo-Parkausweis hinter die Frontscheibe in der Hoffnung, nicht abgeschleppt zu werden.

»Dann erhebt euch mal«, rief Akay nach hinten zu Egi und Rudi, schnallte sich ab und öffnete die Fahrertür.

Silvia war bereits ausgestiegen, ärgerte sich über die trägen Bergdeppen und schaute der über ihrem Kopf dahingleitenden gelben Gondel nach, die sich nahezu lautlos auf den Weg zur ersten Station Seealpe machte. Sie verzog den Mund und grübelte, ob sie wirklich in diese veraltete Siebziger-Jahre-Pendelbahn einsteigen sollte.

»Bub, hier darfst dich nicht hinstellen«, riet ein älterer Herr in der Warteschlange.

»Darf ich sehr wohl«, gab Akay zurück, stieg aus, zeigte seinen Dienstausweis und ging zusammen mit Silvia an dem staunenden Opa vorbei.

Der ältere Herr pfiff durch die Zähne und rief den hinter ihm Stehenden zu: »Die Bullen!«

Sofort ertönte ein schwatzhaftes Gemurmel unter den Wartenden, alle wussten bereits dem Hörensagen nach, dass hier in Oberstdorf gestern zwei Brüder getötet worden waren. Verdächtigungen, Mutmaßungen und Gerüchte machten die Runde.

Egi lief um das Auto herum, zog Rudi, der sich noch nicht aus eigener Kraft hatte herausstemmen können, von der Rückbank und warf die Tür zu. Akay betätigte die Taste für die Zentralverriegelung an seinem Autoschlüssel und winkte die zwei Oberstdorfer Ermittler zu sich.

»Jetzt lasst uns endlich zur Kasse gehen, wir haben nicht ewig Zeit!«, drängelte er.

»Schon gut, schon gut«, motzte Egi und schleifte Rudi hinter sich her. Seit der dieses Grünzeug fraß, war mit ihm nichts mehr anzufangen.

»Ich halte das nicht mehr lange aus, Akay«, flüsterte Silvia mit einem Blick auf die zwei PI-Kollegen, die im Schneckentempo hinter ihnen her schlichen.

»Leider brauchen wir sie, sonst kommen wir bei diesem sturen Bergvolk nicht weiter«, lamentierte Akay.

Endlich standen die vier Ermittler vor den Kassen, an denen die Mitarbeiter im Akkord den nicht enden wollenden Touristenströmen in bunter Funktionskleidung ihr Geld abnahmen und ihnen im Gegenzug Fahrkarten aushändigten. Es war klar, dass sie heute ein Vermögen machten.

Akay drängte sich zwischen Menschentrauben, Rucksäcken, Tragetaschen, Kinderwagen und Kraxen an Kasse 1 vor, erntete dafür einige unflätige Bemerkungen, zeigte seinen Dienstausweis und sagte: »Gibt es hier einen Vorgesetzten, mit dem wir einmal reden können?«

»Hat heute frei«, meinte die Kassendame genervt und fertigte den nächsten Fahrgast ab.

»Dann müssen Sie herhalten«, meinte Akay und grinste die gestresste Dame an, die nun in eine leichte Hektik verfiel.

»Sie sehen, was hier los ist. Kommen Sie später wieder«, meinte sie und reichte die nächsten fünf Tickets durch die Luke in der Glasscheibe.

»Dann ist es zu spät, wir brauchen Sie jetzt«, beharrte Akay, drehte sich um, stellte sich breitbeinig vor Kasse 1 auf und brüllte in die Menge: »Kripo Kempten. Diese Kasse ist vorübergehend geschlossen, bitte nutzen Sie die Kassen nebenan!«

Die Kassendame schlug die Hände über dem Kopf zusammen. Das würde ihr eine Menge Ärger einbringen. Die Kassenmitarbeiter waren gezwungen, die Tickets schneller zu verkaufen, als die Fahrgäste in die Gondel einsteigen konnten, sonst lief der ganze Betrieb nicht mehr rund. Sechzig Personen passten in eine Gondel, Hunderte standen hier vor ihr, und sie musste nun ihre Kasse schließen.

»Je schneller und präziser Sie antworten, desto eher ist Ihre Kasse wieder offen«, baute Akay weiter Druck auf.

Die arme Kassiererin schüttelte den Kopf, sie befürchtete das Schlimmste. Egi fand das Verhalten des Kripobeamten unmöglich. Wie konnte er das junge Mädle so fertigmachen?

»Dann fangen Sie auch endlich an!«, fauchte sie.

»Wie ist Ihr Name?«, fragte Akay.

»Lucy Gratz.«

»Waren Sie gestern Morgen auch hier an der Kasse?«

»Ja.«

»Sind Ihnen zwei Zwillinge älteren Jahrganges mit großen Taschen aufgefallen?«

»Sie meinen Bert und Gerd Dampf? Ja, die waren gestern hier. An Kasse 2.«

»Woher kennen Sie die Namen der beiden?«

»Die Zwillinge kennt jeder in Oberstdorf.«

Akay drehte sich um und brüllte erneut in die Runde: »Kasse 1 ist wieder geöffnet, Sie können rüberkommen!«

Ein erleichtertes Murmeln flammte auf und erlosch sofort wieder, als Akay hinzufügte: »Kasse 2 ist nun geschlossen. Bitte verteilen Sie sich auf die anderen Kassen!«

»Scheiß Bullen! Ihr wisst wohl nicht, was ihr wollt!«, schrie jemand von weiter hinten. Viele Umstehenden stimmten in den Protest mit ein, man verstand sein eigenes Wort nicht mehr.

Akay ging gemeinsam mit Silvia hinüber zu Kasse 2. Egi und Rudi folgten ihnen mit eingezogenen Köpfen. Wenn sie nicht sensibler vorgingen, würde bald ein Tumult ausbrechen.

»Wie ist Ihr Name?«, fragte Akay den Kassierer an Nummer 2, dem ebenfalls die Hektik ins Gesicht geschrieben stand.

»Benedikt Gratz.«

Akay schaute ihn verwundert an. »Sind Sie verwandt mit der Dame an Kasse 1?«

»Bin ihr Bruder. Können Sie sich bitte beeilen? Wir müssen diese ganzen Fahrgäste schnellstmöglich abfertigen.«

»Waren Sie gestern Morgen auch hier an der Kasse?«

»Ja.«

»Sind Ihnen zwei Zwillinge älteren Jahrganges mit großen Taschen aufgefallen?«

»Sie meinen Bert und Gerd Dampf? Ja, die waren gestern hier und haben sich zwei Tickets bei mir gekauft.«

»Woher kennen Sie die Namen der beiden?«

»Die Zwillinge kennt jeder in Oberstdorf.«

»Hatten sie Taucheranzüge an?«, schaltete sich Silvia ein.

»Nein, sie trugen wie immer Tracht«, antwortete Benedikt Gratz und warf einen interessierten Blick auf die gut gebaute Kemptener Blondine.

»Was hatten sie dabei?«, ging Akay dazwischen.

»Wie Sie schon selbst sagten, große Taschen. Dunkelblau waren die, mit einem gelben Logo drauf, eine Tauchermaske glaube ich. Sind wir jetzt fertig?«

»Nein. Hätten von der Größe her Taucherflaschen hineingepasst?«

»Denke schon.«

»Was hatten die Gebrüder Dampf vor?«

»Weiß ich nicht.«

»Wo kann man da oben tauchen?«

»Im See.«

»In welchem?«

»Gibt mehrere.«

»Wenn Sie so weitermachen, Herr Gratz, dauert es ewig«, unterbrach Silvia Akays Befragung und blickte sich demonstrativ in der überfüllten Halle um.

»Ich hab doch keine Ahnung, was die Alten da mit dem Taucherzeugs wollten. Hätte ja auch was ganz anderes in den Taschen sein können. Wir sind kein Tauchresort!«

»Hatten sie Fallschirme dabei?«, fragte Silvia.

»ICH WEISS ES NICHT!«

»Zu welcher Station sind sie denn gefahren?«, wagte Egi dezent zu fragen.

»Was soll das immer?«, fing Silvia plötzlich an zu keifen. »Ständig unterbrecht ihr uns mit euren depperten Fragen! Lenkt von unseren Ermittlungen ab. Versucht die ganzen Schandtaten hier in Oberstdorf zu vertuschen. Haltet Informationen zurück. Meint ihr, ihr habt die Weisheit mit Löffeln gefressen und könnt uns austricksen?«

Egi blieb der Mund offen stehen. Diese Verbalattacke der Kemptener Kollegin kam völlig unvorbereitet. In *diesem* Fall hatte er wirklich noch nichts vertuscht, zurückgehalten oder irregeleitet.

»Aber, Silvia, man muss doch hier an der Kasse sagen, an welcher Station man aussteigen tut. Die Fahrkarten gelten dann nur für ...«, versuchte Rudi geduldig zu erklären, soweit es sein rebellierender Magen zuließ.

»Ihr Klugscheißer könnt mich mal! Die ganze Zeit trödelt ihr herum und denkt, wir kriegen das allein nicht auf die Reihe hier in eurem mickrigen Dorf. Mir reicht es jetzt endgültig!«, schrie Silvia die PI-Kollegen an und wandte sich abrupt wieder Benedikt Gratz zu. »Wo sind die Alten also hingefahren? Ich möchte die gleiche Fahrkarte!«

Der Kassierer zögerte erst, zog dann ein Ticket und überreichte es Silvia: »Das macht 32,00 Euro bis zum Höfatsblick für Berg- und Talfahrt.«

»Ist Kasse 2 jetzt wieder offen?«, rief ein Familienvater von nebenan herüber.

Silvia kramte in ihrer Handtasche, zog ihre Geldbörse heraus, warf Benedikt Gratz das Geld auf den Tresen und murmelte: »Das ist Wucher!«

Sie schnappte sich die Fahrkarte, lief an der Warteschlange vorbei zum Eingang der Talstation, zeigte ihren Dienstausweis und nahm die nächste Gondel. Akay sah ihr verwundert nach.

Samstag, 14.09.2019: Schwimmen beruhigt

Die Luft war kühl und unglaublich klar. Scharf zeichneten sich die Berggipfel am Horizont ab. Die Hitze im Tal war hier oben kaum zu erahnen. Der Seealpsee lag eingebettet in die sattgrünen, hügeligen Wiesen der Daumengruppe am Südosthang des Schattenbergrats auf der einen Seite, auf der anderen hielt ihn ein grün bewachsener Vorsprung vor dem Absturz ins Tal zurück. Nur eine enge Vertiefung am hinteren rechten Ende ließ ihn in den Seebach entwässern, dessen Wasserfälle sich Hunderte Meter stufenweise die nicht besteigbaren Seewände hinabstürzten. Die Sonne stand bereits hoch am Himmel. Die Wasseroberfläche des Seealpsees glitzerte tiefblau in ihrem strahlenden Licht. Am Ufer schimmerte ein schmaler Streifen in karibischem Türkis. Hier oben, auf 1622 Metern Höhe, war es deutlich angenehmer als unten im Tal.

Silvia konnte endlich wieder durchatmen und ihren Streit mit den Bergdeppen der PI Oberstdorf beiseiteschieben. Um den Kopf wieder freizubekommen, war sie an der zweiten Station der Nebelhornbahn, Höfatsblick, ausgestiegen und ungefähr eine Stunde mehr oder weniger ziellos über den Zeigersattel gewandert. Sie war einfach den Touristen gefolgt, die mit ihren farbenfrohen Wanderausrüstungen von der Station aus losgezogen waren und ihr erzählt hatten, dass sie zu einem herrlichen Bergsee wandern würden. Bergsee, das passte zu ihrem aktuellen Fall, und vielleicht hatte sie ja sogar Glück und es war der richtige. Nun stand sie gemeinsam mit geschätzt einhundert Schaulustigen am Ufer des Sees und genoss den beeindruckenden Ausblick auf die

Berggipfel im Hintergrund. Neben ihr zückte man die Fotoapparate und Smartphones, um die atemberaubende Sicht für die Nachwelt festzuhalten. Einige Leute gruppierten sich vor dem See, steckten die Köpfe zusammen, hielten den Selfiestick hoch und grinsten in die Kamera.

Silvia ging einige Schritte vor, bis ihre Sneakers fast das Wasser berührten, um Abstand zu dem Wandertourismus zu halten. Sie senkte ihren Blick und erkannte, wie sich die Berggipfel auf der glatten Seeoberfläche spiegelten.

Sie stutzte. Da war ein Blinken im Wasser, circa fünfzehn Meter entfernt. Sie schaute wieder hoch und versuchte, in der Bergkulisse den Grund für das Blinken zu finden. Da war jedoch nichts, was sich im Wasser hätte spiegeln können. Also schaute sie wieder in den See. Das Blinken kam vom Seegrund! Da lag ein Gegenstand in rund zehn Metern Tiefe, von ihm gingen die Lichtreflexe aus.

Silvia überkam eine Ahnung. Sie zögerte nicht lange, entledigte sich ihrer Schuhe und Kleidung, bis sie in Unterwäsche dort stand. Die umstehenden Kinder fingen an zu kichern und zeigten mit den Fingern auf sie. Als die Männer sie im knallroten BH und Slip sahen, begannen sie zu johlen. Die zugehörigen Frauen schauten die durchtrainierte Halbnackte pikiert an.

Silvia marschierte unbeeindruckt in den See, dessen Wasser ihr eiskalt an den Beinen hochschlich. Sie bekam eine Gänsehaut am ganzen Körper, aber sie ging weiter. Als das Eiswasser ihren Bauchnabel erreichte, musste sie die Luft anhalten, um ein weiteres Vordringen ertragen zu können. Die Menschenmenge hinter ihr feuerte sie mit einem rhythmischen Klatschen an.

Sie entschied sich für den Radikalschlag, zog die Füße an und ließ sich komplett in die Fluten gleiten. Die Kälte raubte ihr den Atem, aber sie schwamm weiter, bis sie sich über der Stelle befand, an der das Blinken aus der Tiefe kam. Sie war schon zigmal im Urlaub an idyllischen Südseestränden schnorcheln gewesen und traute sich zu, die knappen zehn Meter herunterzukommen. Also sog sie so viel Luft in ihre Lungen wie möglich, schwang den Kopf herunter, drängte mit ihren Händen das Wasser beiseite, bis nur noch ihre Füße aus dem See ragten, und glitt mit kräftigen Beinschwüngen in die Tiefe.

Verdammt, sie hatte die Kälte unterschätzt. Je tiefer sie tauchte, desto eisiger wurde das kühle Nass. Nach vier, fünf Metern musste sie ihren ersten Tauchversuch abbrechen. Ihre Lunge schien vor Unterkühlung platzen zu wollen, ihr gesamter Brustkorb schmerzte.

Sie tauchte wieder auf. Das Klatschen der Schaulustigen begann von Neuem. Die neugierigen Beobachter riefen ihr Parolen zu, die sie überhörte. Wieder holte sie tief Luft und startete den zweiten Versuch. Dieses Mal kam sie gut einen Meter weiter, aber das reichte noch lange nicht. Das war noch nicht einmal die Hälfte der Tauchstrecke bis zu dem Blinken. Sie versuchte es noch einmal, und noch einmal.

Beim sechsten Versuch verließen sie die Kräfte, aber sie hatte zumindest erkennen können, woher das Blinken kam. Sie musste jetzt dringend Verstärkung anfordern.

Samstag, 14.09.2019: Erschöpfende Wanderung

Akay stand unschlüssig an der Bergstation Höfatsblick. Er war gemeinsam mit Egi und Rudi die zwei Stationen hochgefahren. Im Innern des kastförmigen Gebäudes mit dem schrägen Pultdach befand sich ein Souvenirladen, ein SB-Restaurant und ein breiter Durchgang mit großen, bebilderten Tafeln, die die technische Funktionsweise der über vierzig Jahre alten Nebelhornbahn erklärten. Die Erläuterungen suggerierten ein hohes Maß an Sicherheit. Wenn Akay sich jedoch die altmodischen, gelben Kabinen ansah, überkamen ihn leichte Zweifel. Er trat mit den zwei PI-Kollegen hinaus ins Freie, nahm ein mächtiges Stimmengewirr wahr und sah einen stark bevölkerten Spielplatz auf der gegenüberliegenden Seite.

»Was machen wir denn jetzt hier?«, fragte Egi. Er war sich nicht sicher, ob Akay vorhatte, erst nach dem Mörder oder nach Silvia zu suchen.

»Ich denke ...«, begann der Kemptener Ermittler, doch dann begann sein Smartphone mit einer Melodie aus den aktuellen Charts auf sich aufmerksam zu machen, die Egi auch schon einmal bei seinem Sohn Tommi gehört hatte.

Akay zog es schnell aus seiner Gesäßtasche und erkannte sofort das hübsche Gesicht seiner Intimkollegin auf dem Display.

»Was gibt's? Wo bist du?«

Egi beobachtete, wie Akay aufmerksam den Ausführungen seiner Gesprächspartnerin zuhörte, es war bestimmt Silvia.

»Alles klar, wir kommen!«, sprach Akay in sein Handy und legte auf. »Wo geht es hier zum Seealpsee, Egi?«

»Ach, da willst jetzt hin?«, hakte Egi zur Sicherheit nach.

»Ja, warum?«

»Das dauert scho a Stündle«, warnte Egi den Kripobeamten vor und wandte sich rechts um, lief einen kurzen, steilen Abhang hinunter und zeigte nach links. »Da lang müssen wir.«

»Och, naa«, beschwerte sich Rudi, der zurzeit alles andere als fit war. »Dann hol ich mir drinnen noch a kleine Stärkung!«

»Beeil dich! Wir gehen schon einmal vor«, rief Akay ihm nach.

Das war jetzt recht unglücklich gelaufen, fand Egi, denn Rudi würde sie mit einer »kleinen« Stärkung in der Hand bestimmt nicht einholen können. Der PHK versuchte daher, etwas herumzutrödeln, damit sein übergewichtiger Kollege zumindest den Funken einer Chance hatte, kurz nach ihnen am Ziel anzukommen.

»Egi, ihr müsst dringend mal an einem Sportprogramm teilnehmen, ihr bewegt euch hier wie die Schnecken!«, ärgerte sich Akay.

»Werd mich drum kümmern«, brummte Egi, schlurfte weiter und sah sich immer mal wieder um.

Er lief gemeinsam mit Akay den Sandweg entlang, der sich durch Wiesen und an Felsen herum schlängelte. Über die Hälfte der Passagiere aus der Gondel hatten sich mit ihnen auf den Weg gemacht. Einige von ihnen trugen riesige Rucksäcke auf ihrem Rücken, in denen sie ihren halben Haushalt verpackt hatten, sie schienen auf einer Hüttentour zu sein. Nach einer halben Stunde erkannte der PHK hinter sich eine korpulente Gestalt am Horizont, das musste der hungrige Kollege sein.

»Ähm, Akay, können wir kurz auf den Rudi warten? Schau, der ist dahinten und vertilgt noch seine Brotzeit.«

»Verdammt, ihr seid unmöglich. Die Silvia steht da klatschnass am See und wartet! Ruf ihn an und sag, er soll Gas geben!«

Egi wunderte sich, die Silvia war klatschnass? Diese Gegebenheit würde sich hoffentlich bald aufklären, damit sie weiter ermitteln konnten. Also tat der PHK wie ihm geheißen und rief seinen Kollegen an. Es meldete sich ein schmatzender Rudi, der während des Essens wenig gewillt war, zu telefonieren, geschweige denn einen Galopp einzulegen.

»Rudi, beeil dich halt, wennst fertig gegessen hast«, beendete Egi das Gespräch und trottete weiter hinter Akay her.

»Sag mal, Egi, was ist das für ein See? Gibt es da etwas zu holen?«, fragte Akay.

»Was zu holen? Nicht dass ich wüsst. Der liegt da verlassen an einer Bergwand. Weiter droben gibt's a Hütte, sonst nix.«

»Warum gehen dann so viele Touristen dahin?«

»Weil's schö isch!«, maulte Egi und schüttelte den Kopf über den ehemaligen Großstadtbewohner aus Frankfurt, der nach über drei Jahren im wunderschönen Allgäu offensichtlich noch nichts dazugelernt hatte.

»Hatten die Dampf-Zwillinge eine Beziehung zu dem See?«, wollte Akay wissen.

»Mmh, da müsst ich mal drüber nachdenken«, hielt sich Egi zurück. Er hatte da mal etwas von Uroma Bruni gehört, das war aber ewig her.

»Tu das!«, forderte Akay ihn auf und marschierte weiter.

»Wart amal, Akay, mein Schnürsenkel ist offen.«

Egi hockte sich hin und öffnete seinen Schnürsenkel, um ihn daraufhin umständlich wieder zu schließen. Er hoffte, Rudi damit einen zeitlichen Vorteil verschaffen zu können.

»Jetzt mach schon!«, drängelte Akay.

Später hatte Egi noch mehrere Steine im Schuh und wurde von einer erzürnten Biene verfolgt, die ihn ein Stück des Weges zurücktrieb. Bei jedem Vorfall musste der PHK kurz stehen bleiben, um sich wieder zu sortieren. Akay platzte bald der Kragen, aber alleine würde er den See nicht finden, also wartete er mehr oder weniger geduldig. Nach einer weiteren Viertelstunde vernahm Egi endlich ein erbärmliches Hecheln hinter sich. Er drehte sich um und blieb abrupt stehen.

»Rudi, tut's dir gut gehen?«, fragte der PHK und griff gleich nach Rudis Arm, um ihn zu stützen.

Rudi hatte einen hochroten Kopf, sein Hemd zierte vorne an der Brust ein großer Schweißfleck.

»Endlich, Rudi. Dachte schon, du hättest aufgegeben«, meinte Akay und legte einen Gang zu.

Samstag, 14.09.2019: Der Schatz im See

Da stand sie, in roter Unterwäsche, eine zu große hellgrüne Outdoorjacke hing über ihre Schultern, dazu trug sie weiße Füßlinge und gelbe Sneakers. Ihr roter BH blitzte durch die offene Jacke. Egi schloss schnell die Augen, bevor sich Opa Edmund Hubers geistliche Schelte wieder über ihn ergießen würde. Die Jacke hatte ihr eine ältere Dame geliehen, weil zwei böse Buben Silvias Kleidung versteckt hatten. Die Seniorin suchte nun gemeinsam mit ihrem Mann die umstehenden Büsche nach der vermissten Jeans, der gelben Bluse und der weißen Strickjacke ab.

»Endlich, ihr habt ja eine Ewigkeit gebraucht, um herzukommen«, schimpfte Silvia, aber sie wusste sofort, an wem es gelegen hatte.

Rudi hatte immer noch einen hochroten Kopf und wurde von Egi gestützt, oder besser gesagt, hergeschleift. Akay lief Silvia entgegen und schloss sie gleich in seine Arme.

»Was ist denn passiert?«, fragte Egi, als er endlich mit dem keuchenden Rudi bei ihr angekommen war.

»Ich habe etwas in dem See entdeckt, aber lasst uns das klären, wenn der Hubschrauber mit den Tauchern kommt«, antwortete Silvia und vergrub ihren Kopf in Akays Halsbeuge.

»Hubschrauber mit Tauchern?!«

Egi überkam ein beängstigender Schwindelanfall. Schon wieder ein Hubschrauber! Wer würde dieses Mal für die horrenden Kosten aufkommen? Der Chefmeier hatte dem PHK während seines ersten Falles am Nebelhorn gehörig den Kopf gewaschen, weil gleich zweimal ein

Hubschrauber hatte fliegen müssen. Nun gut, heute war er von der Kripo Kempten angefordert worden, dann sollten die auch zahlen.

»Nicht so laut!«, tadelte Silvia. »Die Gaffer hier dürfen nichts davon mitbekommen. Es war schon schwierig genug, sie davon abzuhalten, hinter mir herzuschwimmen, und ihnen zu verschweigen, was da im Wasser liegt.«

Was lag denn da im Wasser? Egi sah sich um. Es standen immer noch um die fünfzig Menschen am Ufer des Sees, die meisten von ihnen beobachteten die Ermittlergruppe kritisch.

»Du warst schwimmen?«, fand Rudi seine Sprache wieder.

»Ja, ich war schwimmen!«, fauchte Silvia.

»Dem Mädle war heiß, da hatts sich a bissle abgekühlt«, erklärte der freundliche, alte Herr, der mit seiner Frau nach Silvias Kleidung gesucht hatte und nun auf sie zukam. »Hier sind Ihre Hosen, Bluse und Jacke, die lagen dort droben hinter dem Busch.«

Egi durchzuckte ein Blitz, als er das Wort Busch vernahm. Er musste Uroma Bruni heute Abend unbedingt fragen, was es damit auf sich hatte.

Der alte Mann überreichte Silvia mit breitem Dauergrinsen ihre Sachen, nicht ohne noch einmal kurz vor Toresschluss genauestens ihre äußerst gut proportionierte Figur zu begutachten. Silvia zog sich schnell wieder an, als man von Weitem bereits den Hubschrauber hörte. Er landete etwas abseits, da der Bereich um den See herum zu hügelig war. Einige Männer stiegen aus, von denen zwei in enge, schwarze Anzüge gequetscht waren. Das mussten die Taucher sein.

Die Truppe bewegte sich auf Egi, Rudi, Akay und Silvia zu. Einer von ihnen hielt rot-weiß gestreiftes Absperrband in den Händen, ein anderer mehrere Stahlstäbe.

»Bitte machen Sie jetzt alle Platz für die Kollegen, wir werden das Ufer absperren!«, rief Akay den Umstehenden zu und hielt seinen Dienstausweis hoch.

»Siehst du, die sind doch von der Polizei«, flüsterte ein kleiner Junge seinem Papa zu, er hatte es gleich gewusst.

»Das muss mit den Morden von gestern zu tun haben«, flüsterte der Papa daraufhin der Mama zu und bewunderte seinen Sohnemann für die hervorragende Kombinationsgabe, die er gewiss vom Papa geerbt hatte.

So verbreitete sich die stille Post weiter, während sich die Schaulustigen zögerlich auf den Rückzug machten. Zwei der Hubschrauberinsassen rammten nun die Stahlstäbe in die Wiese, um die sie daraufhin das Absperrband spannten, damit sich niemand dem Ufer nähern konnte. Die zwei Taucher wurden von zwei weiteren Kollegen mit ihrem Equipment ausgestattet, Schwimmflossen wurden angezogen, Sauerstoffflaschen umgeschnallt und Tauchermasken aufgesetzt.

Silvia zeigte auf die Stelle im Wasser, an der sie das Blinken gesehen hatte. Da sich die Sonne auf eine westlichere Position und zur Hälfte hinter einer Schäfchenwolke verzogen hatte, war das Blinken erloschen. Die beiden Taucher watschelten dem Ufer entgegen und ließen sich ins Wasser gleiten. Sie verschwanden mit einem sprudelnden Geblubber.

Nach einigen Minuten tauchten sie wieder auf. Einer von ihnen machte ein Zeichen in der Luft, er formte Daumen und Zeigefinger zu einem Kreis. Sie mussten etwas gefunden haben! Sie schwammen zum Ufer zurück und watschelten aus dem See heraus.

Egi stand gespannt neben Akay und Silvia. Noch konnte er nichts erkennen. Die beiden Taucher hoben etwas aus dem Wasser. Egi kniff die Augen zusammen. Es sah aus wie eine Holzkiste mit goldenen Verschlägen. Die zwei Taucher trugen die Kiste gemeinsam ans Ufer, sie hatte die Größe eines Vierundzwanziger-Weizenbierkasten. Als sie näher kamen, erkannte Egi ein schweres, glänzendes Schloss an der Vorderseite.

Samstag, 14.09.2019: Schlösser knacken

Dieser Schimmelreiter, der ohne Kopf, heißt es, hat eine Truhe voller Geld! Im Stall soll sie verborgen liegen. Oder im See. Oder unter dem Busch? Keiner weiß es genau. Aber gefürchtet wird er im ganzen Allgäu, in seiner Nähe will sich keiner recht aufhalten. Nur wer den Schatz an sich nehmen will, der traut sich näher. Der kopflose Schimmelreiter hütet die Truhe jedenfalls, und viele haben schon nach ihr gegraben. Aber gefunden hat sie bis heute niemand!

Die Holzkiste stand jetzt nach einigen heftigen Turbulenzen auf dem Konferenztisch in der PI. Als Egi sie am See gesehen hatte, war ihm dieser kopflose Schimmelreiter wieder eingefallen. Wie kamen nur diese Geschichten in sein Hirn? Egi, Rudi, Akay und Silvia waren mit dem Hubschrauber zurück ins Tal geflogen, und als Egi die Rotorblätter über sich brüllen gehört hatte, war ihm diese alte Geschichte wieder eingefallen. Es mussten uralte Erinnerungen sein, aus seiner Kindheit. Bestimmt hatte die Bruni oder Großvater Edmund ihm damals Schauermärchen erzählt, die ihn heute noch im Unterbewusstsein verfolgten. Schon als Kind hatte er diese alten Allgäuer Sagen gruselig gefunden und nicht mehr einschlafen können, weil ihn kopflose Reiter verfolgt hatten. Und jetzt, bei den Viehscheid-Morden kam alles wieder hoch. Aber warum nur?

Als sie unten an der Talstation der Nebelhornbahn angekommen waren, hatte Akay entsetzt feststellen müssen, dass der Wert eines Kripo-Kempten-Parkausweises in Oberstdorf gegen null strebte. Wie ein gefräßiger Tintenfisch klammerte sich die gelbe Parkkralle an das rechte Vorderrad seines Dienstwagens.

»Verdammt noch einmal, Egi!«, schrie Akay. »Ihr Bergdeppen könnt noch nicht einmal einen Kripoausweis erkennen. Bring das sofort wieder in Ordnung!«

Egi hatte es sofort wieder in Ordnung gebracht. Er hatte Daniel angerufen, der sie mit einem Streifenwagen abgeholt hatte. Eine Stunde später hatte der PHK endlich die Kollegen ausfindig machen können, die die gemeine Parkkralle angebracht hatten. Sie entfernten sie wieder, und Daniel hatte Akay seine Limousine vor die PI-Tür gestellt.

Währenddessen hatte Akay Lorenz Küpper, den Chef der Spurensicherung, an diesem bewegten Samstagnachmittag aus seinem trauten Heim in Oberstdorf zu sich bestellt, damit er ihr Fundstück an Ort und Stelle untersuchen konnte, bevor es auf Nimmerwiedersehen in Memmingen verschwand. Sie wollten zumindest einen Blick in die Holzkiste werfen, bevor Lorenz sie in die unergründlichen Höhlen der Forensik mitnahm.

»Was könnt da denn drin sein?«, überlegte Rudi laut.

Silvia fasste sich an die Stirn. Dem seit Tagen hungernden Polizeioberwachtmeister mussten sie dringend eine Portion Kohlehydrate servieren, sonst würde sein Gehirn bald komplett streiken.

»Werden wir gleich wissen«, meinte Lorenz und zog einen Schlüsselbund aus seinem schwarzen Koffer.

Egi schlich hinter Lorenz herum und versuchte unauffällig mit seinem Smartphone ein Foto von der Holzkiste zu schießen, aber immer stand der zwei Meter lange Forensiker davor. Egi musste es von der anderen Seite versuchen, dann würden die Kripokollegen es jedoch mitbekommen. Egi ging um den Konferenztisch herum und setzte sich. Er tat so, als würde er auf seinem Handydisplay tippen, machte dabei aber einen gezielten Schnappschuss von Silvias Fundstück.

»Was treibst du da, Egi?«, fragte sie gleich misstrauisch.

»Ähm, ich möchte die Dampf-Witwen anrufen und fragen, ob sie was von der Kiste wissen«, erklärte Egi und hielt sich sein Mobiltelefon ans Ohr, ohne eine Nummer gewählt zu haben. Die Nummer der Dampf-Witwen kannte er auch gar nicht.

»Das lässt du mal schön sein!«, ging Akay dazwischen.

Egi tippte schnell irgendetwas auf seinem Handy und legte es weg.

»Ist ja schon gut«, brummte er. Sein Täuschungsmanöver hatte geklappt, das Foto war im Kasten.

Währenddessen hatte Lorenz einen Dietrich von seinem großen Schlüsselbund ausgewählt und versuchte nun, ihn in das Schloss einzuführen. Es klappte nicht. Er versuchte den nächsten Dietrich und den nächsten. Seine Versuche, das Schloss zu öffnen, blieben erfolglos.

»Sag amal, Lorenz, wird das heut noch was?«, fragte Rudi ungeduldig. Er wollte endlich Feierabend machen und sich noch schnell im Edeka etwas Essbares auf die Hand kaufen, bevor er heimging, wo ihm das nächste ungenießbare Low-Carb-Gericht kredenzt werden würde.

»Jetzt wart halt ab, Rudi«, meinte Lorenz und steckte den nächsten Dietrich in das Schloss. Nichts rührte sich.

»Wir bohren es auf«, schlug Akay vor und stand auf.

»Bloß nicht!«, rief Lorenz. »Wenn ich es so nicht aufkriege, muss ich es nach Memmingen mitnehmen und erst komplett von der Köhler forensisch untersuchen lassen, bevor das Schloss zerlegt werden kann.«

»Mensch, Lorenz, du wirst doch dieses marode Schloss aufkriegen, das vermutlich seit Ewigkeiten da unten im Wasser lag!«, beschwerte sich Silvia über Lorenz' dürftige Fachkenntnis.

»Moment«, rief Egi plötzlich, »mir fällt da was ein!«

Der PHK stürmte hinaus. Akay, Silvia und Rudi hörten ihn durch den Flur nach vorne laufen. Nach einer Minute kam er zurück, außer Atem, aber zufrieden.

»Die Beate, die hat um zwölf schon Feierabend gemacht, hatte ich ganz vergessen. Aber ich hab sie auf dem Handy erreicht, sie kommt gleich noch mal rein«, erklärte Egi und setzte sich wieder an den Konferenztisch.

»Hä?«, fragte Rudi, der nicht wusste, worum es gerade ging.

»Was soll denn Beate hier?«, fragte Silvia und verzog dabei ihr hübsches Gesicht zu einer gequälten Grimasse.

»Wartet ab, ihr werdet staunen«, meinte Egi und lehnte sich in seinem Stuhl zurück.

»Egi, ich hab jetzt nicht ewig Zeit, ich muss jetzt nach Memmingen. Ich packe die Kiste ein und mache mich schon mal auf den Weg«, erklärte Lorenz und warf die unnützen Dietriche zurück in seinen Koffer.

»Nein, Lorenz«, protestierte Egi und sprang auf. »Das geht nicht, du musst noch kurz warten, bis die Beate da ist.«

»Warum denn, Egi?«, fragte Lorenz. Egi war zwar ein guter Freund von ihm, aber in genau solchen Situationen kam der PHK ihm des Öfteren etwas entrückt vor.

»Wirklich, Lorenz, es kann nicht mehr lang dauern, ich hab sie im Drogeriemarkt um die Ecke erwischt, die muss jeden Moment hier sein«, erklärte Egi und stellte mit Schrecken fest, dass Beate aktuell mit ihrem Fußverband alles andere als fix unterwegs war.

»Wenn du meinst. Ich geb dir fünf Minuten, dann haue ich ab«, gab sich Lorenz geschlagen und setzte sich gegenüber von Egi an den Tisch.

Die Holzkiste stand zwischen ihnen. Sie konnten beobachten, wie noch immer Wasser aus ihrem Inneren durch die Holzspalten drang und auf dem Konferenztisch Pfützen bildete. Egi hatte einen genialen Einfall, um Lorenz während der Wartezeit zu beschäftigen.

»Lorenz, sollten wir das Wasser nicht in ein Gefäß abfüllen, damit die Köhler untersuchen kann, ob das das Gleiche ist wie das Wasser in den Taucheranzügen von den Gebrüdern Dampf?«, fragte der PHK.

»Guter Hinweis, Egi«, merkte Akay an und fügte hinzu: »Ausnahmsweise.«

Lorenz konnte sich ein Grinsen nicht verkneifen, griff in seinen Koffer und holte ein Reagenzglas mit einem Kunststoffstopfen heraus. Dazu nahm er eine Art kleinen Spachtel, öffnete das Reagenzglas, legte es vor eine der Pfützen und schob mit dem Plastikspachtel das Wasser hinein.

»Sie kann es zwar auch mit dem Restwasser in der Holzkiste abgleichen, aber zur Sicherheit können wir ihr ja zusätzlich das Gläsle hier übergeben. Dann sieht's so aus, als hätten wir hier gearbeitet«, meinte Lorenz dazu. »Ich vermute jedoch, dass sie es mir vor die Füße schmeißen wird.«

»Der Memminger Hausdrache«, kommentierte Rudi, und Lorenz zwinkerte ihm zu.

Die Tür wurde aufgeworfen und Beate trat humpelnd ein.

»Tach, wat habt ihr denn für mich?«, fragte sie und sah Egi auffordernd an.

»Da bist du ja schon«, lobte Egi, ihrem Fußgelenk schien es wirklich besser zu gehen. »Hier, das Corpus Delicti steht auf dem Tisch. Der Lorenz kriegt das Schloss nicht auf.«

Lorenz schaute Egi durchdringend an. Der PHK wollte damit hoffentlich nicht sagen, dass Beate das besser konnte. Egi wich seinen tödlichen Blicken aus, erhob sich und holte ein Paar Einweghandschuhe aus dem Schrank im Flur.

»Hier, Beate, bevor du dich an die Arbeit machst, musst du die überziehen.«

»Klaro! Gib her, dat is ein Klacks für mich«, meinte Beate und schob ihre Hände in die Handschuhe. »Ich hab gerade extra ein Packen Haarklammern dafür gekauft! War ja sowieso im Drogeriemarkt drin.«

Beate nahm zwei Haarklammern aus dem Päckchen, beugte sich über das Schloss an der Holzkiste und fing an, darin herumzustochern. Sie presste ihre Lippen zusammen, schob ihre Zungenspitze heraus und konzentrierte sich voll und ganz auf ihre anspruchsvolle Aufgabe. Es schienen einige Komplikationen aufzukommen, denn immer wieder zog sie die Haarklammern heraus, verbog ihre Spitzen zu bizarren Formen und steckte sie daraufhin wieder in das Schloss.

»Lass es gut sein, Beate«, meinte Silvia gelangweilt. »Lorenz, nimm die Kiste mit und mach sie in Memmingen auf. Du kannst uns dann Fotos schicken.«

Völlig unerwartet machte es plötzlich laut *Klack!* und das Schloss sprang auf. Lorenz blieb der Mund offen stehen, fassungslos starrte er Beate an.

»Lorenz, du Dusseldier, dat haste echt nich aufgekricht?«

Samstag, 14.09.2019: Chinese Connection II

Rudi knurrte der Magen, er war immer noch nicht zum Edeka gekommen. Seit einer halben Stunde bestaunte die SOKO Viehscheid den Inhalt der Kiste und stellte diverse Mutmaßungen auf. Akay fotografierte das Innenleben der Schatzkiste mit seinem Smartphone aus allen erdenklichen Richtungen und übertrug die Fotos per Bluetooth auf sein und Silvias Notebook.

»Jetzt können wir die Dampf-Witwen besuchen, aber ohne Ankündigung, Egi«, ordnete Akay an. »Lorenz, du kannst fahren und die Kiste mitnehmen. Gebt uns so schnell wie möglich Bescheid, was es damit auf sich hat!«

Rudi schüttelte den Kopf. Abgesehen davon, dass er seinen Edeka-Einkauf mittlerweile abgeschrieben hatte, würde er selbst zu dem scheußlichen Low-Carb-Abendessen zu spät kommen und nur mit äußerst viel Glück eventuell noch die letzten Krümel an Rohkost vertilgen und die Reste an Quark-Dip aus der Schüssel kratzen können.

Daniel saß immer noch an der Telefonzentrale der PI Oberstdorf. Er sparte sich die Frage, ob er mitkommen könne.

Die vier Ermittler der SOKO Viehscheid machten sich ohne ihn auf den Weg zu Dan und Han Dampf. Akay parkte am Straßenrand vor dem einladenden Eingang zu ihrem prächtigen Anwesen und machte sich gemeinsam mit Egi, Rudi und Silvia auf den kurzen Fußweg zur Haustür. Rudi schnaufte nach den fünf Metern, als wäre er gerade einen Halbmarathon gelaufen. Die Tür stand offen, wahrscheinlich hatte sie einer der Gäste nicht richtig geschlossen, vermutete Egi. Akay klopfte an das schwere Holz und trat ein.

»Ja bitte?«, hörten sie eine Frauenstimme aus einem der Räume.

»Kripo Kempten, guten Tag, Frau Dampf. Wir müssten noch einmal mit Ihnen und Ihrer Schwester reden«, meldete sich Akay an, ohne zu wissen, mit welcher der beiden Witwen er sich gerade unterhielt.

»Moment, ich komme sofort. Ich muss noch schnell etwas aus dem Ofen holen. Sie können sich gerne schon einmal in den Frühstücksraum setzten. Meine Schwester ist auch gleich bei Ihnen.«

Es roch köstlich nach heißen Bananen und Honig. Rudi lief das Wasser im Mund zusammen. Aber es half nichts, hier würde er bestimmt nicht zum Zuge kommen. Vielleicht hatte der Edeka ja gleich doch noch offen, wenn sie hier fertig waren. Egi, Rudi, Silvia und Akay gingen durch den Flur. Der PHK bildete dabei das Schlusslicht.

»Jetzt mach schon, ich will nicht alleine mit den Bullen über die Kaulquappen reden!«, meinte eine der Chinesinnen eindringlich, dann hörte Egi einen kurzen, bissigen Schlagabtausch, den er leider nicht verstand, weil die zwei Frauen wieder zum Chinesischen gewechselt hatten.

Wieder wunderte er sich, in welchem Ton die beiden miteinander redeten, sonst verhielten sich die zwei anders, zurückhaltender und höflicher. Er behielt seine Gedanken jedoch für sich, unter solchen Umständen würde jeder andere auch gereizt sein. Warum also sollten die Chinesinnen sich nicht auch einmal im Ton vergreifen?

Die vier Ermittler begaben sich in den Frühstücksraum und setzten sich an einen Tisch. Durch die offen stehenden Terrassentüren konnten sie zwei Pärchen sehen, die es sich draußen auf den Liegen im Garten bequem gemacht hatten und bunte Cocktails tranken. Sie unterhielten sich und zeigten dabei immer wieder Richtung des Nebelhorns, das sich links von ihnen gen Himmel reckte. Egi meinte auf die Entfernung einen Schweizer Akzent herauszuhören. Aber vielleicht irrte er sich auch.

Akay holte sein Notebook aus der mitgebrachten Tasche und platzierte es mitten auf dem Tisch. Dann griff er erneut hinein und zog ein zweites Notebook heraus, das er an Silvia übergab.

»Was habt ihr damit vor?«, fragte Egi und runzelte die Stirn.

»Wir werden die zwei Damen jetzt etwas in die Enge treiben, Kollegen. Und ihr werdet euch dabei gefälligst zurückhalten, verstanden?«, antwortete Akay und tippte munter auf der Tastatur los.

Silvia nickte bestätigend und unterstrich damit Akays Worte. Egi ahnte Schreckliches. Er warf Rudi einen prüfenden Blick zu, der schien jedoch nicht ganz bei der Sache zu sein. Er sah den PHK nur fragend an, als hätte er die Kripo Kempten nicht verstanden.

Egi erschrak, als er aus den Augenwinkeln ein helles Sommerkleid mit Blumenprint wahrnahm. Er drehte sich etwas und erkannte, dass die Dampf-Schwestern neben seinem Stuhl erschienen waren. Völlig lautlos hatten sie sich dem Tisch genähert, als wären sie herbeigeschwebt.

»Wie können wir Ihnen helfen?«, fragte eine der beiden höflich, beide deuteten eine Verbeugung vor ihren Gästen an.

»Bitte setzen Sie sich zu meiner Kollegin Frau Stern und zu Herrn Ströber, Frau Han Dampf«, wies Akay an, ohne eine Ahnung davon zu haben, wer von den zwei Frauen Han Dampf war. »Wir werden uns wieder aufteilen und Sie getrennt befragen. Ich und Herr Huber werden gemeinsam mit Frau Dan Dampf auf der Terrasse sprechen.«

Akay erhob sich und ging mit seinem Notebook hinaus. Eine der Dampf-Witwen folgte ihm. Egi trottete hinterher, er hätte nicht sagen können, ob Dan oder Han vor ihm lief. Er drehte sich noch einmal zu Rudi um, der jedoch mental im Edeka-Fleischregal zu verweilen schien.

Die zwei Schweizer Pärchen hatten die Liegen mittlerweile geräumt und waren zu einem großen Schuppen gegangen, der am Haus angebaut worden war. Egi war sich jetzt sicher, dass sie aus der Schweiz kamen, hier draußen konnte er ihren Akzent einwandfrei erkennen. Sie unterhielten sich über Fahrradbremsen mit einem japanisch klingenden Namen. Die Frauen waren gertenschlank, die Männer nicht ganz. Sie trugen einen unübersehbaren Bauchansatz vor sich her, ansonsten wirkten sie muskulös. Egi erkannte, dass die zwei Paare älter waren, als er sie von Weitem geschätzt hatte. Sie wirkten zwar sportlich und fit, aber feine Falten zierten ihre sonnengegerbten Gesichter, sie waren mindestens Ende fünfzig, vermutete er. Sie holten nun vier moderne Mountainbikes aus dem Schuppen und schoben sie vor das Haus.

Der PHK setzte sich wieder so an den Terrassentisch, dass er an Dan Dampf vorbeisehen und in den Frühstücksraum spähen konnte. Bevor sie mit der Befragung starteten, sah er, wie Han Dampf erschrocken eine Hand auf Rudis Arm legte und auf ihn einsprach. Rudi gab eine knappe Antwort und nickte bestätigend. Ein Lächeln drängte sich auf sein Gesicht. Han Dampf stand auf und schwebte hinaus in den Flur. Rudi rieb sich unter dem Tisch die Hände.

»Frau Dampf«, begann Akay, »ich möchte Ihnen etwas zeigen.«

Egi fragte sich noch, was Rudi denn zu Han Dampf gesagt haben könnte, als Akay sein Notebook herumdrehte und Dan Dampf einige Fotos vom Inhalt der aus dem Seealpsee geborgenen Holzkiste zeigte. In Dan Dampfs Augen konnte man ein minimales Aufblitzen erkennen, dann hatte sie sich wieder im Griff und legte eine nichtssagende Miene auf.

»Haben Sie das schon einmal gesehen?«, fragte Akay.

»Nein«, antwortete Dan Dampf, legte ihre gefalteten Hände auf den Tisch und blickte zu Boden.

»Das kann ich mir kaum vorstellen, Frau Dampf. Das muss der Grund gewesen sein, warum Ihr Mann und Ihr Schwager in Taucheranzügen zum Nebelhorn hinaufgefahren sind. Erinnern Sie sich nicht doch daran, was die beiden damit vorgehabt haben?«, bohrte Akay weiter.

»Nein, das sagt mir alles nichts.«

Egi glaubte ihr mehr oder weniger. Viele Frauen hätten ein nervöses Aufblitzen in den Augen, wenn sie derart teuren Schmuck und Goldmünzen präsentiert bekämen. Er schätzte weder die Dampf-Witwen noch ihre verstorbenen Ehemänner als Juwelendiebe ein. Und dass die Gebrüder Dampf in dem See tauchen gewesen waren, war noch längst nicht bewiesen, dazu musste die Köhler erst einmal eine Wasseranalyse machen. Wie immer lehnte sich Akay mit seinen Behauptungen zu weit aus dem Fenster.

Der PHK schaute hoch und warf einen Blick in den Frühstücksraum. Han Dampf trat gerade aus dem Flur und trug einen Teller mit einer silbernen Kuppel herein. Sie stellte ihn vor Rudi auf den Tisch und hob die Abdeckung ab. Rudis Augen begannen zu leuchten. Egi erkannte eine riesige Portion Reis mit Fleisch und Gemüse in einer dunklen Soße. Das Gericht schien frisch zubereitet zu sein, es dampfte noch. Wahrscheinlich handelte es sich um das Abendessen der Gäste, die gerade mit den Mountainbikes davongebraust waren. Rudi fuhr sich mit der Zunge über die Oberlippe.

»Welche Schuhgröße haben Sie?«, fragte Akay, lehnte sich zur Seite und warf einen Blick unter den Tisch auf Dan Dampfs Füße.

»Sechsunddreißig.«

»Habe ich mir gedacht«, meinte Akay. »Waren Sie an der Absturzstelle Ihres Schwagers und haben seinen Taucheranzug durchsucht? Wir haben dort Schuhabdrücke von Ihnen gefunden.«

»Nein, das habe ich nicht. Ich war nicht da!«, protestierte Frau Dampf und schaute vor sich auf die Tischplatte.

Wie so oft stellte Akay unhaltbare Behauptungen auf. Für Egi war noch lange nicht erwiesen, dass es sich um die Schuhabdrücke von Dan oder Han Dampf handelte.

»Sie haben gehofft, dass er den wertvollen Schmuck bei sich trägt, haben ihn aber nicht im Taucheranzug finden können. Sie wussten nicht, dass er die Holzkiste nicht aus dem Seealpsee hat bergen können, stimmt's?«, ging Akay noch weiter.

»Nein!«

»Frau Dampf, machen Sie uns nichts vor!«, sagte Akay. »Wir werden den Schmuck und die Holzkiste untersuchen lassen, und wir werden herausfinden, ob Sie, Ihr Mann, Ihr Schwager oder Ihre Schwester damit in Berührung gekommen sind. Das ist auch möglich, wenn das Zeug im Wasser gelegen hat, verstehen Sie? Und wenn sich herausstellt, dass die

Steine echt sind, könnte das die Morde an den beiden Herren erklären. Also, was wissen Sie davon, Frau Dampf?«

Egi schaute die Chinesin fragend an. Hatten sie und ihre Zwillingsschwester doch etwas mit dem Schmuck zu tun? War er gestohlen und von ihnen im See versteckt worden? Wollte die Dampf-Familie damit Kredite für die aufwendige Sanierung ihres Hauses tilgen? Wie stand es um die Finanzkraft des Familienunternehmens? Rentierte sich die Vermietung der Apartments? Konnten sie damit über die Runden kommen und auch noch die Bank bedienen? Ganz Oberstdorf hatte sich diese Fragen bereits vor Jahren gestellt, war aber nie zu einer befriedigenden Antwort gekommen. Die Dampf-Brüder hatten sich diesbezüglich stets bedeckt gehalten. Und nun waren sie tot. Ermordet.

Egi schaute auf, um zu sehen, was im Frühstücksraum vor sich ging. Rudi schaufelte sich genussvoll das chinesische Gericht hinein, kaute mit vollen Backen und schien Silvia und ihrer Befragung keine Beachtung zu schenken. Han Dampf hatte genau wie ihre Schwester Dan ihre gefalteten Hände auf den Tisch gelegt und schaute zu Boden. Silvia zeigte immer wieder auf das Display ihres Notebooks und redete eindringlich auf die Witwe von Gerd Dampf ein, die jedoch nicht darauf reagierte.

»Nun sagen Sie schon, was Sie über den Schmuck wissen!«, forderte Akay Dan Dampf, die Witwe von Bert Dampf, erneut auf. »Wir werden es sowieso herausbekommen. Und wenn Sie es uns jetzt nicht sagen, wirft das später nur ein schlechtes Licht auf Sie und Ihre Schwester. Wir könnten dann denken, dass Sie beide Ihre Ehemänner getötet haben, um an ihr Vermögen zu kommen! Wollten Sie damit nach China verschwinden, haben es aber nicht aus dem See bekommen?«

Egi zuckte zusammen. Schon wieder diese Masche. Akay ging jedes Mal so vor, um Zeugen aus der Reserve zu locken, nur funktionierte es nie, zumindest nicht hier, in Egis Heimat. Die Oberstdorfer, und dazu gehörten auch die chinesischen Bewohner, mauerten dann nur noch mehr und zogen sich zurück. Am südwestlichsten Zipfel Deutschlands

musste man sensibler vorgehen, und genau das hatte die Kripo Kempten absolut nicht drauf.

»Ich weiß nicht, wovon Sie reden, Herr Tok«, antwortete Dan
Dampf, wandte sich kurz um und sah ihre Schwester durch die Terrassentür prüfend an.

Samstag, 14.09.2019:
Gute-Nacht-Geschichten

Es war Samstagabend. Rudi musste zwar wieder Überstunden schieben, aber er war zumindest bei den Chinesinnen satt geworden. Sie hatten von Dan und Han Dampf noch Speichelproben und Fingerabdrücke genommen, hatten ihre Füße vermessen und Abdrücke ihrer Schuhe gemacht, bevor sie zurück zur PI gefahren waren. Rudi hatte danach von Akay die Aufgabe bekommen, bei der hiesigen Sparkasse nachzuforschen, welche Finanzgeschäfte die Dampf-Familie getätigt hatte.

Bevor die Kollegen aus dem Kemptener Büro ihre Erkenntnisse über die finanzielle Situation der Ermordeten lieferten, würden die PI-Leute vor Ort schneller zu Ergebnissen kommen. Die kurzen Wege waren in Oberstdorf die effizientesten, das hatte Akay bereits bei den drei vorherigen Mordermittlungen feststellen können. Ihm war klar geworden, dass nahezu alle Oberstdorfer ihre Bankgeschäfte bei der örtlichen Sparkasse tätigten. Nur würde das niemand einem Kemptener Ermittler gegenüber zugeben, auch nicht der Filialleiter.

Also stand Rudi in der Filiale vor Sparkassenchef Detlev Raffer. Der war ein alter Schulfreund von Egis Bruder Prof. Dr. Volker Huber und entsprechend mitteilungsbedürftig gegenüber den PI-Ermittlern, was Akay bewusst war. Deshalb hatte er Rudi vorgeschickt, der sich nun mit vollem Bauch erheblich einsatzfreudiger zeigte.

Egi hatte diese Aufgabe nicht übernehmen können. Er war bereits aus der PI entschwunden mit der Begründung, er müsse noch etwas Wichtiges klären und würde die Kollegen morgen früh bei der morgendlichen SOKO-Viehscheid-Besprechung über alles informieren.

Jetzt saß er am Esstisch von Vatter Beppi und wartete darauf, dass Uroma Bruni endlich ihren Rollstuhl einparkte. Sie grinste ihn wissend an und griff nach einem Bleistift, der vor ihr auf der verschlissenen Holzoberfläche lag. Heute würde Opa Edmund Hubers Geist den PHK bestimmt außerordentlich loben.

Egi breitete das Busch-Gemälde vor ihr aus, deutete auf den langen Strich, den sie gestern beim Einschlafen gezogen hatte, und fragte: »Bist gestern eingenickt, gell? War das schon fertig, Uroma Bruni?«

Sie schüttelte heftig den Kopf und fing an zu malen.

Endlich kam der PHK der Sache näher!

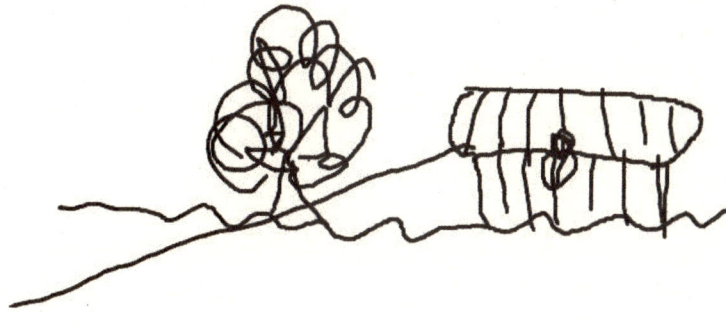

»Eine Schatzkiste unter einem Busch?«, fragte Egi.

Uroma Bruni nickte eifrig. Der PHK kratzte sich am Bart. Ihm sagte das Ganze rein gar nichts. Er hätte nicht behaupten können, dass die ermordeten Zwillingsbrüder einen Bezug zu einem Busch hätten haben können.

»Hat das was mit den Dampf-Zwillingen zu tun?«, wollte Egi zur Sicherheit wissen, nicht dass Uroma Bruni ihn hier nur nett unterhalten wollte.

Uroma Bruni nickte wieder. Egi zog sein Smartphone aus der Gesäßtasche und rief die Fotos von der Schatzkiste auf, um sie Uroma Bruni zu zeigen. Er hielt ihr das Display vor die Nase.

»Joo, Ögi, joooo!«, rief sie erfreut und hielt ihm den Daumen hoch.

Egi freute sich maßlos, er musste einen Volltreffer gelandet haben! Dann beugte Bruni sich leicht nach links und zeigte mit ihrem krummen Zeigefinger auf die Rückseite ihres Rollstuhls. Dort hing ein Beutel an den Griffen, in dem sie ihre alltäglichen Dinge verstaute, damit sie sie immer bei sich hatte. Voller Vorfreude auf eine baldige Lösung des Falls griff Egi hinein und zog ein altes Buch heraus, das bald zu zerfallen drohte. Er schaute es sich an und las den Titel. Seine Euphorie zerfiel zu Staub.

»Sögo vön Öhösdof, Ögi. Mös mo lösö!«, rief Uroma Bruni und klatschte erfreut in die Hände.

Er hatte sie nicht ganz verstanden, ahnte jedoch aufgrund des Titels des maroden Schmökers, dass er Sagen aus Oberstdorf enthielt. Es musste sich um diese grausigen Erzählungen von kopflosen Reitern und Hexen handeln, die Egi noch aus seiner Kindheit kannte. Uroma Bruni hatte einige Seiten mit bunten Klebezetteln markiert. Der erste hing an einer Sage vom Schatz am Groppenbach. Der floss durch Oberstdorf und es standen einige Büsche an dessen Ufer. Egi rollte mit den Augen, für die nächsten Tage hatte ihm seine Großmutter eine umfassende Aufgabe aufgedrückt. Genauer gesagt eine Einschlafverhinderung.

Sonntag, 15.09.2019: Guten Morgen

Ich hab's mit eigenen Augen gesehen! Als die Milchkühe im Herbste abgezogen waren, da blieb ich Untersenn mit dem Jungviech zur Nachweide zurück. Eines Nachts, als ich mich so allein in der Hütte zum Schlafe niedergelegt hatte, kam ein recht sonderbares Volk herein. Sie richteten sich gleich ein, zündeten ein Feuer an und holten sich eine Kuh. Als sie Anstalten machten, sie zu schlachten, packte mich die Angst. Sie zogen der Kuh die Haut ab, zerstückelten ihr Fleisch und fingen an, es zu braten. Sie zogen mich von meiner Schlafstatt herab und teilten die reichliche Mahlzeit mit mir. Um meines Lebens willen musste ich mittun. Als ich am nächsten Morgen aufwachte und mich in der Hütte umsah, war alles wieder in der alten Ordnung. Man hätte glauben können, ich hätte nur geträumt. Wäre, ja, wäre da nicht das fehlende Stück Fleisch am Schenkel der auf der Wiese munter dastehenden Kuh.

Egi schoss schweißgebadet von seinem Bett hoch. Neben ihm lag quer über den Spalt der beiden Matratzen des Ehebetts Töchterchen Lilli und daneben wiederum seine Frau Elli. Beide noch im Tiefschlaf.

Er schaute auf seinen Wecker, 05:28 Uhr. Er zog ein Taschentuch aus dem Pappspender auf seinem Nachtschränkchen, den er für nächtliche Notfälle, die hauptsächlich Lillis Windeln oder ihr Gesabber betrafen, bereitgestellt hatte. Damit wischte er sich nun den Schweiß von der Stirn und stand auf. Einschlafen würde er jetzt sowieso nicht mehr können.

Verdammte Sagen! Er hatte noch bis nach Mitternacht in dem alten Schmöker gelesen und sich als Retourkutsche entsetzliche Albträume von den beängstigenden Geschichten eingehandelt. Die Menschen, die diese Sagen im Allgäu verbreitet hatten, mussten dem Alkohol verfallen gewesen sein und irrsinnige Wahnvorstellungen gehabt haben.

Egi stand auf und tätschelte seinem treuen Gefährten Bruno den Kopf. Der Hund lag vor seinem Bett und schaute den PHK fragend an. Dann schloss er die Augen wieder und schlief weiter. Egi vergrub das alte Buch unter dem Kruscht in seinem Nachtschränkchen, damit es nicht in die falschen Hände geriet und jemand daraus der Lilli eine Gute-Nacht-Geschichte vorlas, und stand auf. Nachdem er geduscht und sich angezogen hatte, brühte er sich einen Aufwach-Kaffee und aß dazu eine Butterbrezel vom Vorabend. Bevor Egi sich auf den Weg machte, warf er noch einen Blick in seine Garage, um sich Tommis Drohne einmal genauer anzusehen.

Als er auf das Regal zuging, traute er seinen Augen nicht. Die Kette hing immer noch an dem Regal, aber das Fluggerät war weg! Den Sohnemann musste er sich heute Abend vorknöpfen, er hatte es tatsächlich geschafft, das verbotene Gerät aus den Ketten zu befreien. Was hatte er nur damit vor? Versuchte er erneut, über dem Schwimmbad kesse Badenixen im Bikini zu filmen? Egi sah sich schon wieder mit dem Bademeister diskutieren und Tommi erfolglos aus den Fängen der Staatsanwaltschaft befreien.

Verdammt, diese Jugend heutzutage! Was die alles trieben, ging dem PHK viel zu weit. Egi hatte mit fünfzehn Jahren lediglich mit dem Fernrohr auf einem Baum gesessen und ins Kleinwalsertal gepeilt, um einen Blick auf den Hof von Ellis Eltern erhaschen zu können. Und natürlich auch auf die junge Elli. Einige Jahre später, als er endlich von Vatter Beppi die Genehmigung zur eintägigen Ausreise in die österreichische Enklave erhalten hatte, hatte er Elli vom Fleck weg geheiratet. Egi musste grinsen, fuhr sich durch sein schütteres Haar und machte sich in Allerherrgottsfrühe auf den Weg zur PI. Und das an einem Sonntag! Die Verbrechensbekämpfung machte auch in Oberstdorf am Wochenende keine Pause.

Die Eingangstür musste er aufschließen, sie war noch verriegelt. Die Empfangstheke war verlassen. Egi ging weiter durch den Flur zu seinem

Büro. Die zwei Kollegen vom Frühdienst, die im Gemeinschaftsraum hockten, grüßten ihn, lachten, spielten Karten und hofften, dass in der nächsten Stunde kein Einsatz mehr für sie drohte. Dann war Schichtwechsel.

Als Egi sein Büro betrat, sah er Rudi dort sitzen. Dieser wirkte immer noch zerknittert, er war bestimmt auch aus dem Bett gefallen. Und eine Mahlzeit allein richtete ein Mannsbild wie Rudi noch lange nicht wieder auf. Vor allem nicht eine chinesische. Zur Regeneration baucht's schon a bissle mehr. Zu lange dauerte seine Tortur bereits an, insgesamt schon sechs Tage. Rudi sehnte sich nach kalorienreichem Allgäuer Soul-Food, das war ihm an jeder Pore anzusehen.

»Guten Morgen, Kollege Ströber. So früh schon hier?«, begrüßte Egi den Polizeioberwachtmeister.

»Du, Egi, ich halt's daheim nimmer aus. Dieser Fraß ist zum Kotzen«, jammerte Rudi und biss in eine Semmel belegt mit Tiroler Schinken, die er sich heimlich beim Bäcker geholt hatte.

»Heut Mittag, da lassen wir's krachen, Rudi. Wir gehen rüber zum ...«

Der PHK wurde durch laute Schritte im Flur unterbrochen. Die Bürotür flog auf und knallte an die Wand. Vor ihnen stand der Chefmeier. Sein ohnehin nicht sonderlich froher Gesichtsausdruck war geprägt von tiefen Sorgenfalten. Sein dünner Haarkranz wirkte zerzaust, auf der linken Wange prangte noch ein Abdruck von den Falten seines Kopfkissens. Seine Augen waren gerötet und blickten hektisch durch das Büro.

»Ihr müssts euch mal mehr anstrengen, Egi!«, brüllte der PI-Leiter los, ohne zu grüßen. »Ständig treiben sich Mörder in Oberstdorf herum. Die Touristen bleiben irgendwann weg. Und die Rentner. Das können wir uns nicht leisten! Und jedes halbe Jahr steht uns die Kripo Kempten auf der Matte. Ich will die hier nimmer sehn!«

Darum geht es dem also, dachte Egi, immer die gleiche Leier. Er will Akay und Silvia schnellstmöglich wieder loswerden, um ungestört seine Rolle als Lokalmatador in aller epischen Breite ausleben zu können.

Da ein PHK im Dienste seines weisungsbefugten PI-Leiters schaffte, wagte Egi den Spieß einmal umzudrehen. »Was schlägst vor, Chef?«

»Vorschlagen, vorschlagen. Was soll ich schon vorschlagen? Schnappt endlich diese Killer von den Dampf-Zwillingen! Und dann sehts zu, dass hier nix Großes mehr passiert. Sonst warst die längste Zeit PHK!«, schrie der Chefmeier, wandte sich um und verschwand schnaufend in sein Büro.

Einen Plan hatte der PI-Leiter also auch nicht.

»Die Dampfwalze wollt nur amal wieder Druck ablassen«, urteilte Rudi.

Egi musste grinsen, sein Kollege lag damit vollkommen richtig. Vor einigen Monaten noch hätten die leeren Drohungen vom Chefmeier dem Egi schlaflose Nächte bereitet, ähnlich wie die Allgäuer Sagen. Aber nach drei Jahren PHK-Dienst war ihm klar, dass der PI-Leiter seine üblen Ankündigungen nicht in die Tat umsetzen würde. Dazu fehlte ihm schlichtweg ein Ersatz-PHK.

»Dann lass uns amal loslegen«, meinte Egi, zog seine Sammelsurium-Schublade auf und las vor. »Kleine Stöckelschuhe an Gerds Absturzstelle: Dampf-Witwen? Tauchertaschen leer! Sauerstoffflaschen leer! Drohnenfuß überprüfen!«

»Dieser Laden in Sonthofen, der, wo das Taucherzeugs hat, die können uns bestimmt helfen, wie so Flaschen funktionieren tun«, meinte Rudi.

»Was meinst damit?«, fragte Egi nach. Er hatte Rudis wirre Ausführungen nicht verstanden, hatte aber Verständnis für seinen unter Kalorienentzug leidenden Kollegen.

»Na, die Sauerstoffflaschen, Egi!«

»Ach so. Ja, dann lass uns da mal anrufen. Aber vorher verzähl, was der Raffer von der Sparkasse gesagt hat!«

»Ach ja, da war ich gestern noch«, meinte Rudi träge, lehnte sich im Bürostuhl zurück und steckte seine Hände in die Hosentaschen. »Der hat mir a Mappe mitgegeben, mit den ganzen Kreditverträgen und Kontoauszügen. Über eine Million Euro haben die Dampf-Zwillinge für die

Sanierung ihres Heimes und den Umbau zum Apartmenthaus aufgenommen.«

Egi pfiff durch die Zähne, mit so viel hatte er nicht gerechnet.

Rudi wählte bereits eine Telefonnummer und hielt sich den Hörer ans Ohr.

»Was machst denn da?«, fragte Egi gereizt, er hatte Rudi doch gesagt, dass sie das später machen würden.

»Polizeiinspektion Oberstdorf, Ströber am Apparat«, meldete sich der Polizeioberwachtmeister. »Ich hätt gern a Auskunft zu so Ventile von Taucherflaschen.« Rudi lauschte interessiert und gab hin und wieder ein »Aah«, »Ach so«, »Na denn« und »Des isch ja was« von sich. Dann verabschiedete er sich und legte auf.

»Und?«, fragte Egi.

»I hab's nicht ganz kapiert, aber so Ventile von Taucherflaschen sind schon sicher. Wenn man die unter Wasser aufmachen tut, kommt da nur langsam der Sauerstoff raus. Wenn alles auf einmal rauskommen tut, dann müssen die Ventile kaputt sein.«

»Verstehe«, meinte Egi und kratzte sich am Bart.

»Echt?«

»Na, egal. Und was hat der Raffer noch gesagt, wie war die Zahlungsmoral von den Gebrüdern Dampf?«, wollte der PHK wissen.

»Sie haben die Raten wie vereinbart zurückgezahlt, aber ...«

»Guten Morgen! Dann lasst uns mal weitermachen«, schrie plötzlich jemand durch die offen stehende Tür.

Es war Akay. Neben ihm stand Silvia und trommelte mit ihren rot lackierten Fingernägeln an den Türrahmen.

»Ab in den Konferenzraum mit euch, die morgendliche Besprechung steht an!«, forderte Akay Egi und Rudi um 06:30 Uhr auf.

Egi warf seine Sammelsurium-Schublade wieder zu, stand auf und lief gemeinsam mit Rudi hinter der Kripo Kempten her. Im Konferenzraum bauten Akay und Silvia wieder ihre Notebooks auf und tippten sofort auf der Tastatur. Egi grübelte, was die da immer machten und ob er und Rudi sich auch solche Dinger anschaffen mussten, um dynamischer zu wirken.

»Wir haben es gerade schon gehört, Rudi, die Dampf-Brüder haben ihre Raten monatlich an die Sparkasse gezahlt?«, fasste Akay zusammen.

»Ja, das tut stimmen.«

»Du hast noch *aber* gesagt. Was stimmte da nicht?«, fragte Silvia spitzfindig.

»Äh, was meinst?«

»Die monatlichen Raten, Rudi!«

»Ach so, ja, also, der Filialleiter Raffer hat noch verzählt, dass die Einnahmen aus der ihren Apartment-Vermietungen, die auf das Konto eingingen, weit unter den Beträgen lagen, die die Dampf-Zwillinge jeden Monat überweisen mussten. Der Kredit läuft zwanzig Jahre und es war noch knapp eine Million Euro zurückzuzahlen.«

»Zwanzig Jahre?«, wunderte sich Silvia. »Die Dampf-Zwillinge wären dann fast neunzig Jahre alt gewesen. Wer vergibt denn bei so alten Opas Millionen-Kredite mit solchen Laufzeiten?«

»Der Raffer«, erklärte Rudi.

Egi sträubten sich die Nackenhaare. Was trieb der alte Raffer da nur wieder?

»Die Raten für den Kredit waren also höher als ihre Einnahmen?«, fragte Akay nach. »Wie hat Herr Raffer sich das vorgestellt? Der verschenkt doch sein Geld nicht.«

»Das tut stimmen«, antwortete Rudi. »Der Raffer meinte, dass es irgendeine Geldquelle in der Schweiz geben muss, weil da alle paar Monate was von einem Konto überwiesen wurde, mit Verwendungszweck *Antiquitäten*. Und damit hat's dann gereicht für die Ratenzahlungen.«

Egi stockte. Aus der Schweiz? Er hatte doch gestern Abend die zwei älteren Pärchen bei den Dampf-Witwen im Garten turteln sehen. Und die hatten mit einem Schweizer Akzent gesprochen. Sie hatten sich während der Befragung der Dampf-Witwen Mountainbikes aus dem

Schuppen geholt und waren davongeradelt. Wo waren sie am Abend noch damit hingefahren? Bestimmt nicht in die Berge!

»Wem gehört das Konto in der Schweiz?«, fragte Akay.

»Ist ein Nummernkonto«, meinte Rudi. »Ich hab eine Mappe vom Raffer bekommen, da sind Kopien von allen Belegen drin.«

»Zeig mal her«, forderte Akay Rudi auf und begann gleich, darin zu blättern. »Sehr interessant. Silvia, schreib ein E-Mail an die Kollegen in Kempten, sie sollen bei der Schweizer Bank nachfragen, wer hinter dem Nummernkonto steckt.«

»Mache ich sofort. Ich frage auch nach, wie es um das Testament von Bert und Gerd Dampf steht, ob sie eins hatten, und falls ja, wer die Erben sind.«

Von denen kann man sowieso nur Schulden erben, dachte sich Egi, hielt aber den Mund.

»Sehr gut, Silvia. Wir machen dann wie folgt weiter«, plante Akay. »Es gibt vier Unternehmen in Oberstdorf, die Gleitschirm- und Tandemflüge anbieten. Ich habe gestern schon mit ihnen telefoniert. Drei von ihnen hatten während des Viehscheids geschlossen, weil vom Tourismusverband an dem Tag nur bedingt Starts zugelassen werden, sonst würden alle Touristen über den Viehscheid segeln wollen, und die Kühe würden davonlaufen. Die vier Unternehmen wechseln sich daher jährlich ab. Es hatte also beim Viehscheid nur ein Anbieter geöffnet, der zur besagten Zeit mit ungefähr zehn Gleitschirmen am Start war. Er heißt Fly-high und schickt uns noch heute eine Liste mit den Namen seiner Kunden, die am frühen Morgen des 13.09. gestartet sind. Und die werden wir uns einmal zur Brust nehmen.«

Sonntag, 15.09.2019: Dorfleben

Daniel hockte wieder an der Telefonzentrale und vertrat Beate sogar an einem Sonntag. Sie würde erst am Nachmittag hereinkommen und er hoffte, dass er dann endlich mit der SOKO Viehscheid ermitteln durfte. Die Beamten saßen immer noch im Konferenzraum und berieten über die weitere Vorgehensweise. Daniel schlürfte einen Kakao und telefonierte mit seinem Lebenspartner, der noch in seiner mickrigen Wohnung in Kempten wohnte.

»Luigi, ich muss von dieser Telefonzentrale weg, ich drehe hier durch!«

»Eh, Dani, nicht Mut verlieren. Bessere Zeiten kommen und dann alles wieder gut. Wir können uns ansehen eine schöne, große Wohnung hier in Kempten heute Abend um acht. Dann wirst du bald Stadtmensch!«

Daniel machte dieses Thema äußerst nervös. Er wusste noch gar nicht, ob er ein Stadtmensch werden oder in Oberstdorf bleiben wollte. Nur hatte er Luigi bisher nicht zur Stadtflucht überreden können. Sein italienischer Freund konnte mit dem Dorfleben nicht viel anfangen und hatte sich diesem Vorschlag bis heute vehement verschlossen.

»Luigi, ich sehe mir heute Abend die Wohnung in Kempten an, dafür kommst du aber morgen Mittag nach Oberstdorf, und wir unternehmen hier etwas gemeinsam. Morgen ist Montag, und weil ich am Wochenende gearbeitet habe, habe ich mir einen Tag freigenommen, nur für dich. Du hast doch auch Urlaub, um dich am Nachmittag nach Wohnungen umschauen zu können«, schlug Daniel vor, um Luigi langsam, aber sicher darauf vorzubereiten, in Oberstdorf sesshaft zu werden.

»Eh, Dani! Was wir können schon unternehmen in dem Rentnerdorf?«

»Wir gehen in die Berge, Luigi, es wird dir bestimmt gefallen! Danach können wir dann noch in Oberstdorf Wohnungen ansehen.«

Plötzlich rannten Egi, Akay und Silvia an der Telefonzentrale vorbei. Egi hatte ein Blatt Papier in der Hand, auf dem Daniel von Weitem eine Liste erkannte. Kurze Zeit später kroch Rudi hinter ihnen her, ebenfalls mit einer Liste in der Hand.

»Was ist los?«, fragte Daniel. Er hatte gehofft, dass am Nachmittag ein Außeneinsatz anstand, jetzt ging die SOKO Viehscheid schon am Morgen raus.

»Wir müssen die Fallschirmleute befragen!«, rief Rudi hektisch, bevor die Tür hinter ihm zufiel, er mit Silvia ins Auto stieg und davonbrauste.

Zuvor war Egi mit Akay losgefahren. Die vier ermittelten also wieder in bewährten Teams, immer ein Oberstdorfer Berghase gemeinsam mit einem Kemptener Kriminalisten.

»Was soll los sein?«, fragte Luigi am Telefon, er dachte, die Frage hätte ihm gegolten.

»Viel ist hier in Oberstdorf los, Luigi. Du wirst morgen mit mir Gleitschirm fliegen!«, entschied Daniel.

»Bell'uomo, Dani! Ich freue mich!«

Sonntag, 15.09.2019: Himmelsstürmer

Egi hatte sich die Liste bereits angesehen. Nicht einen der Namen kannte er. Es war nicht anders zu erwarten gewesen, bei den Leuten, die sich zum Viehscheid vom Nebelhorn gestürzt hatten, hatte es sich ausschließlich um Touristen gehandelt. Einige hatten Tandemsprünge mit einem erfahrenen Gleitschirmflieger gemacht, andere hatten sich lediglich Gleitschirme geliehen und waren alleine in die Tiefe gesprungen.

Auf den Anmeldebögen hatten die Kunden die Pension oder das Hotel angeben müssen, in dem sie in Oberstdorf wohnten. Die SOKO Viehscheid hoffte nun, dass die Touristen noch beim Frühstück saßen und anzutreffen waren, bevor sie für den Rest des Tages in die Bergwelt verschwanden. Immerhin war heute Sonntag, und jedes Wochenende im goldenen Herbst war Hauptsaison im aktuell sonnenverwöhnten Oberstdorf. Egi vermutete jedoch, dass es keiner von ihnen gewesen sein konnte, da sie ja dann ohne Gleitschirm zu Fly-high zurückgekommen wären, das wäre aufgefallen. Als gestohlen hatte Fly-high keine Gleitschirme gemeldet. Was war hier also passiert?

Die interessantesten Gleitschirmflieger besuchten Egi und Akay als Erstes. Sie residierten in den Dampf-Apartments und kamen aus der Schweiz. Es handelte sich um das Ehepaar Urs und Gritli Keller sowie Mirio und Onna Gerber. Die beiden Männer Urs und Mirio hatten sich am 13.09. Gleitschirme von Fly-high geliehen und den Sprung ins Tal gewagt, ohne Tandempartner. Die Ehefrauen hatten sich ursprünglich auch zu einem Sprung angemeldet, sich letztendlich aber doch nicht getraut und waren auf anderem Wege vom Nebelhorn abgestiegen.

Heute parkte Egi mit seinem Streifenwagen vor dem Haus der Dampf-Witwen, Silvia hatte den Kripo-Kempten-Dienstwagen genommen, um mit Rudi weitere Gleitschirmflieger zu besuchen. Akay ging dieses Mal nicht zur Haustür, sondern begab sich um das Haus herum in den Garten und dann zur Terrasse, auf der ein verlockendes Frühstücksbuffet unter einer Markise aufgebaut war. Gut, dass Rudi nicht dabei war, er hätte es in seinem momentanen Zustand gewiss in null Komma nix leergefegt. Mehrere Tische waren belegt. Große, weiße Schirme schützten die Gäste vor dem gleißenden Sonnenlicht.

Egi lief aufgeregt hinter Akay über die Wiese und stieg die drei Steinstufen zur Terrasse hoch. Bestimmt hatte der Kemptener Kriminalbeamte nicht geklingelt, um die Bewohner des Hauses mit seinem Besuch zu überraschen und sie direkt in die Mangel nehmen zu können. Als sie vor den Tischen der Gäste standen, erkannte Egi gleich die zwei Schweizer Pärchen von gestern Abend. Sie saßen am äußeren Rand der Terrasse und aßen Birchermüsli.

Der PHK ging zielstrebig auf den Vierertisch zu und begrüßte die dort Sitzenden mit den Worten: »Grüezi miteinand. Sie müssen Eheleute Keller und Gerber sein!«

Die vier Gäste schauten Egi erstaunt an, ließen ihre Löffel in die Müslischalen gleiten und tupften ihre Münder mit Servietten ab.

»Das stimmt«, meinte einer der Männer. »Und wer sind Sie?«

»Ja, wer sind Sie eigentlich?«, fragte Akay plötzlich. »Sind Sie der Oberstdorfer PHK, der jetzt sogar die Touristen kennt, bevor sie sich vorgestellt haben? Woher weißt du das schon wieder, Egi? Was treibt ihr eigentlich alles hinter unserem Rücken?«

Egi erkannte, dass Akay leicht ungehalten war. Ihm war die Zornesröte ins Gesicht gestiegen. Aber völlig zu Unrecht, Egi hatte doch nur die Schweizer schwätzen gehört. Hätte Akay gestern bei der Vernehmung der Dampf-Witwen besser aufgepasst, hätte er das auch mitkriegen können. Aber er hatte wie immer nur versucht, mutmaßliche Verdächtige mit haltlosen Behauptungen in die Knie zu zwingen. Ohne dabei links oder rechts zu schauen!

»Ich hab nur ihren Schweizer Akzent erkannt, Akay, ich kenn die nicht!«, verteidigte sich Egi.

»Was soll das? Worum geht es überhaupt? Warum stören Sie unser Frühstück?«, fragte der andere Schweizer und schlug mit der flachen Hand auf den Tisch.

Die beiden Ehefrauen zuckten zusammen und hielten sich dezent zurück. Die Gäste an den anderen Tischen drehten sich nach ihnen um und spitzten die Ohren.

Akay zog seinen Dienstausweis hervor und zeigte ihn in die Runde. Um den aufmüpfigen Schweizer gleich in seine Schranken zu verweisen, meinte er laut, damit es alle Anwesenden gut hören konnten: »Kripo Kempten, wir ermitteln in den beiden Mordfällen vom 13.09. in Oberstdorf. Die Ehemänner der beiden Hausherrinnen hier wurden getötet und an Gleitschirmen den Berg hinuntergestürzt, wie Sie alle sicher bereits mitbekommen haben. Und Sie beide, meine Herren, sind am selben Tag Gleitschirm geflogen! Kommen Sie mit ins Haus, wir müssen Sie dazu befragen.«

Ein lautes Gemurmel kam unter den Gästen auf. Es saßen noch um die zwölf weitere Touristen an ihren Frühstückstischen und hatten ihre vor ihnen stehenden Eier, Brötchen, Croissants, Obstsalate, Kaffee- und Teetassen unter diesen extremen Bedingungen komplett vergessen. Die vier Schweizer sahen sich zögerlich an, entschieden dann aber doch aufzustehen und ins Haus zu gehen. Egi und Akay folgten ihnen.

An der Terrassentür kamen ihnen Dan und Han Dampf mit je einer Käse- und einer Wurstplatte entgegen. Das Frühstücksbuffet schien auch ohne Rudis Anwesenheit bereits stark geplündert, und sie mussten Nachschub liefern.

»Was tun Sie hier?«, fragte eine der Dampf-Witwen erschrocken und weniger freundlich als sonst, als sie die zwei Ermittler erkannte.

Egi hätte nicht sagen können, wer es war, sie trugen wieder beide die gleichen hellen, schmalen Kleider, den gleichen Schmuck und die gleiche Frisur.

»Wir müssen vier Ihrer Gäste vernehmen, die uns verdächtig erscheinen«, meinte Akay laut und verpasste den Schweizern damit den nächsten Dämpfer.

Egi schüttelte den Kopf über Akays sinnloses Gebaren und meinte: »Guten Morgen, die Damen. Wir machen nur eine kurze Befragung, es wird sich bald alles klären.«

Jetzt schüttelte Akay den Kopf. Er schob die beiden Dampf-Witwen hinaus und schloss die Tür hinter ihnen.

»Nehmen Sie ruhig Platz«, forderte er die Schweizer auf. »Dann erzählen Sie uns einmal, wie Sie heißen, wo Sie herkommen und was Sie hier machen.«

Einer der Männer sagte: »Ich bin Urs Keller, das ist meine Frau Gritli. Und die zwei sind Mirio und Onna Gerber. Wir machen hier gemeinsam Urlaub. Mirio und ich sind seit unserer Schulzeit befreundet, haben zusammen studiert und eine Firma gegründet. Dann haben wir unsere Frauen in einer Doppelhochzeit geehelicht, genau vor fünfundzwanzig Jahren. Wir sind hier, um unsere Silberhochzeit zu feiern.«

»Sehr schön, herzlichen Glückwunsch dazu«, meinte Akay. »Und dann haben Sie die ganze Pracht hier gesehen, die Herren Bert und Gerd Dampf ermordet, um an ihr Vermögen zu kommen, und sie am 13.09. mit den Gleitschirmen, die sie sich zuvor ausgeliehen hatten, den Berg hinuntergestürzt. Was haben Sie an den Sauerstoffflaschen manipuliert?«

»Was für Sauerstoffflaschen? Wovon sprechen Sie da überhaupt?«, fragte Urs Keller empört. »Wir haben niemanden umgebracht!«

»Was für eine Firma ist das denn, die Sie mit Ihrem Freund gegründet haben?«, fragte Egi, um den Kampfhähnen Wind aus den Segeln zu nehmen und das Gespräch etwas angenehmer zu gestalten.

Akay warf ihm einen finsteren Blick zu. Wieder hatte der PHK seine Verhörmethodik durchkreuzt und seine Taktik zunichtegemacht. Jedes Mal lief das so in Oberstdorf, Akay kochte innerlich.

»Wir handeln mit ... mit ... äh ...«, erklärte Urs Keller.

»... alpenländischen Möbeln«, half sein Freund und Unternehmenspartner Mirio Gerber nach.

»Handeln?«, fragte Egi, er verstand das Geschäftsmodell noch nicht ganz. »Wo kommen die denn her, die Möbel?«

»Aus den Alpen«, erläuterte Mirio Gerber.

Die beiden Ehefrauen blieben weiter stumm und warfen sich hin und wieder verunsicherte Blicke zu.

»So, so, aus den Alpen«, wiederholte Akay. »Wenn Sie damit handeln, heißt das, Sie kaufen sie billig auf und verkaufen sie teuer weiter?«

»Kann man so sagen«, meinte Urs Keller, neigte seinen Kopf nach rechts und links und begann mit seinem rechten Zeigefinger an sein Ohrläppchen zu tippen.

»Wir restaurieren sie natürlich auch, bevor wir sie weiterverkaufen«, ergänzte Mirio Gerber. Egi sah, wie er unter dem Tisch mit den Beinen wippte.

»Sind unter diesen restaurierten alpenländischen Möbeln auch Antiquitäten dabei?«, fragte Akay weiter, vielleicht war ja Egis Frage nach der Unternehmensgrundlage der Schweizer Firma doch nicht so schlecht gewesen.

»Schon«, meinte Urs Keller und tippte weiter mit seinem rechten Zeigefinger an sein Ohrläppchen.

»Haben Sie auch alpenländische Möbel von Bert und Gerd Dampf angekauft?«, wollte Akay wissen und beugte sich etwas vor.

Auf Egis Stirn bildeten sich kleine Schweißperlen. Es keimte ein wahnwitziger Verdacht in ihm auf. Mit seiner Frage hatte er offensichtlich voll ins Schwarze getroffen.

»Schon«, meinte Urs Keller und erhöhte leicht den Takt seines rechten Zeigefingers, der immer noch nervös ans Ohrläppchen tippte.

»Die hatten halt viel altes Zeug in ihrem Haus, das sie nach der Sanierung und dem Umbau loswerden wollten«, griff Mirio Gerber seinem Freund und Unternehmenspartner unter die Arme.

»Wie viel Geld ist dabei geflossen?«, fragte Akay die zwei Möbelhändler.

»Ein paar tausend, oder, Urs?«, antwortete Mirio Gerber.

»Ja, so ein paar tausend werden es gewesen sein«, stimmte dieser zu.

»Wann war das?«, fragte Egi. Er erinnerte sich, dass Rudi von regelmäßigen Überweisungen von einem Schweizer Nummernkonto gesprochen hatte, die auf das Dampf-Girokonto bei der Sparkasse Oberstdorf eingegangen waren, und das mit dem Verwendungszweck *Antiquitäten*.

»Hin und wieder«, meinte Mirio Gerber.

»Hin und wieder? Was soll das heißen?«, fragte Akay weiter.

»Bert und Gerd Dampf haben halt nach und nach ausgemistet. Sie haben uns immer wieder alte Möbel verkauft, die sie ausrangieren wollten«, erklärte Urs Keller. Sein Ohrläppchen färbte sich langsam rot unter dem Klopfen seines Zeigefingers.

»Wann haben sie Ihnen das letzte Mal was verkauft?«, fragte Egi geistesgegenwärtig.

Urs Keller und Mirio Gerber sahen sich unschlüssig an.

»Kannst du dich erinnern?«, fragte Mirio Gerber seinen Unternehmenspartner und schob ihm damit den Schwarzen Frank zu.

»Nicht wirklich. Muss diesen Sommer gewesen sein«, überlegte Urs Keller und gab den Ball zurück an seinen Freund.

»Ich kann Ihnen bei Ihren Überlegungen helfen«, meinte Akay und stellte eine Behauptung auf, die noch nicht aus Kempten bestätigt worden war: Es war aktuell noch unbekannt, wer hinter dem Schweizer Nummernkonto steckte. »Den Kontoauszügen nach waren es fünfzehntausend Euro am 17.08.2019. Was kriegt man denn für so viel Geld?«

Egi dachte nach. Er war außerstande, sich vorzustellen, welches alte und Jahrzehnte vom Holzwurm bewohnte Mobiliar so einen Batzen Geld wert sein könnte. Noch weniger leuchtete ihm ein, wie man alle paar Wochen solche Möbel in seinem Haus finden und in die Schweiz verkaufen konnte. Hier stimmte etwas nicht.

»Es war ein einhundertfünfzig Jahre alter Sekretär, soweit ich mich erinnere, oder, Urs?«, meinte Mirio Gerber.

»Ja, könnte passen«, bestätigte Urs Keller.

Damit waren die zwei Unternehmer Akay in die Falle gegangen, sie hatten bestätigt, dass sie hinter dem Schweizer Nummernkonto steckten.

»Eine andere Frage«, wechselte Akay abrupt das Thema. »Was machen Sie beide mit Ihren Ehefrauen in Oberstdorf? Gab es Unstimmigkeiten zwischen Ihnen und den Herren Dampf, die Sie vor Ort persönlich klären wollten?«

»Nein, nein, überhaupt nicht«, protestierte Urs sofort. »Sonst würden wir ja nicht hier in der Dampf-Unterkunft wohnen. Nein, wir haben unsere alten Freunde besucht und sind täglich unserem Hobby nachgegangen.«

»Ihrem Hobby? Was ist das?«, fragte Akay.

»Wir sind Lepidopterologen«, erklärte Urs Keller, richtete sich auf seinem Stuhl auf und beendete das ständige Tippen an sein Ohrläppchen.

»Was seids ihr?«, rutschte es Egi heraus, er hatte das Wort noch niemals gehört.

»Lepidopterologen, Schmetterlingsforscher«, übersetzte Mirio Gerber.

»Wir können Ihnen gerne einmal unsere Sammlung zeigen«, sagte Gritli Keller plötzlich, Egi erschrak regelrecht, als er zum ersten Mal ihre Stimme vernahm.

»Danke, Frau Keller, kein Bedarf«, blockte Akay ab, der sich mehr für den eigentlichen Grund ihres Besuchs in Oberstdorf interessierte.

»Was macht man denn so als Lepi..., äh, Leptido..., ja, halt als Schmetterlingsforscher?«, fragte Egi und erntete erneut einen erzürnten Blick von Akay.

»Lepidopterologe«, korrigierte Urs Keller. »Wir fahren mit unseren Mountainbikes in die Berge und beobachten die possierlichen Falter. Die Bergblumen und Kräuter sind ein Paradies für die kleinen Flieger.«

»Sehr interessant«, meinte Akay. »Was haben Sie am 13.09. am Nebelhorn gemacht?«

»Das war vorgestern, oder?«, fragte Mirio Gerber.

»Ja, das war vorgestern, Freitag, der Tag von Bert und Gerd Dampfs Ermordung«, bestätigte Akay.

»Da waren wir alle am Nebelhorn, oben auf dem Gipfel. Urs und ich sind am Morgen mit Gleitschirmen ins Tal geflogen. Das war ein Geschenk unserer Frauen zum Silbernen Hochzeitstag. Wir haben die bunten Falter im Flug beobachtet und ihre Bewegungen gefilmt. Gritli und Onna war das Ganze zu unheimlich, sie sind dann doch lieber zu Fuß abgestiegen«, erzählte Mirio.

»Sie wollen uns weismachen, dass Sie Schmetterlinge vom Gleitschirm aus gefilmt haben? Und dafür hatten Sie eine Kamera dabei?«, zweifelte Akay.

»Wofür sonst?«, bellte Mirio zurück.

»So ein Schwachsinn! Dann zeigen Sie die Filmchen mal!«

»Wir haben sie gelöscht, sind nichts geworden«, erklärte Mirio.

»Aha. Die Kameras will ich trotzdem haben«, forderte Akay.

»Wenn es sein muss, Sie werden aber nichts darauf finden«, lenkte Urs zornig ein.

»Das werden wir sehen. Sagen Sie mal, Frau Keller und Frau Gerber, würden Sie uns Ihre Schuhe zeigen?«, fragte Akay die Schweizerinnen.

»Ähm, ja, warum denn?«, wich Gritli Keller ihm aus. Onna Gerber sah sie verunsichert an.

»Dann zeigen Sie mal her!«, forderte Akay die zwei Frauen auf und rückte mit seinem Stuhl zurück, um einen Blick auf ihre Treter werfen zu können, und stellte fest: »Na ja, Sie scheinen auf zu großem Fuß zu leben.«

»Was meinen Sie damit?«, fragte Onna Gerber mit einem nervösen Zucken an ihrem linken Augenlid.

»Welche Schuhgröße haben Sie?«, bohrte Akay weiter.

»39«, gab Gritli Keller an.

»40«, meinte Onna Gerber.

»Ziehen Sie beide mal die Schuhe aus, nicht dass Sie uns mit Übergrößen reinlegen wollen!«, forderte Akay.

131

Gritli und Onna zogen je einen Schuh aus und hielten ihre Füße hoch.

»Okay, das ist nicht 36. Wann war das genau mit Ihrem Gleitschirmflug, Herr Keller und Herr Gerber?«, setzte Akay die Befragung fort.

Urs und Mirio sahen Akay perplex an, der abrupte Themenwechsel verunsicherte sie nur noch mehr. Egi bekam langsam Kopfschmerzen von den Kemptener Verhörmethoden.

»Muss so um acht Uhr gewesen sein«, meinte Mirio Gerber und warf seinem Freund Urs Keller einen hektischen Blick zu.

»So früh?«, wunderte sich Egi.

»Ja, wir sollten unten sein, bevor der Viehscheid beginnt, sonst wären wir den Kühen in die Quere gekommen, die ab neun Uhr zurück in ihre Ställe gebracht wurden.«

»Verstehe«, sagte Akay. »Wo sind Sie beide gelandet?«

»Im Tal, unten auf der Wiese an diesem Bach, Trettach heißt der, unweit der Talstation der Nebelhornbahn. Das ist der übliche Landeplatz von Fly-high«, sagte Urs Keller, Mirio Gerber nickte.

»Sie lügen«, provozierte Akay die zwei Schweizer. »Sie sind am Seealpsee gelandet, haben versucht Bert und Gerd Dampf zu überwältigen, die gerade dort tauchen waren, haben sie erstickt, indem sie die Ventile ihrer Sauerstoffflaschen manipuliert haben, haben ihnen Ihre Gleitschirme von Fly-high umgeschnallt und sie damit ins Tal geworfen! Sie sind dann gemeinsam mit Ihren Ehefrauen zu Fuß hinuntergewandert.«

»So ein Schwachsinn!«, rief Mirio Gerber. »Dann wären wir ja ohne Gleitschirm unten angekommen.«

»Ja, absoluter Schwachsinn!«, stimmte Urs Keller ein.

»Es macht keinen Sinn, es zu leugnen«, kratzte Akay weiter am Selbstbewusstsein der zwei Schweizer. »Vielleicht haben Sie sich unter falschem Namen vier Gleitschirme geliehen. Ihre Frauen wollten doch erst auch fliegen, oder? Die Gleitschirme werden gerade untersucht, und wenn wir Ihre DNS daran sicherstellen können, ist Ihr Urlaub in Oberstdorf ganz schnell beendet, das verspreche ich Ihnen! Wollen Sie freiwillig eine Speichelprobe abgeben, um Ihre Unschuld zu beweisen?«

Sonntag, 15.09.2019: Mehr Himmelsstürmer

Während die Schweizer unter Akays Vernehmung litten, ließ sich Rudi von Silvia nach Oberstdorf-Kornau kutschieren. Dort gab es eine Jugendherberge, und in der wohnten vier junge Erwachsene aus dem Schwarzwald, die sich ebenfalls am 13.09. Gleitschirme von Fly-high geliehen hatten, um damit vom Nebelhorn herunterzusegeln. Silvia hielt vor dem großen, weißen Gebäude, an dessen Hauswand wuchtige hölzerne Balkone angebaut waren. Das Haus war umgeben von einer weitläufigen, hügeligen Wiese, im Hintergrund standen einige Fichten.

Rudi und Silvia traten durch die offen stehende Tür und durchquerten den Eingangsbereich. Silvias Stöckelschuhe klapperten auf den terrakottafarbenen Fliesen. Das Geräusch riss an Rudis Nervensträngen, er war froh, als sie endlich an der freundlichen, hellen Empfangstheke standen und halbwegs Ruhe herrschte.

»Kripo Kempten«, meinte Silvia zu der Empfangsdame und zeigte ihren Dienstausweis. »Wir möchten gerne mit vier Gästen von Ihnen sprechen: Paul und Oskar Gremmelspacher, Leo Winterhalder und Julian Zängerle.«

»Ah, ja, die bewohnen zusammen ein Viererzimmer. Ich schaue kurz nach, ob sie beim Frühstücken sind. Moment, ich komme gleich zu Ihnen zurück.«

Als die Dame entschwunden war, schaute Rudi sich um. Das war purer Luxus hier, in seiner Kindheit hatten Jugendherbergen anders ausgesehen. Und als junger Erwachsener wäre er auch niemals mit drei Kumpeln zum Gleitschirmfliegen in den Urlaub gefahren. Wenn er genauer darüber nachdachte, seinem Sohn ging es auch viel zu gut. Und was machte der? Er stimmte freiwillig dieser Folterdiät zu, um auf seinen Hochzeitsfotos den Bauch nicht zur Schau zu tragen, den er von Geburt an mit sich herumgeschleppt hatte!

Die Empfangsdame kehrte mit vier Jungmännern im Schlepptau zurück.

»Hier sind die Übeltäter. Ich hoffe, sie haben nichts Schlimmes angestellt«, meinte sie mit einem Augenzwinkern.

»Danke. Kripo Kempten, ich bin Dr. Silvia Stern, wir möchten Sie als Zeugen befragen«, stellte sich die Profilerin vor. »Das ist Kollege Ströber von der Polizeiinspektion Oberstdorf. Lassen Sie uns rausgehen, damit wir in Ruhe reden können, meine Herren.«

Die vier jungen Urlauber gingen zögerlich mit. Sie überquerten die Wiese und setzten sich gemeinsam an einen Holztisch unter einer Baumgruppe, der zusammen mit den Holzbänken fest in den Boden eingelassen war. Neben dem Tisch stand ein Mülleimer, aus dem unzählige Eisverpackungen herausquollen. Fliegen, Wespen und Bienen tummelten sich um die verlockend süßen Essensreste, die an dem Müll klebten. Es brummte und summte aus dem Eimer.

»Dann sagen Sie uns mal, wie Sie heißen, wie alt Sie sind und wo Sie herkommen«, forderte Silvia die Truppe auf.

»Ich bin Leo Winterhalder, dreiundzwanzig Jahre und aus Menzenschwand«, antwortete ein Rothaariger mit brauner Hornbrille.

»Und ich Julian Zängerle, zweiundzwanzig Jahre, auch aus Menzenschwand«, sagte sein Tischnachbar, ein blasser Jüngling mit braunen Locken, die er in einen Zopf gezwängt hatte.

»Wer sind Sie beide?«, fragte Silvia die anderen zwei.

»Paul und Oskar Gremmelspacher«, sagte einer der beiden.

»Sind Sie Geschwister?«, wollte Silvia wissen.

»Ja, ich bin Paul, das ist mein jüngerer Bruder Oskar.«

Paul und Oskar sahen sich nicht im Geringsten ähnlich. Paul war groß und kräftig, deutlich über zwanzig und trug einen Dreitagebart.

Oskar wirkte dagegen wie ein Milchbubi, klein, schmächtig und ohne Hinweis auf einen beginnenden Bartwuchs.

»Wie alt?«, fragte Rudi, um auch etwas zu sagen, sonst hieß es gleich wieder, er sei zu träge.

»Ich bin achtundzwanzig, Oskar ist zwanzig.«

»Kommen Sie auch aus Menzenschwand?«, erkundigte sich Silvia.

»Nein, Sankt Blasien, das ist in der Nähe von Titisee-Neustadt«, sagte Paul Gremmelspacher und versuchte eine summende Biene von seinem T-Shirt zu vertreiben.

Silvia und Rudi sahen sich amüsiert an. Es bestätigte sich einmal mehr, die Menschen im Schwarzwald hatten bei der Vergabe ihrer Ortsnamen von je her kein geschicktes Händchen bewiesen.

»Warum wir hier sind«, begann Silvia. »Sie haben sicher gehört, dass in Oberstdorf zwei Männer ermordet worden sind. Sie sind tot mit Gleitschirmen vom Nebelhorn herabgesegelt. Und genau an diesem Punkt kommen wir zu Ihnen.«

»Warum?«, fragte Leo Winterhalder, der Rothaarige, und schob seine Brille hoch, die ihm auf die Nasenspitze gerutscht war.

»Weil Sie alle am 13.09., dem Tag der Ermordung von Bert und Gerd Dampf, Gleitschirmfliegen waren«, erklärte Silvia und beobachtete die Reaktion ihrer Gesprächspartner.

Es herrschte Stille. Die vier Männer sahen sich an. Leo Winterhalder, der Rothaarige, fummelte wieder an seiner Brille, schob sie auf der Nase hin und her. Die Gebrüder Gremmelspacher warfen sich einen Blick zu, ohne ein Wort zu sagen. Dann fuchtelte Oskar Gremmelspacher, der jüngere Bruder, mit der Hand in der Luft herum, um eine längst entflogene Biene zu verscheuchen. Nur Julian Zängerle, der junge Mann mit dem Zopf, schien von Silvias Worten unbeeindruckt.

»Das ist ja schlimm«, sagte er mit neugierigem Blick. »Sind die mit uns runter vom Nebelhorn?«

»Ganz bestimmt«, meinte Silvia. »Es gab an dem Tag nur eine Gruppe, die mit Fly-high Gleitschirmsegeln war. Und das waren Sie und einige andere Leute.«

»Und die Ermordeten, waren die auch in unserer Gruppe?«, fragte Leo Winterhalder.

»Das möchten wir von Ihnen wissen«, meinte Silvia und legte den Jungmännern zwei Fotos von Bert und Gerd Dampf vor.

»Nie gesehen«, antworten Paul und Oskar Gremmelspacher.

»Ich auch nicht«, fügten die anderen zwei hinzu.

»Sind euch denn zwei Schweizer Ehepaare aufgefallen?«, wollte Silvia wissen.

»Wie sahen die denn aus, die Schweizer?«, fragte Julian Zängerle.

»Zwei alte Säcke mit Bierbauch«, meinte Rudi und vermied es, Silvia anzusehen, um gar nicht erst in den fraglichen Genuss ihrer zornigen Blicke zu gelangen. Rudi erinnerte sich an Egis Erzählungen über die schweizer Touristen. Er beneidete aktuell einfach jeden, der seinen Bierbauch weiterhin pflegen durfte.

»Sagt mir nichts«, meinte Julian Zängerle und wandte sich an seine Kumpel. »Könnt ihr euch an die erinnern?«

»Nein«, meinte der rothaarige Leo Winterhalder wie aus der Pistole geschossen und rückte nochmals seine Brille zurecht.

»Ich auch nicht«, meinten die Gebrüder Gremmelspacher gleichzeitig und schlugen nach zwei lästigen Fliegen, die sie nun angepeilt hatten.

»Sag ich doch«, wiederholte Julian Zängerle und zwirbelte dabei seinen Zopf zwischen Zeigefinger und Daumen. »Ich hab nur zwei alte Säcke ohne Bierbauch in unserer Gruppe gesehen, die haben Schweizerisch gesprochen. Die hatten höchstens einen Bauchansatz. Die anderen waren alle in unserem Alter.«

»Ist Ihnen an den Schweizern etwas aufgefallen? Haben Sie sich anders verhalten als die anderen Gleitschirmsegler?«, wollte Silvia wissen.

»Nein, eigentlich nicht«, meinte Julian Zängerle und rieb sich dabei das Kinn.

»Eigentlich?«, fragte Silvia nach.

»Na ja, sie waren mit uns die Einzigen, die keinen Tandemsprung gemacht haben«, erklärte Julian Zängerle. »Was anderes ist mir nicht aufgefallen.«

»Also sind die anderen mit einem Gleitschirmexperten von Fly-high Huckepack gesprungen, nur Sie und die Schweizer nicht?«, fragte Rudi, um noch einmal etwas zu der Befragung beizutragen.

»Ja, so war es«, bestätigte Julian Zängerle.

»Genau«, nickten auch die Gebrüder Gremmelspacher.

»Und die hatten so Kescher hinten am Gürtel hängen, und eine kleine Gartenschaufel«, fügte Leo Winterhalder, der Rothaarige, plötzlich hinzu.

»Wer hatte das an seinem Gürtel?«, fragte Silvia erstaunt.

»Na, die Schweizer! Jetzt erinnere ich mich auch daran«, sagte Julian Zängerle. »Das war so ein lederner Werkzeuggürtel, wie ihn Bauarbeiter auch tragen. Und sie hatten Videokameras an ihren Helmen.«

Sonntag, 15.09.2019: Totenflecken

Eines Nachts wachte ich auf von einem wunderschönen Gesang aus der Ferne. Nicht genug konnte ich bekommen von den Liedern, da ging ich der Stelle entgegen, von der die liebliche Stimme erklang. Aber je näher ich kam, desto schiefer ertönte diese. Als ich bei der Stimme ankam, erhallte sie nur noch als wildes Pfeifen und Schreien, als wüster Lärm und gräuliches Toben. Dann hob mich etwas hoch in die Lüfte, wie von Sinnen flog ich daher, wusste nichts mehr von mir und allem anderen. Als ich wieder zu mir kam, lag ich hoch droben auf der Alp, weit weg von meiner Hütte, wo mich die Fahrt willkürlich hat niedergelassen. Ich hatte alle Mühe, wieder heimzukommen.

Die SOKO Viehscheid saß wieder im Konferenzraum. Man trug die Ergebnisse der Befragungen der Gleitschirmflieger zusammen. Die Zeugen hatten alle bestätigt, dass nur die Schweizer und die Jungmänner keinen Tandemsprung gemacht hatten.

»Ich gehe davon aus, dass die Gleitschirmexperten von Fly-high nicht mit ihren Fluggästen einen Abstecher zum Seealpsee gemacht haben, um Bert und Gerd Dampf umzubringen und dann zu Fuß den Berg hinunterzuwandern«, urteilte Silvia, ihres Zeichen Profilerin. »Sie fallen alle aus dem Raster. Wir konzentrieren uns erst einmal auf die Nicht-Tandemspringer.«

»Einverstanden. Was sagst du denn dazu, dass der oder die Mörder Bert und Gerd Dampf in Taucheranzügen und an Gleitschirmen den Berg hinuntergeworfen haben, Silvia? Auffälliger geht es kaum, oder?«, fragte Akay.

Genau das hatte sich Egi auch schon gefragt. Bei den Gedanken an den unfreiwilligen Gleitschirmflug der Gebrüder Dampf war ihm die Sage von der Wilden Fahrt wieder in den Sinn gekommen, die er als Kind einmal von Uroma Bruni erzählt bekommen hatte. Damals hatte er vermutet, dass sie ihn mit der Geschichte davon hatte abhalten wollen, des Nachts mit seinem kleinen Bruder Volker aus dem Haus zu verschwinden, um verbotene Abenteuer zu erleben. Wären die alten Gebrüder Dampf nicht bereits tot gewesen, hätten sie sich bestimmt genauso gefühlt wie der entführte Mann in der Allgäuer Sage.

Die Tür ging auf und Daniel kam herein. Beate hatte ihn endlich an der Telefonzentrale abgelöst, jetzt konnte er an der Besprechung der SOKO Viehscheid teilnehmen. Wenn er Glück hatte, fuhren sie heute noch einmal raus. Er setzte sich zu den anderen an den Konferenztisch.

»Ich gehe davon aus, dass die Täter unter Zeitdruck gehandelt haben. Es müssen mindestens zwei gewesen sein, einer alleine hätte Bert und Gerd Dampf nicht den Sauerstoff abdrehen und die zwei Schwergewichte an die Gleitschirme hängen können. Beides nimmt Zeit in Anspruch, in der der jeweils andere Dampf-Zwilling seinem Bruder zu Hilfe gekommen wäre. Einer allein hätte gegen sie keine Chance gehabt«, erklärte Silvia.

»Also mindestens zwei, die unter Zeitdruck gehandelt haben«, schloss Akay.

»Ja«, bestätigte Silvia und sponn den Faden weiter: »Die Mörder sind mit den Gleitschirmen zum Seealpsee gekommen, entweder durch die Luft oder zu Fuß. Sie haben Bert und Gerd Dampf im See gesehen, wie sie die Kiste herausholen wollten. Die Täter müssen gewusst haben, was sich in der Kiste befand, und wollten den Zwillingen die Kostbarkeiten abnehmen. Die Eigentumsverhältnisse müssten noch geklärt werden, aber auf jeden Fall wollten die Täter den Schmuck und die Goldmünzen in ihren Besitz bringen. Dabei muss es zu einem Kampf im Wasser gekommen sein. Den Tauchern wurde dazu der Sauerstoff abgedreht, sie wurden unter Wasser gehalten und sind in ihren Tauchermasken erstickt.«

»Das ist sehr gut möglich«, fügte Daniel hinzu. »So Tauchermasken sind ganz schön dicht, und wenn man die nicht abnimmt, dann ...«

»Wissen wir, Daniel«, unterbrach Akay den ewigen Polizeinovizen. »Weiter, Silvia.«

»Die Täter hatten das eventuell nicht so geplant, sie wollten niemanden ermorden, sie waren mit der Situation überfordert. Plötzlich lagen die Leichen vor ihnen, und sie mussten sie loswerden. Dazu gab es nur zwei Optionen: Sie konnten die beiden verschwinden lassen, in der Hoffnung, dass sie in nächster Zeit nicht gefunden werden. Nur war das auf die Schnelle nicht möglich, da am Morgen trotz des Viehscheids im Tal vereinzelte Touristen den Berg hochkamen. Sie entschieden sich also für Option zwei, die Leichen so spektakulär wie möglich zur Schau zu stellen, um den Ermittlern die Arbeit so schwierig wie möglich zu gestalten.«

»Was soll daran schwierig sein? Dann doch lieber die Leichen am Nebelhorn vergraben«, meinte Rudi mit knurrendem Magen.

»Falsch«, zischte Silvia. »Das Vergraben hätte viel länger gedauert, sie hätten die Leichen erst einmal zu einer geeigneten Stelle schleppen müssen. Sie hätten dabei von Hunderten Leuten beobachtet werden können. So haben sie die Leichen schnell an ihre Gleitschirme gehängt und den Berg hinuntergeworfen. Danach konnten sie ganz gemütlich absteigen. Und den Grund für die Morde hättet ihr auf diese Weise alleine sehr wahrscheinlich niemals herausgefunden. Vermutlich hätte keiner von euch den Tatort entdeckt.«

Rudi schüttelte den Kopf und zog ihn danach gleich ein. Noch einmal würde er vor dieser Furie heute nicht aufmucken.

»Es ist purer Zufall, dass ich den See und vor allem die Kiste gefunden habe«, lobte Silvia sich selbst. »Ansonsten würden wir noch völlig im Dunkeln tappen. Ich möchte den Teufel nicht an die Wand malen, aber ich gehe davon aus, dass die Köhler zig DNS-Spuren an den Leihgleitschirmen finden wird, mit denen Bert und Gerd Dampf vom Himmel gefallen sind. Die meisten davon, wenn nicht sogar alle, werden wir keiner Person zuordnen können. Und falls doch, könnte es jeder andere auch gewesen sein. Die Mörder wollen uns damit vorführen, uns in die Enge treiben, Druck ausüben. Sie hoffen, dass wir Fehler und uns sogar lächerlich machen. Immerhin sind Bert und Gerd Dampf vor ganz Oberstdorf abgestürzt, und wir stehen noch ohne Ergebnisse da.«

Das Telefon klingelte. Akay nahm das Gespräch an und stellte es laut.

»Grüß euch«, näselte es aus dem Telefon, es war der Gerichtsmediziner Erich Engstein. »Ich habe neue Erkenntnisse für euch.«

»Dann schieß mal los!«, forderte Akay ihn auf.

»Es ist so: Anhand der Totenflecken, wie sie umgangssprachlich heißen, ihr würdet den Fachausdruck sowieso nicht verstehen, daher spare ich mir den ...«

»Komm endlich zum Punkt, Erich!«, ging Akay dazwischen.

»Ja, ja, schon gut. Also, die Totenflecken entstehen dadurch, dass das Blut nach dem Tod in die unten liegenden Körperstellen sackt. Das waren bei Bert und Gerd Dampf hauptsächlich Rücken und Hintern.«

»Und, was tut uns das sagen?«, fragte Rudi.

Egi hatte sich die gleiche Frage gestellt, sich aber nicht getraut nachzuhaken, um nicht als Depp dazustehen.

»Rudi, du musst dringend essen. Bei deinem Kampfgewicht streikt der Kreislauf, wenn du abrupt aufhörst, dir die Allgäuer Schmankerln reinzuschieben. Sag deiner Frau, dass sie mit deinem Leben spielt und ...«

»ERICH!«, schrie Akay plötzlich und schlug auf den Tisch, dass das Telefon einen Satz machte. »Sag endlich, was Sache ist!«

»Ja, ja, schon gut. Also, die Totenflecken zeigen, dass Bert und Gerd nach ihrem Tod auf ihrer Rückseite gelegen haben müssen. Sie sind also weder schwimmend im Wasser gestorben, noch an den Gleitschirmen. Dann hätten die Totenflecken sich andere Körperstellen ausgesucht, zum Beispiel die Beine.«

»Verstehe«, meinte Akay. »Wie kann das dann abgelaufen sein?«

»Blöd«, kam es aus dem Telefonlautsprecher.

»Blöd?«, fragte Egi, er konnte keine Schlüsse aus der Aussage des Gerichtsmediziners ziehen.

»Blöd halt«, wiederholte dieser. »Der oder die Mörder haben denen bestimmt im Wasser den Sauerstoff aus den Flaschen gelassen. Daraufhin sind die Zwillingsbrüder noch im Wasser auf Grund des Sauerstoffmangels ohnmächtig geworden. Sie wurden an Land geschleppt und auf den Rücken gelegt. Die Täter dachten, sie wären schon tot, dabei waren sie nur bewusstlos. Hätten die ihnen die Tauchermasken abgenommen, wären Bert und Gerd Dampf noch am Leben. Stattdessen haben die sich zu blöd angestellt, haben überlegt, wie sie die Leichen, die zu diesem Zeitpunkt noch gar keine waren, wegschaffen können. Dann sind die Zwillinge in ihren Masken erstickt, die Totenflecken haben sich an Rücken und Hintern niedergelassen, erst danach sind Bert und Gerd Dampf an die Gleitschirme geschnallt und den Berg hinuntergeworfen worden.«

Sonntag, 15.09.2019: Unechte Klunker

Schon wieder klingelte das Telefon auf dem Konferenztisch. Die SOKO Viehscheid hatte gerade erst die Neuigkeiten vom Gerichtsmediziner Erich Engstein verdaut. Bert und Gerd Dampf waren also höchstwahrscheinlich nur versehentlich umgebracht worden. Sie hätten noch leben können, wenn die vermeintlichen Juwelendiebe sie nicht mit ihren Tauchermasken hätten liegen lassen. Egis Magen krampfte sich zusammen. Die Dampf-Familie war zur Hälfte ausgelöscht worden, und das sehr wahrscheinlich unbeabsichtigt.

Das Telefon klingelte immer noch. Akay blickte auf, griff nach dem Hörer und stellte es wieder laut.

»Hier Köhler«, hörten sie aus dem Lautsprecher. Die Kollegin aus Memmingen wartete keine Begrüßungsrunde ab, sondern ratterte gleich wieder los. »Wir sind einen erheblichen Schritt weiter. Erster Punkt: Die Gleitschirme von Bert und Gerd Dampf sind Eigentum der Firma Fly-high, wir konnten eingenähte Schilder daran finden. Sie sind schon einige Jahre alt, und es sind massig DNS-Spuren daran. Damit die Mörder zu überführen, ist nahezu unmöglich. Falls ihr die ersten Verdächtigen habt, nehmt gleich Speichelproben, wir können zumindest überprüfen, ob sie mit den Gleitschirmen in Kontakt waren, eventuell sogar, ob sie damit geflogen sind.«

»Haben wir schon«, bestätigte Akay. »Ich schicke dir gleich Wattestäbchen von vier Schweizern, die Geschäftspartner von Bert und Gerd Dampf waren und am 13.09. Gleitschirm geflogen sind.«

»Sehr gut«, meinte Barbara Köhler. »Dann zum zweiten Punkt: die

Schatzkiste. Anhand der Holzstruktur konnten wir feststellen, dass sie um die einhundert Jahre alt ist. Die Verschläge sind aus einer Metalllegierung, kein Edelmetall, also nichts Wertvolles. Wir konnten Erdreste in den Ritzen sichern, das heißt, die Kiste war einmal im Boden vergraben. Wir analysieren gerade die Zusammensetzung der Erde, dann können wir eingrenzen, an welcher Stelle sie gelegen hat. Darüber hinaus war das Holz stark aufgeweicht, das deutet darauf hin, dass die Kiste mehrere Jahre im Wasser gelegen hat. Wir haben dazu noch die letzten Tropfen aus den Taucheranzügen ausgewrungen und mit dem Wasser aus eurem Reagenzglas, also dem Wasser aus der Kiste verglichen: Es stimmt überein. Es stammt beides aus dem Seealpsee.«

»Gute Arbeit, Köhler«, lobte Akay. »Dann steht fest, dass Bert und Gerd Dampf nach der Kiste tauchen wollten. Durch Umstände, die wir noch klären müssen, wurden sie dabei von ihren Mördern überrascht, und die Kiste ist im Seealpsee geblieben.«

»So mag es gewesen sein. Zum dritten Punkt«, fuhr die Forensikerin fort. »Wir haben die Edelsteine und Münzen aus der Kiste von einem Partnerinstitut untersuchen lassen. Es ist noch nicht alles abschließend untersucht, aber wir haben in unserer Schatzkiste einige Goldmünzen und Goldschmuck mit diversen Steinen, von denen wir noch nicht wissen, um was es sich dabei handelt. Und jetzt kommt's, haltet euch fest.«

»Was denn?«, brummte Rudi, er wäre bei der monotonen Ratterstimme aus dem Telefonlautsprecher beinahe eingeschlafen.

»Wo der Schmuck herkommt, konnte unser Partnerinstitut noch nicht eingrenzen. Aber die alten Goldmünzen stammen aus dem Allgäu!«, sprach die Köhler.

Sonntag, 15.09.2019: Chinese Connection III

Erneut saßen Rudi und Silvia mit Han Dampf im Frühstücksraum ihres Hauses. Egi und Akay hatten sich wieder draußen auf der Terrasse mit Dan Dampf niedergelassen. Dieses Mal lagen keine Schweizer im Garten. Lediglich ein junges Pärchen sonnte sich auf einem großen, farbenfrohen Badetuch auf der Wiese und las dabei etwas auf einem Tablet.

Egi machte sich Vorwürfe, weil sie Daniel wieder nicht mitgenommen hatten. Akay hatte ihn zurückgewiesen mit den Worten, er sei nur das fünfte Rad am Wagen, woraufhin sich Daniel beleidigt in Egis Büro verzogen hatte. Wahrscheinlich hockte er nun dort vor dem Bildschirm und ermittelte auf eigene Faust.

Egi rieb sich die Schläfen. Am Montag mussten sie Daniel unbedingt mitnehmen, sonst würde der noch unglücklich in der PI Oberstdorf. Immerhin hatte er vor drei Jahren eine Ausbildung zum Polizisten absolviert und nicht zum Telefonisten und Empfangsherren. Der PHK wischte die trüben Gedanken beiseite und spähte in den Frühstücksraum. Silvia redete wie gewohnt auf Han Dampf ein, die sich wiederum in Schweigen hüllte. Er ahnte, dass ihm und Akay in wenigen Augenblicken Ähnliches widerfahren würde.

»Frau Dampf, jetzt wissen wir schon mehr als gestern«, versuchte Akay die Witwe einzuschüchtern. »Ich rate Ihnen dringend, heute bei der Wahrheit zu bleiben.«

Sie sah ihn verunsichert an und warf einen Blick über die Schulter zu ihrer Schwester. Die schien ebenso eingeschüchtert zu sein.

»Also noch einmal zurück zu der Kiste, die wir im Seealpsee gefunden haben«, meinte Akay. »Wann haben Sie die Kiste das letzte Mal gesehen, und was befand sich darin?«

»Ich kenne keine Kiste aus dem See«, antwortet Dan Dampf mit zusammengezogenen Augenbrauen, genau wie bei der gestrigen Befragung.

»Das glaube ich Ihnen nicht«, beharrte Akay. »Sie wussten sehr wohl von der Kiste und auch von deren Inhalt. Sie wussten ebenfalls, dass Ihr Mann und Ihr Schwager sie aus dem Seealpsee fischen wollten, um die enthaltenen Kostbarkeiten zu Geld zu machen. Und zwar, weil Sie sich mit dem Kredit zur Sanierung Ihres Hauses übernommen haben, stimmt's?«

»Ich weiß nichts davon!«, leugnete Dan Dampf.

Egi war diese Art der Befragung unangenehm, er konnte es überhaupt nicht leiden, wenn Akay die Oberstdorfer Bürger auf diese hinterhältige Art in die Mangel nahm. Jedes Mal probierte er so, die unbescholtenen Leute in die Enge zu treiben, und erntete dafür einzig und allein Zurückhaltung und Verweigerung.

»Frau Dampf, kennen Sie denn Ihre Gäste Urs und Gritli Keller und Mirio und Onna Gerber gut? Waren sie schon öfters bei Ihnen?«, fragte der PHK, um das Thema sanft auf etwas anderes zu lenken, das sie trotzdem bei ihren Ermittlungen weiterbrachte. Akay wurde schon wieder rot im Gesicht, aber Egi war's egal.

»Ja, die kenne ich«, bestätigte Dan Dampf dankbar und lächelte den einheimischen Ermittler an. Akay ballte bei dem Anblick seine Fäuste unter dem Tisch. »Das sind Gäste aus der Schweiz, die schon oft bei uns gewesen sind. Sie mögen alte Möbel und haben uns einige abgekauft, die wir nach dem Umbau nicht mehr für unsere Apartments gebraucht haben.«

»Sehr interessant, dass Sie das zugeben, Frau Dampf«, meinte Akay listig. »Wir haben bereits die Geldbewegungen dafür auf Ihrem Girokonto gesehen. Noch ein Versuch Ihrerseits, aus der finanziellen Misere herauszukommen?«

Dan Dampf schottete sich sofort wieder ab und starrte mit gefalteten Händen vor sich auf die Tischplatte. Egi riskierte einen Blick auf ihre Schwester im Frühstücksraum. Sie saß dort in der gleichen Körperhaltung vor Rudi und Silvia.

»Wir werden uns diese Möbel genau ansehen und überprüfen, ob sie das Geld wirklich wert sind, das Ihr Mann und Ihr Schwager dafür erhalten haben«, drohte Akay. »Ich gehe stark von Scheingeschäften aus. Die Frage ist nur, welche Interessen die Schweizer dabei verfolgt haben. Warum haben sie Ihnen diese hohen Summen überwiesen? Sind sie so etwas wie stille Teilhaber?«

»Wir haben ihnen nur alte Möbel verkauft, mehr nicht«, antwortete Dan Dampf mit gesenktem Blick.

»Wie sind die Münzen in die Kiste gekommen, Frau Dampf?«, zog Akay nun ohne Vorwarnung seinen letzten Trumpf.

Die Frage hatte gesessen, Dan Dampf zuckte sichtlich zusammen, sah auf und starrte Egi hilfesuchend an. Leider konnte er ihr nicht beistehen. Er vermutete mittlerweile selbst, dass hier etwas nicht mit rechten Dingen zuging. Aber die Dampf-Witwen waren ganz bestimmt keine Mörderinnen. Die Vorstellung bereitete dem PHK Magenkrämpfe.

»Antworten Sie!«, schrie Akay Dan Dampf an.

Sie zuckte wieder und sagte nach längerer Überlegung: »Welche Münzen?«

Egi schüttelte den Kopf, besonders glaubwürdig hörte sich das nicht gerade an. Um ihr unter die Arme zu greifen, erklärte er: »Wir haben halt Goldmünzen in der Kiste gefunden, Frau Dampf.«

»Ach so«, sagte die Witwe. »Ich weiß nichts davon.«

Sonntag, 15.09.2019: Drohne auf Abwegen

Die SOKO Viehscheid war bei ihrer Befragung der Dampf-Witwen auf keinen grünen Zweig gekommen. Die Zwillingsschwestern hatten konsequent auf ihrer Aussage bestanden, dass sie absolut nichts von der Schatzkiste und deren geplanter Bergung durch ihre Ehemänner gewusst hatten. Man hatte sich dann für den heutigen Tag, einen im Normalzustand heiligen Sonntag, verabschiedet und eine kurze Videokonferenz mit den Kollegen in Memmingen für den nächsten Morgen um 08:00 Uhr in der PI Oberstdorf vereinbart. Akay hoffte, dass der Köhler dann die Ergebnisse der DNS-Abgleiche vorlagen.

Egi stand nun vor seiner Haustür und wollte gerade seinen Schlüssel ins Schloss stecken, als ihm ein Gedanke kam. Tommis Drohne war heute Morgen nicht in der Garage gewesen, der PHK wollte jetzt noch einmal nachschauen. Er ging zum Garagentor und öffnete es. Seine Augen mussten sich erst an die Dunkelheit gewöhnen. Für die zehn Sekunden wollte er seine immens stromfressende Lampe nicht anschalten.

Als die Konturen der Gegenstände schärfer wurden, warf er einen Blick auf das Regal. Die Kette hing immer noch verlassen da, die Drohne war tatsächlich weg. Egi warf das Garagentor wieder zu und ging mit hinuntergezogenen Mundwinkeln zur Haustür.

Als er sie öffnete, drangen aufgeregte Stimmen an sein Ohr. Sie kamen von oben, aus seiner Wohnung. Er rannte die Treppe hoch, stürmte durch die Etagentür und sah die kleine Lilli heulend auf dem Holzboden im Flur liegen. Sie hielt sich mit ihren Händchen die Augen zu und trampelte mit den Füßen. Der Familienhund Bruno saß neben ihr und jaulte.

»Lilli, du sollst doch nicht an Papas Schränke gehen, er hat da manchmal Sachen drin, die nur für Erwachsene sind«, tadelte Elli ihr Töchterchen und warf Egi einen finsteren Blick zu. »Komm, Lilli, wir gehen in dein Zimmer und sehen uns ein Bilderbuch für kleine Kinder an!«

Elli nahm Lilli auf den Arm und trug sie in ihr Kinderzimmer. Egi lief ins Schlafzimmer, ihm schwante Schreckliches. Als er die Tür aufstieß, sah er gleich die offen stehende Schublade seines Nachtschränkchens. Heute Nacht würde Großvater Edmund Hubers Geist sich Egi gegenüber gewiss nicht eine Minute gnädig zeigen, er überlegte, ob er nicht die Nacht besser durcharbeiten sollte, statt sich schlafen zu legen.

Auf seinem Bett lag aufgeschlagen das Sagenbuch, in dem Lilli herumgeblättert hatte. Egi trat näher und erkannte, was sich Lilli da angesehen hatte. Es war eine düstere Skizze von einem wilden Heer, Frauen und kleine Kinder rannten um ihr Leben, flüchteten vor üblen Gestalten, die ihre Lanzen und Beile bedrohlich in der Luft schwangen. Sakra! Vergib mir, Großvater Edmund!

Egi griff nach dem Buch, klappte es zu und schmiss es in das höchste Fach seines Kleiderschranks. Er ärgerte sich über sich selbst, ging wieder in den Flur, warf die Tür mit einem Knall zu und begab sich in Lillis Kinderzimmer. Elli saß auf dem Boden, die Kleine hockte auf ihrem Schoß und blätterte in einem Bilderbuch. Dicke Tränen rollten über ihre geröteten Wangen, hin und wieder schniefte sie. Bruno lag vor ihr und hatte seine Schnauze auf ihr Bein gelegt, als würde er mit ihr leiden.

»Kleine Prinzessin, geh nicht noch einmal an Papas Schränkle, gell? Da hab ich was reingepackt, das mit meiner Arbeit zu tun hat«, erklärte Egi seinem Nesthäkchen.

Elli tippte sich mit dem Zeigefinger an die Stirn und schüttelte den Kopf. Sie schien ihrem Mann nicht zu glauben. Aber das Sagenbuch musste etwas mit seinem aktuellen Fall zu tun haben, sonst hätte Uroma Bruni ihm den alten Schmöker nicht übergeben.

Egi ging in die Küche, in Erwartung eines Donnerwetters. Sobald Lilli im Bett lag, würde Elli ihm gewiss die Hölle heiß machen. Unrecht hätte sie damit nicht, Egi hatte das grauselige Buch ein paar Etagen zu tief verstaut, in Lillis Reichweite. Aus dem Augenwinkel sah er, wie Bruno durch den Flur schlich und die Treppe hinunter in das Erdgeschoss lief. Ihm schienen die Meinungsverschiedenheiten zwischen Herrchen und Frauchen zuzusetzen. Da half nur eines: Flüchten.

Der PHK öffnete den Kühlschrank, holte sich eine Flasche Weizenbier heraus, ploppte den Kronkorken in die Spüle (wofür er ebenfalls Schelte von Elli einheimsen würde) und ging ins Wohnzimmer. Tommi saß vor dem Fernseher und schaute sich eine Actionserie an. Egi nahm die Fernbedingung und schaltete die Glotze aus.

»Was soll das, Papi? Ich hab das erst vor zehn Minuten angemacht, meine Hausaufgaben sind fertig und ich hab Mama in der Küche geholfen!«, protestierte der halbwüchsige Sohn in drei unterschiedlichen Tonlagen. Egi musste sich kurz abwenden, damit Tommi sein Grinsen nicht sehen konnte. Dieser Stimmbruch setzte ihm schon genug zu.

Egi wandte sich ihm wieder zu und meinte ernst: »Wo ist die Drohne?«

Tommis Augen weiteten sich. Egi konnte sich denken, warum. Tommi dachte bestimmt, er würde wie sonst wochenlang nicht in die Garage sehen. Da hatte der Sohnemann sich aber geirrt, jetzt, wo eine Drohne eine tragende Rolle in seinen Ermittlungen spielte, wollte er sicher sein, dass Tommi keinen Mist gebaut hatte.

»Also, Tommi, sag schon! Wo ist die Drohne?«

»Ähm, in der Garage?«

»Nein, sie ist nicht in der Garage, und das weißt du auch. Rück mit der Wahrheit raus, sonst gibt's Stubenarrest!«

Egi war bewusst, dass Tommi langsam zu alt für Stubenarrest wurde, aber versuchen konnte er es noch einmal.

»Aber sie muss da sein, du hast sie ja festgekettet!«

Netter Versuch, dachte sich Egi und grübelte über wirksame Erziehungsmaßnahmen nach. Bevor er zu einem Schluss kommen konnte, stürmte Elli ins Wohnzimmer.

»Brummerle! Wie konntest du nur so ein ekelhaftes Buch in dein Nachtschränkchen tun? Du weißt, dass die Lilli da drankommt!«

Tommi sah seinen Vater erstaunt an. Er hatte ekelhafte Lektüre in seinem Nachtschränkchen?

»Elli, wirklich, ich hab's erst gestern Abend … Ich konnt doch nicht wissen …«

»Nicht wissen? Sie geht überall dran, und das weißt du! So was Abscheuliches ist nicht für Kinderaugen gedacht!«

Tommi fragte sich, ob er auch einmal einen Blick in Papis Nachtschränkchen wagen sollte.

»Elli, jetzt beruhig dich wieder, ich hab's jetzt ganz oben in meinem Kleiderschrank versteckt, da kommt sie nicht dran.«

»Von wegen, das schäbige Zeug gehört in die Mülltonne! Ich will es nie wieder hier in der Wohnung sehen, Brummerle!«

Elli machte eine Kehrtwende auf dem Absatz des Hausschuhs und verschwand in die Küche. Tommi stand auf, um ganz oben in den Kleiderschrank seines Vaters zu sehen, bevor seine Mutter ihn ausräumen und das schäbige Zeug entsorgen konnte.

»Stopp, junger Mann, hier geblieben«, rief Egi und hielt Tommi am Arm fest. »Wo ist die Drohne? Hast sie wieder für so Bikinifilmchen übers Freibad fliegen lassen?«

»Nein, Papi, hab ich nicht! Ich hab gar nichts mit der …«

»Brummerle! Kronkorken haben nichts in der Spüle zu suchen!«, schrie Elli aus der Küche hinüber.

Montag, 16.09.2019: DNS-Spuren

Die hektische Stimme von Köhler dröhnte durch den Konferenzraum. Sie schwafelte etwas von DNS-Abgleichen, aber Egi hörte nicht richtig zu. Es war Montag, und die SOKO Viehscheid verbrachte den frühen Morgen in der PI. Als wenn das nicht schon grausam genug wäre, mussten sie auch noch mit Memmingen videokonferieren. Egi beobachtete, wie die Köhler mit verpackten Wattestäbchen hin und her lief. Man sah sie wieder nur vom Halsansatz aufwärts. Als sie stehen blieb und in die Kamera schaute, fing Rudis Magen erbärmlich an zu knurren. Der seit Ewigkeiten hungernde Polizeioberwachtmeister hockte neben Egi und hielt sich an einem Glas Mineralwasser fest.

»Ruhe jetzt, Rudi, man kann gar nichts verstehen!«, meckerte Silvia. Ihr Mitleid hielt sich offensichtlich in Grenzen. Egis nicht, er schaute seinen Kollegen mitfühlend an. Dann richtete er seinen Blick wieder auf den Bildschirm.

»Mit den Taucheranzügen sind wir noch nicht fertig. Aber wir können mit Sicherheit sagen, dass die Dampf-Witwen nicht mit den Fallschirmen in Kontakt gekommen sind. Wir ...«

»Gleitschirme!«, unterbrach Rudi die Chef-Forensikerin, nicht nur sein Magen rebellierte.

»Wie bitte?«, fragte Barbara Köhler mit ihrer tiefen Stimme zurück, schaute in die Videokamera und runzelte die Stirn.

»Es waren Gleitschirme, nicht Fallschirme, HERR Köhler«, erklärte Egi und zog den Kopf ein.

Rudi grunzte vor Vergnügen. Sein langjähriger Kollege verstand es, ihn von seinen Sorgen und Nöten abzulenken.

»Was hat der gesagt?«, schrie die Köhler jetzt in den Lautsprecher ihrer Videokonferenzanlage und warf ihre Nase in Falten.

»Tut nichts zur Sache. Mach einfach weiter, Köhler«, sagte Akay und hielt sich die Hand vor den Mund, damit sie sein Lachen nicht auf ihrem Bildschirm sehen konnte.

Barbara Köhler schickte einen äußerst düsteren Blick durch die Videokonferenzanlage nach Oberstdorf und fuhr fort: »Ihr habt uns vier weitere Speichelproben geschickt, die von den Schweizern stammten. Die zwei Männer sind eindeutig mit den *Gleitschirmen* geflogen. Wir haben ihre DNS und auch Haare an den Seilen, Gurten und am Stoff sichern können. Sie haben die Gleitschirme an ihren Körpern getragen, das steht fest.«

»Wie kann das sein, die Schweizer haben doch am 13.09. zwei Gleitschirme bei Fly-high zurückgegeben, das hat uns der Chef der Firma gerade noch einmal bestätigt. Wir haben heute Morgen bei ihm nachgefragt, weil die Frage gestern bereits bei der Befragung der Schweizer aufkam«, wunderte sich Silvia.

»Dann müssen sie vorher schon geflogen sein, anders sind die Spuren an den Schirmen nicht zu erklären«, meinte Köhler. »Habt ihr diesen Chef nicht gefragt, ob die sich mehrmals Schirme geliehen haben?«

»Ich denke nicht, das Telefongespräch hat Beate vor einer halben Stunde für uns erledigt«, sagte Akay. »Wir werden die Kundenlisten noch einmal durchsehen und das prüfen. Bisher sind wir nur die Namen vom 13.09. durchgegangen und haben gecheckt, wer an diesem Tag einen Gleitschirm geliehen hat. Was ist mit den Ehefrauen der beiden?«

»Ihre Ehefrauen hatten keinen Kontakt zu den beiden Schirmen, genauso wie die Dampf-Witwen. Übrigens finden wir auch keine Spuren der vier Frauen an der Kiste und ihrem Inhalt, sie haben den Schatz nicht angerührt«, erläuterte Köhler.

»Und wenns Handschuh getragen haben?«, fragte Rudi.

Silvia rollte die Augen. Die Bergdeppen hatten offensichtlich noch nicht gehört, dass man heutzutage anhand von kleinsten Hautschuppen und verloren gegangenen Körperhaaren DNS feststellen konnte. Selbst wenn der Täter in einem Ganzkörperanzug steckte, war es nahezu unmöglich, seinen genetischen Fingerabdruck nicht am Tatort zu hinterlassen.

»Es gibt neue Online-Schulungen zur modernen Forensik, die sollten sich Fräulein Ströber und Frau Huber einmal ansehen«, zischte Barbara Köhler und schaltete die Videokamera in Memmingen aus.

Montag, 16.09.2019: Schwindelanfälle

Daniel und Luigi standen in der Nebelhornbahn, sie fuhren gerade von der Station Höfatsblick aus zum Gipfel. Mit Dutzenden weiteren Menschen. Sie schwitzen bestialisch, der Schweiß lief ihnen am Rücken herab. Auch die T-Shirts und Hemden der anderen Fahrgäste zierten große Flecken mit weißen, salzigen Rändern. Die geöffneten Fenster unter dem Dach der Gondel konnten gar nicht ausreichend Frischluft hineinlassen, damit die stickige Atmosphäre verschwand. Aber man konnte die Gipfelstation schon deutlich sehen, sie kam immer näher, bald würde die Tortur vorbei sein. Auf 2200 Metern Höhe würden Daniel und Luigi aussteigen und von dort aus 400 Berge bestaunen können. Bei so guter Sicht wie heute konnte man sogar den Bodensee sehen. Und vom Gleitschirm aus war die Aussicht gewiss noch spektakulärer. Daniel war guter Dinge, dass er Luigi auf diese Weise dauerhaft in Oberstdorf halten könnte – er würde sich der Schönheit der Allgäuer Alpen bestimmt nicht entziehen können.

»Was für Hitze, ich kann kaum noch aushalten, Dani. Wie lange dauert das denn?«, unterbrach Luigi Daniels romantisch angehauchte Gedanken.

»Wir sind gleich da«, meinte Daniel und legte den Arm um die Hüften seines Freundes, bereute es aber gleich wieder, als er daran festzukleben drohte. Luigi war einen Kopf kleiner als Daniel, seine Körpergröße reichte nicht aus, um selbst auf Zehenspitzen über die vielen Mützen und Kappen vor ihnen aus dem vorderen Fenster zu sehen. Wie auf Kommando verringerte die Gondel ihre Geschwindigkeit und tuckerte in Zeitlupentempo der Plattform entgegen, auf der die Gäste bald aussteigen konnten.

»An den Türen zur Seite treten! Kinderwagen zuerst!«, rief der Gondelfahrer freundlich durch sein Mikrofon, brachte die Gondel zum Stehen und öffnete per Knopfdruck die Türen.

Außen stand ein weiterer Mitarbeiter der OK-Bergbahnen und schob die Absperrung vor der Gondeltür zur Seite. Drei Kinderwagen wurden ausgeparkt, dann durfte das Fußvolk aussteigen. An die Station schloss direkt das futuristische Gebäude des neu errichteten Gipfelrestaurants an, ein rechteckiger Kasten mit geschwungenen Kanten, dessen Außenfronten aus Glas und gradlinig aneinandergereihten braunen Holzverkleidungen bestand.

Als Daniel und Luigi ausstiegen, wehte ihnen ein kräftiger Wind um die Nasen. Hier oben war es deutlich kühler als im Tal. Die Schweißperlen wurden weggeblasen, stattdessen bildete sich nun eine Gänsehaut an ihren Armen.

»Verdammt kalt, Dani!«, kritisierte Luigi. »Und hier ich sollen in die Eiszeit runterspringen?«

»Ich habe doch unsere Jacken mitgenommen«, beschwichtigte Daniel seinen Herzallerliebsten und zog ihre Soft-Shell-Jacken aus seinem Rucksack.

Luigi warf sich seine geschwind über und fragte: »Wo wir müssen jetzt hin?«

»Wir gehen hier hinter dem Gipfelrestaurant über die Plattform, genießen einen Augenblick die Aussicht und kommen dann am Nebelhorngipfel vorbei. Da machen wir ein paar Fotos und dann gehen wir ein Stück den Berg hinunter. Da treffen wir uns mit den Gleitschirmfliegern auf der Wiese«, versuchte Daniel weiter, seinem Lebensgefährten die Oberstdorfer Umgebung schmackhaft zu machen.

»Na gut«, meinte Luigi und ging auf den Steg zu, der zur Aussichtsplattform führte.

Daniel schnürte seinen Rucksack wieder zu, schob ihn auf seinen Rücken und lief Luigi hinterher.

»Daaaniiiii!«, hörte er ihn von vorne schreien.

»Was ist denn, Luigi?«, rief Daniel erschrocken, zwängte sich an zwei kinderreichen Familien vorbei und rannte ihm entgegen.

»Der Steg!«, japste Luigi.

»Was ist mit dem Steg?«, wunderte sich Daniel. Der Steg sah aus wie immer.

»Er nur ist aus so Gitter, man kann gucken durch. Da es geht verdammt tief runter!«

»Ja, damit man die Berge besser sieht, so ist die Plattform dahinten auch gebaut worden«, erklärte Daniel.

»Ich nicht kann gehen darauf, macht mir Schwindel!«, jammerte Luigi.

»Ich wollte dir aber den Bodensee von da oben zeigen«, schluchzte Daniel, die ganze Romantik war dahin.

»Ich nicht kann gehen darauf, Dani, nicht möglich.«

»Aber Luigi, wie willst du dann Gleitschirm fliegen?«, wunderte sich Daniel und schniefte. Er hatte für seinen Freund über einhundert Euro ausgegeben, die konnte er unmöglich verfallen lassen.

»Das ist was anderes, ich da hänge an sicheren Seilen!«, meinte Luigi, der seinen eigenen Worten offensichtlich selbst nicht glauben konnte.

»Okay, dann gehen wir jetzt vorne rum, über die Terrasse vom Gipfelrestaurant. Komm«, sagte Daniel und zog Luigi mit sich. Dann würden sie sich halt die andere Seite ansehen, die ebenfalls zig Berggipfel zu bieten hatte, nur halt nicht den Bodensee.

»Nicht bist böse, Dani?«, fragte Luigi mit Tränen in den Augen.

»Nein, ich bin nicht böse. Hauptsache, du springst gleich!«

Montag, 16.09.2019: Nummernkonten

Akay hatte unbedingt noch einmal die Schweizer Geschäftsleute besuchen wollen. Silvia, die Profilerin, wertete Gesprächsprotokolle aus, Rudi hatte sich auf Nahrungssuche begeben. Egi saß also nun allein mit Akay im gepflegten Garten der Dampf-Witwen vor den Eheleuten Urs und Gritli Keller sowie Mirio und Onna Gerber. Sie hatten sich auf eine Sitzgruppe auf der Wiese verzogen, um nicht wieder die Frühstücksgesellschaft zu stören, die sich immer noch kräftig an dem verlockenden Buffet bediente.

»Sie haben bestimmt noch einige Mitarbeiter in Ihrem Antiquitätenhandel, oder?«, fragte Akay.

Egi hatte keine Ahnung, worauf der Kemptener Kollege hinauswollte, aber es konnte bestimmt nichts Gutes sein. Der PHK war auf der Hut, um im Extremfall eingreifen zu können, falls es jemandem aus seiner Marktgemeinde an den Kragen ging. Aber erst einmal waren es ja die Schweizer, die sich hier um Kopf und Kragen redeten.

»Wir arbeiten alle vier im Geschäft. Aber ja, wir haben noch einen Angestellten, der die Stellung hält, wenn wir nicht vor Ort sind«, antwortete Mirio Gerber.

Der Mann war um keine Ausrede verlegen. Egi war bereits beim ersten Gespräch aufgefallen, dass Urs Keller weniger wortgewandt war.

»Sehr schön, Herr Gerber, dann rufen Sie ihn bitte einmal an«, forderte Akay den Antiquitätenhändler auf und lehnte sich zufrieden in seinem Gartenstuhl zurück.

»Wie bitte?«, fragte Mirio Gerber.

»Sie werden ihn anrufen und bitten, uns Fotos von den Dampf-Möbeln zu schicken, die Sie hier für zigtausend Euro gekauft haben«, meinte Akay gelassen.

»Wozu?«, wollte Mirio Gerber wissen. »Wir haben das meiste bereits weiterverkauft.«

»Egal, er soll alles fotografieren, was Sie noch bei sich stehen haben. Und von den abverkauften Antiquitäten haben Sie bestimmt auch Fotos«, entschied Akay. »Wenn wir die nicht alle morgen in digitaler Form vorliegen haben, lass ich die Kollegen aus Zürich alles aus Ihrem Geschäft abholen, und wir schließen Ihren Laden erst einmal für eine Woche!«

Auf Urs Kellers Stirn hatten sich dicke Schweißtropfen gebildet, die ihm nun langsam an der Schläfe herunterliefen. Egi hatte Verständnis dafür, ihm war ebenfalls ziemlich heiß hier in der prallen Sonne. Er hoffte, dass Akay nun fertig war. Mirio Gerber sah Urs Keller fragend an. Anscheinend waren die beiden unsicher, wie sie auf Akays Forderung reagieren sollten. Es mochte sein, dachte sich Egi, dass weder die eine noch die andere Variante einen positiven Ausgang für die Schweizer darstellte.

»Sie sind letzte Woche zweimal Gleitschirmfliegen gewesen, stimmt's?«, warf Akay die nächsten Tretminen aus.

»Was meinen Sie?«, hakte Urs mit zuckendem Mundwinkel nach.

»So steht es in der Kundenliste der Firma Fly-high«, meinte Akay und lehnte sich zufrieden zurück. Er hatte gerade in der PI noch einmal die Listen der anderen Tage von Fly-high angefordert und geprüft.

Es half nichts, Mirio Gerber bestätigte widerwillig Akays Unterstellung: »Ja, das stimmt, wir wussten ja nicht, dass unsere Frauen uns dieses wundervolle Geschenk machen würden. Wir sind zwei Tage vorher schon einmal geflogen, als Gritli und Onna ein paar Wellness-Anwendungen haben machen lassen.«

Gritli und Onna starrten ihre Männer vorwurfsvoll an, sie schienen nichts von den heimlichen Gleitflügen ihrer Ehemänner zu wissen. Oder sie waren hervorragende Schauspielerinnen.

»Na, dann haben wir das auch geklärt«, grinste Akay. »Unsere Forensik hat Ihre DNS an den Todes-Gleitschirmen sichern können, Herr Gerber und Herr Keller. Sie sind damit geflogen. Die Frage ist jetzt nur, über wie viele Gleitschirme Sie am 13.09.2019 verfügten. Der Geschäftsinhaber von Fly-high hat mir heute Morgen bestätigt, dass Sie vier Schirme geliehen haben, weil Ihre Frauen ursprünglich einen Tandemsprung geplant hatten. Dann haben sich die Damen aber nicht getraut. Leider ist nun an seinen Listen nicht mehr nachzuvollziehen, wo und wann die Schirme zurückgegeben wurden. Zwei oben am Berg und zwei unten im Tal? Oder vier unten im Tal? Oder zwei unten im Tal und zwei im Büro?«

»Fehlen Fly-high denn zwei Schirme?«, unterbrach Mirio Gerber das sinnlose Geschwafel des Kriminalhauptkommissars.

»Ja, die zwei, mit denen die Toten vom Nebelhorn gestürzt wurden«, erklärte Akay und ärgerte sich darüber, dass er den Umlauf der Gleitschirme unter den Kunden nicht hatte klären können. Die Indizien reichten leider noch nicht für eine Festnahme der Schweizer.

Egi wollte sich, wenn er schon einmal hier war, auch an der Vernehmung beteiligen, und richtete sein Wort zur Abwechslung an die beiden Ehefrauen: »Was machen Sie beide denn im Geschäft Ihrer Männer, Frau Keller und Frau Gerber?«

Akay sah Egi prüfend an. Der PHK vermutete, dass er dem Kollegen und seiner hochgelobten Taktik wieder in die Quere gekommen war, und wich seinem Blick aus. Die angesprochenen Frauen zuckten zusammen, öffneten ihre Münder, wollten etwas sagen, schauten sich an und schwiegen dann doch.

»Nicht, was Sie denken, Kommissar Huber«, behauptete Mirio Gerber und legte seiner Frau Onna die Hand auf den Oberschenkel. Er griff zu wie ein Schraubstock.

So, so, der Herr möchte seiner Frau das Wort abwürgen, vermutete Egi und meinte: »Dann erklären Sie es mir!«

»Die beiden sind …«, fing Urs Keller an, für die Damen zu sprechen.

»Ihre Frauen beantworten unsere Fragen selbst, sonst vernehmen wir Sie ab sofort getrennt!«, brüllte Akay plötzlich und schlug mit der flachen Hand auf den Tisch. Wieder hatten sie die Frühstücksgesellschaft gestört. Alle drehten sich zu ihnen um und beobachteten das turbulente Geschehen in der Sitzgruppe auf der Wiese. Langsam reichte es aber auch Egi, dass die Ehefrauen nie das Wort ergriffen.

»Wir sind ... wir sind ...«, fing Onna Gerber an.

»Jetzt reden Sie schon!«, rief Akay ungeduldig.

»Sie finden es sowieso raus, Onna«, meinte Gritli Keller plötzlich. »Wir sind Immobilienmaklerinnen.«

»Was sind Sie?«, fragte Akay ungläubig. Auch Egi konnte diese Aussage nicht ganz verstehen. Mirio Gerber hatte doch gerade behauptet, dass die Frauen ebenfalls in dem Antiquitätenladen arbeiteten.

»Wir sind Immobilienmaklerinnen«, bestätigte Onna Gerber, deren Oberschenkel weiterhin von ihrem Mann umklammert wurde.

»Was machen Sie dann im Antiquitätenladen Ihrer Ehemänner?«, fragte Egi nach. Er verstand es immer noch nicht.

»Ähm, wir haben kein eigenes Büro. Äh, wir ... wir verkaufen die alpenländischen Möbel und ...«, begann Gritli Keller und sah Onna Gerber dabei hilfesuchend an.

»Und verkaufen dazu ein nettes Häusle, in das die Möbel gut passen tun?«, fragte Egi, der das Geschäftsmodell langsam verstand.

»Nein«, antwortete Onna Gerber.

»Nein?«, fragte Egi, der seine soeben erlangte Erkenntnis über die geschäftlichen Zusammenhänge in dem Schweizer Antiquitätenladen sogleich wieder verwarf.

»Moment, um welche Art von Immobilien geht es denn?«, wollte Akay wissen.

»Um Premium-Ferienhäuser und -apartments«, sagte Onna Gerber. Sie litt immer noch unter dem festen Griff ihres Mannes, ihr Bein fing an zu zittern.

Diese Aussage musste Egi erst einmal sacken lassen. Es dauerte etwas, bis er den Gehalt der Worte erfasst hatte.

Akays deutlich jüngeres Hirn schien die zwischen den Gesprächsteilnehmern fließenden Informationen schneller verarbeiten zu können. Er fragte sofort: »Also im Hochpreissegment. Haben Sie auch die Apartments von Familie Dampf in der Schweiz angeboten?«

Die vier Schweizer schauten sich an, drei von ihnen zögerten mit der Antwort.

»Schon, hin und wieder«, meinte Mirio Gerber.

Die anderen Schweizer schienen nicht gerade erleichtert, dass das nun heraus war.

»Wozu haben Sie denn der Familie Dampf solche Unsummen überwiesen?«, überlegte Egi laut.

»Für die Möbel«, sagte Urs Keller.

»Aber haben die denn auch bezahlt für die Vermittlung ihrer Immo...«, setzte Egi mit seiner nächsten Frage an.

»Hier ist meine Visitenkarte«, unterbrach ihn Akay und warf das Pappkärtchen auf den Tisch. »Ich will die Fotos von den Möbeln bis morgen Mittag per E-Mail haben. Und noch heute werde ich die Kollegen in Zürich kontaktieren, sie werden unverzüglich Ihre Geschäfts- und Privatkonten durchforsten. Schönen Tag noch!«

Akay stand auf und zog Egi am Ärmel. Der PHK wusste nicht, wie ihm geschah. An einem solch sensiblen Punkt wollte Akay die Befragung abbrechen?

»Akay, willst nicht ...?«

»NEIN!«

Montag, 16.09.2019: In den Seilen

Daniel und Luigi waren komplett verpackt und verschnürt worden. Die zuvorkommenden Mitarbeiter von Fly-high hatten eine halbe Stunde auf Luigi einreden müssen, bevor er sich in seinen Gleitschirm-Hängesack hineinbegeben hatte. Eigentlich war alles so weit vorbereitet, dass sie fliegen konnten, nur ihre Tandempartner mussten noch in das Schwebegerät einsteigen. Jedoch mussten diese erst einmal einiges an Überzeugungsarbeit leisten, damit Luigi sich endlich zum Take-off entscheiden konnte.

»Du musst nix anderes machen, als die Aussicht zu genießen. Den Rest regle ich«, meinte einer der Gleitschirmpiloten zu dem verängstigten Italiener. Daniels Pilot hatte sich gelangweilt ins Gras gelegt, die Arme hinter dem Kopf verschränkt und die Augen geschlossen.

»Siehst du, Luigi, wie ich gesagt habe«, bestätigte Daniel, wusste aber, dass die Zweifel seines Freundes noch groß waren.

»Per l'amor di Dio, ich mache für dich, Dani. Ich wusste nicht, wie hoch Nebelhorn ist!«

Daniel lächelte ihm aufmunternd zu. »Ehrlich, Luigi, das machen die hier jeden Tag. Überwinde deine Angst, und dann siehst du endlich, wie wundervoll es in Oberstdorf ist!«

»Nimm deine Wurstfinger da weg, du Wüstling!«, schrie auf einmal eine Frau mittleren Alters mit gepflegter, blonder Dauerwelle. Sie hockte ebenfalls in einem Sitzsack, den ihr Tandempartner gerade um ihre ausladenden Hüften schnüren wollte. Wie von der Tarantel gestochen zog der Mann seine Arme ein und ging drei Schritte auf Abstand.

»Moment, ihr zwei Turteltauben, ich muss eben meinem bedauernswerten Kollegen helfen. Bin gleich wieder bei euch«, meinte Luigis Gleitschirmpartner, der sich wohl immer um die schwierigen Fälle kümmerte, und verschwand.

Daniel hockte sich neben Luigi und nahm seine Hand. »Trau dich, es wird fantastisch!«

Luigi schaute ihn mit seinen großen, dunklen Augen an. Ein Lächeln trat auf sein Gesicht. Daniel wollte sich gerade zu ihm hinunterbeugen, um ihn zu küssen, als er rechts von sich Stimmen vernahm. Dort stand eine Gruppe junger Männer, die anscheinend vorhatten, ohne Tandempartner vom Nebelhorn hinabzugleiten. Er drehte sich unauffällig etwas herum, um zu sehen, wer es war. Da stand ein Rothaariger mit brauner Hornbrille. Dann noch ein blasser Jüngling mit braunen Locken, die er in einen Zopf gezwängt hatte. Daneben saßen zwei weitere Typen im Gras, einer groß und kräftig, mit Dreitagebart und ein Milchbubi.

»Woher soll ich wissen, welcher das war?«, meinte der Milchbubi kleinlaut. »Du hättest selbst drauf aufpassen können, hast ja auch einen anderen!«

»Sieh zu, dass du deinen Schirm unten wieder ordentlich zusammenpackst und eine Markierung mit dem Kugelschreiber draufmalst, damit du wenigstens morgen den gleichen nimmst!«, tadelte der Dreitagebart. „Deiner Falttechnik traue ich nicht. Und bei uns im Zimmer kann man seinen eigenen Schirm nicht wiederfinden, bei der Unordnung, die du immer veranstaltest.“

»Jetzt hört schon auf mit eurem Theater, ist doch egal. Lasst uns endlich los!«, drängelte der blasse Jüngling mit dem Lockenzopf.

»Ich bin fertig«, sagte der Rothaarige, griff nach seinem Helm und setzte ihn auf.

Die Truppe bereitete sich auf ihren Flug vor. Daniel erkannte, dass sie ihre Gleitschirme mit geübten Griffen auf die Wiese legten, sich daran festzurrten und sich noch kurz über ihre angestrebte Flugbahn austauschten.

»Du, Luigi, mach jetzt, wir müssen los«, drängelte Daniel.
»Warum denn so schnell?«, fragte dieser nur noch.

Montag, 16.09.2019: Juwelenraub

Egis Handy klingelte. Er war zum Mittagessen heimgefahren. Nun schaute er auf das Display und sah eine bekannte Nummer, nur gespeichert hatte er sie nicht, es wurde kein Kontakt angezeigt. Von wem war die Nummer nur?

»Brummerle, dein Handy klingelt!«, rief Elli von oben.

Natürlich klingelte es, und Egi hörte es auch, er hielt es schließlich in der Hand! Aber wer war das, der ihn zur Mittagszeit anrief? Er kannte die Nummer. Das letzte Telefonat musste so lange her sein, dass er den Gesprächsteilnehmer nicht mehr parat hatte.

»Jetzt geh schon dran, Brummerle!«

Sakra! Wenn die Elli so einen Druck machte, musste Egi wohl oder übel das Gespräch annehmen, auch wenn er noch zögerte. Es passte gerade gar nicht. Er stand unten bei Vatter Beppi in der Küche und hatte eine hungrige Uroma Bruni vor sich am Tisch sitzen. Vatter und Mutter waren ausgegangen, also kümmerte er sich wieder einmal um alles. Er hatte Bruni von oben eine Portion Kässpatzen mit Salatgarnitur heruntergebracht und musste ihr nun beim Essen behilflich sein. Sonst drohten ihre dritten Zähne herauszufallen.

»Bruuuummmerleeeee!«, schrie Elli von oben.

Egi nahm das Gespräch an: »Huber!«

»Ögi, mö össö!«, rief Bruni erbost und trommelte mit ihrer Gabel auf den Tisch.

»Strunzi hier, Egi!«

Auch der noch. Seine Nummer war das also. Normalerweise rief der so gut wie nie an, er wohnte direkt nebenan. Egi musste ihn schnellstmöglich abwimmeln. Erstens, weil Uroma Bruni unerträglichen Hunger schob, und zweitens, weil er Bauer Strunz nicht leiden konnte.

»Du, Strunzi, ich hab grad …«

»Egi, du musst dich jetzat sofort um die Sachen kümmern!«

»Welche Sachen denn?«

»Sag amal, tust eigentlich noch bei der PI schaffen? Hast schon ausgesorgt oder was? Ist der Bauer nicht am Feld, sitzt er daheim und zählt sein Geld!«

»Ich weiß grad nicht, was du meinen tust, Strunzi.«

Uroma Bruni trommelte noch lauter mit ihrer Gabel auf die Tischplatte. Egi verstand kaum ein Wort.

»Ja, die Sachen von 1982, was ich dir beim Viehscheid verzählt hab!«

Himmelherrgott! Was hatte der Strunzi dem Egi denn noch einmal beim Viehscheid erzählt? Der PHK konnte sich nicht mehr daran erinnern. Bei dem Allgäuer Happening war einfach zu viel vorgefallen.

»Es pressiert grad immens, Strunzi. Könnst nicht spä…«

»Nix da, später, noch mal tust mich nicht abwimmeln! Ich will meinen Schmuck z'rück!«

Egi wurd es im Nu heiß und kalt. Was schwätzte der Strunz denn jetzt von Schmuck?

»Was denn für Schmuck, Strunzi?«

»Hast mir wieder 'n Scheiß zugehört, was? Na, der Familienschmuck, der uns 1982 geklaut wurd, du Hornochs!«

»Ögiiii! Mö össö!«, wiederholte Uroma Bruni eindringlich.

»Du, Strunzi, ich muss der Uroma jetzt ihr Essen geben. Ich tu dich gleich zurückrufen, gell?«

Egi legte auf und schaltete sein Smartphone stumm, um jede weitere Unterbrechung gleich im Keim zu ersticken. 1982. Da war Egi noch mit seinem Bruder Volker auf dem Gymnasium gewesen. Volker hatte 1990 Abitur gemacht. Egi war zwei Jahre zuvor kurz daran vorbeigeschlittert, hatte jedoch auch ohne Reifezeugnis einen Ausbildungsplatz bei der örtlichen Polizei ergattern können. Damals hatte Bewerbermangel geherrscht. Von einem Diebstahl bei Familie Strunz wusste Egi aber nichts mehr. Vielleicht Uroma Bruni?

»Hier, Uroma Bruni, deine Kässpatzen. Hat die Elli fein gekocht, gell?«

Montag, 16.09.2019: Fly high

Daniel hockte in dem Sitzsack des Gleitschirms, der beinahe aussah wie ein Autositz. Dieser war mit vielem Seilen, Gurten und Schnallen vor seinem Tandempartner festgezurrt. Luigi hing genauso vor dem Bauch seines Piloten. Nur hatte der Italiener im Gegensatz zu Daniel Tränen in den Augen. Er befürchtete, das lieb gemeinte Geschenk seines Freundes nicht zu überleben.

»Ti amo, Dani!«, waren seine letzten Worte, bevor sie sich in die Tiefe stürzten.

Auf Kommando ihrer Piloten liefen Daniel und Luigi los. Zehn bis zwanzig Schritte die Wiese hinunter, hatten die Profis sie instruiert, dann würde der Schirm sich hinter ihnen aufbäumen und sie in die Lüfte tragen. Ein einzigartiges Erlebnis, dass die beiden niemals vergessen würden, hatten sie zu Daniel und Luigi gesagt. Grenzenlose Freiheit vor dem gigantischen Alpenpanorama Oberstdorfs und des angrenzenden Kleinwalsertals. Luigi schlotterten die Knie.

Nach achtzehn Schritten war es so weit, die Schirme spannten sich, zogen wie von Geisterhand hoch. Die Leinen rissen am Gurtzeug, mit dem die Tandempartner befestigt waren. Es ruckte mehrmals, dann verloren ihre Füße den Kontakt zum Boden. Luigi rannte in der Luft weiter und schaute entsetzt nach unten.

»Daaaniiiii!«

»Ich liebe dich auch, Luigi!«, schrie Daniel ihm zu, als sie nur wenige Meter voneinander entfernt über der Wiese schwebten. »Jetzt sieh dir an, wie wunderschön es hier ist, du Stadtmensch!«

Luigi beobachtet der Ohnmacht nahe, wie die Wiese unter ihm langsam in weiter Ferne verschwand und sich schroffe Felsen und hohe Baumspitzen abwechselnd in sein Blickfeld drängten. Sie schwebten weiter. Er schloss die Augen für einen Moment, atmete durch, um seinen Herzschlag wieder in geordnete Bahnen zu geleiten. Als er sie wieder öffnete, sah er es. Direkt unter seinen baumelnden Füßen lag Oberstdorf wie ein kleiner, runder Häuserteppich mitten im Grünen, von der Trettach in zwei ungleiche Hälften geteilt. Das war wirklich fantastisch, wie sein Liebster es ihm vorher gesagt hatte. Das Problem an der Sache war nur, dass ihn über zweitausend Meter vom rettenden Boden trennten.

»Daaaniiiii!«

»Das ist einfach der Wahnsinn, Luigi!«, rief Daniel ihm von links zu.

»Wann wir landen?«, schrie Luigi zurück.

»Das dauert noch!«, meinte sein Gleitschirm-Pilot. »Genieße so lange die Aussicht.«

Die beiden Piloten zogen mit ihren Händen mal links und mal rechts am Seil, was dazu führte, dass die Gleitschirme große Schleifen flogen und dabei hin und her schwenkten.

»Daaaniiiii!«

»Ist das nicht wundervoll, Luigi?«, rief Daniel. »Den Tag werden wir beide wirklich nie wieder vergessen!«

»Non ce la faccio più!«

»Doch, du schaffst es bis unten«, dementierte Daniel. »Du wirst sehen, es ist viel zu schnell vorbei!«

»Genau«, meinte Luigis Pilot und rollte die Augen.

Montag, 16.09.2019: Aufgegessen

Uroma Bruni hatte tatsächlich alle Kässpatzen samt Salatgarnitur dank Egis Hilfe ohne Verlust ihrer locker sitzenden dritten Zähne verdrückt. Er tupfte ihr den Mund ab und räumte das dreckige Geschirr in Vatters Spülmaschine. Dann holte er einen Haselnussschnaps aus dem Schrank und schenkte ihr ein kleines Gläsle ein.

Mit einem Schluck verschwand die Spirituose in Uroma Brunis Mund. Sie stellte Egi das Glas vor die Nase und gab ihm mit einem Augenzwinkern zu verstehen, dass er es noch einmal füllen sollte. Bestimmt grinste Großvater Edmund Huber jetzt oben im Himmel. Nun gut, es half ihr bestimmt bei der Verdauung der schweren Kost, also schenkte der PHK noch einmal nach. Und noch einmal.

Nach dem vierten Gläsle war Uroma Bruni zufrieden und drohte im Rollstuhl einzunicken. Also lief Egi fix in Vatter Beppis Stüble, holte dort ein Blatt Papier und einen Bleistift aus dem Schrank und legte seiner Oma die Malutensilien auf den Tisch. Die plötzliche Müdigkeit war im Nu wie verflogen. Sie grinste, klatsche in die Hände und griff nach dem Stift. Kleine Buchstaben zu schreiben, fiel ihr immer schwerer, aber malen konnte sie noch hervorragend. Egi musste unbedingt herausfinden, was sie noch von den Geschehnissen aus dem Jahre 1982 wusste.

»Uroma Bruni, kannst dich an den Strunzi seinen Juwelenraub in den Achtzigerjahren erinnern?«

Uroma Bruni riss die Augen auf, nickte eifrig und fing an zu zeichnen.

»Die Dampf-Zwillinge haben als junge Burschen Strunzis Großmutter Aurelie beklaut?«, fragte Egi ungläubig. Auf dem kritzeligen Gemälde erkannte er die alte Schachtel sofort.

Uroma Bruni zuckte mit den Schultern und warf ihren Kopf nach rechts und links, als wäre sie sich nicht ganz sicher. Aurelie war seit Jahrzenten unter der Erde, sie konnte man nicht mehr fragen. Und ob der Strunzi das noch alles richtig wiedergab, daran zweifelte Egi. Der war zwar drei Jahre älter als Egi, konnte sich aber mindestens so schlecht zurückerinnern wie der PHK. Eine herausragende Leuchte war Strunzi nie gewesen.

»Die Dampf-Zwillinge waren da so um die dreißig, gell?«, fragte Egi zur Sicherheit nach. So jung wie auf Brunis Skizze hatten die da bestimmt nicht mehr ausgesehen, aber für sie war das aus heutiger Sicht blutjung.

Uroma Bruni nickte.

»Und wer hat das damals behauptet?«

Uroma Bruni zeigte mit ihrem krummen Finger auf Aurelie Strunz.

Strunzis Eltern waren 1978 bei einer Bergtour abgestürzt und in der Klinik verstorben. Aurelie hatte Strunzi und seine zwei jüngeren Brüder großgezogen. Heute hatten alle drei eigene Familien, und beim Viehscheid hatten sie unter dem Einfluss von einigen Litern Weizenbier die alten Geschichten ihrer Großmutter wieder ausgegraben.

»Und was haben die Dampf-Zwillinge mit der Kiste und den Strunz-Juwelen gemacht?«

»Büsch!«, grunzte Uroma Bruni.

Das sollte gewiss Busch heißen.

Montag, 16.09.2019: Bruchlandung

Der Landeplatz kam näher. Daniel warf einen Blick nach unten. Da standen der Rothaarige mit der braunen Hornbrille, der blasse Jüngling mit dem Lockenzopf, der Große mit dem Dreitagebart und der Milchbubi. Sie hatten es also auch ohne die Hilfe eines Tandempartners erfolgreich hinter sich gebracht und packten schon ihre Schirme zusammen.

Daniel und Luigi setzten nun auch zur Landung an, oder besser gesagt, ihre Piloten. Die zwei Profis hatten ihnen oben erläutert, dass die Landung andersherum abläuft (statt sich zu entfernen, kommt die Wiese immer näher), aber sie müssten das Gleiche machen wie beim Start: laufen. Luigi klopfte das Herz bis in den Hals. Nur noch dreißig Meter trennten ihn vom Untergang. Rasend schnell waren sie die letzten zweihundert Meter hinuntergesegelt, und genauso schnell würde sein Leben nun vorbei sein, dachte er.

»Daaaniiiii!«

»Ja, Luigi, ich weiß, solch unfassbare Erlebnisse gehen viel zu schnell zu Ende!«

Bei Luigi setzte eine Schnappatmung ein, nur noch fünfzehn Meter. Er fing sicherheitshalber schon einmal an zu laufen und trat mit jedem Schritt seinem Piloten vors Schienbein. Es wirkte, als würde die Wiese unter ihren Füßen mit fünfzig km/h an ihnen vorbeisausen. Nur noch fünf Meter. Luigi schloss die Augen und lief weiter in der Luft.

»Wir setzen gleich auf!«, rief Daniels Pilot. »Ihr könnts dann jetzt mit dem Laufen anfangen.«

Luigis Tandempartner schüttelte nur den Kopf. Sein Passagier lief schon seit drei Minuten ohne Boden unter den Füßen und verpasste ihm mit seinen Bergschuhen blaue Flecken. Der Profi stellte sich wohl wissentlich auf Komplikationen ein. Daniel hingegen legte mit seinem Piloten eine Traumlandung hin. Sie liefen gemeinsam über die Wiese, bis ihr Gleitschirm in sich zusammenfiel und sich hinter ihnen sanft ins Grüne hinabsenkte. Luigis Pilot hatte Mühe, seinen Passagier auf der Spur zu halten. Der kleine Italiener hatte noch keinen Bodenkontakt, obwohl sein Tandempartner bereits auf der Wiese lief. Trotzdem rannte er hektisch an dessen Bauch hängend und drohte nach links zu kippen.

»Daaaniiiii!«

»Ja, ich bin schon gelandet, alles gut, Luigi. Du schaffst das auch!«

Der Pilot konnte das an ihm hängende, zappelnde Gewicht nicht länger aufrechthalten. Er entschied, sich einfach fallen zu lassen, weil dieser zu kurz geratene Italiener seine Beine einfach nicht auf den Boden bekam. Sie purzelten auf den weichen, grünen Untergrund und kugelten noch zwei Meter weiter, bis der Gleitschirm wie ein Zelt über ihnen zusammensank.

»Daaaniiiii!«

Montag, 16.09.2019: Filzläuse

»Rudi, du glaubst nicht, was mir die Uroma Bruni verzählt hat!«, flüsterte Egi in sein Telefon, als würde die Kripo Kempten ihn in seinem eigenen Haus abhören.

»Hä?«, hörte er am anderen Ende der Leitung.

»Hab ich dich beim Mittagessen gestört? Was kaust denn grad?«

»Müseschicks mi Joghidisch«, erklärte Rudi mit vollem Mund.

»Lass sein, ich will's gar nicht wissen, Rudi. Hör mir nur zu! Die Bruni sagt, die Dampf-Zwillinge haben 1982 der Aurelie Strunz ihre Schmuckschatulle geklaut!«

»Hä?«

»Und jetzt pass auf, die haben die Kiste dann unter 'nem Busch vergraben, für schlechte Zeiten!«

»Hä?«

»Und die schlechten Zeiten begannen kurz vor ihrer Ermordung.«

Rudi hatte das Gekaute endlich heruntergeschluckt und fragte: »Was meinst überhaupt, Egi?«

»Na, die Kiste mit dem Schmuck unterm Busch! Die Köhler hat doch Erde an der Kiste aus dem Seealpsee gefunden. Die Kiste mit den Klunkern, Rudi!«

»Ach, die. Und?«

»Die haben höchstwahrscheinlich die Dampf-Zwillinge der Aurelie Strunz geklaut. 1982!«

»Bist sicher?«

»Nein!«, meinte Egi genervt. Mit Rudi war aktuell absolut nix anzufangen. »Hör zu, Rudi. Wir beide, wir ermitteln jetzt undercover in Bert und Gerd Dampfs Umfeld. Irgendeiner muss doch noch was von den alten Geschichten wissen. Und halt dich damit zurück, Rudi! Akay und Silvia dürfen nix davon erfahren, das basiert alles auf Uroma Brunis Ur-alt-Erinnerungen. Wenn das am Ende nicht stimmen tut, krieg ich nur noch mehr Ärger mit denen.«

»Du, Egi, jetzat, wo du's sagst, Bert und Gerd waren doch in so'n Trachtenverein mit zig Urgesteinen aus Oberstdorf und Umgebung, Filzläuse oder so hießen die.«

»Mensch, Rudi, du bist der Hammer!«

Montag, 16.09.2019: Angekommen

»Hast du dir den Gleitschirm markiert?«, fragte der Große mit dem Dreitagebart.

»Klar! Mache ich gleich«, versicherte der Milchbubi.

Daniel war zwar damit beschäftigt, zusammen mit seinem Tandempartner die beiden Verschütteten unter dem bunt gestreiften Schirm zu befreien, aber er versuchte, die Gesprächsfetzen der Männertruppe einzufangen, die gemeinsam mit ihnen gestartet war. Sie hatten ihre Schirme fast komplett zusammengelegt und sortierten noch die Seile. Daniel war sich mittlerweile ziemlich sicher, dass das die Burschen aus der Jugendherberge in Kornau sein mussten, die Rudi und Silvia gestern besucht hatten. Daniel hatte sich heimlich das Protokoll durchgelesen, das Rudi auf ihrem internen PI-Server abgelegt hatte.

»Dann nimmt morgen jeder wieder den gleichen, klar, Jungs?«, sagte der Dreitagebart und schnürte weiter an seinem Päckchen.

»Sicher!«

»Wir sind noch vier Tage hier, da möchte ich nicht jedes Mal einen anderen Schirm haben. Mag lieber den, den ich selbst zusammengelegt habe«, meinte der Dreitagebart.

»Und nicht irgendein Idiot von uns«, grinste der blasse Jüngling mit dem braunen Lockenzopf.

»Verständlich«, stimmte der Rothaarige mit der braunen Hornbrille zu und band seine Seile zusammen.

»Diese Schweizer hatten die gleichen Schirme wie wir, oder?«, vergewisserte sich der Blasse mit dem braunen Zopf. Er hatte bereits alles in seinen Rucksack gestopft und wartete auf seine Kumpel. Daniel bekam lange Ohren.

»Ja, die haben nur solche gestreiften Gleitschirme bei Fly-high«, bestätigte der Rothaarige, der gerade seinen Rucksack schloss. »Ist ihr Markenzeichen.«

»Endlich, Dani, da du wieder bist!«, rief Luigi mit breitem Grinsen, krabbelte unter dem Gleitschirm hervor und schloss Daniel in seine Arme. »Das wirklich war fantastisch! Noch nie mir hat jemand so ein Geschenk gemacht.«

Dienstag, 17.09.2019: Falsche Fährten

Ich will mit anderen zu einem Leichenbegängnisse. Da sehen wir ein ganz sonderbar gekleidetes Frauenzimmer. Obwohl es auf der Wiese gar nichts zu rechen gibt, hantiert es mit einem Rechen. Das kommt uns gar wunderlich und sonderbar vor, denn sie schwingt den Rechen hin und her durch die Lüfte, als wäre da hohes Gras. Doch da ist nichts, das zu rechen sich lohnen würde. Wir schreiten näher auf die Recherin zu, weil wir wissen wollen, was sie da treibt, dann ist sie auf einmal verschwunden. Da sehen wir in der nahen Heuscheune nach. Als wir in der Türe stehen, vernehmen wir aus dem Wäldchen daneben lautes, höhnisches Gelächter. In dem Wäldchen soll es auch sonst nicht ganz geheuer gewesen sein.

Es war Dienstagmorgen, und Egi hatte sich nach der Lektüre der »Unheimlichen Recherin« gestern Abend einen genialen Plan zurechtgelegt. Nun saß er gemeinsam mit Rudi, Akay und Silvia am frühen Morgen am Konferenztisch in der PI. Er musste noch warten, weil die Kemptener Kollegen einige Fotos auf dem großen Bildschirm an der Wand vorführten. Sie zeigten morsche Stühle, klapprige Tische, einen vom Holzwurm bewohnten Sekretär, drei schiefe Kleiderschänke und eine verzogene Anrichte. Laut Beschriftung war alles aus Echtholz und mit verblassten, schnörkeligen Verzierungen bemalt, die man kaum noch erahnen konnte.

»Das ist nie und nimmer mehrere tausend Euro wert«, urteilte Silvia.

»Wenn's von einem Künstler ist?«, warf Rudi ein.

»Du meinst Picasso, Miró oder Colani?«, fragte Akay.

»Du hast halt keine Ahnung von alpenländischer Kunst!«, kritisierte

Egi, obwohl er sich selbst nicht zutraute, den Wert der geschundenen Möbel einwandfrei zu schätzen.

»Ich bin mir recht sicher, dass Silvia mit ihrer Einschätzung richtig liegt«, meinte Akay. »Wir werden aber einen Gutachter hinzuziehen.«

»Wennst meinst«, knurrte Rudi beleidigt.

»Ja, meine ich«, bestätigte Akay. »Zum nächsten Punkt: unsere Planung für heute.«

»Warte mal, Akay«, unterbrach ihn Silvia. »Hast du schon etwas von dem Testament von Bert und Gerd Dampf gehört?«

»Nein, immer noch nicht. Verdammt, ich erinnere die Kollegen in Kempten noch einmal«, ärgerte sich Akay und verfasste gleich ein E-Mail. »Dann aber jetzt endlich zum nächsten Punkt. Egi, Rudi, gibt es ein Update von euch?«

Jetzt war Egi endlich dran. Bert und Gerd Dampfs Nachbarn waren die neuen Apartments von Beginn an ein Dorn im Auge gewesen. Und genau auf diese Fährte musste Egi nun die Kripo Kempten bringen, damit er mit Rudi ungestört bei dem Trachtenverein vorbeischauen konnte.

Egi duckte sich, falls Opa Edmund Hubers Geist gerade zuhörte. »Ich hab noch mal nachgedacht, Akay, und mir ist etwas in den Sinn gekommen, das wir unbedingt heute klären müssten.«

»Dann mal raus damit«, meinte Akay und wunderte sich, dass Egi freiwillig Oberstdorfer Interna herausposaunen wollte. In solch einem Fall musste er höllisch auf der Hut sein.

»Bert und Gerd Dampf waren keine Geschäftsmänner, Akay. Die haben mit Holz gearbeitet, aber nicht mit Zahlen. Das mit dem Umbau von denen ihrem Haus war allen suspekt. Die hatten ja gar nicht genug Geld dafür. Da hat ganz Oberstdorf drüber geschwätzt. Vor allem ihre direkten Nachbarn.«

»Nachbarn?«, fragte Akay.

»Genau. Die Nachbarn haben die letzten Jahre hinter der ihren Rücken geratscht, das glaubst nicht«, erklärte Egi und fuhr fort: »Erst die Zwillingshochzeit mit den Chinesinnen. Dann die Sanierung mit dem

Umbau und der Baulärm. Danach die Apartmentvermietung und die ganzen fremden Leut, die da rumgelaufen sind. Die Nachbarn von Familie Dampf waren nicht begeistert. Da gab es Neider, die Bert und Gerd gern einen Strich durch die Rechnung gemacht hätten.«

»Von welchen Nachbarn redest du, Egi?«, fragte Akay und schrieb fleißig mit, auch wenn die ganze Geschichte etwas konstruiert wirkte.

»Auf jeden Fall der Frank Kranz mit seiner Frau«, schaltete sich Rudi ein. Er erinnerte sich, dass Frank schon das ein oder andere Mal eine Anzeige wegen Ruhestörung nach 22 Uhr eingereicht hatte, in der Bauphase und später während irgendwelcher Gartenpartys.

»Stimmt, Rudi!«, bestätigte Egi.

Obwohl es nicht mit Rudi abgesprochen gewesen war, passte ihm das gut in den Kram. Frank Kranz hatte, abgesehen von den unbegründeten Anzeigen wegen Ruhestörung, eine reine Weste. Gegen den würde die Kripo Kempten nichts tun können, aber sie wären eine Weile mit ihm und seinem schwierigen Charakter beschäftigt.

»Dann noch der Burkhardt Lambert mit seinen schrägen Töchtern«, fügte Egi hinzu. Diese Töchter standen der unheimlichen Recherin in nichts nach.

»Warum schräg?«, fragte Silvia und sah Egi genauso skeptisch an wie Akay.

»Die tragen nur schwarze Sachen und sind immer ganz bleich«, erklärte Egi.

»Gruftis«, kommentierte Rudi. Er kannte sich damit aus, weil sein Sohn vor über sechs Jahren einmal die jüngere von den beiden angeschleppt hatte. Rudi hatte ihr gleich Hausverbot erteilt.

»Gruftis also«, vergewisserte sich Akay. »So was gibt's in Oberstdorf?«

»Sicher!«, meinte Egi. Es keimte der Verdacht in ihm auf, dass Akay ihn auf den Arm nehmen wollte.

»Was tragen die dann hier so, die Gruftis?«, wollte Akay wissen.

»Schwarze Dirndl mit Totenkopf-Blüsle und Springerstiefel?«

Silvia lachte laut los. Bevor Egi etwas Passendes erwidern konnte, wurde die Tür aufgerissen. Daniel stand vor ihnen und sah Egi vorwurfsvoll an.

»Was macht ihr heut Nachmittag?«, fragte der junge Polizist mit zusammengezogenen Augenbrauen.

»Äh, ja, was machen wir denn, Akay?«, hakte Egi nach. Sie hatten ihre Planung noch lange nicht beendet, geschweige denn ordentlich angefangen.

»Ich klappere mit dir die Nachbarn von Familie Dampf ab«, sagte Akay zu Egi. »Danach besuchen wir noch einmal die Witwen, um zu sehen, wie sie zu den Aussagen der Nachbarn stehen. Silvia geht weiter die Protokolle durch und schließt ihr bisheriges Profiling ab.«

Da war jetzt etwas schiefgelaufen. Egi hatte gehofft, Akay würde mit Silvia zu den unangenehmen Nachbarn fahren, jetzt war aber der PHK selbst dafür eingespannt worden. Und zwar, weil die Kemptener alleine in Oberstdorf niemals auf einen grünen Zweig kommen würden. Der PHK hatte sich verkalkuliert und es fiel ihm gerade keine Ausrede ein, um das Ganze zu verhindern. Dann kam ihm aber eine Idee.

»Das ist gut, dann kann Rudi heute die Streife übernehmen. Die Kollegen haben ihn schon die ganze Woche vertreten, weil er ständig bei der SOKO Viehscheid hockt«, entschied Egi und lehnte sich zufrieden zurück.

»Spinnst wohl, die können ...«, versuchte Rudi aus der Nummer herauszukommen.

Egi trat ihn unter dem Tisch in seine stattliche Wade.

»Aua!«

»Du fährst heut Streife!«, wiederholte Egi. »Und zwar zusammen mit'm Daniel. Der muss mal wieder naus hier, sonst geht der uns noch ein an der Telefonzentrale. Irgendeiner wird ihn schon vertreten können, bis die Beate heut Mittag kommt und den Dienst übernimmt. Und wenn's der Chefmeier selbst ist.«

Daniel atmete auf, endlich. Akay und Silvia schauten sich genervt an. Die internen PI-Planungen würden sie nie verstehen, wollten sie auch gar nicht.

»Aber ...«, setzte Rudi noch einmal an.

»Nix aber!«

Dienstag, 17.09.2019: Grantige Nachbarschaft

Akay und Egi fuhren als Erstes zu Frank und Silke Kranz. Ihr Haus grenzte auf der rechten Seite an das Dampf-Grundstück, dort, wo auch der Schuppen mit den Mountainbikes stand. Im Kranz-Vorgarten stand eine hüfthohe Buchsbaumhecke, dahinter lag ein Rindenmulchbeet mit bunt blühenden Blumeninseln. Silke hatte sich einen schönen, farbenfrohen Garten angelegt, um sich von dem angeheirateten Ungeheuer abzulenken, das in ihrem Haus wohnte. Das Haus selbst hatte einmal einen weißen Putz gehabt, der heute grau und alt wirkte.

Akay betätigte den vergilbten Klingelknopf am morschen Gartenzaun und drückte das quietschende Tor auf, als ein summender Ton erklang. Die Haustür öffnete sich quietschend. Silke Kranz spähte um die Ecke und erkannte Egi, dann schob sie die Tür ganz auf.

»Egi, grüaß Gott. Was gibt's denn?«

Silke war Ende vierzig und trug ein schmales, lilafarbenes Kleid mit einem wirren, weißen Blumenmuster. Die Farbe biss sich mit ihren kastanienrot getönten Haaren. Einen guten Geschmack hatte sie noch nie vorweisen können. Egi taten abrupt die Augen weh, er musste sie einen Moment schließen.

»Grüaß di, Silke. Das hier ist Kommissar Akay Tok von der Kripo Kempten. Wir möchten dich und den Frank kurz befragen.«

»Ach, weil die alten Säcke von nebenan abgemurkst wurden? Hab ich mir gedacht, dass ihr bald kommt«, meinte sie und drehte sich um. »Dann kommts halt mit in die Küche. Frank ist auch da, der hat heut Spätdienst.«

Frank hatte immer Spätdienst, er war nämlich Kellner in einem der Restaurants in der Oberstdorfer Fußgängerzone, aber das konnte Akay nicht wissen. Ebenso wenig wusste er, was für ein grantiger Geselle der Frank war. Egi musste grinsen und folgte Silke in die Küche.

Akay schloss die Haustür und ging hinter ihnen her. Die Diele hatte schon einmal bessere Zeiten gesehen, die Möbel sahen mindestens genauso klapprig aus wie die Dampf-Möbel auf den Fotos der Schweizer Antiquitätenhändler. Nur würde Familie Kranz niemals abertausende Euro dafür bekommen.

»Frank, hier sind Egi und Herr ... äh ...«, begann Silke.

»Tok, von der Kripo Kempten. Guten Morgen, Herr Kranz«, begrüßte Akay seinen Gesprächspartner.

»Den guten Morgen könnts euch in den Arsch stecken!«, kam prompt zurück, bevor Frank sich einen großen Schluck aus dem vor ihm stehenden Weizenglas gönnte. Das war für gewöhnlich alles, was er zum Frühstück brauchte. Er stellte sein Bier wieder ab und fügte hinzu: »Nichts ist mehr gut, und vor allem nicht dieser Scheißmorgen!«

Egi grinste, er kannte den Haudegen nur zu gut. Frank war ein paar Jahre jünger als Silke, sah jedoch zehn Jahre älter aus. Sein harter Alltag als Kellner unter mannigfachen Spirituosen hatte Spuren hinterlassen. Akay musste erst einmal durchatmen. Die außergewöhnliche Begrüßung kurbelte blitzartig seinen Adrenalinhaushalt an, der daraufhin spontan anfing zu kochen.

»Guten Appetit!«, meinte Akay. »Bei dem Frühstück hätte ich auch miese Laune.«

»Was tut sich der Schnösel da einbilden?«, grunzte Frank Kranz seine Frau an und nahm den nächsten Schluck Gerstensaft.

Wenn Frank jemanden nicht leiden konnte, wusste Egi, dann sprach er nicht direkt mit ihm, sondern tat das indirekt über seine Frau. Auch das konnte Akay nicht ahnen. Er beobachtete das Schauspiel distanziert und legte sich im Geiste entsprechende Gegenmaßnahmen zurecht.

Silke bekam schweißnasse Hände, legte eine davon ihrem Göttergatten auf die Schulter und meinte beschwichtigend: »Die sind von der Polizei, Frank, bitte. Sie kommen wegen Bert und Gerd.«

»Ha, die zwei Arschlöcher! Da hat es endlich mal die Richtigen erwischt. Manchmal ist der liebe Gott doch gnädig zu uns, gell, Silke?«

Egis Grinsen wurde immer breiter. Es lief hervorragend, Akay war offensichtlich auf Frank angesprungen. Nur hatte der PHK Mitleid mit Silke. Ihr Teint färbte sich rot. Das Verhalten ihres Mannes war ihr sichtlich unangenehm, durch jahrelange Eingewöhnung behielt sie jedoch ihre Fassung.

»Frank, sie möchten uns zu den Vorkommnissen befragen.«

»Vorkommnisse, Vorkommnisse. Die Arschgeigen haben's nicht anders verdient! Erst jahrelang einen auf bedürftig schieben und bei der Tafel fressen! Und dann goldscheißende Chinesinnen ranholen und sich einen Palast bauen. Wenn das die Zukunft von Oberstdorf sein soll, dann könnt ihr mich alle mal!«, brüllte Frank. Seine Hand donnerte auf die Tischplatte, wodurch beinahe das Glas umgekippt wäre.

Durch Franks Worte erinnerte sich Egi wieder, um die Dampf-Zwillinge hatte es einmal gar nicht gut ausgesehen. Damals, vor acht Jahren, als sie aus gesundheitlichen Gründen ihr Geschäft hatten schließen müssen, hatte es bei ihnen kaum mehr etwas auf die Gabel gegeben. Frauen hatten sie keine gehabt, auch nicht in weiter Ferne, kochen können hatten sie absolut nicht, und essen gehen oder überteuerte Fertiggerichte kaufen war ab da auch nicht mehr drin gewesen. Da waren die zwei einfach des Mittags zur Tafel gegangen und hatten Bedürftigen und Obdachlosen das Essen vor der Nase weggeschnappt. Und bei den Leibesumfängen der beiden war das nicht gerade wenig gewesen.

»Magst ja recht haben, Frank«, schmierte Egi dem Rabauken Honig ums Maul, anders kam man bei ihm nicht weiter. »Aber deshalb muss man die nicht umbringen. Wir fragen uns jetzt halt, warum die tot vom Himmel gefallen sind.«

Akay sah den PHK fassungslos an. Wie konnte er diesem unflätigen Säufer recht geben? Der Kemptener Ermittler wollte sich gar nicht erst vorstellen, wie der jeden Tag mit seiner Frau umsprang. Die Arme hatte bestimmt seit Jahren nichts mehr zu lachen.

»Sag ich doch, der liebe Gott war endlich mal gnädig!«, wiederholte Frank voller Überzeugung und nahm sich noch einen Schluck.

Akay konnte sich das nicht weiter anhören und versuchte es auf seine Art: »Wo waren Sie am Morgen des 13.09.2019, Herr Kranz?«

»Hier! Silke, sag dem, dass ich hier war!«

»Ja, das kann ich bestätigen, Frank war hier. An dem Tag hatte er auch Spätdienst.«

Akay glaubte den beiden kein Wort. »Sie haben Bert und Gerd Dampf mehrmals angezeigt, warum?«

»Weil die Arschlöcher die Nachtruhe nicht eingehalten haben! Seit die Chinesinnen da hausen, geht es nur noch hoch her, nicht einen Abend ist da Ruhe. Erst den ganzen Tag der Baulärm und dann die wilden Partys. Ich sag euch, die haben da Sexorgien gefeiert!«, lamentierte Frank jetzt.

»Frank, jetzt halt dich zurück, davon wissen wir doch gar nichts«, versuchte Silke das Gesagte zu relativieren.

»Sexorgien also«, meinte Akay. »Und deshalb haben Sie die beiden umgebracht und an Gleitschirmen vom Nebelhorn gestürzt?«

»Was will der von mir?«, brüllte Frank nun seine Silke an. »Der ist doch total spinnert! Willst mir die Morde anhängen, Büble? Werd erst mal grün hinter den Ohren! Und lern gefälligst vernünftig Deutsch!«

Selbst Egi war klar, dass das eine unhaltbare Aussage war. Akay beherrschte von allen Anwesenden das Hochdeutsche am besten, das war schon mal klar. Aber Unschuldigen Morde anhängen, da war sich Egi auch sicher, das tat Akay immer wieder gerne.

»Frank, weißt«, begann der PHK mit seiner undurchsichtigen Taktik, »der Akay ist zwar noch jung, der hat aber auch schon seine Erfahrungen bei der Kripo gemacht. Und der muss nun halt den Mörder von Bert und Gerd finden.«

»Dann soll er woanders suchen, aber nicht in meinem Haus!«, brüllte Frank und schlug erneut mit der Faust auf den Tisch. Dieses Mal kippte sein Weizenglas, er stand auf und zeigte auffordernd Richtung Haustür. »RAUS HIER!«

Dienstag, 17.09.2019: Gruftige Nachbarschaft

Das hatte wirklich außerordentlich gut geklappt. Frank Kranz hatte Akay dermaßen erhitzt, dass dieser vollkommen vergessen hatte, dass die Nachbarschaftsgeschichten von Egi heute Morgen in der Besprechung noch konstruiert gewirkt hatten. Die Ermittler hatten nichts gegen Frank Kranz in der Hand, also hatten sie gehen müssen. Auf Akay hatte er jedoch einen bleibenden Eindruck hinterlassen. Bestimmt würde der Kemptener Kripobeamte nun alle Hebel in Bewegung setzen, um Frank Kranz hochzunehmen, sei es wegen Mord oder etwas anderem, das er sich erst noch überlegen musste.

Zufrieden hatte Egi nach Franks Rauswurf dessen Haus verlassen und war zusammen mit Akay zu den Nachbarn auf der andere Seite gegangen. Nun war Burkhardt Lambert mit seinen Grufti-Töchtern Lena und Lotta an der Reihe. Gewiss lief es hier mindestens genauso gut und die Kemptener wären für die nächsten Tage beschäftigt.

Das Lambert-Grundstück grenzte auf der linken Seite an das Dampf-Anwesen. Die Lamberts hatten einen Steingarten vor dem Haus. Auf den dunkelgrauen Kieseln stand ein schwerer, grauer Betontopf, in dem schwarze Rosen blühten. Wieder musste Egi grinsen. Er rieb sich die Hände hinter dem Rücken, als Akay den Klingelknopf drückte.

Die Tür öffnete sich zögerlich, fiel jedoch wieder zu. Sie wurde erneut geöffnet. Egi und Akay erkannten, dass die Türklinke mit dem Ellbogen geöffnet worden war. Jetzt lugte ein Fuß heraus und schob sie einen Spalt weiter auf. Vor ihnen stand nun eine ungefähr dreißigjährige Frau in einem schwarzen Tüllkleid, mit hochgesteckten, schwarzen

Haaren und einem bleichen Gesicht, dessen Mund mit schwarzem Lippenstift verunstaltet war. Ihren Oberarm zierte ein Spinnen-Tattoo samt Netz. Mit ihren Händen formte die Frau eine Höhle, aus der vorne ein kurzes, haariges Bein herausragte. Egi musste sich vor Lachen die Hand vor den Mund halten.

»Ja, bitte?«, fragte Lena Lambert.

»Guten Tag, Frau Lambert. Ich bin Kriminalhauptkommissar Akay Tok von der Kripo Kempten«, stellte Akay sich vor. Ihm schien das haarige Bein entgangen zu sein. »Herr Huber und ich möchten mit Ihnen über Ihre Nachbarn reden.«

Egi erkannte, wie Lenas Augen sich weiteten. Endlich einmal wieder ein Mannsbild vor der Tür, dazu noch ein verdammt gut aussehendes und auswärtiges. Sie stieß die Tür mit dem Fuß weiter auf und machte eine einladende Geste mit dem Kopf, ihre Hände umfassten weiterhin das haarige Bein.

»Sehr gern! Kommts doch rein!«

Hinter ihr erschien eine etwas kleinere Version ihrer selbst im schwarzen Hosenanzug, ebenso bleich, mit akkuratem Pagenschnitt und zwei roten Punkten am Hals, von denen Egi wusste, dass es ein Tattoo war, welches einen Vampirbiss darstellen sollte. Das Mädle hielt ein Glas mit schwarzer Flüssigkeit in ihrer rechten Hand. Das war die jüngere der beiden Schwestern, Lotta Lambert, die einmal Rudis Sohn gedated hatte.

Egi presste sich die Hand auf den Mund, um nicht laut loszulachen, als Akay sich vor ihm an den zwei Grazien vorbei in das Haus quetschte. Lena schlug die Haustür zu. Der Kemptener Kripobeamte war der Spinne ins Netz gegangen.

»Mögts ihr einen alkoholfreien Cocktail?«, säuselte Lotta und hielt zur Visualisierung ihres Angebotes das Glas mit der schwarzen Flüssigkeit hoch.

»Bloß nicht«, meinte Egi, aber ihn beachteten die zwei dunklen Damen nicht.

Er schaute sich in der Diele um. Hier hatte sich seit Jahren nichts geändert. Der Boden war mit schwarzem Granit ausgelegt, an den Wänden klebte eine Tapete mit grau-schwarzen, senkrechten Streifen und an der Decke hing eine schwarze Lampe, die bläuliches Licht spendete, sobald man sie anknipste. Sie würde auf diese Weise weiße Kleidung zum Leuchten bringen, aber die Gefahr bestand in diesem Haus nicht.

»Was ist denn da drin?«, fragte Akay mit Blick auf das seltsame Getränk.

»Alkoholfreier Gin mit Zitronensaft und Squid Ink«, erklärte Lotta lächelnd.

»Was?«, hakte Akay nach.

»Squid Ink, also Sepia«, meinte Lotta begeistert darüber, dass sich endlich jemand dafür interessierte.

»Tintenfischtinte«, erklärte Egi. »Die haben hier nur so Zeugs.«

»Nein danke, nicht im Dienst«, entschied Akay und rümpfte die Nase.

»Lassts uns ins Wohnzimmer gehen, da ist's gemütlicher«, schlug Lena vor.

Egi wusste, dass in diesem Haus nichts gemütlicher war als die Diele und schlurfte entsprechend motiviert hinter den zwei Schwestern her. Aufrecht erhielt ihn jedoch die Freude über das anstehende Gespräch zwischen Akay und der Familie Lambert.

»Ist Ihr Vater auch im Haus?«, fragte Akay auf dem Weg in die nächste Dunkelkammer. Er hatte noch keine Ahnung von den Verhältnissen im Hause Lambert.

»Der ist immer da«, antwortete Lotta und verdrehte die Augen.

Akay sah Egi fragend an, der jedoch seinem Blick gekonnt auswich. Der Kollege musste seine eigenen Erfahrungen machen, und dabei wollte der PHK ihm nicht im Weg stehen.

Lena öffnete die grau gestrichene Wohnzimmertür, durch deren Milchglas ein dämmeriger Lichtstrahl in den Flur gefallen war. Es kam ein Wohnraum zum Vorschein, der einem Gruselkabinett ähnelte. Alle Möbel waren schwarz, auch der Teppich. An der Wand hing eine dunkelgraue Schiefertapete, die Vorhänge an den Fenstern waren silbergrau. Über die schwarz gestrichene Decke spannte sich ein weißes Spinnennetz aus gewebten Wollfäden. Aber das Beste waren die Vitrinen, die hier standen: In ihnen prangten Totenköpfe, Skelettteile, Glasaugen und andere stilfremde Schönheiten. Einer der Totenköpfe trug eine altmodische Nickelbrille.

»Was ist das?!«, fragte Akay entsetzt und ließ sich vor Schreck auf das schwarze Ledersofa nieder.

»Das hat unsere Mutter so eingerichtet. Sie ist in Freiburg geboren, aber in Berlin aufgewachsen und hat ihr Leben lang auf dem Rummel Geisterbahnen betrieben. Sie hat unseren Paps vor vier Jahren sitzen gelassen und einen jüngeren Akrobaten kennengelernt. Mit dem ist sie zurück nach Berlin«, erklärte Lena und setzte sich neben Akay. Aus ihren Händen ragte immer noch das haarige Bein.

Egi konnte nicht mehr, gleich würde er laut losbrüllen, wenn das so weiterging. Andererseits meldete sich sein Gewissen, er hätte Akay eventuell doch vorher einweihen sollen. Aber so war's viel lustiger.

Lotta zeigte ihr strahlendstes Lächeln, wobei es nicht ganz makellos war. Den zweiten Schneidezahn auf der linken Seite malte sie allmorgendlich nach dem Zähneputzen schwarz an, und an dessen unterem Rand hob sich ein hell blinkender Stein aus dem Dunkel hervor, als würde er in ihrem Mund schweben. Mit ein Grund, warum Rudi sie damals des frühen Morgens aus dem Haus geworfen hatte, als sein Sohn sie dort nächtigen ließ. Wahrscheinlich auch nur aus Verzweiflung, eine andere Oberstdorferin hatte er damals nicht in sein Bett locken können.

Lotta hockte sich ebenfalls neben Akay, so wurde der schöne Ankömmling von den zwei schwarzen Schwestern in die Zange genommen. Zum Glück hatte Rudis Sohn mittlerweile eine andere gefunden, schade nur, dass sich die ganze Familie deshalb einer Diät unterwerfen musste.

Nun kam das Erste, worauf Egi sehnlichst gewartet hatte, Burkhardt Lambert betrat das Wohnzimmer. Akay starrte ihn mit offenem Mund an. Lambi, wie ihn ganz Oberstdorf nannte, wirkte wie ein verwirrter Professor mit seinem zerzausten Haar, Schnauzbart und der grellen

Kleidung. Lambi war Mitte sechzig, pensionierter Grundschullehrer und farbenblind, was sich alles zusammen recht negativ auf seinen Kleidungsstil auswirkte. Er trug wie immer seine gelben Filzhausschuhe, so gesehen nichts Schlimmes. Aber er hatte sie heute mit einer khakifarbenen Hose und einem orangenen Hemd kombiniert, an dem eine schlecht gebundene grüne Krawatte hing. Genau betrachtet war er der einzige Farbklecks in diesem düsteren Gemäuer.

Egi taten zum zweiten Mal in kurzer Zeit die Augen weh. Lena und Lotta behandelten ihren Vater genauso fies, wie es früher ihre Mutter getan hatte, sie waren ihm in Sachen Mode keine Stütze. Was hätte es auch gebracht? Am Ende hätten sie ihm auch nur schwarze Garderobe ins Haus geschleppt.

»Hast einen neuen Freund, Lena?«, fragte Lambi seine ältere Tochter und schaute mit zusammengekniffenen Augen zu Akay hinüber.

Lena bekam dafür sofort einen giftigen Blick von ihrer kleinen Schwester zugeworfen. Lambi hatte den hinter der Tür stehenden Egi noch nicht wahrgenommen. Der PHK hatte sich aufgrund des optischen Angriffs auf seine Sehnerven auf den Rückzug begeben, trat nun aber einen Schritt vor, um die Situation wieder in geordnete Bahnen zu lenken. Er bereute zwar bitterlich, dass er es nicht geschafft hatte, Akay und Silvia alleine hierher zu schicken, aber es hatte nicht sein sollen und war eventuell auch besser so.

»Grüaß di, Lambi!«, rief er und legte dem Hausherren von hinten die Hand auf die Schulter.

Lambi zuckte zurück und drehte sich um. Er hatte den Mann aus dem Hinterhalt noch nicht erkannt.

»Ach, du bist's, Egi, ja, herrlich, dass du mal wieder hier bist! Ist das dein Sohn da bei der Lena?«

Egi wurde langsam, aber sicher klar, dass Lambi inzwischen noch größere Probleme mit seinen Sehorganen haben musste, wenn er Akay mit Tommi verwechselte.

»Naa, Lambi, naa. Das ist Kommissar Akay Tok von der Kripo

Kempten. Wir müssen euch mal zu den Gebrüdern Dampf befragen. Am besten setzts aber zuerst mal deine Brillen auf, gell?«

»Ah, ja, die Brillen, wo hab ich die denn nur wieder hingelegt?« Lambi fing an, Tisch, Schrankschubladen, Regale und Kommoden zu durchsuchen. Seine Töchter sahen ihm amüsiert zu.

»Paps, schau mal dahinten in der Vitrine!«, gab Lotta ihm einen Tipp und kicherte dabei böse.

Alle schauten in die angegebene Richtung. Dort stand der Totenkopf mit der Brille auf der Knochennase.

»Was hab ich da nur wieder gemacht?«, fragte sich Lambi laut, ging zu seiner Brille und setzte sie sich auf.

Mit diesen hinterhältigen Weibsbildern könnte der Egi niemals zusammenleben. Er hätte sie schon längst in der Hexenküche in den Suppentopf geworfen und auf Siedetemperatur gebracht. Aber besser nicht heute, heute konnte er sie gut für sein Ablenkungsmanöver gebrauchen. Erwartungsvoll schaute der PHK die ältere Schwester Lena an, die hoffentlich bald mit ihrer Show loslegen würde. Genau jetzt passte es ausgesprochen gut, denn Akay saß noch direkt neben ihr. Wie heraufbeschworen folgte nun das Zweite, worauf Egi sehnlichst gewartet hatte.

»Schau mal, Akay«, sagte Lena und öffnete langsam und mit viel Bedacht ihre Hände.

Dem ersten haarigen Bein folgte ein zweites, ein drittes, ein viertes, und dann waren sie alle acht da. In ihrer Mitte zuckte eine fette, fast faustgroße, braun-schwarze Spinne, wie sie Egi seinen Lebtag lang noch nicht gesehen hatte.

»Eine Ctenizidae!«, meinte Lena stolz.

Wie eine Rakete schoss Akay vom Sofa hoch, sprang mit einem Satz über den schwarzen Wohnzimmertisch und warf dabei eine graue Plastikblumenvase mit schwarzen Rosen um, deren Wasser sich daraufhin über die Tischplatte ergoss und auf den dunklen Teppich tropfte. Akay hechtete weiter auf die gegenüberliegende Seite des Raumes.

»Lena, jetzt erschrick doch unsere Gäste nicht immer so!«, tadelte

Lambi. »Das ist mit ein Grund, warum du nie einen Ehemann abbekommen wirst.«

Dienstag, 17.09.2019: Undercover

Rudi lief mit Daniel Streife durch die Oberstdorfer Fußgängerzone. Sie hatten von Egi einen Spezialauftrag bekommen, der sich um den Trachtenverein Filzläuse drehte, und gingen Richtung Kurpark. Direkt nach der katholischen Kirche St. Johannes Baptist, noch vor der Open-Air-Bühne, bogen sie links ab und gingen den überdachten Weg an einem Flachbau entlang. An der Wand hingen reißerische Konzertposter von Peter Maffay und anderen hochrangigen Schlagerstars. Rudi und Daniel passierten einige Eingangstüren, bis sie fast am Ende des Gebäudes an einem hochliegenden, vergitterten Fenster vorbeikamen. Rechts daneben prangte ein Messingschild mit der Aufschrift *Trachtenverein Filzläuse*. Das Fenster war gekippt, und es drangen bestialische Gerüche aus dem Spalt.

»Rudi, lass uns später noch mal herkommen«, meinte Daniel und hielt sich die Nase zu.

»Warum denn?«

»Das stinkt hier wie die Kläranlage in Thanners«, begründete Daniel sein ungeplantes Vorhaben.

»Jetzt hab dich nicht so!«, sagte Rudi. Er war in seiner aktuellen Situation Kummer gewohnt und klopfte an die Holztür.

»Ja?«, rief eine Männerstimme durch den Fensterspalt.

»Schorschi, wir sind's, Rudi und Daniel! Wir müssten amal mit dir schwätzen«, schrie Rudi ihm entgegen.

Schorschi arbeitete normalerweise im Rathaus, und zwar im Bauamt, aber er war seit letztem Jahr auch Vorsitzender des Trachtenvereins

Filzläuse. Damals hatte er noch unter Mordverdacht gestanden, aber Egi hatte bei den Ermittlungen in seinem dritten Mordfall seine Unschuld beweisen und damit Schorschis Reputation wiederherstellen können. Danach war dieser mit deutlicher Mehrheit zum ersten Vorsitzenden gewählt worden. Einen Gegenkandidaten hatte es nicht gegeben.

»Kruzifix! Hat man noch nicht einmal Zeit zum Sch...«, fluchte Schorschi und drückte die WC-Spülung, deren Rauschen seine letzten Worte übertönte. Daniel versuchte sich im Hintergrund zu halten und etwas Abstand von dem Fenster zu gewinnen.

»Was machen denn Sie hier, Herr Ströber?«, fragte plötzlich eine voluminöse Frauenstimme hinter Rudi.

Er drehte sich um und erblickte ... die dicke Berta. Sie runzelte fragend die Stirn. Berta Lohmeier wohnte nicht weit von hier in der Fuggerstraße. Sie war so gut wie allwissend, da sie nichts anderes zu tun hatte, als tagaus, tagein den Leuten hinterherzuschnüffeln. Und genau das tat sie in diesem Moment anscheinend auch und schrieb Rudi den üblen Geruch zu, der weiß Gott nicht von ihm stammte.

»I steh halt hier«, meinte Rudi vage.

Daniel ging unauffällig noch einen Schritt zurück, um nicht an dem Gespräch teilnehmen zu müssen. In dieser Atmosphäre den Mund zu öffnen, hätte ihm Brechreiz bereitet. Jedoch machte ihn das nur noch auffälliger.

»Suchen Sie jetzt jemanden beim Trachtenverein, Herr Ströber?«, fragte Frau Lohmeier interessiert und trug ihm die derbe Geruchsbelästigung nicht weiter nach.

»Wie kommen S' denn darauf?«, versuchte sich Rudi aus den Fängen der neugierigen Mitbürgerin zu winden.

»Und der junge Kollege da, der ist auch dabei! Ermitteln Sie hier etwa im Fall Dampf-Morde? Bei unserm Trachtenverein?!«, fragte die dicke Berta nun. Sie wagte es, sich etwas vorzubeugen, merkte aber, dass der Gestank an dieser Stelle eine höhere Konzentration hatte, also wich sie wieder zurück. »Wissen S', ich kann Ihnen da was zu verzählen!«

Rudi war ganz Ohr. Wenn die dicke Berta etwas zu ratschen hatte, half ihnen das meist weiter, um nicht zu sagen, brachte es die PI Oberstdorf oft dem Mörder näher.

»Was denn?«, fragte Rudi daher.

»Also, die Gebrüder Dampf, bei denen hab ich mir schon immer gedacht, dass es die mal erwischen tut! Die haben so unsittliche Geschäfte gemacht, dass ...«

Die Tür wurde aufgerissen und Schorschi erschien vor ihnen. Er zog sich die Hose noch einmal zurecht und schloss seinen Gürtel.

»Was ist denn jetzt so dringend, dass ich nicht mal in Ruhe ...«

Durch die offen stehende Tür erreichte die Umstehenden nun ein Schwall unappetitlicher Luft, dass es keinen mehr auf seinem Stehplatz hielt. Die WC-Tür wie auch das aktuell gekippte WC-Fenster lagen zum Unbehagen aller direkt neben dem Eingang.

»Also, wenn Sie mehr darüber wissen wollen, Herr Ströber, dann komm ich demnächst mal zur PI«, rief die dicke Berta und floh mit zugehaltener Nase.

»Ich ruf Sie an, Frau Lohmeier!«, rief Rudi ihr hinterher und meinte zu Schorschi: »Du, Schorschi, lass uns doch hier draußen mal schwätzen, dahinten auf der Bank.«

»Wennst meinst.«

Dienstag, 17.09.2019: Spinnenweiber

Des Nachts sieht man neben dem Damme auch bei größter Kälte ein Weib in Hemd-ärmeln stehen und waschen. Sie wird von allen das »g'schnürte Weib« genannt. Die Bewandtnis dahinter kennt keiner mehr, aber sieht man sie, gerät man so in Angst und Furcht, dass man erstarrt und stirbt!

»Was tun wir hier eigentlich?«, flüsterte Akay Egi zu, nachdem er sich wieder zurück auf das Sofa getraut hatte. Er hatte keine Ahnung, dass Egi ihn nur aus der PI hatte herauslocken wollen, damit Rudi in Ruhe mit Daniel den wirklich wichtigen Dingen nachgehen konnte. Der PHK hoffte nur, dass Akay nicht vor Schreck tot umfallen würde, wie damals der Sage nach die Leute in Ruben, die das g'schnürte Weib gesehen hatten.

Egi setzte sich zur Sicherheit neben den Kripobeamten. Lambi hatte seine ältere Tochter Lena mit der Auflage in den Keller geschickt, dass sie wieder zu ihnen zurückkehren könne, wenn sie das grässliche Vieh endlich in dem Terrarium einsperrte, statt es den lieben langen Tag mit sich herumzutragen.

»Du siehst doch, was das für giftige Weibsbilder sind«, erklärte Egi hinter vorgehaltener Hand. »Was meinst, was die alles für einen Schabernack mit Bert und Gerd Dampf getrieben haben.«

»Ich hab keine Spinnenzucht«, meinte Lotta zu Akay, lächelte ihn mit ihrem schwebenden Zahnstein an und meinte, damit bei dem hübschen Mannsbild einen großen Vorsprung gegenüber ihrer Schwester ergattern zu können. Lena kam ohne Spinne zurück ins Wohnzimmer, suchte vergeblich ihren Platz neben Akay und setzte sich wohl oder übel neben Egi.

»Weißt, Akay, wir haben viele Spinnen hier. Sind sie nicht goldig?«, fragte Lena den Kripobeamten mit einem heftigen Augenaufschlag.

»Erstens, Polizeibeamte werden nicht geduzt«, erläuterte Akay kühl. »Zweitens ermitteln wir hier im Doppelmordfall Dampf!«

»Gott hab sie selig«, meinte Lambi und bekreuzigte sich zweimal.

»Verkohlen sollen sie in der Hölle!«, korrigierte Lotta ihren Vater. Egi fühlte sich wieder an die Hexen aus dem Allgäuer Sagenbuch erinnert.

»Warum?«, fragte Egi, um die Konversation zu diesem Thema anzufeuern. Er wusste genau, was jetzt kam.

»Die Schwachköpfe haben uns die Spinnenzucht verbieten wollen!«, beschwerte sich Lena und ballte ihre Fäuste. »Die haben behauptet, die könnten hier ausbrechen und mit ihrem Gift deren Touristen killen.«

»Sie meinen die Gäste in den Apartments der Familie Dampf?«, hakte Akay nach.

»Genau die«, bestätigte Lena. »Und verdient hättens das!«

»Die Gäste haben Sie gestört?«, fragte Akay weiter.

»Klar haben die uns gestört«, rief nun Lotta. »Die parken hier mit ihren fetten SUVs die Straße voll, fahren mit ihren Mountainbikes durch die Vorgärten, lassen ihren Müll überall liegen und machen jeden Morgen und Abend einen Krach auf der Terrasse, dass man es kaum mehr in seinem eigenen Garten aushält!«

In eurem Steingarten hält man es sowieso nicht aus, dachte sich Egi mit einem versonnenen Lächeln und genoss weiter das erquickende Gespräch mit den dunklen Schwestern. Dann fiel ihm Opa Edmund Huber ein, und er hoffte, dass dieser gerade ein Schläfchen auf seiner himmlischen Wolke machte.

»Mädle, jetzt lass doch mal die Hetzerei, die denken nachher noch, wir hätten die umgebracht«, versuchte Lambi die Situation zu retten, aber zu spät.

»Wo warts ihr denn am Morgen des 13.09.2019?«, fragte Egi. Er wusste, dass die Schwestern meist bis zum Mittag zu schlafen pflegten und eher Nachtgestalten waren.

»Im Bett«, antwortete Lotta prompt und schaute Akay sehnsüchtig an, als würde sie ihn gerne in dem ihrigen liegen sehen.

»Wir schlafen lang«, fügte Lena mit aufforderndem Blick Richtung Akay hinzu. In ihrem Bett schien der zweite Platz auch noch frei zu sein.

Akay ließ die Anmerkungen unbeachtet und kniete sich weiter in das Spinnenthema hinein: »Welche Spinnen halten Sie hier im Haus?«

»Na, mehrere Ctenizidae, die, die du ... äh ... Sie gerade gesehen haben. Dann noch einige Phoneutria, Atrax robustus und so«, erklärte Lena.

»Inwiefern ist deren Gift tödlich, Frau Lambert?«

»Lähmung der Atemorgane«, meinte Lena gleichgültig.

Akay riss die Augen auf. »Wie lange lebt ein Mensch noch nach einem Spinnenbiss?«, fragte er weiter. Eine Gänsehaut bildete sich auf seinen Unterarmen, das war eine vollkommen neue Spur.

»Ein paar Stunden«, antwortete Lena.

Egi schreckte hoch. Atemlähmung?! Davon hatte er nicht die geringste Ahnung gehabt! Was hatte er nur mit seiner Aktion angestellt? Er hatte damit für drei weitere Verdächtige gesorgt, und zwar richtige Verdächtige. Dabei hatte das nur ein Ablenkungsmanöver sein sollen. Sein Herz begann zu rasen.

»Wie viele Spinnen halten Sie hier im Haus? Und sind noch alle da?«, wollte Akay wissen.

»Keine Ahnung, ich züchte sie ja auch. Wir haben ständig neue hier. Wie viele schlüpfen, weiß man nie genau. Wenn sie groß sind, verkaufe ich sie über das Internet oder auf Börsen«, erläuterte Lena ihr Geschäftsmodell. »Aber meine alte Ctenizidae von eben, die tut nichts mehr, die ist uralt. Die trage ich oft mit mir rum. War also keine Bedrohung für dich ... äh ... Sie.«

»Das heißt, die anderen tun was?«, fragte Egi entsetzt.

»Scho«, meinte Lena.

»Wollts euch das nicht mal im Keller ansehen?«, fragte Lotta begeistert. Sie sah eine Chance, den ansprechenden Ermittler aus Kempten noch etwas im Haus zu behalten.

»Nein, das werden Experten machen«, meinte Akay und stand auf. »Ich schicke sie in den nächsten Tagen vorbei. Sie werden die Terrarien genauestens prüfen. Sie alle drei müssen dafür Sorge tragen, dass keine der Giftspinnen entweichen kann!«

Die Enttäuschung stand den beiden Schwestern ins blasse Gesicht geschrieben. Die Ermittler drohten sich zu verabschieden und sie konnten nichts dagegen tun.

»Kannst uns gerne noch weiter befragen«, versuchte Lotta das Blatt noch einmal zu wenden.

»Kein Bedarf. Aber halten Sie sich zur Verfügung«, meinte Akay und verabschiedete sich.

Als Egi hinter ihm zur Tür hinausgingen, warf er einen Blick in die Küche. Als er sah, was dort auf dem Tisch lag, stockte ihm der Atem. Es war eine Kopie aus dem Allgäuer Sagenbuch. Er erkannte die Zeichnung von dem Busch am Groppenbach, unter dem ein Schatz vergraben sein sollte.

Dienstag, 17.09.2019: Chinese Connection IV

Egi und Akay parkten vor dem Dampf-Anwesen ein.

»Du, Akay, die Fingerabdrücke von den beiden, die bringen uns doch gar nichts, oder?«, fragte der PHK, als sie aus dem Auto ausstiegen.

»Wie meinst du das?«

»Na, die sind ja nicht mit Fingerabdruck auf ihrem chinesischen Personalausweis eingereist. Die können doch mit ihrem Aussehen die Identität tauschen, wie sie wollen.«

»Da hast du recht«, bestätigte Akay. »Selbst wenn wir vor jedem Gespräch mit ihnen Fingerabdrücke nehmen, wüssten wir nur, welche der Frauen welche Aussage gemacht hat, aber wer sie letztendlich ist, das werden wir nie erfahren. Genauso sieht es leider mit ihrer DNS aus. Egal woran wir sie finden, wir können nicht sagen, welche DNS zu Dan Dampf und welche Han Dampf zuzuordnen ist.«

Egi verzweifelte an dieser Tatsache und folgte Akay zum Haus der Dampf-Witwen. Hier wollte der Kemptener Kollege nun herausfinden, was die zwei Chinesinnen über die Nachbarn zu ihrer Linken und Rechten dachten. Es war Mittagszeit, und die Zwillingsschwestern hatten ausnahmsweise nichts zu tun. Mittags waren die Gäste meist in den Bergen unterwegs und aßen auswärts.

Egi und Akay begaben sich mit ihnen auf die Terrasse, um dort mit ihnen zu sprechen. Akay hatte entschieden, dass Dan und Han Dampf heute gemeinsam befragt wurden, er hoffte, dass sie dadurch gesprächiger sein würden als sonst. Wie immer trugen die beiden exakt die gleiche Frisur, den gleichen Schmuck und die gleiche Kleidung, heute kirschrote, enge Etuikleider. Egi fragte sich, ob man in China nach dem Tod des Ehemannes nicht auch Schwarz trug.

»Frau Dan Dampf, wie ist Ihr Verhältnis zu den direkten Nachbarn?«, fragte Akay, ohne zu wissen, wer von ihnen Dan Dampf und damit Berts Witwe war.

Die links gegenüber von ihm sitzende Frau antwortete: »Gut.«

»Sehr schön«, meinte Akay skeptisch. »Das heißt, es gab keine Probleme mit Familie Kranz und Familie Lambert?«

»Nein«, sagte die linke Chinesin.

»Egi, fasse einmal zusammen, was euch diesbezüglich vorliegt!«, bat Akay seinen SOKO-Kollegen.

Die beiden Witwen sahen sich fragend an.

»Äh, ja, das ist so«, begann Egi. Es war ihm äußerst unangenehm, in den alten, längst verjährten Geschichten zu wühlen. »Da gab es sechzehn Anzeigen von Frank Kranz wegen Ruhestörungen in den letzten zwei Jahren. Fünf während der Bauphase und elf wegen lauter Feierlichkeiten nach 22:00 Uhr.«

Nun sahen sich die beiden Witwen erschrocken an. Auch Egi rutschte nervös auf seinem gusseisernen Stuhl herum und hoffte, dass das Thema damit erledigt wäre. War es nicht.

»Und weiter?«, fragte Akay. Er tippte mit seinem Zeigefinger auf den Tisch und sah den PHK auffordernd an.

»Ja, weiter, ähm.« Egi überlegte, wie er es am harmlosesten ausdrücken konnte. »Der Bert und der Gerd hatten halt Angst vor den Spinnenweibern nebenan, also vor der ihre Giftspinnen.«

Der Teint der zwei Witwen färbte sich gleichmäßig rot.

»Und?«, bohrte Akay weiter.

»Bert und Gerd haben die Lamberts angezeigt, wegen illegaler Spinnenzucht.«

»Wie viel Mal, Egi? Und wann?«

»Achtmal, das letzte Mal vor drei Wochen. Aber uns waren die Hände gebunden, wir sind keine Spinnenexp...«

»Vor drei Wochen also!«, resümierte Akay. »Und Sie behaupten, das seien gute nachbarschaftliche Beziehungen, Frau Dampf?«

Die Augenlider der Zwillingsschwestern begannen zu zucken, ihre Atmung beschleunigte sich. Die rechte der beiden griff die auf dem Tisch liegende Hand ihrer Schwester und antwortete plötzlich. »Ja! Meine Schwester Dan und ich hatten keine Probleme mit ihnen, sie waren immer freundlich zu uns. Und von den Anzeigen wissen wir nichts.«

Egi meinte, dass es eben noch die linke gewesen war, die sich als Dan Dampf ausgegeben hatte. Die linke Chinesin, die eventuell doch Han Dampf war, nickte bestätigend.

Dienstag, 17.09.2019: Auf der Bank

Rudi und Daniel hatten Schorschi in die Mitte genommen, sie saßen mit ihm auf einer Bank mit Blick auf die Open-Air-Bühne. Kinder turnten darauf herum, rannten im Kreis und spielten Fangen.

»Rudi, wir sind direkt vorm Rathaus. Die Kollegen vom Bauamt werden's nicht akzeptieren, wenn ich hier stundenlang hock!«

»Schon gut, Schorschi, wir beeilen uns«, beruhigte Rudi den Vorsitzenden vom Trachtenverein Filzläuse. »Sag doch, was kannst uns denn von den Gebrüdern Dampf verzählen? Hatten die in letzter Zeit Probleme?«

»Da weiß ich von nix!«, antwortete Schorschi und wandte sich zum Gehen. Daniel hielt ihn am Arm fest und drückte ihn zurück auf die Bank zwischen sich und Rudi. Rudi wiederum kannte den Schorschi recht gut und wusste, dass das seine Standardantwort war, sobald Ordnungshüter es wagten, ihn zu befragen.

»Schorschi, jetzt amal ganz ehrlich, ihr habts euch jede Woche beim Stammtisch getroffen, da musst doch was wissen«, drehte Rudi dem Vereinsvorsitzenden einen Strick.

»Ja, gut, wennst mich so fragst«, lamentierte Schorschi und schwenkte seinen Oberkörper dabei unschlüssig hin und her.

»Also, was gibt's zu berichten?«, fragte Daniel ungeduldig.

Schorschi warf den Kopf zu Daniel herum. »Ach, du Büble tust jetzt auch ermitteln?«

»Klar, bin ja schon seit drei Jahren Polizist!«, antwortete Daniel und verschränkte die Arme vor der Brust.

»Tatsächlich, so lang scho?«, meinte Schorschi erstaunt.

»Ja, so lang scho, Schorschi«, bestätigte Rudi. »Jetzt rück endlich naus mit der Sprache!«

Schorschi drehte seinen Kopf nun wieder zu Rudi hinüber und erklärte: »Das war so, Bert und Gerd haben die letzte Zeit immer vom Tauchen geschwätzt. Dass die auch mal hier in den Bergseen den Grund erforschen wollten, das hättens früher nie gemacht. Dabei wär's doch so schö.«

»Und?«, fragte Rudi nach.

»Ja, die wollten sich jetzt darauf konzentrieren, habens immer verzählt. Und dann hat der Gerd, Gott hab ihn selig, der Gerd also hat gemeint, als er schon ein paar Weizen intus hat, da könnt man schon amal auf einen Schatz stoßen, da unten.«

Jetzt war es endlich raus. Im Trachtenverein war also bekannt gewesen, dass Bert und Gerd Dampf in einem Bergsee nach einem Schatz suchen wollten. Rudi erinnerte sich vage, dass der Egi ihm vor Kurzem erzählt hatte, dass der Strunzi auch was von Familienschmuck oder Ähnlichem geschwätzt hatte.

»Schorschi, ist der Strunzi eigentlich auch bei euch im Trachtenverein?«

»Du, Rudi, da sagst was. Der Strunzi ist vor zwei Monaten dem Verein beigetreten. Dabei tut der sich gar nicht mit Trachten auskennen!«

Dienstag, 17.09.2019: Verdächtigungen

»Akay, du musst das verstehen, die leben hier in einem völlig fremden Land und versuchen sich nur gegenseitig zu schützen«, versuchte Egi den Kemptener Kripobeamten zu beschwichtigen, als sie zurück in der PI waren.

»Ich muss gar nichts!«

»Wo sind Rudi und Daniel?«, fragte Silvia.

Akay wollte mit der Profilerin das Verhalten der alten und neuen Verdächtigen durchsprechen und hatte ihr dazu bereits einen kurzen Abriss ihrer Gespräche präsentiert.

»Die sind noch auf Streife«, log Egi, schloss die Augen und vermied, aus dem Fenster zu schauen. Er fürchtete ein himmlisches Donnerwetter vom Opa Edmund Huber.

»Und dann setzt ihr den Erwin an den Empfang?«, lachte Akay.

Egi hatte sich auch gewundert, dass der Chefmeier vorne am Telefon gesessen hatte. Anscheinend hatte der Rudi keinen Ersatz für Daniel gefunden und dann auf unerklärliche Weise den PI-Leiter dorthin locken können. Chefmeiers versteinerter Miene nach zu urteilen, saß er dort bereits seit Stunden. Aber seine Tortur würde bald zu Ende sein, Beate musste jeden Moment kommen, um ihn abzulösen.

»Dann mal los, Silvia, was kannst du bisher über unsere Verdächtigen ...«, begann Akay, kam aber nicht weit.

Die Tür flog auf und der Chefmeier stürmte mit gefletschten Zähnen herein. Er schnaufte und scharrte mit den Hufen wie ein Stier, der kurz davor war, auf das rote Tuch zuzurennen und es mit seinen mächtigen

Hörnern zu zerfetzen. Egi zog den Kopf ein. Er war sich sicher, dass er die Rolle des roten Tuches innehatte.

»Noch amal setzt ihr mich nicht da vorn hin!«, brüllte der Chefmeier los. »Ich bin hier der PI-Leiter und nicht die Telefonistin!«

»So schlimm ist's auch nicht«, meinte Egi in geduckter Haltung und grinste in sich hinein.

»Doch!«, erzürnte sich der Chefmeier. »Die Lohmeier hat angerufen!«

Okay, dann war es doch schlimm gewesen. Aber je länger Egi darüber nachdachte, desto optimistischer wurde er. Es keimte die Hoffnung in ihm auf, dass die dicke Berta angerufen hatte, weil sie wieder einmal etwas Außergewöhnliches hatte beobachten können. Etwas, das die SOKO Viehscheid weiterbringen würde.

»Was wollt sie denn?«, fragte Egi erwartungsvoll.

»Die hat den Rudi und den Daniel auf Streife getroffen«, grunzte der Chefmeier. »Warum geht der Daniel jetzt schon auf Streife? Und dann sitz ich an dem seiner Telefonzentrale?«

Egi wusste nichts zu erwidern. Er fand es mehr als angemessen, dass ein Polizist drei Jahre nach Abschluss seiner Ausbildung auf Streife ging.

»Die ruft an, weil sie Rudi und Daniel auf Streife getroffen hat?«, wunderte sich Silvia und schüttelte den Kopf über die verschrobenen Verhaltensweisen der Oberstdorfer. »Muss ja eine Sensation gewesen sein.«

»Die Beate kann ab nächster Woche wieder ganztags arbeiten. Solange bleibt der Daniel vormittags am Empfang!«, brüllte der Chefmeier, ohne auf Silvias Frage einzugehen, dann drehte er sich um und knallte die Tür hinter sich zu.

»Wie könnt ihr diesen selbst ernannten Provinzkaiser nur ertragen?«, fragte Silvia und öffnete einige Dateien auf ihrem Notebook, um endlich mit dem Profiling zu beginnen.

Egi fragte sich das langsam auch, meinte aber: »Der isch a Institution in Oberstdorf, nicht mehr wegzudenken.«

»Kann uns egal sein«, urteilte Silvia und schaute auf ihren Bildschirm. »Lasst uns beginnen.«

»Egi, geh ans Flipchart und liste unsere Verdächtigen auf«, forderte Akay ihn auf und überflog dabei an seinem Notebook die von Silvia kommentierten Protokolle ihrer bisherigen Befragungen.

Egi überkam eine riesige Welle der Enttäuschung. Bisher war es wirklich sehr gut gelaufen, er hatte die letzten Tage Freudensprünge vollführt, weil er nicht ans Flipchart schreiben musste. Während seines letzten Mordfalls hatte er sich daran so verausgabt, dass er einen Physiotherapeuten hatte aufsuchen müssen. Er hatte tatsächlich gedacht, Akay hätte das doofe Ding endlich vergessen. Hatte er nicht.

»Muss das sein?«, maulte Egi.

»Sieh zu, dass du an das Flipchart kommst«, meinte Akay ohne Gnade.

Egi stand auf, schleppte sich zu dem grässlichen Gestell, nahm sich einen Boardmarker und schrieb die Überschrift: »Verdächtige im Mordfall DAMPF«.

»Dann nimm mal die folgenden Personen auf«, wies Silvia den unfreiwilligen Schriftführer an. »Dan Dampf, Han Dampf, Urs Keller, Mirio Gerber, Frank Kranz, Lena Lambert, Lotta Lambert.«

»Gritli Keller, Onna Gerber, Silke Kranz und Burkhardt Lambert hast du rausgenommen?«, fragte Akay.

»Ja«, bestätigte Silvia. »Gritli Kellers und Onna Gerbers Profile entsprechen nicht denen eines Mörders, genauso wenig wie das von Silke Kranz und Burkhardt Lambert. Alle vier scheinen mir weder brutal noch abgebrüht oder kaltblütig. Sie sind Marionetten im falschen Spiel ihrer Familien.«

Da musste Egi Silvia ausnahmsweise recht geben. Vor allem Burkhardt Lambert hatte nicht das Zeug zum Mörder. Er hatte immer unter der Fuchtel seiner absonderlichen Ehefrau gestanden, und nachdem sie ihn verlassen hatte, führten seine Töchter das Regiment im Hause Lambert in ihrem Sinne weiter. Gritli Keller und Onna Gerber hatten ebenso wenig zu sagen wie der arme Lambi. Sie gingen unter im Strudel der

Machenschaften ihrer Ehemänner. Und Silke Kranz war nur zu bedauern. Sie stand am Rande der Oberstdorfer Gesellschaft, weil sie vor Jahren den Fehler begangen und Frank geheiratet hatte. Aber aus Sicht des PHKs war die Verdächtigenliste noch lange nicht vollständig. Es fehlten Strunzi und eventuell Vereinsmitglieder von den Filzläusen. Egi schwieg jedoch erst einmal in dieser Angelegenheit und wartete auf Rudis Feedback.

»Dann fangen wir mit Dan und Han Dampf an. Was meinst du zu den zwei Witwen, Silvia?«, fragte Akay. »Schreib die Punkte mit, Egi!«

»Sie …«, fing Silvia an.

Die Tür ging wieder auf. Dieses Mal traten Rudi und Daniel ein. Sie nickten Egi zufrieden zu. Egi verstand.

»Seid ruhig und setzt euch«, fuhr Akay die beiden Ankömmlinge an. »Mach weiter, Silvia.«

»Dan und Han Dampf halten sich konsequent mit ihren Aussagen zurück. Sie sind sehr vage mit ihren Äußerungen, gehen problembehafteten Themen aus dem Weg, stellen ihre Antworten in ein neutrales Licht, geben nur positive Einschätzungen. Sie sagen kein schlechtes Wort über ihre Ehemänner. Kommt man zu negativ besetzten Themen, blocken sie ab und schweigen. Sie machen sich damit höchst verdächtig.«

»Tuns nicht!«, widersprach Rudi plötzlich. Sein Magen knurrte zur Bestätigung wie ein aufgeschreckter Wachhund.

»Was willst du damit sagen?«, zischte Silvia, die es nicht akzeptieren konnte, dass ein PI-Ermittler ihr Profiling infrage stellte.

»Dan und Han Dampf sind Chinesinnen. Sie sind erst vor einigen Jahren nach Oberstdorf gekommen und kennen unsere Sitten hier nicht«, erklärte Rudi. »Sie waren ihr Leben lang Teil einer egalitären Massengesellschaft, und so verhalten sie sich auch hier. Nur weil du kommst, tun die sich nicht ändern! Sie wollen ihr Gesicht wahren, nach ihnen bekannten Regeln!«

Egi kam aus dem Staunen nicht mehr heraus. Wo hatte sein Kollege das nur her? Daniel lachte sich ins Fäustchen, Rudi war heute ausnahmsweise in Topform. Auch Silvia blieb der Mund offen stehen, sie war jedoch um keine Antwort verlegen.

»Das hast du schön wiedergegeben, Rudi«, fauchte sie den chronisch hungrigen Polizeioberwachtmeister an. »Dieses oberflächliche Halbwissen hast du bestimmt in irgendeinem Zeitungsbericht aufgeschnappt. Aber keine Sorge, die kulturellen Hintergründe habe ich bei meinem Profiling einbezogen. Kurz, die zwei Witwen versuchen ihr Gesicht zu wahren, weil es auch einen Grund dafür gibt. Und in diesem Fall liegt der Grund ziemlich nahe.«

Akay nickte ihr bewundernd zu. »Aufschreiben nicht vergessen, Egi!«

Egi schrieb es auf. Daniel öffnete den Mund, um zu widersprechen, ließ es dann aber doch.

»Was könnte der Grund für ihr Verhalten sein?«, fragte Akay Silvia.

»Entweder sie wollten ihre Ehemänner loswerden, weil es von Beginn an, sagen wir mal, Scheinehen für sie waren. Oder die Zwillingsschwestern haben im Laufe der Zeit Pläne zur feindlichen Übernahme des Dampf-Anwesens geschmiedet und deshalb Bert und Gerd Dampf aus dem Weg geschafft. Oder beides.«

»Die beiden würden nie jemanden umbringen«, wagte Daniel jetzt doch seine Einschätzung abzugeben. Egi stimmte ihm vollkommen zu.

»Halt dich zurück mit deinen amateurhaften Profiling-Versuchen. Überlasse das lieber dem Profi. Dann weiter mit Urs Keller und Mirio Gerber«, fuhr Akay fort. »Wie siehst du sie, Silvia?«

Daniel verschränkte die Arme vor seiner Brust und dachte sich seinen Teil. Wenn er zu Luigi nach Kempen ziehen und dort einen Job bei der Polizeiwache ergattern könnte, würde er Akay vermutlich noch öfter begegnen. Bloß nicht!

»Hier liegt es auf der Hand. Sie haben krumme Geschäfte mit Bert und Gerd Dampf gemacht. Es muss zwischen ihnen zu Querelen gekommen sein. Die Schweizer haben sie umgebracht, weil die Gebrüder Dampf sich nicht an ihre Abmachungen gehalten haben. Es muss um eine Menge Geld gegangen sein, Akay. Die Kollegen in Kempten müssen ihre Finanzgeschäfte und ihre Konten noch einmal genauestens unter die Lupe nehmen.«

»Egi, nimm das mit auf«, rief Akay dem PHK zu. »Dann wäre da noch Frank Kranz. Ich habe dir von ihm erzählt, Silvia. Du glaubst nicht, was das für ein ungehobelter Kerl ist. Was sagst du zu seinem Verhalten?«

»Er scheint Alkoholiker zu sein. Er ist unberechenbar, sein Verhalten ist unkontrolliert, er hält sich an keine Regeln, ist aufmüpfig, stößt seine Mitmenschen vor den Kopf, will schockieren. Im Affekt und unter Alkoholeinfluss würde er gewiss in der Lage sein, einen Menschen zu töten. Wobei kein nachvollziehbarer Grund dafür zugrunde liegen muss. Aber er hat in den letzten zwei Jahren ständig auf Kriegsfuß mit der Familie Dampf gestanden, das darf man nicht außer Acht lassen.«

Egi grinste. Frank Kranz war ein ganz harmloser Geselle. Er hatte ein großes Maul, das war alles. Ansonsten tat der keiner Fliege etwas zuleide. Aber woher sollte die Kripo Kempten das schon wissen? Egi ließ ihn jedoch als Ablenkungsmanöver in der Verdächtigenliste.

»Sehr gut analysiert, Silvia«, lobte Akay. »Wie sieht es mit Lena und Lotta Lambert aus?«

»Die zwei jungen Frauen habe ich als Letztes angeführt, weil sie keine klassischen Mörderinnen darstellen. Sie haben sich der dunklen Seite der Macht verschrieben, aber das sind nur Äußerlichkeiten. Ihre Charaktere wirken undurchschaubar. Einerseits leben sie noch bei ihrem verwirrten Vater, vermutlich, um ihn nicht sich selbst zu überlassen, andererseits ärgern sie ihn tagtäglich, wahrscheinlich nur, um sich die Zeit zu vertreiben. Sie haben die Gebrüder Dampf auch nicht gerade gemocht, aber ich sehe bei ihnen kein Motiv. Ich denke eher, dass bei den Lamberts Achtlosigkeit eine große Rolle spielt. Unsere Experten müssen herausfinden, ob Giftspinnen aus ihrem Haus entkommen können, dann wissen wir mehr.«

»Warum? Die sind doch erstickt«, wunderte sich Rudi über diesen neuen Ermittlungsansatz.

»Weil es Spinnen gibt, die mit ihrem Gift die Atemorgane lähmen! Hast du noch nie etwas davon gehört?«, fauchte Silvia.

Egi fuhr es kalt den Rücken herunter. Er hatte in der Küche der Lamberts die Zeichnung aus dem Allgäuer Sagenbuch erkannt. Aber das konnte er an dieser Stelle nicht anbringen, basierten seine Vermutungen doch ausschließlich auf Uroma Brunis Kritzelskizzen. Die Kemptener würden ihn auslachen, wenn der PHK ihnen mit alten Sagen kommen würde.

Dienstag, 17.09.2019: Blutbilder und DNS

»Akay, ich sag dir doch, ich hab nix gefunden!«, näselte es aus dem Lautsprecher des PI-Telefons.

»Bist du dir ganz sicher?«, hakte Akay nach.

»Jahaaaa!«

Erich Engstein war *not amused*, dass man seine stets saubere Arbeit anzweifelte. Akay hatte ihm eine Liste der Spinnenbewohner aus dem Hause Lambert per E-Mail zukommen lassen und ihn aufgefordert, im Blut der Dampf-Leichen nach Spinnengift zu suchen. Der Gerichtsmediziner hatte daraufhin sofort in der PI angerufen, um der SOKO Viehscheid mitzuteilen, dass er das Blut der Toten doch schon längst untersucht habe. Egi, Rudi, Akay und Silvia saßen nun im Konferenzraum vor dem Telefon und wollten Erich überzeugen, noch einmal genauer hinzusehen.

Akay und Silvia chatteten an ihren Notebooks miteinander, ohne dass Egi und Rudi es bemerkten. Akay hatte sich kurz zuvor in Egis Büro geschlichen. Der Kemptener hatte sich daran erinnern, dass Egi seine Notizen in einer Schublade sammelte. Und genau diese Notizen hatte sich Akay einmal ansehen wollen, um zu überprüfen, ob die PI wieder einmal hinter seinem Rücken ermittelte.

Akay: *»Du glaubst nicht, was der PI-Ermittlungsstand ist!«*

Silvia: *»Wie ist der Stand? ;-)«*

Akay: »*Kleine Stöckelschuhe an Gerds Absturzstelle:
Dampf-Witwen? Tauchertaschen leer, Sauerstoffflaschen
leer, Drohnenfuß überprüfen. Und dazu zwei miserable
Zeichnungen von einem Busch und von zwei Kerlen, die
eine Schatzkiste schleppen.*«

Silvia: »*Also haben wir nichts zu befürchten?*«

Akay: »*Absolut nicht!*«

»Aber vielleicht hast was übersehen, Erich«, versuchte Egi, Erich Engstein zu einer erneuten Untersuchung zu überreden. »Du hast doch nicht gezielt nach Spinnengift gesucht. Und das Gift verursacht Atemlähmung, das passt doch, Erich!«

»Das finde ich auch, dass das passen tut«, bestätigte Rudi. »Bert und Gerd können doch auch erstickt sein, weil das Gift der ihre Atemorgane gelähmt hat. Und da du ...«

»Jetzt hört mir mal zu!«, schrie Erich durch die Telefonleitung. Der Lautsprecher des PI-Telefons begann zu scheppern. »Ich habe alle möglichen Bluttests gemacht! Ich suche IMMER nach ALLEM! Ich übersehe bei meinen Analysen nichts, und zwar genau deshalb, weil es meine Aufgabe ist, etwas zu finden, woran kein anderer denkt!«

Die SOKO Viehscheid vernahm einen lauten Knall am anderen Ende der Leitung. Erich hatte aufgelegt.

Die hektische Stimme von Köhler dröhnte durch den Konferenzraum. Nachdem Erich Engstein aufgelegt hatte, hatte Akay die Chefin der Forensik angerufen.

»Gut, dass du anrufst, Tok. Ich wollte euch auch gerade anwählen. Wir haben bahnbrechende Neuigkeiten für euch!«, rief Köhler euphorisch.

»Immer her damit«, freute sich Akay.

»Ihr erinnert euch bestimmt, die Reißverschlüsse an den Taschen der Taucheranzüge Gerd Dampf waren alle offen. Wir haben vermutet, dass sie durchsucht worden sind. Und ich kann euch jetzt sagen, wer die Taschen ausgeräumt hat!«

»Wer war es, Köhler? Sag schon«, rief Akay.

»Es war Dan Dampf!«, sprach Köhler aus dem Lautsprecher.

»Aber Moment, Köhler«, unterbrach Egi. »Die Dan und die Han sind doch eineiige Zwilling, die haben die gleiche DNS! Wie kannst dann wissen, wer es war?«

»Du hast immer noch einen veralteten Stand, Frau Huber!«, klärte Köhler Egi auf. Er verzog sein Gesicht, als hätte sie ihm eines ihrer Messer in den Bauch gerammt. »Ich habe euch doch gesagt, ihr sollt euch die Forensik-Schulungsvideos ansehen!«

»Kaa Zeit«, brummte Egi, der ihr dafür eine klatschen können.

»Dann erkläre ich es euch Oberstdorfern eben kurz, wenn der liebe Kollege Tok das noch nicht gemacht hat«, meinte die Köhler gnädig. »Eineiige Zwillinge haben nicht zu 100 Prozent die gleiche DNS. Ich kann sie durch Punktmutationen eindeutig identifizieren, und zwar mithilfe von DNS-Sequenzierungen. Das bedeutet, in beiden Zwillingen treten ab der Embryonalentwicklung minimale Mutationen auf, die an alle Gewebetypen weitergegeben werden. Dadurch ist es für mich ein Leichtes, sie zu unterscheiden, sobald ich das gesamte Genom analysiere!«

»Hervorragend, Köhler!«, lobte Akay. »Also hat Dan Dampf die Taschen von Gerd Dampf ausgeräumt?«

»Ja«, bestätigte Köhler. »Die DNS an den Reißverschlüssen von Gerd Dampf entsprechen der Speichelprobe, die du mit dem Namen Dan Dampf beschriftet hast. Das erklärt auch die Abdrücke der winzigen Stöckelschuhe Größe 36 an der Absturzstelle von Gerd Dampf, sie stammen von den Schuhen einer der Dampf-Witwen. Aber das ist noch nicht alles. Wir haben auch die Taschen der Taucheranzüge genauestens untersucht, um einen Hinweis darüber zu erhalten, was in den Taschen war beziehungsweise was Dan Dampf aus einer von ihnen herausgeholt hat.«

Egi ärgerte sich während Köhlers Ausführungen schwarz darüber, dass sie ihn wieder einmal vor der Kripo Kempten vorgeführt hatte. Ab jetzt würde er sie nur noch mit »Sehr geehrter Herr Köhler« ansprechen! Aber noch mehr ärgerte er sich über Akays Selbstgefälligkeit. Auch ihm sollte langsam bewusst sein, dass er Speichelproben-Röhrchen beschriften konnte, wie er wollte. Dan und Han hatten ihnen in den letzten Tagen ein Theater vorgespielt und tauschten immer wieder ihre Identitäten. Niemand wusste, wer von ihnen Dan und wer Han war.

»Und was war in den Taschen?«, fragte Silvia gespannt.

»Wir konnten Rückstände einer abgebröckelten Kupfer-Nickel-Zink-Legierung, auch Neusilber genannt, sicherstellen. Bevor ihr nachfragt: Nein, die Rückstände stammten nicht von den Reißverschlüssen, die sind aus Kunststoff«, fuhr Köhler fort.

»Wovon stammen sie denn dann, Herr Köhler?«, fragte Egi. Rudi überfiel ein Lachkrampf.

»Tja, Frau Huber, das möchten Sie jetzt gerne wissen. Ich schicke dir den Bericht sofort zu, Tok, da steht alles für euch drin. Und Ihnen, Frau Huber, verrate ich es erst, wenn Sie mit Fräulein Ströber die Schulungsvideos vom Forensik-Portal angesehen haben!«

Egi überrollte eine tosende Welle der Wut. Jetzt war die Köhler auch noch vom vertrauten Du zum distanzierten Sie gewechselt.

Dienstag, 17.09.2019: Vereinsmeierei

Bert und Gerd Dampf waren seit Jahrzenten Vereinsmänner gewesen, und zwar beim Trachtenverein Filzläuse, das wussten Egi, Rudi und Daniel, aber zum Glück nicht die Kripo Kempten. Die PI Oberstdorf musste nun unbedingt ihren Heimvorteil nutzen.

»Der Trachtenverein Filzläuse hat jeden Dienstag seinen Stammtisch im Trettachstüble, also auch heute. Da fahren wir gleich mal hin, Rudi.«

»Och, Egi, wieder Überstunden! Ich hab doch heut schon mit Daniel ...«

»Rudi, da gibt's Krautkrapfen.«

»Ich komme!«, rief Rudi und packte fix seine Sachen zusammen.

»Musst dich nicht so beeilen, ich schreib mir noch fix ein paar Notizen zusammen«, meinte Egi. Er hatte mit Entsetzen festgestellt, dass er erst drei Schmierzettel plus zwei Skizzen von Uroma Bruni zum aktuellen Fall in seiner Sammelsurium-Schublade liegen hatte. Das musste sich unbedingt ändern. Er schrieb sich Folgendes auf: »Strunzis Familienschmuck von Dampf-Zwillingen geklaut?«, »Lena + Lotta Lambert = Schatzsucherinnen?«.

»Bist endlich fertig, Egi?«

»Glaub scho«, meinte Egi und fragte sich, ob er noch mehr zu notieren hatte.

Sein messerscharfer Verstand rief ihm ins Gedächtnis, dass auch eine Spinne, die unbemerkt bei Lena und Lotta ausgebüchst war, der Mörder sein könnte. Also verfasste der PHK noch eine weitere Notiz:

»Unbekannte Spinne = Mörder? Beseitigung der Leichen durch Lena und Lotta?«.

»Jetzt können wir gehen, Rudi«, rief Egi und machte sich mit seinem Kollegen auf den Fußweg.

Zur Abendzeit einen Parkplatz in der Oststraße oder deren Umgebung zu finden, war nahezu unmöglich. Ab 18 Uhr herrschte in Oberstdorf Ausnahmezustand, denn das war die übliche Uhrzeit, zu der die Touristenmassen essen gingen. Als die beiden Ermittler nach ihrem Dreißig-Minuten-Marsch beim Trettachstüble ankamen, stand die Sonne bereits tief und tauchte die Berge am Horizont in gelb-orangenes Licht. Egi war sich sicher, dass sie später, wenn er das Trettachstüble gemeinsam mit Rudi verließ, ein Alpenglühen vom Feinsten zu Gesicht bekommen würden. Als sie an der umzäunten Terrasse vorbeigingen, sahen sie bereits den Filzläuse-Stammtisch ganz hinten links in der Ecke unter einem gelben Schirm sitzen.

Egi drückte die Eingangstür auf und trat ein, Rudi folgte ihm. Die Gäste, die draußen keinen Tisch mehr hatten erobern können, speisten in der Gaststube. Sie war wie immer gut gefüllt, lautes Stimmengewirr schlug ihnen entgegen. Egi sprach einen Kellner an und klärte ihn darüber auf, dass er und Rudi sich mit an den dienstäglichen Stammtisch quetschen würden. Sie gingen weiter zur Terrasse, und der Kellner zauberte noch zwei Klappstühle an den Tisch, die er in einer uneinsehbaren Ecke für den Notfall deponiert hatte.

Am Stammtisch saß am heutigen Abend nur der harte Kern des Trachtenvereins: Schorschi, Karli, Gusti und Strunzi. Zwei der Vereinsmitglieder, Bert und Gerd, waren tot, die restlichen hatten sich diesen Sommer noch nicht beim wöchentlichen Treffen blicken lassen, da sie in der Gastronomie oder Hotellerie arbeiteten und in der Hauptsaison meist dem Stammtisch fernblieben. Schorschi und Gusti arbeiteten im Bauamt, Strunzi war Bauer und Karli seines Zeichens Kleinstkrimineller im Vorruhestand.

»Grüaß euch!«, rief Egi in die Runde.

Vier entsetzte Gesichter starrten ihn an. Statt einer Begrüßung war lediglich unverständliches Grunzen zu vernehmen. Rudi setzte sich gleich dazu und bestellte eine doppelte Portion Krautkrapfen und zwei Weizenbiere.

»Kriegst daheim nix zu fressen?«, kommentierte Strunzi.

»Naa, da herrscht Diätenwahn!«, erwiderte Rudi gereizt. Egi setzte sich neben seinen Kollegen und bestellte sich ein leichtes Weizen.

»Bei den Hubers scheint's noch zu laufen, der PHK lässt's ja auch im Job locker angehen«, meinte Strunzi und spielte damit auf die liegengebliebene Anzeige wegen Diebstahls aus den Achtzigerjahren an, als Egi noch weit von seiner Polizistenausbildung entfernt gewesen war. Dann nahm Strunzi voller Genugtuung einen kräftigen Schluck aus seinem vierten dunklen Weizen heute Abend. »Der ist nur noch Schönwetterpolizist, kommt nur bei Sonnenschein naus. Wenn der Knecht vom Dache pieselt, denkt der Bauer, dass es nieselt.«

Der PHK warf ihm einen düsteren Blick zu, ging aber nicht auf die Sticheleien ein.

»Leuts, warum wir hier sind«, begann Egi. »Wie ihr wisst, sind Bert und Gerd Dampf auf absonderliche Art und Weise getötet worden. Was könnt ihr uns über die Hintergründe der Tat berichten?«

»Was solln wir schon davon wissen? Nix!«, meinte Gusti. Gustav Weißgut war ein kleiner drahtiger Mann mit Stirnglatze und grauem Schnauzbart, dessen Frau wie er im Rathaus schaffte. Ihr gemeinsamer neunzehnjähriger Sohn konnte bereits ein kleines Töchterchen sein Eigen nennen. Gusti wusste aus Prinzip nix, wenn es um Kapitalverbrechen ging, das hatte Egi bereits während seiner Ermittlungen zu dem Klausenmord im letzten Jahr mitbekommen.

»Ich weiß auch von nix«, meinte Karli, Karl Grasser, der seit seinem Vorruhestand offiziell keinen Kontakt mehr zu anderen Kleinstkriminellen pflegte.

»War klar«, meinte Egi.

Der Kellner kam und brachte die nächste Runde Getränke, dann verschwand er gleich wieder, um Rudis außergewöhnlich üppige Bestellung heranzuschaffen.

»Ich hab ja schon heut Mittag mit'm Rudi drüber gesprochen«, meinte Schorschi zu seiner Verteidigung.

Gusti, Karli und Strunzi sahen in daraufhin entsetzt an. Anscheinend war die inoffizielle Befragung durch Polizeioberwachtmeister Ströber noch kein Thema des heutigen Stammtisches gewesen. Egi grinste breit und nutzte gleich seinen Vorteil. Rudi hörte nicht weiter zu, seine zwei Teller Krautkrapfen wurden ihm gerade serviert.

»Das Gespräch war sehr informativ, gell, Rudi?«, fragte Egi seinen kauenden Kollegen, der nur mit vollen Backen nickte. Egi setzte nach: »Und darum sind wir auch hier!«

Schorschi wirkte plötzlich, als würde er in einem Ameisenhaufen sitzen. Seine Vereinsmänner gafften ihn vorwurfsvoll an. Bestimmt dachten sie, dass er hinter ihrem Rücken über sie und ihr angespanntes Verhältnis zu den Gebrüdern Dampf geschwätzt hatte.

»Warum seids ihr jetzt noch mal hier?«, fragte Karli zur Sicherheit bei Egi und Rudi nach. Rudi bekam die Frage gar nicht mit, er spülte sich eine Ladung Krautkrapfen mit einem Schwall herrlich kühlem Gerstensaft hinunter.

»Weil wir wissen wollen, ob ihr uns das Gleiche verzählt wie der Schorschi heut Mittag«, sagte Egi. Er lehnte sich zurück und nahm ebenfalls einen kräftigen Schluck aus seinem Glas.

Es herrschte eine angespannte Atmosphäre, keiner wagte etwas zu sagen. Gusti starrte regungslos auf seinen bereits leeren Teller, Karli drehte sein Glas hin und her, Strunzis Blick verlor sich in weiter Ferne. Egi schüttelte seinen Kopf und schlug einmal kräftig auf den Tisch, dass Geschirr und Gläser klirrten. Alle zuckten zusammen und sahen ihn erschrocken an.

»Pasch do auf!«, meinte Rudi schmatzend.

»Los jetzt, was habts ihr von Bert und Gerd Dampf so alles aufgeschnappt?«, fragte Egi in die Runde.

»Na gut, wenn's sonst keiner zugeben will«, brach Karli das Schweigen. »Die waren klamm!«

»Sie hatten also Geldprobleme?«, fragte Egi nach.

»Scho«, bestätigte Karli.

»Wer hat die nicht?«, relativierte Gusti.

»Was genau habts ihr darüber gehört?«, wollte Egi wissen und verfeinerte seine Frage: »Sagt's besser mir und dem Rudi, bevor die Kripo Kempten bei euch auf der Matte steht!«

»Wieder der Türke und die Blonde?«, vergewisserte sich Gusti mit weit aufgerissenen Augen.

»Genau!«, nickte Egi.

Jetzt machten alle am Tisch ein belämmertes Gesicht. Alle außer Strunzi kannten die Kemptener Ermittler noch vom letzten Mordfall in Oberstorf, und keiner von ihnen hatte dabei eine gute Figur gemacht. Also hieß es jetzt, sich die penetranten Kripobeamten vom Leib zu halten, auch wenn die Oberstdorfer Bürger letztes Mal dank Egi und Rudi unbeschadet davongekommen waren. Alleine die Erinnerung an die Vernehmungen war noch heute eine Tortur für sie.

»Ich sag dir alles, was ich weiß!«, versprach Gusti, ihn hatte es letztes Jahr besonders getroffen. Dieses Mal wollte er weiteren Verdächtigungen gleich den Riegel vorschieben.

»Klasse«, meinte Egi und lächelte in sich hinein.

Dem PHK war klar, dass hier kein Mörder am Tisch saß, von Strunzi eventuell abgesehen. Und genau deshalb hielt er die Kripo Kempten in dieser Runde außen vor. Aber er wusste, dass die Stammtischbrüder auf jeden Fall etwas über Bert und Gerd Dampf und ihre finanziellen Probleme wussten, und zwar mehr als er selbst.

»Dann schieß mal los, Gusti«, forderte Egi den Bauamtsmitarbeiter auf. Eventuell wusste der sogar etwas über die Baumaßnahmen vom Dampf-Anwesen.

»Ich kann dir nur sagen, dass der Umbau an den ihrem Haus ein Vermögen gekostet hat, Egi. Die haben vor zwei Jahren eine umfassende Kernsanierung gemacht, das weiß ich noch ganz genau. Da stand nur noch das Hausgerippe, alles andere haben sie rausgerissen, Wände, Treppen, Fenster, Türen, Rohre, Elektrik. Unter der Wiese haben die jetzt sogar eine Tiefgarage!«

Von Schorschi, Karli und Strunzi war zustimmendes Brummen zu vernehmen. Zum Zeichen ihrer Einigkeit hoben sie ihre Gläser und prosteten sich zu.

»Ich erinnere mich«, meinte Egi nachdenklich. »Da war ein riesiges Loch neben dem Haus, das nur noch aus Fachwerkbalken und ein paar Außenwänden bestand.«

»Eben! Und die haben zig Anträge eingereicht, nicht nur den für die Tiefgarage. Die haben das Haus um eine Etage erweitert, dann haben sie einen Schuppen angebaut, so groß wie ein Palast, für Fahrräder, Roller, Skiausrüstung und so 'n Kram. Da ist sogar eine extra fette Stromleitung reingelegt worden, weil die so beheizte Skischuhregale eingebaut haben«, erzählte Gusti fröhlich weiter. Dieses Mal wollte er mit nix zurückhalten, sonst käme er wieder ins Visier der unangenehmen Kripo Kempten.

»Wie haben die sich das eigentlich leisten können?«, warf Rudi ein. Er hatte ein kleines Päuschen eingelegt, nachdem er seinen ersten Teller leergeputzt hatte, um sich dann über die zweite Portion Krautkrapfen hermachen zu können.

»Ist der Bauer völlig blank, gehört sein Häusle bald der Bank«, erklärte Strunzi, der seine Bauernregeln liebte.

»Das ist die große Frage«, sinnierte Egi. »Sag amal, Strunzi, weißt du was darüber?«

Die Frage traf Strunzi wie ein Schlag. Hätte er sich doch lieber seinen spinnerten Spruch gespart. Er riss Augen und Mund auf, schluckte seine Worte jedoch herunter. Sie blieben ihm sichtlich im Halse stecken. Egi hatte ihn auf dem falschen Fuß erwischt, das war sicher. Der PHK musste an die Skizze von Uroma Bruni denken, die einen Juwelenraub aus den Achtzigerjahren zeigte. Und er dachte an das Telefonat mit Strunzi, der ihm vorgeworfen hatte, dass die Oberstorfer Polizei sich bis heute nicht um den Diebstahl gekümmert hatte.

»Strunzi, bist erstarrt?«, versuchte Egi den Bauern wachzurütteln.

»Naa! Ich bin … ich hab nur … Ich weiß nix von den ihre Geldgeschäfte!«

Egi schüttelte erneut den Kopf. Natürlich wusste Strunzi etwas. Es lag immerhin der Vorwurf in der Luft, die Gebrüder Dampf hätten vor rund vierzig Jahren Strunzis Oma Aurelie um ihre Juwelen gebracht und diese dann erst vergraben und später im Seealpsee versenkt, damit sie niemand finden konnte. Bis vor drei Wochen, da hatten Bert und Gerd Dampf anscheinend vorgehabt, an ihre eisernen Reserven zu gehen.

»Dann erklär mir noch mal die Sache mit Oma Aurelies Klunkern, Strunzi. Ich war ja damals noch auf der Schule und hab das nicht mitbekommen«, fügte Egi unauffällig eine Entschuldigung dafür an, dass die Anzeige vier Jahrzehnte unbearbeitet geblieben war. Egi wurde jetzt auch klar, warum Strunzi dem Trachtenverein Filzläuse beigetreten war. Er hatte sich Bert und Gerd Dampf annähern wollen, um auszuloten, wie er an den Familienschmuck herankommen konnte. Und dabei hat er nebenbei ein paar Gerüchte bei den Vereinsmitgliedern gestreut, die ihn am Ende in einem besseren Licht dastehen lassen würden. Aufgegangen war Strunzis Rechnung nicht ganz. Bert und Gerd waren tot, den Schmuck hatte er aber immer noch nicht zurück. Was also hatte Strunzi jetzt noch vor?

»Ach, die alte Geschichte, die hat doch schon a Bart!«, meinte Karli, der sich sehr gut mit Kleinstkriminalistik auskannte und unter der Hand noch einige einschlägige Kontakte pflegte.

»Längst verjährt«, meinte auch Gusti.

»Das hat der Aurelie doch nie einer geglaubt, vor allem nicht deine Vorgänger, Egi«, erklärte Schorschi die Hintergründe.

Mittwoch, 18.09.2019: Chinese Connection V

Das war es also gewesen, was Dan Dampf aus Gerd Dampfs Taucheranzugtasche gefischt hatte, ein Schlüssel. Und dies war auch der Grund, warum Akay sofort am frühen Morgen des nächsten Tages einen Besuch bei den Dampf-Witwen angeordnet hatte.

Egi war noch etwas müde. Nachdem er und Rudi nichts weiter aus den Vereinsmitgliedern herausbekommen hatten, waren sie zum inoffiziellen Teil übergegangen und hatten sich noch eine Runde Krautkrapfen und ungefähr vier Weizenbier bestellt. So genau wusste der PHK das nicht mehr. Dann hatte er noch gehörig einen von seiner Elli drüberbekommen, weil sein Versuch, durch die Haustür einzutreten und die Treppe hinaufzugehen, die ganze Familie aufgeweckt hatte. Jetzt verspürte er noch einen leichten Druck zwischen den Schläfen und hockte mit Akay in dem Aufenthaltsraum neben der Dampf-Küche, um die anwesenden Gäste nicht wieder bei ihrem Frühstücksbüffet zu stören. Vor allem die Schweizer sollten nichts von dem Gespräch mitbekommen.

Akay schloss vorsichtshalber die Tür und setzte sich. Die Ermittler saßen gemeinsam mit den Zwillingsschwestern an einem runden Glastisch. Rudi war noch mit Silvia in der PI. Sie sollten zusammen die Listen der Oberstdorfer Bürger durchgehen, die sich als Zeugen gemeldet hatten. Bisher hatten sie jedoch nichts Nützliches gefunden. Wie so oft spielte der Alkohol bei den Allgäuer Feierlichkeiten, wie der Viehscheid eine darstellte, eine zu tragende Rolle, als dass man in seinem getrübten Hirn noch Beobachtungen für spätere Zwecke abspeichern konnte.

»Wo waren Sie beide am Morgen des 13.09.2019?«, fragte Akay die zwei Witwen.

Egi meinte sich zu erinnern, dass Akay diese Frage schon einmal gestellt hatte. Das war also wieder ein Trick von ihm. Er wollte den Chinesinnen eine Falle stellen und hoffte, dass sie sich in Widersprüche verstricken würden. Taten sie aber nicht.

»Das haben wir Ihnen bereits gesagt«, meinte eine der beiden. »Wir waren nebenan in der Küche und haben das Essen für unsere Gäste vorbereitet, weil wir wie jedes Jahr das Viehscheid-Fest mit der letzten Milch von der Alp feiern wollten. Und die wollten unsere Männer uns aus den Bergen mitbringen.«

»Frau Dan Dampf, zeigen Sie uns jetzt den Schlüssel!«, wechselte Akay plötzlich das Thema und sprach Bert Dampfs Witwe an, ohne zu wissen, welche der beiden sie war.

Egi überlegte, ob sie nicht wirklich vor jedem Gespräch die Fingerabdrücke der beiden Chinesinnen nehmen sollten, um erkennen zu können, welche von ihnen was sagte. Aber was hätte es gebracht? Sie wüssten trotzdem nicht, wer Dan und wer Han war. Die beiden hatten zwar bei der Abgabe der Speichelprobe und der Fingerabdrücke ihre Namen genannt, aber wer wusste schon, ob das die richtigen waren? Akay schien das egal zu sein, er ging offensichtlich davon aus, dass beide in gleicher Weise in den Fall verwickelt waren, was immer auch am Ende dabei rauskommen sollte.

»Welchen Schlüssel?«, fragte die rechte der beiden Zwillinge mit hochgezogenen Augenbrauen.

»Der Schlüssel, den Sie aus dem Taucheranzug Ihres Schwagers Gerd Dampf entwendet haben, als dieser tot im Kuhstall gelegen hat!«, ging Akay zum Angriff über.

Die Wangen der rechten Zwillingsschwester fingen an zu glühen. Wie immer in unangenehmen Situationen überkam sie das Schweigeritual. Ihre Schwester, weniger gerötet, schaute sie mit aufgerissenen Augen an.

»Um was für einen Schlüssel handelt es sich?«, fragte Akay.

Schweigen.

»Frau Dan Dampf, ich will jetzt sofort von Ihnen wissen, zu welchem Schloss dieser Schlüssel passt!«, schrie Akay.

Die Zwillingsschwestern zuckten zusammen, und die linke von ihnen antwortete: »Wir wissen nicht, was Sie meinen.«

»Das wissen Sie ganz genau!«, brüllte Akay und fügte leiser hinzu: »Und ich auch. Ich bin mir sicher, dass der Schlüssel zu der Schatztruhe gehört, die Ihre Ehemänner aus dem Seealpsee bergen wollten.«

Die Zwillingsschwestern sahen sich mit großen Augen an. Anscheinend hatte Akay ins Schwarze getroffen.

»Sagen Sie uns endlich die Wahrheit und hören Sie auf, uns für dumm zu verkaufen! Wir werden mit den fortschreitenden Ermittlungen sowieso alles aufdecken, glauben Sie mir. Von Beginn an haben Sie beide sich mal als Dan und mal als Han Dampf ausgegeben, wie es Ihnen gerade passte«, warf Akay den beiden Frauen vor. Egi staunte, dass die Täuschungsmanöver Akay auch aufgefallen waren.

»Bitte, Frau Han und Dan Dampf, geben Sie doch zu, was das für ein Schlüssel war«, bettelte Egi, der diese Vernehmungsmethoden nicht mehr aushielt und es deshalb auf die nette Tour versuchte. »Die Kollegen in der Forensik werden das alles nachweisen können. Und wenn Sie's vorher nicht zugegeben haben, dann stehen Sie als Lügnerinnen da.«

Das waren ungewohnt harte Worte vom PHK gewesen. Den Zwillingschwestern traten Tränen in die Augen.

»Herr Huber, wir sind keine Lügnerinnen. Und auch keine Mörderinnen. Wir sind hergekommen, um mit unseren Ehemännern in Frieden hier in Oberstdorf zu leben. Bitte glauben Sie uns das«, sagte die linke der beiden, von der Egi vermutete, dass sie Han Dampf war. Oder doch Dan?

Ob ihre Ehemänner sie hatten unterscheiden können? Hatten sie gewusst, wen sie geheiratet hatten und ob auch immer dieselbe Frau des Abends neben ihnen im Bett ... Egi schüttelte den Kopf, um diese Gedanken schnell wieder loszuwerden.

»Wir lügen nicht! Und ich habe nichts an den Leichen von Bert und Gerd gemacht. Ich habe ihnen auch keinen Schlüssel aus der Tasche genommen«, fügte die Rechte hinzu.

Nun ja, dachte sich Egi, je nachdem, wer jetzt welchen Satz gesagt hatte, konnte das durchaus die Wahrheit sein.

»Aber wir haben hier einen Schlüssel, den Bert und Gerd immer im Safe aufbewahrt haben. Wir wissen nicht, wofür der ist, aber ich gebe ihn Ihnen jetzt mit, damit Sie die Sache mit der Kiste aus dem See klären können«, lenkte die Linke ein. Sie stand auf und verschwand durch die Tür.

Ihre Schwester blieb stumm vor Egi und Akay sitzen. Kurz darauf kam die andere Chinesin zurück und übergab Akay einen alten Schlüssel, an dem bereits die obersten Schichten abbröckelten.

Mittwoch, 18.09.2019:
Buntbartschlüssel

Der Löwe, der Löwe, er hat den Schlüssel! Ich weiß es von dem schönen Fräulein im schneeweißen Kleide. Ich stehe mit ihr in dem unterirdischen Gang bei Immenstadt. Dort sagt sie zu mir: »Komm mit, ich zeige dir, wo du den Schlüssel findest! Er ist bei dem Löwen. Reiß ihm den Schlüssel aus dem Rachen, und du bist für immer gut versorgt!« Als ich aber das Ungeheuer sehe, falle ich vor Schreck tot nieder.

Der Schlüssel passte tatsächlich in das Schloss der Schatztruhe. Akay hatte ihn per Eilboten nach Memmingen bringen lassen, wo ihn Barbara Köhler sofort ausprobiert hatte. Als Egi die tiefe Ratterstimme von Köhler vernahm, fühlte er sich an die Sage von dem Fräulein mit dem bösen Ungeheuer erinnert.

»Tja, Tok, da habt ihr ausnahmsweise mal mit der PI Oberstdorf einen Volltreffer gelandet«, stichelte sie durch den Telefonlautsprecher.

Egi saß wieder mit Akay am Konferenztisch und hörte der Forensik-Chefin zu, von der er sich am liebsten auf Nimmerwiedersehen verabschiedet hätte.

»Und stimmt die Legierung mit den Rückständen überein, die ihr in der Tasche des Taucheranzuges von Gerd Dampf gefunden habt?«, fragte Akay.

»Die ersten Tests sehen sehr danach aus, morgen habt ihr Gewissheit. Bis dann!« Barbara Köhler hatte aufgelegt.

Rudi und Silvia kamen herein und setzten sich zu Egi und Akay.

»Seid ihr weitergekommen?«, wollte Akay von ihnen wissen.

»Nicht wirklich. Aus der Bevölkerung haben wir keine brauchbaren

Hinweise bekommen, die waren anscheinend alle besoffen«, meinte Silvia genervt. »Nur diese Frau, die sich seit Jahren ständig in unsere Ermittlungen einmischt, die hat uns gerade schon wieder angerufen. Wie heißt sie noch, Rudi?«

»Berta Lohmeier«, grunzte Rudi.

»Was wollte sie?«, frage Akay.

»Die wollt mir wieder irgendwas verzählen. Die schwätzt halt den lieben langen Tag über andere Leut, nicht so wichtig«, redete Rudi sich heraus.

Egi hielt ihm unter dem Tisch den Daumen hoch. Rudi nickte unauffällig.

»Und Hannes von der IT-Forensik hat mich angerufen«, fuhr Silvia fort. »Er hat auf den Speicherkarten der Videokameras von den Schweizern nichts finden können. Die Karten müssen neu gewesen sein, hat er gesagt, wenn da einmal was gelöscht worden sei, meinte er, dann würde er das auch nachweisen können. Da war aber nichts.«

»Mist. Dann machen wir mal weiter«, fuhr Akay fort. »Geh noch einmal ans Flipchart, Egi, dort stehen ja noch unsere Hauptverdächtigen. Wir ergänzen nun die mutmaßlichen Motive.«

»Nicht schon wieder«, brummte sich Egi in den Bart, stand auf und ging zu dem verhassten Klappergestell. Er überlegte, es heute Nacht zu zerstören.

»Dann schauen wir mal«, meinte Akay optimistisch.

Er diktierte Egi gemeinsam mit Silvia Motive, die der PHK zwar zu Papier schmierte, aber im Geiste gleich wieder verwarf. Als sie fertig waren, prangte folgendes Ergebnis an dem Flipchart:

Verdächtige	Kategorie	Motiv
Han + Dan Dampf	Ehefrauen aus China	Scheinehe, Erbe
Urs Keller + Mirio Gerber	Geschäftspartner, Antiquitäten	Geld
Frank Kranz	Nachbar	Streitigkeiten, Anzeigen gegen Dampfs wegen Ruhestörung
Lena + Lotta Lambert	Nachbarinnen	Streitigkeiten, Anzeigen von Dampfs wegen Giftspinnen

»Da haben wir's«, jubelte Akay. »Wenn man die Hintergründe visualisiert, hat man gleich alles im Blick und kann koordiniert weiterplanen.«

»Wennst meinst«, sagte Egi, rollte die Augen und setzte sich wieder hin. Er glaubte nicht, dass der Mörder am Flipchart visualisiert worden war, die Motive waren einfach zu dünn. Die Einheimischen schloss er konsequent aus. Und die Schweizer würden sich nicht im Dampf-Anwesen einmieten, um die Eigentümer zu ermorden. Für dermaßen beschränkt hielt er die Geschäftsleute nicht.

»Wir gehen als Nächstes die folgende Punkte an: Wie vermögend waren die Chinesinnen Dan und Han, bevor sie die Dampf-Zwillinge geheiratet haben? Welchen Wert haben der Schmuck und die Goldmünzen in der Kiste aus dem Seealpsee? Welchen Wert haben die sogenannten Antiquitäten, die Urs Keller und Mirio Gerber der Familie Dampf abgekauft haben? Welche Giftspinnen beherbergen Lena und Lotta Lambert, und können die Tierchen ungesehen aus ihrem Haus entwischen? Was ist zwischen Frank Kranz und den Dampf-Zwillingen vorgefallen? Welche der genannten Personen kennen sich mit Taucherflaschen und Gleitschirmflügen aus?«

Zumindest die letzte Frage konnte Egi einwandfrei für alle notierten Verdächtigen beantworten: keiner.

Mittwoch, 18.09.2019:
Gleitschirmmuster

Daniel hatte für heute endlich seinen Telefondienst abgesessen. Es war Mittwoch und sein Lebenspartner Luigi hatte sich einen Tag freigenommen, um ihn wieder in Oberstdorf zu besuchen. Luigi arbeitete wie Akay und Silvia für die Kripo Kempten. Er war Hundeführer und wollte heute seinen Spürhund Schnuffi mitbringen, einen beigefarbenen Labradoodle. Daniel hatte vor, noch einmal mit seinem Freund zum Nebelhorn zu fahren, um sich weiter dort umzuschauen. Der Einsatz war mit Egi abgesprochen, da dieser nicht über ausreichend freie Ressourcen verfügte, um allen mittlerweile im Übermaß vorliegenden Spuren nachzugehen.

Als Daniel und Luigi endlich mit Schnuffi am Gipfel angekommen waren und zum zweiten Mal über die Terrasse des Gipfelrestaurants zum Startplatz der Gleitschirmflieger liefen, fiel Daniel erneut auf, dass alle Schirme der Firma Fly-high bunt gestreift waren. Es könnte also jeder der Fly-high-Kunden der Mörder sein, wenn der Mörder nicht sogar die Gleitschirme aus den Geschäftsräumen von Fly-high gestohlen hatte. Daniel schaute sich weiter um. Die Gesichter, die er heute auf der Startwiese sah, kamen ihm nicht bekannt vor.

»Was wir jetzt hier machen?«, fragte Luigi, der sich unten an der Talstation mehrfach bei Daniel versichert hatte, dass er nicht noch einmal mit einem Gleitschirm durch die Lüfte fliegen musste.

»Wuff!«, machte Schnuffi, als wollte er es auch wissen.

»Wir versuchen herauszubekommen, wer letzten Freitag von hier gestartet ist«, erklärte Daniel und ging auf einen der Mitarbeiter von Fly-high zu. »Servus, du bist Adam, stimmt's? Wir haben uns vorgestern schon gesehen. Du leitest die Planung hier?«

»Ja, klar, ich erinnere mich. Ihr seids Tandem gesprungen«, erinnerte sich der durchtrainierte Mann mit dem Ziegenbart, der oben am Berg für den reibungslosen Ablauf der Flüge zuständig war.

»Genau, das sind wir«, schwelgte Daniel in süßen Erinnerungen. Der Abend nach dem Gleitschirmflug war mehr als romantisch gewesen, und Daniel war sich sicher, dass Luigi bald ein Oberstdorfer sein würde. »Ähm, aber deshalb sind wir nicht hier. Wir sind von der Polizei.«

Daniel zeigte dem Ziegenbart seinen Dienstausweis und stellte Luigi und den Spürhund Schnuffi vor. Dieser fing vor Aufregung an, um Luigi und Daniel herumzutänzeln.

»Wir möchten von dir wissen, ob du sagen kannst, wer von den Leuten hier am Tag des Viehscheids bei euch war.«

»Der Chef hat euch doch schon vor Tagen eine Liste gefaxt, da stehen alle Namen unserer Kunden drauf«, wehrte Adam ab, der offensichtlich nichts mehr von diesem Thema hören wollte. Es reichte ihm, dass zwei Leichen mit Gleitschirmen seines Arbeitgebers durch die Oberstdorfer Berglandschaft befördert worden waren.

»Das stimmt schon, aber vielleicht waren ja noch Leute da, die heute hier sind und an dem Tag nur zugeschaut haben?«, hakte Daniel noch einmal nach.

»Kann ich mich nicht dran erinnern, sorry. Ich muss mich darauf konzentrieren, dass alle ordentlich festgeschnallt werden, in der richtigen Reihenfolge springen und ausreichend Abstand halten. Ich habe kein drittes Auge für Zuschauer, die am Rand stehen oder hier vorbeigehen und gaffen.«

Da hatte Adam natürlich völlig recht, Luigi nickte verständnisvoll. Schnuffi schnüffelte an Adams Schuhen und wedelte mit dem Schwanz. Ein Zeichen dafür, dass ihm der Gleitschirmprofi äußerst sympathisch war. Daniel lächelte den strubbeligen Hund an.

»Kannst du denn sagen, ob in letzter Zeit ein oder zwei Gleitschirme von euch gestohlen worden sind?«, fragte Daniel weiter.

»Nein, das kann ich ausschließen. Wir zählen jeden Abend durch. Das Einzige, was passieren kann, ist, dass ein Schirm repariert werden muss und in der Werkstatt landet. Ob da noch alles vorhanden ist, kann ich nicht sagen.«

»Wer kann uns da helfen?«, wollte Daniel wissen.

»Das ist der Dieter. Moment, ich schreib's euch auf, dann könnt ihr ihn anrufen.«

Schnuffi sprang nun an Adam hoch, als wollte er ab sofort auch mit ihm Gassi gehen.

»Du jetzt ruhig bist«, schimpfte Luigi. »Sonst ich mach Leine an dein Halsband!«

Schnuffi setzte sich brav neben seinen Hundeführer und schaute ihn ergeben an.

»Habt ihr die Gleitschirme gekennzeichnet, damit ihr wisst, welchen ihr an wen verleiht?«, fragte Daniel weiter.

»Ja, das ist so eine Sache. Wir haben die erst diesen Sommer im Großbestand bestellt, es musste alles fix gehen. Die haben da zwar unser Logo eingenäht, aber die Nummerierung war zu aufwendig, da ja dann jedes Schild anders ausfällt. Wir sind jetzt so weit, dass wir jedem Schirm eine Nummer verpassen, unser Chef lässt sie nachträglich bedrucken. Dann können wir zukünftig eine Liste führen, wer welchen Gleitschirm benutzt hat. Der Dieter kümmert sich auch darum.«

»Alles klar. Und wenn jemand einen Gleitschirm für mehrere Tage leiht, wie läuft das? Bekommt er jeden Morgen einen anderen?«, wollte Daniel wissen.

»Nein, wenn jemand keinen Tandemflug macht und den Schirm mehrere Tage haben will, kann er den mitnehmen und gibt ihn erst am Ende der Leihfrist zurück.«

»Danke dir, Adam. Dann sehen wir uns mal noch etwas hier um«, verabschiedete sich Daniel und steckte den Zettel mit Dieters Telefonnummer in seine Hosentasche.

»Und jetzt?«, fragte Luigi, als Adam sich umgedreht und zu seinen nächsten Kunden gegangen war.

»Wir setzen uns hier an den Rand und warten ab, was so passiert«, meinte Daniel und zwinkerte ihm zu.

»Bene«, sagte Luigi und hockte sich hin.

»Ich rufe in der Zwischenzeit kurz diesen Dieter an und frage ihn nach den Reparatur-Gleitschirmen«, entschied Daniel und wählte Dieters Nummer.

Schnuffi drängelte sich zwischen die zwei Turteltäubchen, legte sich gemütlich ins Gras und beobachtete mit aufgestellten Ohren das Treiben auf der Fly-high-Startwiese. Er hörte zu, wie Daniel etwas in sein Telefon sprach, auflegte und sein Herrchen Luigi enttäuscht ansah.

»Auch bei Dieter fehlt kein Gleitschirm, also wurde keiner geklaut«, erklärte Daniel und zuckte mit den Schultern. »Aber er hat ein paar entsorgt, die er nicht mehr für gut befunden hat, weil der Stoff an einigen Stellen etwas dünn war. Es waren vier oder fünf Stück, die hat er in einen Müllsack gesteckt und vor die Tür gestellt. Was dann damit passiert ist, kann er nicht sagen, aber das war auch erst am Tag nach den Morden an Bert und Gerd Dampf. Dann meinte er noch, es seien erst sechs Schirme mit fortlaufenden Nummern bedruckt, und die seien bis letzten Freitag noch gar nicht benutzt worden. Erst zum Jahreswechsel werden sie alle Gleitschirme gekennzeichnet haben. Also kann man heute nicht feststellen, wer in der letzten Woche welchen Schirm hatte.«

Just in diesem Moment kam ein neuer Schwung Gondelpassagiere an, die sich entweder auf den Weg ins Gipfelrestaurant machten, sich auf den Abstieg vom Nebelhorn vorbereiteten oder zu den Gleitschirmfliegern gingen. Ein Trupp von vier Burschen bewegte sich auf den Startplatz zu, ein Rothaariger mit brauner Hornbrille, ein blasser Jüngling mit braunen Locken, die er in einen Zopf gezwängt hatte, ein Kräftiger mit Dreitagebart und ein Milchbubi.

Die Truppe hatte Daniel doch schon einmal hier gesehen. Er stand auf und ging ihnen entgegen.

»Servus miteinand«, begrüßte er die vier. »Habt ihr kurz Zeit? Wir sind von der Polizei und möchten euch ein paar Fragen stellen.«

Luigi stand nun auch auf und stellte sich neben seinen Freund. Schnuffi folgte ihm, legte seine Ohren an und musterte die Jungmänner kritisch.

»Du alle Gerüche aufnehmen«, flüsterte Luigi Schnuffi zu. »Wir noch nicht wissen, wozu gut ist.«

»Schon wieder?«, fragte der Rothaarige mit der braunen Hornbrille, er erinnerte Daniel an Harry Potter.

»Wenn's sein muss«, kommentierte der Blasse mit dem Zopf.

»Wie heißen Sie denn?«, fragte Daniel.

»Ich bin Leo Winterhalder«, antwortete der Rothaarige.

»Und ich Julian Zängerle«, sagte der Blasse mit Zopf.

»Und wer sind Sie beide?«, fragte Daniel die anderen zwei.

»Ich bin Paul Gremmelspacher und das ist mein kleiner Bruder Oskar«, sagte der Kräftige und zeigte auf den Milchbubi.

»Seid ihr schon lange hier?«, fragte Daniel, um vorsichtig ins Gespräch zu kommen.

Schnuffi setzte sich neben Luigi ins Gras, himmelte sein Herrchen an und wartete auf den nächsten Befehl. Dem Spürhund war noch nicht klar, welche Aufgabe er hier zu verrichten hatte.

»Ein paar Tage. Übermorgen müssen wir schon wieder heim«, bedauerte Paul Gremmelspacher.

»Verstehe. Ihr seids auch beim Viehscheid hier heruntergesprungen, gell?«, wagte Daniel sich vor.

»Klar, wir sind jeden Tag gesprungen, nur deshalb sind wir hier«, bestätigte Leo Winterhalder.

»Wir feilen täglich an unserer Technik«, erläuterte Julian Zängerle. »Vielleicht machen wir selbst einmal so eine Gleitschirmfirma im Schwarzwald auf.«

»Ah, deshalb«, meinte Daniel, der sich gewundert hatte, dass die Truppe tagtäglich vom Nebelhorn sprang.

»Was wir wollen wissen«, meinte Luigi, um dem Gespräch endlich mehr Geschwindigkeit zu geben. Er wollte wieder zurück ins Tal und mit Daniel ein Eis von dem Eiswagen beim Mohren schlecken, das war ihm vor zwei Tagen in guter Erinnerung geblieben. »Könnt ihr sagen uns, was ihr hier oben habt beobachtet am 13.09.2019?«

Paul Gremmelspacher, eindeutig der Älteste unter den Burschen, zögerte erst, dann meinte er: »Das haben wir ja schon eurer Kollegin, dieser blonden Model-Polizistin, erzählt. Da waren zwei Schweizer, die haben sich ziemlich blöde angestellt und so Zeugs geschwätzt, dass sie Schmetterlingen hinterherfliegen wollen. Die hatten einen Werkzeuggürtel um, in dem ein Kescher steckte, und Videokameras an ihren Helmen. Mit dem ganzen Equipment wollten die bestimmt nicht nur Gleitschirm fliegen.«

Daniel erinnerte sich, dass die Schweizer Akay gegenüber behauptet hatten, dass sie die Kameras zur Aufzeichnung von Schmetterlingen mitgeführt, die Filme aber gelöscht hätten, weil sie nichts geworden seien. Die Kameras hatte Akay eingesammelt und zum Hannes, dem Chef der IT-Forensik, geschickt. Die Speicherkarten waren nicht nur leer, sondern auch noch neu gewesen, Hannes hatte ihnen heute Morgen erst mitgeteilt, dass auf diesen Karten noch nie etwas gespeichert worden war. Hier stimmte etwas nicht. Daniel musste diesem Punkt unbedingt noch einmal nachgehen. Eventuell würde das Ergebnis sogar seiner Kariere in der PI Oberstdorf förderlich sein.

Schnuffi begann sich zu langweilen, er legte sich auf Herrchens Füße und schloss die Augen.

»Wie groß waren denn die Kescher?«, wollte Daniel wissen.

»Ungefähr zwanzig Zentimeter Durchmesser«, schätzte Julian Zängerle und formte einen entsprechenden Kreis mit seinen Händen.

»Und was steckte noch in den Werkzeuggürteln?«, fragte Daniel. Er war sich sicher, auf einer heißen Spur zu sein.

»Kleine Schaufeln, Schraubendreher, Holzstäbe und so ein Kleinkram«, antwortete Paul Gremmelspacher.

»Und damit man darf fliegen?«, wunderte sich Luigi.

»Nein, darf man nicht!«, meldete sich Pauls jüngerer Bruder Oskar hektisch zu Wort. Er wollte offensichtlich auch einmal der Polizei seine Beobachtungen mitteilen. »Die durften den Gürtel nicht umlassen. Die hatten ihre Frauen dabei. Die wollten eigentlich auch fliegen, haben das ganze Zeug dann aber in ihre Rucksäcke gesteckt und sind zu Fuß runter.«

Mittwoch, 18.09.2019: Erste Erkenntnisse

»Ich habe mit den Kollegen in Kempten telefoniert«, erzählte Akay, als die SOKO Viehscheid wieder gemeinsam am Konferenztisch in der PI saß. »Sie werden versuchen herauszubekommen, mit welchem Vermögen die Dampf-Witwen in die Ehe gegangen sind.«

»Was wollen die machen, in China nachfragen?«, erkundigte sich Rudi.

»Ja, das werden sie«, erklärte Akay. »Sie werden auch noch einmal die Kontostände von Bert und Gerd Dampf bei der Sparkasse Oberstdorf prüfen. Eventuell sind ja kurz vor oder nach der Hochzeit größere Beträge aus China dort eingetroffen.«

»Pff«, machte Rudi, der Zweifel daran hegte, dass die Chinesen europäischen Kripobeamten Kontoauszüge schicken würden.

Silvia ignorierte seine Skepsis wieder einmal und meinte: »Hast du es schon gesehen, Akay? Wir haben das Gutachten von dem Institut, das den Schmuck und die Goldmünzen aus der Kiste vom Seealpsee analysieren sollte, per E-Mail bekommen.«

»Nein, habe ich noch nicht! Was steht drin?«

»Ihr werdet enttäuscht sein«, kündigte sie an.

»Warum denn?«, fragte Egi.

Alle spitzten die Ohren, als Silvia die Datei mit dem Gutachten auf ihrem Notebook öffnete und den Inhalt zusammenfasste: »Es handelte sich um acht Halsketten, zehn Armbänder und fünfzehn Ringe. Der Schmuck ist zwar alt und aus Gold, aber er ist teilweise kaputt und die

Steine sind nur aus gefärbtem Glas. Keine Rubine, Smaragde oder gar Diamanten. Insgesamt höchstens ein Wert von siebentausend Euro.«

Ein Raunen ging durch die SOKO Viehscheid. Egi hatte vermutet, dass der Schatz vom Seealpsee ein Vermögen wert sei und damit der Grund dafür gewesen war, dass Bert und Gerd Dampf umgebracht worden waren. Aber es wurde auch schon einmal für weniger gemordet. Er war hauptsächlich wegen der Steine enttäuscht, er hätte gedacht, dass Aurelie Edelsteine besessen hätte. In der Kiste waren jedoch auch Goldmünzen gewesen, ein letzter Funken Hoffnung blieb.

»Was ist mit den Münzen?«, wollte auch Akay wissen, der ebenso enttäuscht schien.

»Tja, die Münzen«, meinte Silvia. »Es waren einhundertdreiunddreißig Münzen mit unterschiedlichen Prägungen. Es sind Reste eines wellenförmigen Wappens darauf zu erkennen, die den Schluss zulassen, dass sie aus dem Fürststift Kempten stammen. Auf einigen kann man noch eine Jahreszahl erkennen, sie beginnt mit 17.«

Akay pfiff durch die Zähne. Münzen aus dem Jahre 1700-irgendwas! Hielt die SOKO Viehscheid mit diesem Gutachten das Motiv für den Mord an Bert und Gerd Dampf in Händen?

»Freut euch nicht zu früh«, bremste Silvia ihre Kollegen aus. »Der Kern der Münzen besteht aus Kupfer, darüber wurde eine dünne Schicht Gold gezogen.«

»Und, ist das nicht normal?«, wollte Egi wissen, der sich nicht besonders mit Münzen aus der frühen Neuzeit auskannte.

»Nein, das ist nicht normal. Zu der Zeit konnte man das rein technisch noch nicht, man konnte nur schmieden und prägen. Es sind also einmal Kupfermünzen gewesen. Das Fürststift Kempten wurde bereits 1803 aufgelöst«, fuhr Silvia fort. »Das Gold wurde nachweislich erst danach über die Münzen gezogen. Genau genommen gehen die Wissenschaftler des Instituts davon aus, dass dies erst vor einigen Jahren passiert sein könnte. Sie versuchen noch herauszubekommen, woher das Gold stammt, dann können sie mehr dazu sagen.«

»Also auch ein Schuss in den Ofen«, meinte Rudi und fragte sich, nachdem er das Wort *Ofen* ausgesprochen hatte, was seine Frau heute Abscheuliches als Abendessen kredenzen würde.

»Nicht wirklich! Jetzt kommt erst der Clou an der Geschichte«, erzählte Silvia weiter. »Genau diese Münzen wurden 1981 aus dem Alpin-Museum in Kempten gestohlen! Aber nicht nur die, die wir in der Kiste gefunden haben, es gab noch viel mehr davon im Museum. Ungefähr sechshundert Stück, die sind jetzt alle weg.«

»Verdammt!«, entfuhr es Akay. »Ich möchte alle Akten zu dem Fall haben.«

»Ich kümmere mich darum«, bot Silvia an und begann gleich, ein E-Mail an die Kollegen in Kempten zu formulieren.

Nun war allen klar, dass es hier vermutlich um mehr ging, als den rein materiellen Wert des Inhalts der Schatzkiste. Wer hatte alles von diesem Schatz gewusst? Und wer wusste mehr über diese abstrusen Hintergründe? Egi musste heute Abend dringen Uroma Bruni dazu interviewen.

Die Tür wurde aufgeworfen und Beate humpelte herein. Egi überkam gleich eine Hitzewelle. Ging es ihrem Fuß immer noch nicht besser? Er schaute an ihr herab, sie trug wieder die Stütze an ihrem Knöchel. Er hoffte, dass dieses Teil der einzige Grund dafür war, dass sie noch humpelte.

»Alles klärchen bei euch?«, fragte sie in die Runde. »Passt ma auf! Ich hab grade ein Fax gekricht, da steht wat von ollen Möbeln und so'n Firlefanz drauf.«

»Gib mal her, Beate«, rief Akay gleich, der diese Zusammenfassung zu dürftig fand, und nahm das Blatt an sich.

»Dat kommt aus der Schweiz und da steht drauf, dat der Kram so gut wie nix wert is«, fuhr Beate fort.

»Habe ich es mir doch gedacht«, meinte Akay, während er die Zeilen der Schweizer Gutachter überflog. »Das waren eindeutig Scheingeschäfte. Jetzt haben wir die Schweizer Garde dran!«

»Also Urs Keller und Mirio Gerber.« Egi nickte Akay zu. Schweizer

Mörder waren dem PHK recht, er hatte gleich gewusst, dass es kein Oberstdorfer gewesen sein konnte.

»Und dann noch wat, Akay«, palaverte Beate weiter. »Ich hab per Eilboten noch so ein Brief gekricht, von 'nem Spinnenspezialisten. Hat dat auch wat mit den Morden zu tun?«

»Klar«, meinte Akay. »Gib her.«

»Dat sind Giftspinnen, und die Terrarien, die sind nich sicher, steht da«, erzählte Beate weiter.

»Auch das noch«, meinte Egi und schüttelte den Kopf.

Als wenn sie nicht schon genug am Hals hätten.

Mittwoch, 18.09.2019: Mehr Buntbartschlüssel und eine Drohne

»Jetzat guck dir das auch an, du PHK!«, brüllte Strunzi Egi vor dessen Haustür an.

Der PHK war gerade erst heimgekommen und hatte noch nicht einmal die Tür aufgeschlossen. Strunzi war leider sein Nachbar, hatte hinter dem Küchenfenster auf der Lauer gelegen und war sofort herausgestürmt, als er Egi heimkommen sah. Egi ließ die Tür geschlossen. Reinlassen wollte er den erhitzten Bauern lieber nicht, das würde nur zu Tumult im Hause Huber führen.

»Ist ja schon gut, dann zeig halt her«, meinte Egi widerwillig und steckte seinen Schlüssel wieder in die Hosentasche.

»Herrscht am Abend Sonnenschein, wird er nicht von Dauer sein«, meinte Bauer Strunz und amüsierte sich über Egis entgeisterten Gesichtsausdruck. Anscheinend hatte der liebe PHK sich auf seinen Feierabend gefreut und nicht mehr damit gerechnet, dass er noch heute eindeutige Beweise für Strunzis Behauptungen akzeptieren musste.

Strunzi hielt Egi seine flache Hand vor die Nase. Sie roch nach Kuhmist, war nahezu schwarz vor Dreck und auf ihr lag ein alter Schlüssel, von dem die obere Schicht Metall bereits abblätterte. Wenn Egi ehrlich war, sah er dem Buntbartschlüssel aus Gerd Dampfs Taucheranzug mehr als ähnlich. Aber er wollte den Dingen zu diesem Zeitpunkt noch nicht vorgreifen.

»Das hat jetzt mal noch gar nix zu sagen, Strunzi«, versuchte der PHK sich aus der prekären Situation herauszuwinden. Er hatte Strunzi am feuchtfröhlichen Abend davor noch unter erhöhtem Promilleeinfluss gebeten, ihm zu beweisen, dass die Schatzkiste und damit eventuell auch deren Inhalt von Strunzis Oma Aurelie stammten. Und jetzt stand der Strunzi tatsächlich vor Egis Tür, mit diesem Schlüssel. Das war einfach unglaublich. Offensichtlich wollte er damit darlegen, dass das seine Schatzkiste war! Aber auf keinen Fall wollte Egi Strunzi zu der Annahme verleiten, dass er den Schmuck zurückbekommen würde.

Der PHK zog ein Plastiksäckle und ein Röhrchen aus der Hosentasche. Dinge, die ein guter Polizist immer bei sich tragen sollte, hatte der Chefmeier allen PI-Kollegen eingetrichtert, und das zu jeder Gelegenheit. Heute konnte Egi sie zum ersten Mal gebrauchen. Er öffnete den Zipper der Tüte und hielt Strunzi die Öffnung hin.

»Was soll das?«, fragte der Bauer.

»Werf den Schlüssel da nei, und ich schau morgen, ob der in das Schloss von der Schatzkiste passen tut«, brummte Egi.

Strunzi trat unschlüssig von einem Fuß auf den anderen. »Dann ist der Schlüssel ja weg und ich hab keinen zweiten mehr!«, protestierte er.

»Persönliches Pech«, grinste Egi.

Widerwillig warf Strunzi den Schlüssel hinein und grunzte etwas Unverständliches. Als er sich vom Acker machen wollte, hielt Egi ihn zurück.

»Moment, Strunzi, ich bräucht dann noch etwas von dir, damit wir den Schlüssel auch richtig untersuchen können.«

»Was noch?«, zischte Strunzi.

»Speichelprobe«, grinst Egi und holte das Wattestäbchen aus dem Plastikröhrchen heraus. »Bitte Futterluke aufmachen!«

Strunzi fletschte seine Zähne und öffnete den Mund. Nach einem ersten Blick auf die Ruinen versuchte Egi, sich Strunzis Mundgrube nicht allzu genau anzusehen, er schien seit Jahrzehnten nicht mehr beim Zahnarzt gewesen zu sein.

»So, jetzt haben wir's beide hinter uns«, meinte Egi erleichtert, als er endlich einen Tropfen Speichel ergattert hatte.

Strunzi wischte sich mit dem Handrücken über den Mund, warf dem PHK einen mürrischen Blick zu und ging.

Bevor Egi das Haus betrat, wollte er zur Sicherheit noch einen Blick in seine Garage werfen. Er steckte den Schlüssel in das Schloss, schwang das Tor hoch und starrte in die Finsternis. Der Strom fürs Licht war sein Geld immer noch nicht wert, also wartete er kurz.

Als seine Augen sich an die Dunkelheit gewöhnt hatten, sprang er geschockt einen Schritt zurück. Hinten im Regal lag wieder Tommis Drohne, artig festgekettet. An der Stelle, an der heute Morgen noch gähnende Leere geherrscht hatte! Egi ging zu ihr herüber und schaute sie sich genauer an. Was er dann sah, versetzte ihm einen Stich direkt ins PHK-Herz. Der Drohne fehlte ein Fuß!

»Tommiiiiii!«, schrie Egi, direkt nachdem er die Haustür aufgeschlossen hatte.

»Was ist denn?«, kreischte ein dünnes Stimmchen die Treppe hinunter.

Egi preschte die Stufen hoch, warf die Etagentür auf und schaute in drei erstaunte Gesichter. Vor ihm standen seine Ehefrau Elli mit der kleinen Lilli auf dem Arm und sein halbwüchsiger Sohn Tommi, der seinem Schwesterchen ein riesiges Plüscheinhorn hinterhertrug, auf dem sie nun im Wohnzimmer reiten wollte, während ihre Mama in der Küche das Abendessen vorbereitete.

»Guten Abend erst einmal, Brummerle«, sagte Elli und gab ihrem Mann einen Kuss an die Stelle in seinem Bart, wo sie seinen Mund vermutete. »Musst dich mal wieder rasieren.«

»Tommi, was ist mit der Drohne passiert?«, rief Egi, ohne weiter auf den Begrüßungskuss seiner Frau einzugehen.

Aus gutem Grunde verfinsterte sich Ellis Gesicht. Sie setzte Lilli ab, drückte ihr das Einhorn in die Arme und stemmte ihre Fäuste in die Hüften.

»Was ist jetzt schon wieder?«, fragte sie.

Die kleine Lilli schaute sie mit ihren riesigen blauen Augen an. Mit wem genau schimpfte Mama jetzt?

»Die Drohne ist kaputt!«, beschwerte sich Egi.

Lilli starrte nun mit offenem Mund auf ihren Papi.

»Sei doch froh. Das spinnerte Ding hat nur Probleme bereitet«, meinte Elli in Anbetracht der Tatsache, dass der Bademeister des benachbarten Schwimmbads bereits zweimal vor ihrer Tür gestanden hatte.

Glück gehabt. Lilli schloss beruhigt ihren Mund und brabbelte ihrem Einhorn etwas Unverständliches ins Ohr. Mami und Papi stritten sich, sie war noch einmal davongekommen.

»Nein, ich bin nicht froh darüber«, pikierte sich Egi und stampfte mit dem Fuß auf. »Der Drohne fehlt ein Fuß! Und genau so ein Fuß wurde an der Absturzstelle von Gerd Dampf gefunden!«

Tommis Augen weiteten sich. Dann riss er den Mund auf wie zuvor seine jüngste Schwester, wollte etwas sagen, brachte aber keinen Ton heraus.

»Tommiii!«, kreischte Elli. »Was hast du getan?«

»Nix, Mami! Wirklich nix!«

Tränen traten in Tommis Augen. Elli ergriff seine rechte Hand und schaute ihn eindringlich an. Lilli hielt inne. Jetzt schimpften sie mit Tommi. Ob sie gleich auch noch dran sein würde? Die Kleine krabbelte um ihr riesiges Plüscheinhorn und versteckte sich unter dessen Bauch.

»Tommi, du musst deinen Eltern alles sagen, egal wie schlimm es auch ist. Verstehst du?«, flehte Elli ihren Sohn an.

Egi ärgerte sich über sich und seinen meist unpassenden Ton. Er war zu aufbrausend, wenn er unter Stress stand, das war ihm bereits des Öfteren klar geworden. Bestimmt gab es heute Nacht im Traumland wieder Schelte von Großvater Edmund Huber deshalb. Vielleicht musste Egi demnächst einmal Yoga ausprobieren. Rudi hatte ihm gesagt, dass das helfen könnte, hatte es aufgrund seines Leibesumfanges selbst aber noch nicht probiert. Falls Rudi jetzt wirklich abnehmen würde, konnte Egi sich ja gemeinsam mit ihm zu einem Kurs anmelden. Im Gegensatz zu Egi kam Elli auf die emotionale Art fast immer auf kürzestem Wege ans Ziel. Und sie machte seit Lillis Geburt Yoga.

Aus Tommis Munde sprudelten plötzlich vom Stimmbruch verzerrte Worte: »Ich hab nix damit zu tun, Mami, Papi, wirklich, glaubt mir, ich schwöre. Der Strunzi, der hat sich meine Drohne geliehen. Für eine Woche wollte der die haben. Der hat mir dafür sogar Geld gegeben, als Miete, hat er gesagt. Zwanzig Euro!«

Egi schüttelte den Kopf. Zwanzig Euro für eine ganze Woche! Der listige Bauer würde was von ihm zu hören bekommen. Und kein Wunder, dass die Drohne jetzt kaputt war, Strunzi konnte absolut nicht mit moderner Technik umgehen.

Mittwoch, 18.09.2019: Malstunde

Ich will mit einem Lichte in die Felsspalte vordringen. Die Felsspalte, die damals noch nicht verfallen war. Aber die Felsspalte pustet mir jedes Mal meine Kerze aus! Da nehme ich mir einen geweihten Wachsrodel, zerstückele ihn, drehe die Stücke zu einer dicken Kerze zusammen und zünde sie an. Damit gelingt es mir, tief in den Berg vorzudringen. Darin sehe ich die große Truhe! Ich gehe zu ihr, leuchte mit meiner geweihten Kerze, da sehe ich auf ihrem Deckel den riesigen Rudelhund mit den fürchterlichen Augen und dem Schlüssel im Maule! Er soll gewiss die Truhe beschützen und verteidigen! Ich verliere allen Mut und renne erschrocken den Gang zurück hinaus.

Egi hatte noch etwas im Sagenbuch geblättert, während Uroma Bruni sich im Bad eincremte. Er hatte es sogleich bereut, diese Erzählungen bereiteten ihm Magenkrämpfe.

»Na, Uroma Bruni, isch wieder Zeit, ins Bettle zu gehen, gell?«, meinte Egi und schob Brunis Rollstuhl aus dem Bad in ihr Zimmer.

»Jo, jo«, bestätigte sie missmutig. Sie war noch gar nicht müde, und man packte sie immer zu Zeiten ins Bett, in denen man kleine Kinder schlafen legte.

Sie krabbelte aus dem Rollstuhl hinaus auf ihre Matratze und verschränkte die Arme vor der Brust. Der PHK wusste, wie er ihr helfen konnte und dass Opa Edmund Huber ihm dafür auf die Schulter klopfen würde.

»Weißt was, wir malen noch a bissle!«, entschied Egi. Er ahnte, dass sie noch nicht schlafen wollte, und konnte ihr so noch eine willkommene Abwechslung bieten, die auch ihm dienlich sein würde.

Uroma Bruni nickte eifrig. Der PHK zog ein Blatt Papier aus der Schublade ihres Sekretärs und legte es auf das Tablett, das noch auf ihrem Nachtschränkchen stand. Daneben legte er einen Bleistift und überreichte ihr die Malutensilien. Sie stellte das Tablett auf ihren Beinen ab und sah Egi fragend an.

»Sag amal, Uroma Bruni, weißt eigentlich noch, wer damals in den Achtzigern wusste, was die Aurelie Strunz für Schmuck hatte?«, fragte Egi gespannt.

Uroma Bruni schnappte sich den Bleistift und malte mehrere Strichmännchen, die sie mit Namen beschriftete. Die Kritzelschrift war kaum zu lesen, der PHK musste sich ganz schön anstrengen, um die Namen zu entziffern. Vor Egis Augen standen Bert und Gerd Dampf, Strunzi und seine Brüder, ihre Ehefrauen, Schorschi und Gusti.

»Was?! Schorschi und Gusti auch?«, fragte Egi und massierte sich die Schläfen. Das waren völlig neue Hintergründe für ihn.

Uroma Bruni nickte und malte ein Gebäude unter die Strichmännchen, das sie mit Pfeilen verband.

»Stimmt, die sind alle z'samm zur Schule gegangen, auch wenn die a paar Jährle auseinander waren«, erinnerte sich Egi, verwarf aber gleich wieder den Gedanken, dass sie in die Morde an Bert und Gerd verwickelt sein könnten. »Hatt die Aurelie denn wertvollen Schmuck?«

»Jo, wösch Ödestö«, meinte Uroma Bruni und hielt ihren Daumen nach oben.

Aurelie hatte also damals herumposaunt, dass es echte Edelsteine waren? Falls das stimmen sollte, wie konnten dann jetzt nur Glasklunker in den Fassungen stecken? Egi kratzte sich am Bart.

»Und was ist mit den Goldmünzen?«

Uroma Bruni schaute ihn mit fragendem Blick an: »Nö Gömönzo!«

»Hast nix von Goldmünzen gehört?«, vergewisserte sich Egi.

Uroma Bruni schüttelte energisch den Kopf. Dann wurden ihre Augenlider doch schwer. Sie sank zurück in ihr Kissen.

Donnerstag, 19.09.2019: Weitere Erkenntnisse

»Was ist zwischen Frank Kranz und den Gebrüdern Dampf vorgefallen, Egi?«, bohrte Akay schon wieder.

Die SOKO Viehscheid saß wie jeden Morgen im Konferenzraum der PI Oberstdorf und plante die weitere Vorgehensweise.

»Wenn ich das wüsst, Akay«, meinte Egi nebulös.

Der PHK konnte dem Kemptener Kripobeamten schlecht sagen, dass Frank Kranz nur ein Ablenkungsmanöver seinerseits gewesen war und dass der grantige Oberstdorfer Kellner kaum vor die Tür ging, wenn er nicht im Restaurant schaffte. Er saß meist nur daheim und öffnete eine Flasche Weizenbier nach der anderen. Bert und Gerd Dampf hatte er also nicht oft begegnen können, und vorgefallen war zwischen denen auch nichts, von den Anzeigen wegen Lärmbelästigung einmal abgesehen. Frank hatte so gesehen immer nur in Ruhe sein Bierchen zischen wollen.

»Wenn du nicht mit der Sprache rausrückst, dann werde ich ihn mit gemeinsam mit Silvia vernehmen. Die wird als promovierte Psychologin schon mit ihm klarkommen«, meinte Akay.

»Tu das, Akay«, freute sich Egi. »Und gib uns Bescheid, was ihr rausbekommt, würde mich auch interessieren.«

Rudi grinste breit. In der Zeit, in der Akay und Silvia den grantigen Frank vernahmen, könnten er und Egi noch einmal ungestört bei den Lambert-Schwestern recherchieren, die ihre Spinnentiere offensichtlich nicht im Griff hatten. Und Kopien aus dem Allgäuer Sagenbuch auf dem Küchentisch liegen hatten.

»Der nächste Punkt«, fuhr Akay fort, ohne auf Egis Sticheleien einzugehen.

»Moment, Akay«, ging Silvia dazwischen. »Ich weiß nicht, was bei den Kollegen in Kempten los ist, aber mir liegt immer noch nichts zum Testament der Ermordeten vor. Dir, Akay?«

»Nein. Oder besser, ja«, antwortete Akay und scrollte dabei am Notebook durch sein Postfach.

»Ja, was denn jetzt, der Herr?«, fragte Rudi nach. Ja, nein, was sollte das für eine Antwort sein?

»Ja, ich habe eine Antwort von ihnen per E-Mail erhalten«, erklärte Akay. »Aber nein, ich habe keine Kopie vom Testamt. Sie haben mir geschrieben, sie hätten es schon längst geschickt. Ich rufe sie später dazu an.«

Egi hatte langsam die Vermutung, dass die Kemptener der PI Oberstdorf das Testament vorenthalten wollten. Aber was konnte der Grund dafür sein? Er musste in diesem Punkt später mit Rudi auf Recherche gehen.

»Lasst uns weitermachen«, fuhr Akay fort. »Wie vermögend waren die Chinesinnen Dan und Han, bevor sie Bert und Gerd Dampf geheiratet haben? Ich habe dazu Neuigkeiten aus Kempten. Sie haben weitere Kontobewegungen bei der Sparkasse Oberstdorf aus den vergangenen Jahren untersucht. Kurz vor der Hochzeit wurden zweimal hohe Summen im sechsstelligen Bereich überwiesen.«

»Das kann ich mir vorstellen«, meinte Egi. »Die Hochzeit muss im sechsstelligen Bereich gelegen haben. Die haben damals für die Feierlichkeiten ein komplettes Hotel gemietet, wo dann die ganzen geladenen Chinesen mehrere Tage genächtigt haben.«

»Was?«, fragte Silvia und kniff ihre Augenbrauen zusammen. »Das sagst du uns erst jetzt? Und das, wo die Gebrüder Dampf so schlecht bei Kasse waren?«

Egi erkannte den Vorwurf in ihren Worten und verteidigte sich: »Das wussten hier doch alle, dass die Feier von den Chinesinnen bezahlt wurde. Bert und Gerd hätten das damals nie finanzieren können.«

»Okay, dann sag uns jetzt, welches Hotel das war«, forderte Akay Egi auf, »und wir schauen, wie viel sie dort für die Hochzeitsgesellschaft ausgegeben haben. Mal sehen, ob damit die beiden Überweisungen aus China aufgefressen worden sind.«

Egi schmierte Namen und Adresse des Hotels auf einen Notizzettel und warf ihn Akay zu. Der verfasste gleich ein E-Mail dazu und bat seine Kollegen in Kempten, der Sache nachzugehen. Im Delegieren war Akay nicht schlecht, dachte sich Egi.

»Was machen wir denn dann heut?«, fragte Rudi dazwischen. Er wollte sich schon einmal einen Plan zurechtlegen, wo und wann er sich Essen beschaffen konnte.

»Moment, Rudi«, stoppte Akay den ausnahmsweise eifrigen Polizeioberwachtmeister. »Wir sind noch nicht fertig. Ich habe mir gestern Abend noch den Expertenbericht zu den Spinnen von Lena und Lotta Lambert durchgelesen. Über die Hälfte sind giftig. Leider nehmen die zwei Schwestern ihre Sorgfaltspflicht nicht übermäßig ernst, die Terrarien sind nicht ausreichend gesichert. Es ist durchaus möglich, dass aus ihrem Haus kleine Mordinstrumente entwischen.«

So ein Bockmist! Hätte Egi doch das Ablenkungsmanöver mit den Lamberts lieber sein lassen. Der Frank Kranz wär vollkommen ausreichend gewesen, wusste der PHK nun. Aber hinterher war man immer schlauer.

»Und was machst jetzt mit denen Spinnenweibern?«, fragte Egi.

»Ich mache nichts. Erich hat uns ja schon gesagt, dass er bei den Obduktionen von Bert und Gerd Dampf kein Gift nachweisen konnte«, erklärte Akay. »Das Veterinäramt wird sich jetzt um die Spinnen kümmern. Was Lena und Lotta Lambert angeht … Ich spreche gleich mit Silvia darüber, wie sie die beiden einschätzt. Eventuell laden wir die zwei noch einmal vor.«

Silvia nickte zur Bestätigung.

»Was ist denn mit dem Goldüberzug von den Münzen?«, fragte Egi, um von dem unbequemen Thema abzulenken.

»Es dauert noch, bis das Institut den Herkunftsort des Goldes ermittelt hat«, erklärte Akay. »Jetzt kommen wir zu Rudis Frage. Was machen wir heute? Wir werden den Schweizern einen Besuch abstatten. Sie sollen uns erklären, warum sie zigtausend Euro für Schrottmöbel ausgegeben haben.«

Donnerstag, 19.09.2019: In Erklärungsnot

»Es gibt halt Menschen, denen diese Möbel sehr viel wert sind«, versuchte Miro Gerber die Situation zu erklären. »Und wir haben einen Teil der hohen Marge an unsere guten Freunde Bert und Gerd weitergegeben. Als Vermittlungsgebühr sozusagen.«

Seine Frau Onna hockte wieder stumm neben ihm. Egi und Akay saßen gemeinsam mit dem Schweizer Ehepaar Gerber im Aufenthaltsraum neben der Dampf-Küche. Sie wollten auch heute vermeiden, die anderen Gäste beim Frühstücksbuffet zu stören. Rudi und Silvia nahmen sich nebenan im Fernsehzimmer, in dem für gewöhnlich Sportsendungen über den Flatscreen flimmerten, die Familie Keller vor.

»Herr Gerber, erklären Sie mir, wer das sein sollte, der einen Haufen Geld für altes Holz ausgibt«, forderte Akay den dubiosen Geschäftsmann auf.

»Ich ... ich kann Ihnen das nicht sagen. Wir müssen die Privatsphäre unserer wohlhabenden Kunden wahren, so haben wir es vertraglich vereinbart«, schwafelte Mirio Gerber.

»Ihre Verträge interessieren mich nicht!«, schrie Akay, Egi zuckte zusammen bei der ungewöhnlichen Lautstärke. »Es geht hier um zweifachen Mord, Herr Gerber. Sie scheinen das noch nicht begriffen zu haben. Wenn Sie nicht sofort sagen, was Sache ist, lege ich Ihnen Ihr Geschäft lahm. Und dann können Sie sich auch gleich von Ihren wohlhabenden Kunden verabschieden!«

Mirio Gerber trat der Schweiß auf die hohe Stirn, hinter der es nun sichtlich arbeitete. Egi ging davon aus, dass der Schweizer im Geiste unterschiedliche Handlungsoptionen durchging und grob deren Wirtschaftlichkeit abschätzte. Seine Augen zuckten dabei von links nach rechts und von oben nach unten. Anscheinend konnte ihn keine der Optionen ausreichend befriedigen. Bei einem war sich Egi aber sicher, die Leute, die sich diese Möbel zu horrenden Preisen andrehen ließen, mussten absolute Laien sein, wenn es um alpenländische Antiquitäten ging.

»Es ist so, Herr Kommissar, unsere Kunden sind keine Europäer. Sie sind aber begeisterte Alpen-Liebhaber und möchten sich gerne Erinnerungsstücke an ihren Urlaub in ihr Wohnzimmer stellen. Und genau da kommen ich und Urs ins Spiel. Wir befriedigen ihre Bedürfnisse, geben ihnen das, was sie sich wünschen, zu einem Preis der ihnen zusa…«

»WOHER kommen diese Leute?!«, schrie Akay.

Egi zuckte wieder zusammen. Onna Gerber ebenso.

Mirio antwortete: »Aus China.«

Donnerstag, 19.09.2019: Mehr Erklärungsnot

»Es gibt halt Menschen, denen diese Möbel sehr viel wert sind«, versuchte Urs Keller die Situation zu erklären. »Mirio und ich haben einen Teil unserer hohen Marge an unsere Freunde Bert und Gerd weitergegeben.«

Über den großen Bildschirm an der Wand flackerten Bilder eines Mountainbike-Down-Hill-Rennens. Rudi konnte sich nur darüber wundern, warum Menschen sich freiwillig mit Fahrrädern an schroffen Felsen hinabstürzten. Er staunte, als er die halsbrecherischen Aufnahmen betrachtete. Manche der Teilnehmer kamen sogar heile unten im Tal an.

»Sie wollen mich auf den Arm nehmen«, zischte Silvia den Schweizer an. Sie konnte die eingebildeten Geschäftsmänner aus dem Nachbarland nicht leiden.

»Nein, es ist wirklich so«, beharrte Urs Keller.

»Wer kauft die maroden Möbel zu diesem Preis?«, fragte Silvia weiter. Sie ging nicht davon aus, dass Urs Keller zur Wahrheit wechseln würde.

Seine Frau Gritli brachte kein Wort heraus. Sie war ja auch nur, wie ihre Freundin Onna Gerber, eine Immobilienmaklerin für Premium-Ferienapartments. Diese Zusammenhänge waren bereits ein rotes Tuch für Silvia. Sie ging davon aus, dass das, was jetzt noch folgen würde, nicht unbedingt zur Reputation der Schweizer Geschäftsleute beitragen würde.

»Gäste aus Übersee«, erklärte Urs Keller.

»Aus Übersee also«, meinte Silvia skeptisch. »Die scheinen sich nicht besonders mit alpenländischen Antiquitäten auszukennen.«

»Wenn Sie es so ausdrücken wollen«, wand sich Urs Keller.

»Ja, will ich«, fauchte Silvia. »Woher kamen diese Gäste also?«

Urs Keller schwieg.

»Woher?!«, wiederholte Silvia.

Wieder Schweigen.

»Sie sollten sich nicht so zieren, Ihr Geschäftspartner sitzt nebenan, ihm werden die gleichen Fragen gestellt. So lange, bis er antwortet!«, drohte Silvia. »Frau Keller, sagen Sie doch auch einmal etwas!«

Frau Keller sah hilfesuchend zu ihrem Mann herüber. Er zuckte mit den Schultern. Es schien, als würde er aufgeben wollen.

»Aus China«, sagte Gritli Keller.

Donnerstag, 19.09.2019:
Schlüsselerlebnis

»Er passt«, grunzte Barbara Köhler durch den Telefonlautsprecher. Es ging um Strunzis Schlüssel.

»Es ist immer das Gleiche hier, Egi!«, warf Akay dem PHK vor. »Erst will es keiner gewesen sein, und kurz darauf haben wir so viele Verdächtige, dass man den Überblick verliert.«

Egi fühlte sich von Akays Beschuldigungen überhaupt nicht angesprochen. Der PHK konnte absolut nix dafür, dass die Kemptener in der Oberstdorfer Marktgemeinde überfordert waren. Sollten sie halt bei sich im Zentrum des Allgäus bleiben. Egi, Rudi und Daniel würden den Mörder bestimmt überführen, wie sie es bisher immer getan hatten. Irgendwann würde die Kripo Kempten dann hoffentlich auch begreifen, dass sie hier überflüssig war.

»Du hast also von diesem Bauer Strunz eine Speichenprobe und den Schlüssel bekommen«, fasste Akay zusammen. »Und dieser Strunz behauptet, dass seiner Oma, die ihn und seine zwei jüngeren Brüder aufgezogen hat, in den Achtzigerjahren der Familienschmuck gestohlen wurde, der sich in einer Holzkiste in ihrem Keller befand. Und nun meint dieser Bauer Strunz, dass die Kiste aus dem Seealpsee ihm gehöre.«

»Genau so stellt es sich dar«, bestätigte Egi mit einem Lächeln auf den Lippen.

Durch den Telefonlautsprecher hörte man ein »Pfff«.

»Köhler, besteht dieser Schlüssel aus der gleichen Legierung wie der

Schlüssel, den uns die Dampf-Witwen gegeben haben, als wir sie verhört haben?«, fragte Akay.

»Das tut er, Neusilber. Minimale Abweichungen gibt es natürlich immer«, gab Barbara Köhler knapp an. Sie schien heute weniger gesprächig als sonst, Egi war froh drum.

»Also können wir sagen, dass Bauer Strunz tatsächlich einen Schlüssel von dieser Kiste sein Eigen nennen kann, und es ist genau so ein Schlüssel wie der, den die Dampfs bei sich hatten«, grübelte Akay.

»So sieht es aus«, meinte Köhler und fügte hinzu: »Wir konnten jetzt auch durch weitere Analysen beweisen, dass die Metallrückstände in der Tasche des Taucheranzuges mit der abgebröckelten Legierung vom ersten Schlüssel übereinstimmen. Die Ergebnisse der DNS-Analyse von diesem Bauer Strunz kommen demnächst.«

»Gut, dann wäre das geklärt. Danke dir, Köhler«, verabschiedete sich Akay und legte auf.

»Dann mal zu dir, Egi. Kennst du den Schmuck von der verstorbenen Aurelie Strunz? Hast du ihn einmal gesehen?«

»Nein, mit der Familie hatten's wir nicht so. Aber meine Oma Bruni, die kennt den Schmuck vielleicht. Wenn du mir die Fotos schickst, kann ich sie ihr mal zeigen.«

»Das machen wir hier in der PI!«, entschied Akay. »Bring sie heute oder morgen einmal vorbei.«

Uroma Bruni in der PI Oberstdorf? Egi liefen kalte Schauer über den PHK-Rücken. Das wollte er um alles in der Welt vermeiden. Wenn der Akay erst einmal mitbekam, dass Uroma Bruni dem Egi jedes Mal bei der Aufklärung der Mordfälle half, dann wäre es womöglich um seinen PHK-Posten geschehen.

»Die Mobilität von Uroma Bruni ist immens eingeschränkt«, versuchte Egi sich herauszureden. »Die sitzt im Rollstuhl und ...«

»Sie war doch beim Viehscheid dabei, oder?«, unterbrach ihn Silvia. »Dann kann sie auch hierher kommen.«

Dieses hinterhältige Weibsbild, dachte sich Egi und meinte: »Da hast natürlich auch wieder recht.«

»Es gibt noch eine Sache, die uns durch die Lappen gegangen ist«, fing Akay plötzlich an. Er schaute auf sein Notebook und kratzte sich am Hinterkopf. »Das ist jetzt etwas spät, aber bei den ganzen Verwicklungen zwischen den Verdächtigen und den wiederholten Anfragen bei den Kollegen in Kempten ist leider eine wichtige Info auf halber Strecke stecken geblieben.«

»Worum geht's?«, wollte Egi wissen. So etwas war den Kripobeamten noch niemals passiert, zumindest nicht in Oberstdorf.

»Es geht um das Testament von Bert und Gerd Dampf«, meinte Akay.

»Ah, ham die's endlich?«, fragte Rudi und wunderte sich, wie ein E-Mail auf halber Strecke stecken bleiben konnte, aber mit diesem Internet kannte er sich auch nicht so dolle aus.

»Die Kollegen in Kempten haben vom Amtsgericht Kopien der Testamente von Bert und Gerd Dampf erhalten und sie uns vor zwei Tagen zugeschickt. Es gab aber ein Problem mit unserem Exchange-Server, das E-Mail wurde nicht versendet, da der Anhang zu groß war. Lässt sich nicht mehr ändern, aber jetzt ratet mal, wer die Erben ihres Anwesens sind?«

»Die Witwen?«, fragte Rudi. Für ihn war es das Naheliegendste, dass die Hinterbliebenen das Erbe antreten würden, auch wenn es hoch verschuldet war.

»Falsch«, meinte Akay. »Es sind zwei Männer aus der Schweiz. Urs Keller und Mirio Gerber.«

Donnerstag, 19.09.2019: Außeneinsatz

»Du, Egi, ich möcht heut noch mal naus, ermitteln«, sprach Daniel und sah den PHK dabei mit bittenden Augen an.

»Ich hab aber keinen zweiten Mann für dich, Daniel. Und der Luigi ist heute auch nicht da, oder?«, fragte Egi.

Er war in sein Büro gegangen, um die Nachricht über das Dampf-Testament zu verdauen. Er konnte es nicht fassen, dass diese Schweizer alles erben sollten. Als Daniel hineingekommen war, hatte der PHK gerade gedankenverloren seine Sammelsurium-Schublade durchgesehen.

»Nein, der ist wieder mit Schnuffi zum nächsten Einsatz nach Kempten zurück«, bedauerte Daniel. Er freute sich zwar auf ihren anstehenden Besuch am nächsten Wochenende, aber das lag noch in weiter Ferne. »Ich brauch keinen zweiten Mann, Egi, wirklich, ich schaff das auch allein!«

»Wo willst denn hin?«

»Zum Nebelhorn, die Gleitschirmpassagiere beobachten. Vielleicht krieg ich da ja doch noch raus, ob der oder die Mörder von dort oben gestartet sind.«

»Das wär natürlich wichtig zu wissen«, entschied Egi. »Dann geh halt heut allein da hoch. Aber bleib unauffällig, pass auf, dass der Chefmeier und die Kripo Kempten nix davon mitkriegen.«

»Alles klar, Egi. Ich lass dann den Streifenwagen stehen und geh zu Fuß zur Talstation!«

»Daniel, du hier und nicht an der Telefonzentrale?«, rief eine

Stimme aus dem Flur. Es war Akay, er wollte Egi zurück in den Konferenzraum holen.

»Bin schon wieder weg«, meinte Daniel und drückte sich an Akay vorbei.

»Dann mal los, Egi, es geht weiter«, forderte Akay den PHK auf. »Beate hat uns gerade das Gutachten aus dem Institut gebracht, das das Gold untersucht hat. Ich denke, gleich wissen wir mehr.«

Egi schleppte sich hinter Akay her in den Konferenzraum. Ständig diese Anspannung, und jede Minute neue Erkenntnisse. Egi fragte sich, ob er langsam, aber sicher zu alt für diesen aufreibenden Job wurde. Aber er tröstete sich mit dem Gedanken, dass Rudi weitaus mehr mit den aktuellen Umständen zu kämpfen hatte. Als Egi in den Konferenzraum trat, sah er seinen Kollegen vor einer Frischhaltebox gefüllt mit Möhrenscheiben sitzen, die er sich nach und nach in den Mund schob.

»Mir fallen von dem Fraß bald die Zähne aus«, jammerte er.

Silvia konnte sich ein Lachen nicht verkneifen. »Siehst aber schon um einiges schlanker aus als letztes Jahr«, versuchte sie sich an einem Kompliment.

Rudi stutzte, sah sie ungläubig an und richtete seine Aufmerksamkeit dann wieder auf die Frischhaltebox. Akay hatte zwischenzeitlich den großen Umschlag geöffnet und begann nun den Bericht über die Gold-Analysen zu überfliegen.

»Wir können heut Abend wieder was essen gehen«, tröstete Egi seinen langjährigen Kollegen, der noch niemals dermaßen gelitten hatte.

»Kommen wir mal zum Thema zurück«, erinnerte Akay die SOKO Viehscheid an ihre Aufgabe, während er weiter in dem Bericht blätterte. »Die Schweizer haben Verbindungen nach China. Die Gebrüder Dampf haben Chinesinnen geheiratet. Die Ehefrauen haben vor knapp drei Jahren hohe Summen aus China an die Sparkasse Oberstdorf überwiesen. Und jetzt ratet mal, was das Institut herausgefunden hat, woher das Gold stammt, mit dem die Kupfermünzen überzogen waren?«

»Aus China?«, meinte Rudi beiläufig. Er hatte das Wort gerade mehrmals vernommen und wiederholte es gelangweilt.

»Richtig, Rudi!«, bestätigte Akay. »Du bist ja richtig scharfsinnig heute, und das trotz Karottenfraß. Ja, es stammt aus China. Die Zusammensetzung und Färbung lässt recht sicher darauf schließen. Sie suchen nun weiter, welche Goldmine es gewesen sein könnte. Das wird bei der Größe des Landes natürlich schwierig, es kann etwas dauern.«

Rudi verzog sein Gesicht zu einer abwehrenden Grimasse. Dieses Lob hätte sich der Kripobeamte auch sparen können.

»Das Gold stammt aus China«, wiederholte Egi. Er begriff langsam, dass der Fall immer komplexer wurde, so komplex, dass er ihn kaum noch überschauen konnte.

»Wir fahren noch einmal zu den Dampf-Witwen«, entschied Akay. »Ich bin mir sicher, dass die bereits seit Jahren krumme Dinger mit den Schweizer Geschäftsmännern drehen. Auch dass die Schweizer das Dampf-Anwesen erben, scheint mir ein Finanzkonstrukt zu sein. Lasst uns losfahren.«

Nachdem Egi eins und eins zusammengezählt hatte, musste er sich fragen, ob er nicht die ganze Zeit falsch gelegen hatte, ob sie noch heute die Mörder verhaften würden und ob Daniel nun völlig umsonst zum Nebelhorn aufgebrochen war.

Donnerstag, 19.09.2019: Chinese Connection VI

»Wir wissen nichts von Gold«, meinte die Frau, die sich als Dan Dampf ausgab.

Sie lief mit gerunzelter Stirn vor Egi und Akay im Aufenthaltsraum neben der Küche umher. Ihre Zwillingsschwester, vermutlich Han Dampf, war mit Rudi und Silvia nebenan ins Fernsehzimmer gegangen.

»Wir glauben Ihnen kein Wort«, sagte Akay und schüttelte seinen Kopf. Egal wie sehr er sich auch anstrengte, bei den zwei Chinesinnen war er mit seinem Vernehmungslatein am Ende.

Egi nahm das Ruder in die Hand, um Dan Dampf auf andere Gedanken und damit hoffentlich demnächst zur Wahrheit zu bringen. Insgeheim vermutete er nun doch, dass die Chinesinnen und die Schweizer etwas mit dem Mord an Bert und Gerd Dampf zu tun hatten. Übermäßig unglücklich war der PHK über diese Hintergründe nicht, es hätte sich damit bestätigt, dass es wieder einmal Auswärtige oder Zugezogene gewesen waren. Die Oberstdorfer waren keine Mörder, und das konnte er hiermit wieder vor der Kripo Kempten unter Beweis stellen.

»Leben Ihre Eltern eigentlich noch?«, fragte der PHK so höflich und zuvorkommend, wie es ihm unter diesen Umständen möglich war.

Dan Dampf drehte sich zu ihm um und lächelte ihn an: »Ja, sie sind bereits über neunzig Jahre alt.«

Akay konnte es nicht glauben, wie stümperhaft die Oberstdorfer Ermittler immer wieder vorgingen. Sie hatten von den üblichen Verhörmethoden und Taktiken, die seit vielen Jahren angewendet wurden, anscheinend nichts mitbekommen. Er stimmte Barbara Köhler zu, dass hier dringender Handlungsbedarf war und sie in nächster Zeit einige Online-Trainings zu absolvieren hatten. Akay würde noch heute mit dem PI-Leiter Erwin Bachmeier darüber reden müssen.

»Leben die Eltern noch in China?«, hakte Egi nach, und versuchte sich an einem verkrampften Lächeln.

»Ja, einen alten Baum verpflanzt man nicht«, antwortete Dan Dampf mit verklärtem Blick. Sie schien in Erinnerungen an ihre Heimat zu schwelgen.

»Und sie sind bestimmt schon lange Rentner und genießen ihr Leben, stimmt's?«, hakte Egi weiter nach.

»Ja, sie haben sich neben ihrem Haus ein kleines Reisfeld angelegt, das ist nun ihr Hobby. Zusammen mit unserer Tante und unserem Onkel, die sind etwas jünger, und ihren Nachbarn. Mein Onkel hat sich sein ganzes Leben lang mit Reisanbau beschäftigt, er war kein Bauer, sondern Wissenschaftler. Er ist durch ganz China gereist und hat Reisbauern beraten, als er noch jung war.«

Aber für die Eltern von Dan und Han Dampf war es nur ein Hobby, grübelte Egi und fragte nach: »Was hat denn Ihr Vater gearbeitet, bevor er in Rente ging?«

»Er hat über fünfzig Jahre in einer Goldgrube gearbeitet«, entfuhr es Dan Dampf. Sie hielt sich erschrocken die Hand vor den Mund und bereute es sofort.

Egi, du alter Haudegen, dachte sich Akay und klopfte sich auf die Oberschenkel, wie hast du das wieder geschafft?

Donnerstag, 19.09.2019: Chinese Connection VII

»Wir wissen nichts von Gold«, meinte die Frau, die sich als Han Dampf ausgab.

Sie stand regungslos im Fernsehzimmer und warf hin und wieder einen nervösen Blick auf Rudi und Silvia, die vor ihr auf einem bequemen, mit rotem Stoff überzogenen Sofa an einem rustikalen Holztisch saßen.

»Frau Han Dampf, wir wissen nun, dass Sie seit Jahren Scheingeschäfte mit Ihren Schweizer Gästen Keller und Gerber tätigen. Dazu haben Sie uns von Beginn an belogen«, griff Silvia sie an. »Jetzt fragen wir Sie nach dem Gold und Sie lügen schon wieder. Sie werden in Deutschland vor Gericht landen, schon alleine wegen der Scheingeschäfte, vermutlich auch wegen Geldwäsche. Sagen Sie uns also besser die Wahrheit, was das Gold betrifft, dann fällt die Strafe bestimmt milder aus!«

»Die Gefängnisse in Deutschland schaun aber nicht so schlimm aus wie die chinesischen«, fügte Rudi gedankenlos hinzu.

Silvia fasste sich an die Stirn, schritt aber nicht weiter ein, da diese unflätige Bemerkung eventuell sogar die Dramatik ihrer Worte steigerte. Han Dampf hielt den Atem an und starrte Rudi in die Augen.

»Ich weiß nicht, was Sie meinen!«, log sie trotzdem weiter.

»Sagen S' amal«, begann Rudi das Thema auf etwas Positiveres zu lenken, »könnt ich wieder so a leckeres Gericht haben?«

Han Dampf Gesichtsausdruck entspannte sich sichtlich. »Natürlich, wir haben schon das Abendessen vorbereitet, ich kann Ihnen etwas bringen«, rief sie und marschierte gleich hinüber in die benachbarte Küche, um der chinesischen Gastfreundschaft nachzukommen.

»Du spinnst ja wohl«, fuhr Silvia den hungernden Polizeioberwacht-meister an, als Han Dampf in der Küche hantierte. »Wie kannst du im-mer nur an deinen persönlichen Vorteil denken und die Ermittlungen dabei so schleifen lassen?«

Was hatte die schon wieder? Rudi war sich keiner Schuld bewusst. Zeugen boten den Ermittlern oft etwas an, zumindest in Oberstdorf. Da konnte man ruhig beherzt zuschlagen, fand Rudi und erkannte schon den herrlich würzigen Geruch, der langsam aus dem Flur in das Fern-sehzimmer drang. Kurz darauf hörte er die kleinen Schritte von Han Dampf.

Sie ging am Aufenthaltsraum vorbei und legte kurz ihr Ohr an die Tür. Sie hörte, wie ihre Zwillingsschwester etwas von Reisfeldern er-zählte. Also hatte sie auch nichts von der Baolun-Goldmine erzählt. Dan Dampf, die sich heute als Han Dampf ausgab, ging zurück in das Fern-sehzimmer und stellte ein Tablett auf den Holztisch, direkt vor diesen übergewichtigen Polizist, der ganz offensichtlich mehr ans Essen als an seinen Mordfall dachte. Sie und ihre Zwillingsschwester tauschten öf-ters die Rollen, das hatten sie bereits als Kinder in der Schule getan, um im kleinen Rahmen gegen das System aufzubegehren. Ihre Eltern, die einzigen Menschen, die sie unterscheiden konnten, hatten es stets lä-chelnd hingenommen.

Donnerstag, 19.09.2019: Beobachterposten

»Wir haben Ihnen doch schon alles gesagt, was wir wissen«, wehrte der Rothaarige ab.

Daniel hatte die vier Burschen aus dem Schwarzwald wieder oben am Nebelhorn auf der Startwiese von Fly-high angetroffen. Sie schienen hier tatsächlich jeden Tag zu üben.

»Wie war noch Ihr Name?«, fragte Daniel, der heute auf sich allein gestellt in 2224 Metern Höhe ermitteln musste.

»Ich bin Leo Winterhalder«, antwortete der Rothaarige.

»Herr Winterhalder, ich möchte mich nur vergewissern, dass Sie sich nicht mittlerweile noch an weitere Dinge erinnern. Es ist oft so, dass Zeugen sich nach einigen Tagen, nachdem sie intensiver über die Situation nachgedacht haben, wieder an Details erinnern, die sie vorher als belanglos abgestempelt haben.«

Der Blasse mit dem braunen Lockenzopf nickte zustimmend und meinte: »Ich bin Julian Zängerle, und ich weiß jetzt wieder was, das ich vergessen hatte!«

»Nur raus damit«, forderte Daniel ihn auf.

»Ich weiß nicht, ob das wichtig ist, aber die Schweizer Männer haben mehrere Minuten mit den Frauen rumdiskutiert. Und zwar ging es darum, dass die Frauen einen Tandemsprung machen wollten und den auch schon bezahlt hatten. Dann durften die Männer beim Flug aber ihre Werkzeuggürtel mit dem ganzen Kram nicht tragen. Die Frauen meinten, sie sollten das Zeugs gefälligst selbst runterschaffen und später ihren Tandemsprung machen. Die Männer haben dann aber die

Frauen überredet, zu Fuß abzusteigen und die Werkzeuggürtel mitzunehmen. Die wollten das aber eigentlich gar nicht, die haben sich richtig gestritten. Sie haben dann noch einen Treffpunkt vereinbart, den habe ich aber nicht verstanden. Den Tandemsprung sollten die Frauen an einem anderen Tag nachholen.«

»Hat jemand von Ihnen den Treffpunkt mitbekommen?«, fragte Daniel in die Runde.

»Nein«, meinten die anderen.

»Ich weiß aber noch was«, meldete sich der Milchbubi zu Wort.

»Wer sind Sie noch mal?«, wollte Daniel wissen.

»Oskar Gremmelspacher. Ich habe gehört, wie die Männer dann über ihre Flugroute gesprochen haben. Sie haben die geändert, weil der Wind anders war als vermutet, haben sie gesagt, er hat sich etwas gedreht. Das war so nicht mit den Leuten von Fly-high abgemacht. Die sind viel weiter südlich rüber als geplant. Da soll man eigentlich nicht hin, weil die Gipfelbahn dort hochfährt.«

»Tja, da kann man in den Seilen hängen bleiben«, meinte sein großer Bruder Paul Gremmelspacher dazu.

»Und was ist da sonst noch, wenn man weiter südlich fliegt?«, wollte Daniel wissen. Er hatte die Karte gerade nicht parat.

»Schattenberggrat, Oytal, Seealpsee«, zählte Oskar Gremmelspacher auf.

Donnerstag, 19.09.2019: Goldminen die Erste

»Dan und Han Dampfs Vater hat in einer Goldmine gearbeitet«, resümierte Akay. »Ich werde die Kollegen in Kempten bitten, das mit dem Institut abzugleichen. China ist groß, sie können hoffentlich herausfinden, in welcher Provinz die Goldminen liegen und ob dort das Gold der Münzen herkommt. Das können alles keine Zufälle mehr sein. Leider haben wir noch nicht ausreichende Beweise für eine Festnahme in der Hand, ich habe schon mit meinem Boss darüber gesprochen. Die blocken aber auch alles ab, diese Chinesinnen, so harte Brocken sind mir selten begegnet.«

»Nur mal als Vermutung«, meinte Silvia, »vielleicht haben die Gebrüder Dampf sogar die Kupfermünzen aus dem Alpin-Museum in Kempten gestohlen, sie von der Familie ihrer Frauen mit Gold überziehen lassen, weil das in China viel unauffälliger möglich ist, um sie dann wiederum für ein Vermögen über die Schweizer Gerber und Keller verkaufen zu lassen, und zwar an wohlhabende chinesische Touristen.«

Die SOKO Viehscheid hatte sich wieder im Konferenzraum der PI Oberstdorf eingefunden, um ihre Ermittlungsergebnisse zusammenzufassen. Die Tür öffnete sich, als Daniel eintrat. Er war schon wieder vom Nebelhorn zurück, behielt aber seine Erkenntnisse erst einmal für sich. Er musste sie anbringen, wenn der Chefmeier dabei war, damit diesem endlich auffiel, dass Daniel nicht an die Telefonzentrale gehörte.

»Ja, so könnte es gewesen sein. Gut kombiniert, Silvia«, lobte Akay.

Von wegen, so könnte es gewesen sein, völliger Bockmist, dachte sich Egi. Die Gebrüder Dampf waren nie große Leuchten gewesen, die hätten es nie geschafft, in ein Museum einzubrechen, ohne dabei jede Alarmanlage auszulösen.

»Wie haben die denn die Kupfermünzen von Deutschland nach China gekriegt?«, fragte Rudi skeptisch.

»Guter Einwand, Kollege«, meinte Akay. »Ich denke, sie sind mit einer chinesischen Fluggesellschaft geflogen. Was die in den Fliegern und am Flughafen Frankfurt für Richtlinien und Sicherheitsvorkehrungen haben, müssten wir prüfen lassen. Wir wissen aber nicht, wann die Münzen nach China geschafft worden sind und wie lange sie dort waren. Das wird nicht so einfach.«

»Das war ja alles erst vor einigen Jahren, nachdem Bert und Gerd Dampf die Chinesinnen geheiratet haben. Wann die Münzen dann wieder hier eingeschmuggelt wurden, können wir doch grob eingrenzen. Und da müssten sie am Flughafen aufgefallen sein«, sinnierte Egi.

»Ich hab's!«, warf Daniel ein. »Die sind immer mit den Taucherflaschen nach China gereist. Die sind aus Metall, und man kann sie schlecht scannen. Bestimmt waren sie da drin. Und deshalb waren auch die Ventile so geschunden, weil sie die dafür immer wieder ab- und angeschraubt haben.«

»Daniel, du könntest tatsächlich recht haben«, überlegte Akay und kratzte sich am Kopf. »Ich frage die Kollegen vom Zoll am Flughafen Frankfurt, ob das so hätte ablaufen können.«

»Wir können auch die Köhler bitte, dass sie die Sauerstoffflaschen noch einmal untersucht«, schlug Daniel stolz vor.

»Ist beides notiert«, meinte Akay. »Wirklich gute Einwände von dir, Daniel.«

»Ich habe da noch etwas. Ich möchte gerne den Spürhund Schnuffi wieder einsetzen«, meldete sich Daniel erneut zu Wort.

Egi, Rudi, Akay und Silvia schauten ihn erstaunt an.

»Was hast du mit Schnuffi vor?«, fragte Silvia.

»Er will nur seinen Herzallerliebsten wieder ein paar Tage bei sich haben. Stimmt's, Daniel?«, stichelte Akay mit einem süffisanten Grinsen.

Daniels Miene verdüsterte sich, er sagte: »Da liegst du falsch, Akay. Luigi und ich sehen uns fast jeden Tag, und wir werden auch bald zusammenziehen. Nein, es geht mir um Schnuffi, ich brauche sein feines Näsle!«

»Wofür denn?«, fragte Rudi mit knurrendem Magen.

»Luigi könnte seinen Spürhund in Kempten bei der Köhler an den Sachen von Bert und Gerd Dampf schnuppern lassen. Dann kommt er mit ihm her und wir schauen, wohin es Schnuffi zieht«, gab Daniel seinen Plan preis, ließ aber die wichtigen Details erst einmal außen vor. Sie könnten später für seine Beförderung von der Telefonzentrale in den Streifendienst förderlich sein.

»Mach, was du willst«, meinte Akay. »Wenn Luigi Zeit für so einen Kinderkram hat, mir ist es egal.«

An den Sachen von Bert und Gerd Dampf schnüffeln? Egi überlegte, was Daniel vorhatte. Die Köhler hatte die Taucheranzüge bei sich, die Gleitschirme, die Schatzkiste samt Inhalt, den abgebrochenen Drohnenfuß ... den abgebrochenen Drohnenfuß! Verdammt, das hatte der PHK ganz verdrängt. Was, wenn Schnuffi an Egi schnüffelte, die Fährte der Drohne aufnahm, losrannte und beim PHK vor der Garage sitzen blieb und bellte? Egis Herz begann einen Salto in seiner Brust zu schlagen. Er musste später dringend bei seinem Nachbarn Bauer Strunz vorstellig werden und sich um den Drohnenvorfall kümmern.

Donnerstag, 19.09.2019: Die Spinnen und der Rauswurf

Des Nachts muss ich manchmal an ihr vorbei. Es ist nicht immer gleichmäßig sichtbar, nur wenn ich allein bin und an etwas Ungerades denke, kommt es, das Höllweible! Es kommt dann zu mir heran, droht mir heftig mit erhobenem Zeigefinger und hockt sich auf meine Schulter. Dann habe ich die immer schwerer werdende Last zu schleppen, dass ich kaum mehr vorwärtskomme. Ich stöhne und quäle mich bis zu meiner Hütte, wo ich, sobald ich die Türe öffne und zu den anderen gehe, meine unheimliche Bürde wie von Wunderhand loswerde.

»Egi, die sind jetzt wirklich zum Frank Kranz, um sich den vorzunehmen«, flüsterte Rudi Egi zu, obwohl sie alleine im PHK-Büro saßen. Akay und Silvia hatten sich bereits auf den Weg gemacht. »Auch wenn jetzt alles auf die Chinesinnen hinweisen tut.«

»Die Kemptener haben's nicht anders verdient«, grinste Egi. »Weißt was, Rudi, wir statten den Spinnenweibern dann mal allein einen Besuch ab. Ich hab bei denen doch so eine Skizze aus dem Allgäuer Sagenbuch auf dem Küchentisch gesehen.«

Als Egi sich die Erzählung von dem Höllweible in Erinnerung rief, die er gestern Abend noch im Bett gelesen hatte, fielen ihm die Spinnenweiber wieder ein, die eine ähnliche Last darstellten. Vor allem für ihren verwirrten Paps.

»Wann willst denn dahin, Egi?«, fragte Rudi. Er hatte schon seine Sachen zusammengepackt, um sich fix ein Überlebenspaket aus dem nahe gelegenen Edeka zu gönnen, bevor er daheim wieder seinen Low-Carb-Fraß vorgesetzt bekam.

»Na, jetzat natürlich! Was denkst denn?«, drängelte Egi.

»Och, naa, Egi!«

»Doch, Rudi!«

Egi schleppte Rudi vor die Tür, zog seinen Autoschlüssel heraus und stieg in seine neue Familienkutsche.

»Das kannst nicht von mir verlangen, Egi!«, beschwerte sich Rudi.

»Jetzat stell dich nicht so an, die eine Überstunde«, brummte Egi und startete seinen Motor.

»Nicht die Überstunde, Egi, ich mein dein Schäm-Mobil!«

»Wennst nicht sofort einsteigst, Rudi, dann lass ich dich suspendieren!«

Kurz darauf saßen sie beide in Egis Mercedes Vito Line SPORT und fuhren zu Lena und Lotta Lambert. Egi ergatterte einen Parkplatz nicht weit von ihrem Haus. Er ging mit Rudi zur Haustür und klingelte. Als er die Straße entlangschaute, sah er nicht unweit von Frank Kranz' Haus den Dienstwagen der Kripo Kempten stehen. Sie vergnügten sich also gerade mit ihm. Egi bekam einen Lachkrampf und hielt sich den Bauch. Die Tür öffnete sich und Lotta Lambert stand vor ihnen.

»Grüß di, Lotta«, begrüßte Egi die verblüffte Mittzwanzigerin. »Komm schnell, Rudi, sonst sehen die uns noch.«

»Wer denn?«, fragte Rudi, schaute sich um und erkannte den grauen Kombi mit dem Kemptener Nummernschild. »Ach so.«

Egi und Rudi verschwanden im Haus.

»Was wollts ihr denn noch?«, fragte Lotta weniger höflich als letztes Mal, als der schöne Akay noch dabei gewesen war. Dann musterte sie Rudi mit gerümpfter Nase.

»Ich möchte mir eure Küche mal ansehen!«, meinte Egi und machte sich direkt auf den Weg.

»Was soll das?«, rief Lotta. »Lena, kommst mal runter?«

Es waren unverzüglich hektische Schritte auf der Treppe zu hören. Rudi folgte Egi in die Küche. Er konnte hier nichts Verdächtiges erkennen. Der Esstisch war abgeräumt, keine schauderhaften Kopien in Sicht.

»Wo habts ihr denn die Kopien aus dem Allgäuer Sagenbuch, die hier letztens noch rumlagen?«, fragte Egi unverblümt und hoffte damit die schwarzen Schwestern auf dem falschen Fuß zu erwischen.

»Ich weiß nicht, wovon du sprichst, Egi«, antwortete Lena, die nun hinter ihnen im Türrahmen stand. Ihre Hände hatte sie zu einer Höhle geformt, aus der wieder ein kleines, stark behaartes Bein herausragte.

»Und dass du dich hier noch mal blicken lässt, ist eine Frechheit, Rudi!«, fauchte Lotta den Polizeioberwachtmeister an, der sie vor einigen Jahren aus seinem Haus geworfen hatte, nachdem sein Sohn, auch eine ziemliche Niete, sie nach einer Halloween-Party mit heimgenommen hatte.

»Längst verjährt«, knurrte Rudi missmutig und hielt sich sicherheitshalber im Hintergrund. Er hatte das haarige Bein in der Hand ihrer Schwester erblickt.

»Nicht vom Thema ablenken«, griff Egi ein. »Ich hab hier letztes Mal Kopien aus dem Allgäuer Sagenbuch auf dem Tisch gesehen. Wo sind die jetzt? Und was habts ihr damit zu schaffen?«

»Keine Ahnung, was du meinst«, stritt Lena ab. »Der Paps liest hier immer den Allgäuer Anzeiger. Vielleicht hast dich da verguckt.«

»Ich hab mich ganz sicher nicht verguckt!«, entrüstete sich Egi. »Ich lass euch das ganze Haus auseinandernehmen, wenn ihr die Kopien nicht sofort rausrückt!«

»Wirklich, Egi, komm mal wieder runter«, meinte Lena. »Wir kennen dieses Buch gar nicht. Was soll das denn sein?«

»Was habt ihr mit den Kopien gemacht? Wart ihr auch hinter dem Schatz her?«, bohrte Egi weiter.

»Welchen Schatz meinst?«, fragte Lotta mit großen Augen, legte Egi und Rudi je eine Hand auf die Schulter und schob die beiden vorsichtshalber schon einmal Richtung Ausgang.

»Den vom Groppenba...«, fing Rudi an.

Lotta öffnete die Haustür und drängte die zwei hinaus.

»Ihr spinnts doch!«, fuhr Lotta Rudi an und knallte den Ermittlern die Tür vor der Nase zu.

Egi und Rudi waren nach ihrem erfolglosen Besuch bei den Lamberts unverrichteter Dinge auf die Straße gegangen und machten sich auf den Weg zu ihrem Dienstwagen. Kurz bevor sie ankamen, hörten sie Frank Kranz aus seinem Haus herausbrüllen.

»Machts, dass ihr hier verschwindet! Und lassts euch nie wieder bei mir blicken, ihr Arschgeigen!«

Frank Kranz' Haustür stand weit offen. Es flog erst ein Kehrblech, dann ein Handfeger und danach ein Blecheimer hinaus. Letzterer schepperte über die Straße und blieb auf dem gegenüberliegenden Gehweg liegen. Den drei Putzgegenständen folgte Silvia mit hochrotem Kopf, hinter ihr rannte Akay. Während die beiden Richtung Dienstwagen flüchteten, wurde die Haustür von Frank Kranz mit einem hörbaren Knall zugeworfen.

Egi und Rudi grinsten sich an. Es musste gut gelaufen sein im Hause Kranz. Von wegen, die promovierte Psychologin würde schon mit dem grantigen Frank klarkommen. Nix da! Und der Frank hatte Egi und Rudi ausreichend Zeit verschafft, um bei den Spinnenweibern vorstellig zu werden, auch wenn es ihnen im Nachhinein nichts gebracht hatte. Als Akay und Silvia an ihrem Wagen ankamen, drehte Akay sich noch einmal um. Und erkannte Egi und Rudi.

»Was treibt ihr denn hier?«, rief er hinüber und warf die Autotür hinter sich zu. »Und was habt ihr da für ein schäbiges, braunes Auto?« Silvia schwang ihren Kopf herum und konnte nicht glauben, dass die beiden PI-Kollegen nur rund einhundert Meter von ihnen entfernt standen.

»Wir dachten, es ist besser, wenn wir euch folgen und Schützenhilfe geben«, grinste Egi. »Wir tun ja alle den Frank gut kennen.«

Donnerstag, 19.09.2019: Bauernregeln

»Was Schnuffi soll machen?« Luigi wollte sich vergewissern, dass er seinen Freund richtig verstanden hatte.

»Geh mit ihm zur Köhler, lass ihn an den Sachen von Bert und Gerd Dampf schnuppern und dann komm mit ihm zu mir«, wiederholte Daniel.

Er saß wieder an der Telefonzentrale, weil Beate heute die Nachmittagsschicht nicht bis 18 Uhr hatte übernehmen können. Sie hatte einen Arzttermin wegen ihres Fußes. Aber jetzt war es ganz praktisch, so hatte Daniel ungestört seinen Liebsten anrufen können.

»Ich komme gerne zu dir, ich mich beeilen!«, rief Luigi und legte auf.

Das lief richtig gut, fand Daniel. Erstens konnte er auf diese Weise seinen Freund dienstlich und damit ganz offiziell ohne Vergeudung zusätzlicher Urlaubstage unter der Woche nach Oberstdorf holen. Zweitens würde Schnuffi ihnen bei ihrer Arbeit helfen und hoffentlich auch Daniels Verdacht bestätigen. Drittens würde Daniel im besten Fall die Morde an Bert und Gerd Dampf ganz alleine klären und damit den Chefmeier dazu nötigen können, ihn endlich in den *echten* Polizeidienst zu übernehmen.

»Was sitzts hier rum und grinst bleede?«, schnaufte jemand hinter Daniel. »Hast nix Gescheites zum tun?«

Daniel drehte sich um. Es war der Chefmeier. »Ich hab halt gute Laune, Chef. Bin auf einer ganz heißen Spur im Fall Gebrüder Dampf!«

»Wer's glaubt«, meinte der Chefmeier und ging hinaus in seinen wohlverdienten Feierabend.

Der Chefmeier öffnet die Autotür und setzte sich in seinen BMW SUV, als Egi um die Ecke bog.

Der PHK sah gerade noch den Chefmeier mit seinem BMW SUV davonbrausen, und winkte ihm zu. Der Chefmeier beachtet ihn nicht. Egi parkte ein, stieg aus und betrat die PI. Er drückte sich mit eingezogenem Kopf an Daniels Empfangstheke vorbei, damit er diesem nicht wieder Rede und Antwort stehen musste. Der PHK hatte keine Argumente dafür, dass Daniel so oft dort sitzen musste. Egi verschwand in seinem Büro und schloss die Tür.

»Egi, wie weit bist denn mit die Ermittlungen?«, wollte Strunzi wissen.

Der PHK hatte sich gerade an seinen Schreibtisch gesetzt, um nach den Befragungen in den Häusern Lambert und Kranz einmal tief durchzuatmen, da hatte gleich das Telefon geklingelt. Er hatte versäumt, sich die Nummer im Display anzusehen, bevor er das Gespräch angenommen hatte, und nun hatte er Strunzi in der Leitung.

»Ich kann dir noch nichts weiter dazu sagen. Polizeigeheimnis«, versuchte sich der PHK fundiert herauszureden.

»Egi, los, komm in den Konferenzraum«, rief Akay ihm aus dem Flur zu.

»Wofür bist eigentlich PHK geworden, du Bachl! Von nichts tust 'ne Ahnung haben, aber immer schön mit'm Dienstwagen durch Oberstdorf flanieren!«, beschwerte sich Strunzi.

Egi kam eine hervorragende Idee. »Weißt was, Strunzi? Bei Kapitalverbrechen sind mir die Hände gebunden. Der Akay tut die Ermittlungen leiten. Am besten kommst gleich mal zur PI, er kann dir mehr zu den Ermittlungen sagen.«

»Wenn im Herbst die Hirsche röhren, kann's den Bauernschlaf nicht stören!«, zitierte Strunzi eine alte Bauernweisheit, die gut auf den Egi passte, und legte auf.

Egi schüttelte den Kopf und trottete zum Konferenzraum. Dort saßen bereits Rudi, Akay und Silvia. Sie starrten auf den großen Bildschirm, auf dem Akay zu solch später Stunde noch ein Dokument präsentierte.

»Hier sind die Berichte von dem Einbruch in das Alpin-Museum Kempten im Jahre 1981. Es wurden ausschließlich Kupfermünzen gestohlen, und zwar alle, die dort gelagert und ausgestellt wurden, fast sechshundert Stück. Die Ermittlungen wurden nach zwei Jahren eingestellt, der Diebstahl konnte nicht aufgeklärt werden«, fasste Akay zusammen.

»Gibt es noch DNS oder Fingerabdrücke aus dem Fall?«, fragte Silvia. »Man könnte die Spuren von damals mit den DNS-Proben und Abdrücken von unseren Verdächtigen abgleichen.«

»Gute Idee, Silvia, ich schreibe den Kollegen in Memmingen ein E-Mail«, antwortete Akay. Er öffnete das nächste Dokument und zeigte es auf dem großen Bildschirm.

»Das ist eine DNS-Analyse von Köhler«, erklärte er. »Sie bestätigt schriftlich, was wir eigentlich schon wissen, auf beiden Schlüsseln der Schatzkiste hat sie DNS von den Chinesinnen sichern können. Allerdings war auf dem einen Schlüssel lediglich ein Hauch davon nachzuweisen, er muss gereinigt worden sein, oder die DNS ist bereits sehr alt. Auf einem der Schlüssel war DNS von diesem Bauer Strunz, das konnte erst jetzt nachgewiesen werden, weil uns zuvor keine DNS-Probe von ihm vorlag. Es ist also nachgewiesen, dass Bauer Strunz nur einen Schlüssel bei sich hatte, der andere war von den Chinesinnen.«

»Also hatten die Dampf-Witwen einmal beide Schlüssel«, folgerte Silvia.

»So sieht es aus«, bestätigte Akay. »Bauer Strunz hat demnach auf bisher unbekanntem Wege einen Schlüssel von ihnen erhalten. Fragt sich nur, wann.«

»Oder sie haben ihm den geklaut, und er hat ihn sich zurückgeholt«, überlegte Rudi laut.

»Wir werden es noch herausfinden«, meinte Silvia.

Egi hielt es kaum auf seinem Stuhl. Ihm schwante langsam, was

Strunzi angestellt hatte. Der unliebsame Nachbar hatte sich Tommis Drohne gewiss geliehen, um damit die Familie Dampf zu beobachten. Und das vermutlich, weil er herausfinden wollte, wo die Schatzkiste war, der Drecksack.

Akay ahnte nichts davon, schloss das Dokument wieder und öffnete das nächste. Bei der Geschwindigkeit, mit der die Zeilen über den Bildschirm rasten, wurde Rudi schwindelig. Verständlich bei dem niedrigen Blutdruck, dem er aktuell durch seine Fastenzeit ausgesetzt war.

»Was ist das?«, fragte Egi, der sich von seinen Drohnen-Gedanken freimachen wollte. Die Schrift war so klein, dass er sie kaum lesen konnte.

»Das ist die Hotelrechnung der Dampf-Hochzeit, wir haben sie gerade erhalten«, erklärte Akay. »Und hier ist der entsprechende Kontoauszug von der Sparkasse Oberstdorf aus dem gleichen Zeitraum. Durch die Zahlung an das Hotel ist also nur eine der zwei Überweisungen aus China getilgt worden, wie ihr seht. Wo ist der Rest des Geldes?«

Egi fühlte sich durch die Frage angesprochen, wusste aber keine Antwort darauf. Also schwieg er.

»Egi, weißt du etwas darüber?«, hakte Silvia nach.

Dieses penetrante Weibsbild. Konnte die sich nicht einmal aus den Oberstdorfer Interna heraushalten?

»Ich vermute, das steckt jetzt im Haus. Tu doch mal weiter die Kontoauszüge durchschauen, Akay«, bat Egi. »Wurden davon Handwerkerrechnungen bezahlt?«

»Nein, Handwerkerrechnung wurden erst mal gar nicht bezahlt. Uns liegen von fast allen, die wir bisher ausfindig machen konnten, ein bis drei Mahnungen vor. Die Gebrüder Dampf waren damals nicht sehr zahlungswillig. Die meisten Rechnungen haben sie mit einem Jahr Verzug beglichen.«

»Es wird doch kaa Handwerker der Mörder gewesen sein?«, überlegte Egi laut.

»Lenk nicht ab, Egi«, meinte Silvia genervt.

»Mmh«, schaltete Rudi sich ein, um die Sache zu beschleunigen. Er wollte sich unbedingt noch etwas Essbares besorgen. »Wenn s' nicht am Häusle rumgebaut haben, haben die im ersten Jahr nach der Hochzeit viel Urlaub in China gemacht, gell, Egi? Und dann haben die auch vorher noch das ganze Tauchzeugs gekauft.«

»Guter Einwand, Rudi«, meinte Akay. »Das werden wir gleich einmal prüfen. Wartet, ich suche mal eben in den folgenden Kontoauszügen. Tatsächlich, da ist was, hier sind Zahlungen an Reiseunternehmen und Tauchausrüst...«

Die Tür flog auf.

»Jetzat will ich aber langsam eine Antwort haben!«, brüllte Strunzi in den Raum.

Die SOKO Viehscheid zuckte zusammen. Dann eroberte ein wohliges Gefühl der Genugtuung Egis PHK-Herz. Er lehnte sich entspannt zurück. Das war Erleichterung pur, ab jetzt war Akay für Bauer Strunz zuständig. Eine Gefahr, dass Strunzi etwas von der Drohne erzählte, war nicht gegeben, da er ja dann hätte zugeben müssen, dass er sie für Aufnahmen benutzt hatte, die die Privatsphäre der Familie Dampf verletzten. Egi freute sich also auf den nun folgenden Schlagabtausch.

»Wer sind Sie? Und was wollen Sie hier?«, fragte Akay und stand auf, um den Störenfried gleich wieder hinauszuwerfen.

»Ich bin Bauer Strunz. Und mir tut der Schatz vom Seealpsee gehören!«

»Ach, Sie sind das!«, sagte Silvia.

»Wie kommen Sie dazu, hier in den Konferenzraum ...«, ärgerte sich Akay.

»Der Egi hat mir verzählt, dass Sie zuständig sind für den Fall. Und jetzat will ich endlich meinen Schmuck zurück, Herr Kommissar!«

Akay warf Egi einen vernichtenden Blick zu. Egi versuchte ihm auszuweichen und richtete seine Augen fix auf Rudi. Der lachte sich ins Fäustchen.

»Wie sind Sie denn an den Schlüssel der Schatzkiste gekommen, Herr Strunz?«, fragte Silvia schnippisch. »Ist es wirklich Ihrer? Oder haben Sie ihn den Dampf-Witwen gestohlen?«

»Es ist mein Schmuck«, beharrte Strunzi. »Und wo ich den Schlüssel her hab, das tut nichts zur Sache. Es gab immer nur einen, der tat unserer Familie gehören. Alle anderen wurden nachgemacht!«

»Wer es glaubt«, meinte Silvia und nahm sich vor, dieser Aussage nachzugehen, nur nicht hier und jetzt, da Bauer Strunz offensichtlich nicht gewillt war, die Wahrheit zu sagen.

Aus ihrem Profiling war Bauer Strunz herausgefallen, da sich der Mörder gewiss nicht dermaßen vor der örtlichen Polizei aufplustern würde. Strunzi ging es bestimmt nur darum, diese Glasklunker zu bekommen, ob sie jetzt tatsächlich ihm gehörten oder nicht.

»Herr Strunz, ich muss Ihnen leider mitteilen, dass der Schmuck kein nennenswertes Vermögen darstellt. Wenn wir die Mordfälle an Bert und Gerd Dampf geklärt haben, können Sie sich die Glasklunker in Goldfassung gerne hier abholen. Aber jetzt verschwinden Sie!«, versuchte Akay ihn loszuwerden.

»Das sind keine Glasklunker!«, protestierte Strunzi mit einer plötzlich auftretenden, stark fleckigen Rötung im Gesicht.

»Hören Sie doch auf«, rief Akay. »Stören Sie uns nicht weiter, raus hier!«

»Steht das Schwein auf einem Bein, ist der Schweinestall zu klein«, kommentierte Rudi den Rauswurf des Bauern. Er wusste, dass Strunzi Bauernregeln liebte.

»Das sind echte Steine, ich schwör's!« Strunzi ignorierte Rudis Worte und ließ sich nicht beirren.

»Verschwinden Sie, und zwar sofort!« Akay zeigte mit seiner Hand auf die Tür.

Donnerstag, 19.09.2019: Drohnenfuß

»Strunzi, wennst jetzt nicht mit der Wahrheit rausrücken tust, dann gibt's Ärger!«, drohte Egi.

Nachdem die Konferenz in der PI beendet gewesen war, war Egi gemeinsam mit Rudi zu Strunzi gefahren. Sie stellten ihn an seiner Haustüre zur Rede.

»Was soll ich denn getan haben?«, wollte Strunzi wissen. Ihm war nicht klar, welches seiner Vergehen der Egi gerade meinte.

»Liegt des Bauern Uhr im Mist, weiß er nicht, wie spät es ist«, spielte Rudi auf das aufgesetzte Unwissen des Bauern Strunz an.

Strunzis Mundwinkel bogen sich nach unten. Er ballte die Fäuste und trat einen Schritt auf den diätleidenden Polizeioberwachtmeister zu. Dieser machte daraufhin einen Schritt zurück.

»Ich helfe dir auf die Sprünge«, meinte Egi und verschränkte seine Arme vor der PHK-Brust. »Ich sage nur: Tommis Drohne!«

Jetzt wusste Strunzi, wovon Egi gesprochen hatte. Er zog seinen Filzhut so tief wie möglich ins Gesicht, damit die beiden Ermittler seine heftige Errötung nicht erkennen konnten.

»Ach das«, meinte er lapidar. »Ich wollt meine Felder von oben beobachten, ob da alles gleichmäßig wachsen tut.«

Rudi lachte laut los und meinte: »Scheißt der Dackel dir ans Bein, bist du dämlich oder klein.«

»Was will der denn immer?«, schrie Strunzi. Man erkannte seine Röte nun trotz tief sitzendem Filzhut hervorragend.

»Der Rudi möcht mich bestimmt darauf aufmerksam machen, dass dich recht ungeschickt rausreden willst«, übersetzte Egi die treffende Bauernregel mit einem breiten Grinsen. »Was hast also jetzt wirklich mit der Drohne von meinem Tommi gemacht?«

Strunzi trat unschlüssig von einem Bein auf das andere und schaute sich dabei interessiert seine geschundenen Lederstiefel an, die er tagtäglich auf dem Feld trug.

»Um deinem Gedächtnis einen Anstoß zu geben«, meinte Egi, »wir haben einen Fuß von Tommis Drohne an der Absturzstelle von Gerd Dampfs Leiche gefunden. Und an dem Tag hattest du die Drohne!«

Strunzi zog sich den Filzhut vom Kopf. Darunter war es mächtig heiß geworden, sein schütteres, graues Haar klebte in Büscheln an der Kopfhaut fest. Er wischte sich mit dem Handrücken den Schweiß von der Stirn. Egi wäre nicht der Egi, wenn ihn genau dieser Anblick nicht zu einer blitzartigen Erkenntnis führen sollte. Ein winziger, aufkeimender Gedanke nistete sich in das PHK-Hirn ein, er musste ihn jetzt nur noch zu voller Größe erstrahlen lassen.

»Ist Bauers Stirn klatschnass, öffnet er ein Lügenfass«, trieb Rudi den äußerst verdächtigen Strunzi weiter in die Enge.

Verdammt, Rudi, jetzt hatte Egi den Gedanken verloren! Warum musste der Polizeioberwachtmeister nur immer so einen Unfug reden? Egi grübelte, was es denn gewesen war, das ihm gerade noch durch den Kopf gegangen war.

»Schaut man durch Bauers Schlüsselloch, sieht man Untaten noch und noch«, frotzelte Rudi weiter.

Das war's gewesen! Jetzt war der PHK voll im Bilde.

»Strunzi, mal ehrlich«, wagte sich Egi weiter vor. »Du hast die Chinesin damit beobachtet, gell?«

Versenkt! Strunzi lief nun der Angstschweiß am Gesicht herunter und bildete große Flecken auf seinem dunkelblauen Arbeitshemd.

»Auch am 13.09., da hast du sie an Gerd Dampfs Absturzstelle im Kuhstall beobachtet. Du bist ihr dann hinterher, stimmt's?«, ging Egi noch weiter.

Strunzi öffnete seinen Hemdkragen, er schien an Sauerstoffmangel zu leiden. Rudi schaute Egi staunend an.

»Dann hast ihr den Schlüssel von der Schatzkiste abgenommen, Strunzi! Den Schlüssel, den du mir als den deinigen präsentiert hast. Hab ich recht?«, folgerte Egi.

Donnerstag, 19.09.2019: Küchen-Vertretung

»Was machen Sie hier?«, fragte Akay entsetzt. Damit hatte er überhaupt nicht gerechnet.

Während Egi und Rudi heimlich Bauer Strunz zur Rede stellten, hatten sich Akay und Silvia kurz entschlossen auf den Weg zum Dampf-Anwesen gemacht, um noch einmal alleine, ohne PI Oberstdorf, ein Wörtchen mit den Witwen zu reden. Nur standen jetzt nicht die zwei Chinesinnen an der Haustür, sondern die Spinnenweiber Lena und Lotta! Akay trat bei dem düsteren Anblick einen Schritt zurück und betrachtete das Gebäude, vor dem er stand, um sich zu vergewissern, dass er nicht an der falschen Tür geklingelt hatte. Hatte er nicht! Das war eindeutig das Dampf-Anwesen.

»Wir übernehmen heute den Küchendienst für das Abendessen der Apartment-Gäste«, säuselte Lotta mit fabelhaftem Augenaufschlag. Der Blinkestein glänzte mehr denn je an ihrem schwarzen Zahn. »Dan und Han haben vorgekocht, wir müssen es nur warmhalten und servieren.«

Silvia verdrehte die Augen, so junges Gemüse flog auf Akay. Wenn die wüssten, was der für ein Querkopf war …

»Mir war nicht klar, dass Sie und die Familie Dampf sich nahestehen. Sie haben sich doch ergiebig über sie beschwert«, wunderte sich Akay.

»Nachbarschaftshilfe halt! Und beschwert haben wir uns nur über Bert und Gerd. Die Chinesinnen sind supernett. Außerdem helfen wir jedem bei einem Trauerfall«, erklärte Lotta.

Kein Wunder, ihr seht auch aus wie Totengräber, dachte sich Silvia.

»Dan und Han haben uns darum gebeten, weil sie heute ein chinesisches Ritual oben am Nebelhorn vollziehen wollen, zum Abschied von ihren verstorbenen Ehemännern«, fügte Lena mit einem erobernden Lächeln hinzu. »Sie werden auch dort oben im Freien nächtigen. Morgen in der Früh sind sie zurück und kümmern sich dann wieder um ihre Gäste.«

»Wo sind die Familien Keller und Gerber? Können wir sie kurz sprechen?«, fragte Silvia die schwarzen Schwestern.

»Die sind heute auswärts essen«, meinte Lotta mit einem abfälligen Blick auf die Großstadt-Blondine.

»Wo?«, wollte Silvia wissen.

»Keine Ahnung«, sagte Lena bissig.

»Die müssen sich nicht bei uns abmelden, ist ja kein Gefängnis hier«, stichelte Lotta.

»Verdammt, es liegt zu wenig gegen die Chinesinnen vor, und in der Schweiz haben wir nichts zu melden, Silvia, sonst könnten wir die vier zur Fahndung ausschreiben. Immer sind mir wegen dieser scheiß Richtlinien die Hände gebunden«, raunte Akay seiner Kollegin zu, dann wandte er sich wieder an die Lambert-Schwestern: »Sie sollen sich bei uns melden, sobald sie zurück sind!«

Akay erntete dafür vier ihn anstrahlende Zahnreihen.

Donnerstag, 19.09.2019: Egis Erkenntnisse

»Wir müssen zurück zur PI, Rudi!«

»Och, naa, Egi.«

»Doch.«

Die beiden verließen den Strunz-Hof und machten sich auf den Weg. Egi öffnete die Autotür, setzte sich hinter das Steuer, Rudi quetschte sich auf den Beifahrersitz.

»Hast eigentlich schon mit der Berta Lohmeier telefoniert?«, wollte Egi unterwegs von seinem Kollegen wissen.

»Ja, hab i.«

»Und?«

»Heut in der Früh.«

»Jetzat sag schon, Rudi! Was hat dir denn die dicke Berta verzählt?« Egi warf einen Blick auf seinen Beifahrer und erkannte, wie dieser mit bockigem Gesichtsausdruck und vor der Brust verschränkten Armen aus dem Fenster schaute und den PHK ignorierte.

»Komm schon, Rudi, sei nicht so beleidigt wegen der Überstunden. Ich geb dir auch einen paar von meinen Kaminwurzen ab!«

Rudi ließ die Arme sinken und schaute Egi an. »Echt?«

»Ja! Also, was hat dir die dicke Berta verzählt?«

»Egi, das ist der Wahnsinn«, antwortete Rudi voller Vorfreude auf die Kaminwurzen. »Die will was von Bert und Gerd Dampfs Testament wissen. Dass die Witwen gar nichts erben, hat die gemeint. Das hat sie mal im Edeka aufgeschnappt, als die Bauarbeiter damals was zum Mittagessen da gekauft haben. Die hätten in der Kassenschlange darüber geratscht, dass die Gebrüder Dampf das mal während des Umbaus besprochen hätten, als ihre Frauen nicht im Haus waren.«

»Nein, das wusst die schon vor uns?«

»Ja!«, bestätigte Rudi. »Die Gebrüder Dampf haben das aus geschäftlichen Gründen gemacht. Was das heißt, konnt die dicke Berta nicht sagen. Ach ja, und die hat auch was von Scheingeschäften gewusst. Die hat in der Sparkasse mal mitgekriegt, wie Bert und Gerd am Kontoauszugdrucker gestanden und über ihre Einnahmen geschwätzt haben«, meinte Rudi und stützte seinen Kopf an das Autofenster.

»Welche Einnahmen, Rudi?«

»Von einem Schweizer Bankkonto!«

Egi stockte der Atem. Er drehte sich zur Seite und starrte Rudi an. »Die dicke Berta weiß was von dem Nummernkonto?«

»Ja, die hat die Gebrüder Dampf belauscht, als sie am Geldautomaten stand. Und die haben was von Tausenden Euro für Treibholz geflüstert.«

»Ah, so nennen die ihre klapprigen Möbel, sehr interessant. Also haben die tatsächlich Scheingeschäfte mit den Schweizern betrieben!«

»So tut's ausschauen, Egi. Die dicke Berta hat noch verzählt, dass der Bert gesagt hätt, dass es sich doch rentiert hat, dass sie den Schweizern damals den Arsch gerettet hätten.«

»Den Arsch gerettet? Was meinte der Bert denn damit?«

»Kaa Ahnung, Egi. Kannst mich nicht daheim absetzen?«

»Naa!«

Egi fuhr bis zur PI, dort stiegen sie aus. Sie schleppten sich durch die Eingangstür und gingen ins PHK-Büro. Egi öffnete die Sammelsurium-Schublade und wühlte darin herum.

»Was willst denn noch hier?«, wollte Rudi wissen. In seinem Magen herrschte mittlerweile eine gähnende Leere, die ihm alle Sinne raubte.

Egi hörte gar nicht zu, er sortierte auf seinem Schreibtisch die bisherigen Notizen: »Kleine Stöckelschuhe an Gerds Absturzstelle: Dampf-Witwen?«, »Tauchertaschen leer«, »Sauerstoffflaschen leer«, »Drohnenfuß überprüfen«, »Strunzis Familienschmuck von Dampf-Zwillingen geklaut?«, »Lena + Lotta Lambert = Schatzsucherinnen?«, »Unbekannte Spinne = Mörder? Beseitigung der Leiche durch Lena und Lotta?«.

Daneben platzierte Egi Uroma Brunis Skizzen mit dem Busch, dem Juwelenraub und den Juwelen-Mitwissern. Dann schrieb er einen neuen Zettel, »Bert und Gerd haben Schweizern Arsch gerettet«, und legte ihn neben die anderen.

»Rudi, schau doch mal! Was meinst denn dazu?«, wollte Egi wissen. Er war mit der aktuellen Situation a bissle überfordert. Und vor allem konnte er sich noch nicht ganz mit Akays Verdacht in Bezug auf die Chinesinnen und die Schweizer zufriedengeben. Es wäre zwar praktisch, wenn einer oder mehrere von ihnen die Morde zu verantworten hätten, aber Egis Bauchgefühl sagte ihm, dass sie etwas außen vor gelassen hatten. Nur konnte er es noch nicht greifen.

»Du, Egi, ich weiß auch nicht. Aber die Spinnen waren's bestimmt nicht«, meinte Rudi und hoffte dabei, schnell hier herauszukommen.

»Hast recht, Rudi, die Spinnen kommen in den Reißwolf«, entschied Egi und vernichtete die entsprechende Notiz.

Der PHK betrachtete die Zettelwirtschaft. Er überflog noch einmal alle Notizen. Seine Augen blieben an den Worten »Lena + Lotta Lambert = Schatzsucherinnen?« hängen. Irgendetwas fiel ihm daran auf. Aber irgendetwas fehlte noch.

Was hatten Lena und Lotta noch erzählt? Ihre Mutter hatte ihr Leben lang auf dem Rummel Geisterbahnen betrieben. Aber was hatte das nun mit den Morden an Bert und Gerd Dampf zu tun? Egi konnte es immer noch nicht zuordnen.

»Und sonst, Rudi?«

»Kaa Ahnung, Egi, i will jetzat heim!«

Freitag, 20.09.2019: Goldminen die Zweite

Ich soll ein Ross von der Alpe holen. Als ich am späten Abend mit demselben heimkehre, ist es schon dunkel, ich sehe die Hand vor Augen nicht. Als ich dann an einem Haufen Holz vorbeikomme, steigt das Ross auf und schlägt mit seinen Hufen in die Luft. Ich mag es streicheln oder schlagen, es will nicht mehr gehen. Dann macht es plötzlich einen fürchterlichen Sprung und will davonlaufen. Ich sehe mich um und erblicke hinter mir einen feurigen Mann ohne Kopf! Genau an dieser Stelle wollen ihn auch schon andere gesehen haben.

»Ihr habt verdammtes Glück«, tönte eine bekannte tiefe Frauenstimme durch den Telefonlautsprecher im Konferenzraum der PI Oberstdorf, in dem sich die SOKO Viehscheid am frühen Morgen wieder versammelt hatte.

Egi fühlte sich in diesem Fall wie der feurige Mann ohne Kopf. Gestern Abend hatte er wieder einmal in dem Allgäuer Sagenbuch geblättert, und ihm war aufgefallen, dass es früher viele Männer ohne Kopf gegeben haben musste. Heute Morgen hatte er dann Uroma Bruni fragen wollen, warum sie ihm dieses alte Buch mit den abscheulichen Geschichten übergeben und was es mit den Morden an Bert und Gerd Dampf zu tun hatte. Aber die Zeit hatte nicht mehr gereicht.

Dafür hatte sie ihm unten an der Haustür noch fix einen Brief in die Hand gedrückt. Er spürte nun den Umschlag in seiner Gesäßtasche. Bis jetzt hatte er nicht die Zeit gefunden, um nachzusehen, was sich darin befand.

»Warum?«, wollte Akay wissen.

»Einer der Wissenschaftler des Instituts für Materialforschung hat vor drei Jahren mit seiner Frau Urlaub in China gemacht. Sie haben die Baolun-Goldmine besucht und dort ein Goldnugget als Erinnerungsstück gekauft. Sie haben sogar ein Zertifikat dafür erhalten.«

»Ich ahne, worauf du hinauswillst«, kommentierte Akay.

»Es ist nicht mehr nötig, Amtshilfe von den Chinesen zu beantragen, was sicher ein hoffnungsloses Unterfangen geworden wäre«, sprach die Chefin der IT-Forensik weiter.

Egi hielt es vor Anspannung kaum mehr auf seinem Stuhl. Uroma Brunis Briefumschlag hatte er schon fast vergessen.

»Und, was kannst uns jetzt dazu sagen?«, fragte der PHK.

»Die Baolun-Goldmine liegt in der Provinz Hainan. Von dort stammt das Gold, mit dem die Münzen aus der Kiste vom Seealpsee überzogen wurden. Durch eine Analyse des Goldnuggets konnte es nachgewiesen werden«, erklärte Barbara Köhler.

»Das ist ja Wahnsinn!«, entfuhr es Akay.

»Da kommen doch auch Dan und Han Dampf her!«, kombinierte Rudi, der zwischenzeitlich überlegt hatte, heute früher Feierabend zu machen, um sich etwas Essbares zu besorgen, bevor er heimging. Das konnte er jetzt bestimmt vergessen.

»Du sagst es, Rudi. Endlich haben wir etwas gegen die Chinesinnen in der Hand, endlich!«, bestätigte Akay.

»Das Puzzle setzt sich immer weiter zusammen«, sinnierte Silvia, kam aber noch zu keinem Schluss, wer nun Bert und Gerd Dampf ermordet hatte. Die chinesische Sippe oder die schweizerischen Geschäftsleute? Was war dann der Grund für die Ermordungen gewesen? Hatten sich die zwei Familien zerstritten? Oder gab es noch andere Gründe? Oder waren es alle zusammen?

»Das kannst laut sagen«, gab ihr Egi ausnahmsweise recht und erinnerte sich, dass er gleich unbedingt noch in Uroma Brunis Briefumschlag schauen musste. Nur wollte er das nicht vor der Kripo Kempten machen.

»Gibt es noch mehr, Köhler?«, wollte Akay wissen.

»Natürlich, ich gebe mich nie mit etwas zufrieden«, deutete die Chefin der Forensik vielsagend an.

»Was hast du noch für uns?«, fragte Akay.

»Ich habe mir gestern noch die Taucheranzugtaschen von Bert Dampf näher angesehen. Dabei bin ich auf die gleichen Rückstände einer Metalllegierung gestoßen wie bei seinem Zwillingsbruder. Nur waren sie winzig, nahezu unsichtbar. Die Kollegen haben sie bei der ersten Analyse übersehen. Aber ich konnte sie nachweisen. Ich habe die Rückstände dann mit den beiden Schlüsseln verglichen, die ich vorliegen habe, den einen haben euch die Witwen gegeben, den anderen dieser Bauer Strunz, obwohl an beiden DNS von den Chinesinnen war. Und ich kann euch jetzt sagen, der Schlüssel, den euch Bauer Strunz gegeben hat, steckte vor Kurzem noch in Gerd Dampfs Taucheranzug. Und der Schlüssel, den euch die Witwen gegeben haben, hat vor längerer Zeit, weil die Rückstände minimal sind, in Bert Dampfs Taucheranzug gesteckt.«

»Könnten das nicht uralte Rückstände ein und desselben Schlüssels sein?«, fragte Egi.

»Nein, Frau Huber, könnten es nicht«, giftete Köhler durch den Lautsprecher. »Wären sie uralt, hätten sie sich durch die wiederholten Tauchgänge zersetzt. Und sie sind auch nicht von ein und demselben Schlüssel, das konnten wir feststellen. Es gibt minimale Unterschiede bei den Legierungen. Bert Dampf könnte also bereits vor seinem Sturzflug der Schlüssel gestohlen worden sein!«

»Hätte, hätte, Fahrradkette«, kommentierte Rudi.

Egi grinste seinen Kollegen amüsiert an. Beim Dampf-Fall gingen dem lieben Rudi die Sprüche nicht aus.

»Also hatten die Dampfs schon seit einiger Zeit zwei Schlüssel und sind wiederholt in dem See tauchen gegangen, um sich an der Schatzkiste zu bedienen?«, fragte Silvia.

»So ist es«, bestätigte Köhler.

»Hervorragend, Köhler, jetzt können wir die Chinesinnen festnageln. Ich besorge uns gleich einen Haftbefehl. Köhler, du bist die Beste!«, lobte Akay. Egi war da anderer Meinung.

»Das weiß ich«, meinte sie. »Jetzt kommt es noch besser. Ihr habt mich gebeten, die Taucherflaschen noch einmal zu untersuchen und zu prüfen, ob darin einmal etwas anderes als Sauerstoff eingefüllt wurde.«

»Und?«, fragte Egi gespannt.

»Wurde es, Frau Huber.«

Egi platzte der Kragen bei dieser patzigen Antwort. Akay ging dazwischen, bevor es wieder zum Köhler-Huberschen Kleinkrieg ausartete, der ihm nur wichtige Zeit stehlen würde: »Dann verrate es uns doch bitte, Köhler.«

»Watte, Kupfer und Gold.«

»Watte, Kupfer und Gold«, wiederholte Akay.

»Ja, jemand hat etwas aus Kupfer in die Flaschen gefüllt und sie dann sehr wahrscheinlich mit Watte gepolstert, damit es nicht so kratzt und klimpert«, erklärte Köhler.

»So haben die Schlawiner die Münzen nach China und zurückgeschmuggelt. Ich kann es nur wiederholen, du bist die Beste, Köhler.« Akay freute sich über diese fantastischen Neuigkeiten.

»Klar. Und ihr, habt ihr eigentlich schon die Drohne gefunden, deren Fuß bei mir im Schrank liegt?«, spielte Köhler den Ball zurück nach Oberstdorf, um den Leuten dort deutlich zu machen, dass sie selbst nicht gerade die Besten waren.

»Da kümmern wir uns später drum«, wiegelte Silvia ab und verabschiedete sich von der wieder einmal äußerst bissigen Kollegin in Memmingen.

In diesem Punkt war die Kripo Kempten noch nicht einen Schritt weitergekommen. Egi hatte diesbezüglich schon mehr herausgefunden. Leider. Er wusste bereits seit Längerem, dass es zwei Schlüssel waren und welche kuriosen Wege sie gegangen waren, aber er ließ Akay im Ungewissen. Er sollte erst gar nicht darauf gebracht werden, dass Tommis Drohne bei diesen Verwicklungen eine tragende Rolle gespielt hatte und dass Strunzi damit die Chinesinnen beobachtet hatte, um ihnen einen Schlüssel abzunehmen. Erst durch Tommis Drohne wusste er, wo der Schlüssel war und wer ihn hatte. Wenn der Kemptener Kripobeamte davon Wind bekäme, würde er wieder im Hause Huber ermitteln. Und das wollte Egi um alles in der Welt vermeiden. Die Angst um seinen PHK-Stand ließ ihn Uroma Brunis Brief in seiner Hosentasche wieder komplett vergessen.

»Hast du schon herausbekommen, wie Taucherflaschen am Flughafen kontrolliert werden, Akay?«, wollte Silvia wissen. »Wie haben die Dampfs das hingekriegt, sie mit Kupfermünzen auf den Weg nach China zu bekommen?«

»Ich habe die Zollkollegen am Frankfurter Flughafen gesprochen. Die Taucherflaschen sind aus Metall, sie können nicht durchleuchtet werden. Wenn sie nicht zu viele Kupfermünzen eingefüllt haben, merkt man auch am Gewicht nichts, die Flaschen sind sowieso schwer. Stehen die Flaschen nicht unter Druck oder haben einen Druck unter 2 Bar, werden sie nicht als Gefahrengut eingestuft. Manchmal fordert das Sicherheitspersonal die Fluggäste auf, die Ventile für eine Sichtkontrolle zu öffnen. Das scheint bei Bert und Gerd Dampf nicht passiert zu sein. Sie hatten einfach Glück«, erklärte Akay.

»Und wie tut's jetzt weitergehen?«, fragte Rudi desinteressiert. Er hatte die Hoffnung auf einen frühen Feierabend noch nicht ganz begraben.

»Wir nehmen die Hauptverdächtigen fest«, sagte Akay. »Die Schweizer machen Scheingeschäfte mit Familie Dampf, und die Dampf-Witwen haben uns einen Schlüssel der Schatzkiste unterschlagen und hatten durch ihren Vater Zugang zu der Baolun-Goldmine in der Provinz Hainan.«

Egi schwieg. Die Kripo Kempten ahnte noch nicht, wie Strunzi an den Schlüssel gekommen war. Nur der PHK und Rudi wussten, dass Strunzi einer der Chinesinnen einen Schlüssel der Schatzkiste abgeschwatzt hatte, und zwar mit der Begründung, dass der Schmuck sein Eigentum sei. Und damit hatte Strunzi sie so weit überzeugt, dass sie ihm einen Schlüssel freiwillig überlassen hatten.

»Jetzt ist alles so gut wie glasklar! Egi und ich schnappen uns die Schweizer, Silvia und Rudi die chinesischen Witwen. Und dann müssen wir sie nur noch vernehmen und herausfinden, wer von ihnen Bert und Gerd Dampf aus welchem Grunde umgebracht hat«, ordnete Akay an.

Freitag, 20.09.2019: Abreisetag Nr. 1

Als Egi, Rudi, Akay und Silvia am Dampf-Anwesen ankamen, bemerkten sie gleich, dass eine außergewöhnliche Stimmung in der Luft lag. Die Haustür stand weit offen, Gäste standen im Eingang und auf der Straße, andere wiederum schauten oben aus den Fenstern ihrer Apartments. Rudi und Silvia blieben vorne stehen, Egi und Akay liefen um das Haus herum. Auf der Terrasse standen ebenfalls einige Gäste und betrachteten aufgebracht das leere Frühstücksbuffet.

»Was geht hier vor?«, fragte Akay in die Runde.

»Die haben heute kein Frühstück gemacht«, beschwerte sich ein kleiner Junge. Egi schätzte ihn fünf oder sechs Jahre, vermutlich noch ein Kindergartenkind, sonst hätte er zu dieser Zeit die Schulbank drücken müssen.

»Wo sind Dan und Han Dampf?«, wollte der PHK wissen.

»Ich habe sie heute noch nicht gesehen«, meinte eine ältere Dame.

»Ich auch nicht. Ich habe sie sogar in der Küche gesucht, weil ja kein Frühstück hier steht«, erzählte der Vater des kleinen Jungen.

»Scheiße!«, rief Akay und lief zurück nach vorne.

Egi hechtete hinter ihm her. Vor der Haustür stand nur noch Rudi und beobachtete das seltsame Treiben im Haus. In der Diele diskutierten die Gäste die ungewöhnliche Situation. Oben aus den Fenstern rief hin und wieder jemand einen Kommentar herunter.

»Wo ist Silvia hin, Rudi?«, fragte Akay.

»Die ist rüber zu den Spinnenweibern. Weiß auch nicht, was die da will«, antwortete Rudi.

»Ich weiß es!«, rief Akay und rannte los. »Egi und Rudi, bleibt hier und passt auf, dass keiner das Haus verlässt.«

Egi und Rudi sahen sich verständnislos an.

»Was tut der denn meinen, Egi?«

»Kann ich dir auch nicht sagen. Vielleicht hat der doch die Kopien aus dem Sagenbuch bei den Lamberts auf dem Küchentisch gesehen und einfach nichts dazu gesagt. Der hat bestimmt wieder hinter unserm Rücken recherchiert, Rudi.«

Nach zwei Minuten kamen Akay und Silvia zurück. Mit ihnen erschienen Lena und Lotta Lambert.

»Sie beide erklären uns jetzt sofort, was hier los ist!«, schrie Akay sie an.

Es kam keine Antwort von den zwei schwarzen Schwestern. Stattdessen schauten sie an der Hauswand hoch und beobachteten die Gäste, die oben an den Fenstern standen.

»Sie sollten Ihr Schweigegelübde langsam ablegen, sonst sieht es schlecht für Sie aus«, drohte Silvia.

»Was soll schon passieren? Wir haben nix verbrochen«, zischte Lotta plötzlich, sie hatte ihre Sprache wiedergefunden. Lena stieß sie daraufhin mit dem Ellbogen in die Rippen.

»Wir stecken Sie in Untersuchungshaft, bis Sie reden!«, verfeinerte Akay Silvias Drohung.

»Sie werden sich dort wohlfühlen«, fügte Silvia hinzu. »In den Zellen gibt es einen Haufen Spinnen.«

»Blöde Zicke«, flüsterte Lotta ihrer Schwester zu.

»Also«, fuhr Akay fort, »was können Sie uns zu dem Verschwinden von Dan und Han Dampf sagen?«

Egi fragte sich, warum Akay meinte, dass die Lambert-Schwestern etwas zu dem Fall beizutragen hatten. Der PHK und Rudi wussten ja nicht, dass Akay und Silvia gestern Abend noch hier gewesen waren und erfahren hatten, dass Lena und Lotta die Dampf-Witwen beim Abendessen vertraten, weil diese am Nebelhorn ein Ritual zum Tode ihrer Ehemänner vollführen wollten.

»Ähm, Akay«, meinte Egi.

»Was gibt's?«, fragte Akay, ohne die beiden Schwestern aus den Augen zu lassen.

»Hast auch die Kopien aus dem Sagenbuch bei denen auf dem Tisch gesehen?«, fragte Egi.

»Wovon sprichst du?«, meinte Akay genervt. Er vermutete, dass das wieder ein Ablenkungsmanöver der Oberstdorfer war.

»Von dem Allgäuer Sagenbuch, wo der Schatz vom Groppenbach, die Hexen und die kopflosen Reiter mit den ...«

Lena und Lotta sahen sich mit zuckenden Augenlidern an. Egi war sich sicher, dass er auf der richtigen Fährte war.

»Egi, sei jetzt ruhig und störe nicht weiter unsere Ermittlungen!«, fauchte Silvia, die Egis Ausführungen für groben Blödsinn hielt.

Wieder dieses verflixte Weibsbild. Wenn die es so wollte, dann schwieg Egi halt.

»Kann helfe?«, fragte eine kleine asiatische Frau. Sie war aus dem Keller hochgekommen und trug einen Putzeimer und einen Wischmopp nach oben.

»Wer sind Sie?«, fragte Akay erstaunt.

»Lien Li«, antwortete die Frau.

»Und was machen Sie hier?«, wollte Akay wissen.

»Bin Putzfau.«

»Wir suchen Dan und Han Dampf«, sagte Silvia. »Können Sie uns sagen, wo sie sind?«

»Ah ja! Dan un Han gesten Aben na Fankfut zu goße Flughafe«, antwortete Lien Li.

Freitag, 20.09.2019: Abreisetag Nr. 2

»Ich weiß, wo ihr Apartment ist!«, rief der kleine Junge und lief die Treppe hoch. Sein Vater folgte ihm.

Egi, Rudi, Akay und Silvia waren nach der niederschmetternden Nachricht über Dan und Han Dampf in den Garten zurückgelaufen. Akay hatte sofort in Kempten angerufen und eine Fahndung nach Han und Dan Dampf eingeleitet. Nachdem die Kollegen jedoch unverzüglich die Flugpläne des Frankfurter Flughafens gecheckt hatten, hatten sie Akay zurückgerufen und ihm mitgeteilt, dass bereits um 08:45 Uhr ein chinesischer Jumbo Richtung China gestartet war. Nun hofften die Ermittler, zumindest die Eheleute Keller und Gerber dingfest machen zu können. Auf der Frühstücksterrasse hatten sie wieder den kleinen Jungen mit seinem Vater angetroffen. Jetzt liefen sie hinter ihnen die Treppe in den ersten Stock hoch.

»Da ist es, Nummer 124«, meinte der Junge und zeigte auf eine schwere Holztür. Sein Vater nickte.

Akay drückte die Türklinke und die Tür öffnete sich. Akay und Egi traten ein. Das Bettzeug war zerwühlt, auf dem Tisch standen leere Gläser und Flaschen, die Mülleimer quollen über. Koffer waren nicht zu sehen. Akay ging zum Kleiderschrank und öffnete ihn. Er war leer. Egi lief ins Bad, keine Kosmetiktaschen, Zahnbürsten oder Ähnliches in Sicht. Sie gingen zurück vor die Tür zu Rudi und Silvia.

»Alles weg, die sind abgehauen«, meinte Akay.

»Ich habe sie gestern Abend noch gesehen«, meinte der Vater des Jungen.

»Wann war das?«, fragte Silvia.

»Muss schon nach zehn gewesen sein. Beim Abendessen, wo die zwei Mädels von nebenan bedient haben, waren die Schweizer nicht dabei. Die haben bestimmt auswärts gegessen. Sie sind irgendwann spät zurückgekommen, und da sind sie mir im Flur begegnet, als ich mir unten aus dem Kühlschrank ein Bier geholt habe. Ich habe gehört, wie einer von ihnen gesagt hat, sie würden es wie Dan und Han Dampf machen.«

»Waren alle vier Schweizer dabei, Herr und Frau Keller, Herr und Frau Gerber?«, fragte Akay.

»Ja. Aber gestern wusste ich ja noch nicht, was sie damit meinen. Die sind bestimmt alle schon gestern verschwunden.«

»Ich weiß, wo die immer ihr Auto parken, einen schwarzen BMW X5!«, rief der Junge und rannte los.

Alle folgten ihm die Treppe hinunter in den Keller und von dort aus durch eine Stahltür in die Tiefgarage.

»Da, Nummer 32!«, meinte der Junge und zeigte auf einen leeren Stellplatz.

Freitag, 20.09.2019: Abreisetag Nr. 3

Die Schwarzwald-Buben hatten auch vorgehabt, heute abzureisen. Aber vorher wollten sie noch einen letzten Sprung vom Nebelhorn wagen. Der Himmel war ausnahmsweise wolkenverhangen, die Erde war noch aufgeheizt von der stechenden Sonne der vergangenen Tage und es herrschte ein kühler, mäßiger Wind aus Südwest. Bedingungen, die sie in der letzten Woche noch nicht hatten erleben dürfen. Entsprechend gespannt waren sie auf die spezielle Thermik und das Verhalten ihrer Gleitschirme.

»Heute ist der letzte Tag, den nutzen wir noch einmal«, meinte der rothaarige Leo Winterhalder voller Vorfreude.

Sie standen bereits auf der Startwiese oben am Nebelhorn und packten ihre gestreiften Gleitschirme aus, legten sie auf den Boden und ordneten die Schnüre.

Julian Zängerle, der Blasse mit dem Zopf, pflichtete ihm bei: »So wie heute war's hier noch nicht, das wird bestimmt spannend.«

Um sie herum passierte nicht viel. Bei dem Wind wollten Unerfahrene nicht unbedingt einen Tandemsprung wagen. Heute befanden sich nur echte Freaks hier oben.

»Ich bin froh, wenn wir wieder daheim sind«, sagte Oskar Gremmelspacher.

Sein großer Bruder Paul schubste ihn zur Seite und flüsterte: »Halt's Maul!«, als er an ihm vorbeiging.

Freitag, 20.09.2019: Schnuffis Einsatz

Daniel hatte heute Morgen Luigi und Schnuffi in Empfang genommen und stand jetzt mit ihnen in der Gipfelbahn auf dem Weg zum Nebelhorn.

»Du, ist es nicht herrlich hier?«, fragte Daniel seinen Lebenspartner und legte ihm den Arm um die Schultern. »Und wenn das hier klappt, Luigi, bin ich ruckzuck befördert.«

»Ich dir gerne dabei helfen, Dani«, grinste Luigi und legte seinen Kopf an Daniels Schulter.

Schnuffi schaute ergeben an seinem Herrchen hoch und wedelte aufgeregt mit dem Schwanz. Ihm war klar, dass nun sein Einsatz folgte. Die Gondel wurde immer langsamer, dann ruckelte es sanft und sie blieb stehen. Die Türen öffneten sich und ein leichter, frischer Wind blies ihnen entgegen.

»Dann los, ihr beiden«, meinte Daniel und tätschelte dem beigefarbenen Labradoodle den Kopf.

Sie liefen einmal mehr über die voll besetzte Terrasse des Gipfelrestaurants, vorbei am Gipfel des Nebelhorns und ein Stückchen abwärts zur Startwiese von Fly-high. Als sie ankamen, lagen bereits einige der gestreiften Fallschirme ausgebreitet auf dem Boden. Daniel erkannte sofort die vier Burschen aus dem Schwarzwald, die sich gerade auf den Start vorbereiteten. Der Rothaarige und der Blasse mit dem Zopf schlüpften schon in ihre Sitzsäcke. Der Milchbubi und sein großer Bruder hantierten noch an ihren Seilen herum.

»Verdammt, kannst du nicht mal ordentlich mit deinen Sachen umgehen?«, schimpfte der Ältere mit dem Jüngeren. »Wie willst du denn mal in unserer Gleitschirmschule arbeiten? Du bist ja sogar für das Zusammenlegen der Schirme zu blöde, du Hornochs!«

Schnuffi blieb abrupt stehen, hob sein rechtes Vorderbein und spitzte die Ohren. Dann lehnte er sich ein Stück vor. Er sah aus wie ein Pfeil, der gleich loszischen würde.

Freitag, 20.09.2019: Verwandtschaft

Egi nahm den Umschlag aus seiner Jackentaschen, den ihm Uroma Bruni heute Morgen noch zugesteckt hatte. Mit zittrigen Händen hielt er ihn fest und starrte ihn an. Würde er ihm weitere Erkenntnisse liefern? Oder wäre es Zeitverschwendung, ihn hier und jetzt zu öffnen? War er zur Lösung des Viehscheid-Falles genauso sinnlos, wie dieses Allgäuer Sagenbuch, das sich Egi jeden Tag vornahm?

»Egi, Rudi, lasst uns los«, forderte Akay sie auf. Er stand bereits mit Silvia am Kripowagen.

Egi hatte direkt hinter ihm geparkt. Sie waren mit zwei Autos zum Dampf-Anwesen gekommen, da sie gehofft hatten, die Hauptverdächtigen gleich mitnehmen zu können. Egi stand mit Rudi vor der Haustür, der ihm auf die Schulter klopfte und Richtung Streifenwagen schlenderte. Egi war noch unschlüssig. Er blieb stehen und wendete Uromas Briefumschlag in seinen Händen.

»Egi, nicht einschlafen!«, rief Akay ihm zu.

Egi hörte ihn nicht. Er traf eine PHK-Entscheidung, öffnete den Brief und zog ein zerknittertes Blatt Papier heraus. Es war wieder eine Skizze. Er erkannte zwei Frauen mit Spinnen auf der einen Seite. Auf der anderen standen zwei Burschen neben einigen Bäumen.

»Egi, trödle nicht herum«, schrie Akay ihm herüber. »Wir müssen zurück zur PI und die Festnahme der Schweizer einleiten. Die sind bestimmt schon über die Grenze!«

Egi hörte ihm immer noch nicht zu. Er war in Uromas Skizze vertieft. Sollte das rechts der Schwarzwald sein? Und die Kiste in der Mitte der Schatz vom Seealpsee, von dem Egi nun vermutete, dass er der Familie Strunz gehörte?

»Egiiii, jetzt komm schon!«, schrie Akay.

Plötzlich fiel Egi ein, was das fehlende Puzzlestück war: Lenas und Lottas Mutter war in Freiburg zur Welt gekommen! Die Burschen, die jeden Tag vom Nebelhorn sprangen, kamen aus dem Schwarzwald, genau genommen aus Sankt Blasien, Menzenschwand und Titisee-Neustadt. Und im Südschwarzwald, am Feldberg, kannte jeder jeden, Freiburg war Dreh- und Angelpunkt der kleinen Dörfer. Eventuell kannten sich die Familien! Als der PHK das begriff, wurde ihm heiß und kalt. Er war sich sicher, dass er damit den Fall so gut wie gelöst hatte.

»Akay!«, schrie er. »Akay, komm mal her!«

»Was ist jetzt schon wieder?«, fragte Akay keuchend, als er bei Egi angekommen war und das gekritzelte Bildchen sah. »Wieder irgendwelche altertümlichen Sagen aus dem Allgäu?«

»Nein, nein«, rief Egi. »Wir müssen sofort zum Nebelhorn. Da ist auch schon der Daniel mit Luigi und Schnuffi!«

»Und?«, fragte Akay.

»Wir müssen ihnen helfen, Akay, die Kollegen sind doch noch so jung! Los, beeil dich!«

»Wenn das wieder ein blöder Trick von dir ist, Egi ...«

»Nein, ist es nicht, wirklich!«

»Silvia, du fährst zurück zur PI und nimmst Lena und Lotta Lambert mit. Ich bin mir sicher, dass die zwei mehr wissen, als sie zugeben. Verhöre sie noch einmal zusammen mit Erwin. Er findet bestimmt den richtigen Ton bei den beiden. Ich schaue mich mit Egi und Rudi am Nebelhorn um«, ordnete Akay an.

Freitag, 20.09.2019: Chefmeiers Verhör

Erwin Bachmeier, der Chefmeier, hatte seit über elf Jahren kein Verhör mehr geführt. Als PI-Leiter hatte er das nicht für nötig befunden. Die Arbeit machten die anderen für ihn, so, wie es sich gehörte. Was wollte jetzt also diese penetrante Kripotante? Dazu noch mit den Spinnenweibern, die sie ihm gegen seinen Willen angeschleppt hatte?

»Erwin, du bist aktuell der Einzige, der mit in das Verhör gehen kann. Oder soll ich Beate mitnehmen?«, drohte Silvia.

Sie stand mit ihm im PI-Flur und versuchte ihn in Richtung Verhörraum zu bewegen. Der Chefmeier sah hinüber zur unbesetzten Telefonzentrale und fragte sich, wo Beate gerade war. Bestimmt wieder beim Arzt oder in einem Nebenraum, um ungestört mit ihrer Mutter in Essen zu telefonieren. Er überlegte hin und her und kam zu dem Schluss, dass Beate sowieso nicht die Richtige für das Verhör der dunklen Lambert-Schwestern war. Gewiss war er die bessere Besetzung im Verhörraum, dachte er sich. Chefmeiers von einer tiefen Egozentrik geprägten Einschätzungen waren für Außenstehende nicht nachzuvollziehen.

»Dann geh halt schon mal vor«, grunzte der Chefmeier Silvia an und ging in sein Büro. Dort öffnete er seinen Aktenschrank und holte ein Fläschle Enzian und ein Glas heraus.

Silvia saß währenddessen bereits im Verhörraum und betrachtete Lena und Lotta Lambert. Die Schwestern wippten unter dem Tisch mit den Beinen, Lena zwirbelte eine Haarsträhne zwischen ihren Fingern und Lotta kaute auf einem ihrer Daumennägel herum. Die Tür wurde

311

aufgestoßen. Der Chefmeier polterte herein und zog eine beachtliche Enzian-Fahne hinter sich her.

»Euch Geisterbahn-Gestalten mach ich die Hölle heiß! Ich mach euch fertig, dass ihr hier nimmer nauskriechen könnt! Also gebts lieber gleich alles zu!«, brüllte der PI-Leiter, bevor er sich wankend neben Silvia an den Tisch setzte und dem Möbelstück einen ordentlichen Faustschlag verpasste.

Lena und Lotta fuhr sichtlich der Schreck durch alle Glieder. Silvia rollte die Augen.

Freitag, 20.09.2019: Turbo-Gondel

»Wir brauchen ganz dringend eine Sonderfahrt«, rief Egi dem Kontrolleur zu, nicht ohne Stolz über seine PHK-Kompetenzen.

Er war mit Rudi und Akay von der PI aus zur Talstation der Nebelhornbahn gebrettert, mit PHK-Blaulicht natürlich. Als er die langen Warteschlangen an Kasse und Einstieg gesehen und sich ausgerechnet hatte, wie viele Minuten jeweils eine Teilstrecke dauerte, war er direkt auf der asphaltierten Straße weitergefahren bis zur ersten Station Seealpe. So konnte er zumindest die Menschenmassen an der Talstation umgehen.

Er hatte das Auto direkt unterhalb der Gondelstation stehen lassen. Von hier aus würde es ungefähr fünfzehn bis zwanzig Minuten dauern, bis sie oben am Gipfel waren. Mit dem Auto würde er vermutlich länger brauchen, weil es später auf geschotterten, schlecht befestigten Wegen weiterging. Egi hoffte inständig, dass die Zeit zur Rettung von Daniel, Luigi und Schnuffi reichen würde.

Dann war der PHK ausgestiegen und ohne Umwege in die Station gerannt. Er wusste, dass Opa Edmund Huber ab sofort die Hand schützend über ihn und seine Kollegen halten würde. Rudi und Akay waren dem PHK mit Mühe und Not gefolgt. Jetzt standen sie vor dem halb hohen, stählernen Schiebetor, vor dem die Gondeln hielten.

»Die nächste Gondel kommt in zwei Minuten, Egi, so lang wirst noch warten müssen. Siehst, dahinten ist sie schon«, meinte der Kontrolleur, der natürlich den Egi kannte.

»Wir brauchen eine Sonderfahrt bis oben, ohne Unterbrechung, ohne Wartezeit, Ralfi«, forderte der PHK.

»Verstehe, ich geb's per Funk an die Kollegen durch. Polizeiliche Sonderfahrt zu den nächsten zwei Stationen mit reibungslosem Umstieg für die Herren Kommissare!«, grinste Ralfi, dem sofort klar geworden war, dass es hier um eine dringende Ermittlung oder gar Festnahme gehen musste. »Da kommt auch schon die Gondel rein. Machts ihr mal Platz, damit alle rauskommen. Dann bekommt ihr eure Exklusivfahrt.«

Freitag, 20.09.2019: Hilferuf

»Egi, komma schnell zurück in die PI!«, schrie Beate aus dem Lautsprecher von Egis Handy.

Er stand gerade mit Rudi und Akay in der Gondel Richtung Höfatsblick.

»Ich kann jetzt absolut nicht, Beate! Was ist denn schon wieder los?«, fragte Egi genervt.

»Der Chefmeier hat Enzian gesoffen und randaliert im Verhörraum. Ker, wat is dat ein Theater!«, schluchzte Beate.

Egi machte sich ernsthafte Sorgen um das Wohlergehen der PI, und auch um Beate. Aber er konnte seiner lieben Kollegin momentan leider nicht beistehen.

»Beate, wir fahren grad zum Nebelhorn hoch und müssen dem Daniel und dem Luigi unter die Arme greifen. Kann das nicht die Top-Psychologin aus Kempten regeln?«

»Quatsch, die Hippe kricht dat nich auf die Reihe, Egi. Die hat mich ja angerufen, weil die nich klarkommt. Der Chefmeier, der Kusselkopp, der haut alles kurz und klein, weil die zwei schwarzen Tusneldas ihm wat vonne buckelige Verwandtschaft aus'm Schwarzwald vorgelabert haben, die an allem Schuld is. Dat glaubt der denen nich, Egi!«

»Sag ihm, ich hätte gesagt, dass das stimmt. Ich muss jetzt auflegen und in die nächste Gondel steigen!«

»Watte ma, Egi, ich krich gleich die Pimpernellen! Ich ruf dich ja aus'm Auto an, ich kann dem Chefmeier nix sagen. Ich bin grade auf dem Rückweg außer Schweiz, weil da heute Morgen ein Fax gekommen is, da steht drin ...«

Egi hatte bereits das Gespräch beendet und hechtete mit Rudi und Akay in die nächste Exklusivgondel.

Freitag, 20.09.2019: Vorsicht, Schnuffi

»Fass, Schnuffi, fass!«, schrie Daniel.

Als die Schwarzwald-Burschen Daniel, Luigi und Schnuffi erblickt hatten, war es zu unterschiedlichen Reaktionen gekommen. Zwei von ihnen hatten den Ermittlern und dem Spürhund freundlich zugewinkt. Die anderen beiden waren in Hektik verfallen und hatten mit nervösen Handgriffen versucht, sich die Gurte umzuschnallen, um sich so schnell wie möglich ins Tal zu stürzen.

Schnuffi löste sich aus seiner Pfeilhaltung und sprintete los. Nur wusste er gar nicht, wohin er sollte! Von Daniel hatte er bisher noch keinen Befehl angenommen, erst recht keinen dermaßen unqualifizierten. Schnuffi blieb stehen und drehte sich zu seinem Herrchen um.

Luigi verstand sofort und rief ihm zu: »Die zwei da, die wollen springen runter!«

Schnuffi rannte wieder los, an den lächelnden Schwarzwald-Burschen vorbei zu den Flüchtenden. Aber es waren *zwei* Übeltäter. Wie stellte sich sein Herrchen nun das wieder vor? Schnuffi überlegte nicht lange und suchte sich den Schwächeren der beiden aus. Bei ihm sah er mehr Chancen für sich.

Freitag, 20.09.2019: Ab in die Lüfte

»Rudi, wo willst denn hin?«, schrie Egi hinter seinem korpulenten Kollegen her, als gerade wieder sein Handy klingelte.

Der PHK ignorierte den Vibrationsalarm in seiner Gesäßtasche und rannte weiter. Daniel und Luigi hockten neben zwei der Schwarzwald-Burschen im Gras und legten ihnen gerade Handschellen an. Die Festgenommenen sahen recht friedlich aus, aber die zwei anderen Schwarzwälder befanden sich auf der Flucht. Der Kleinere wollte mit seinem Gleitschirm loslaufen, aber Schnuffi hing an seiner Hose und zerrte knurrend an ihm herum. Der Größere stand einige Meter weiter vorne und zog an seinen Seilen. Gleich würde er loslaufen.

Nun liefen aber auch Daniel und Luigi los, um ihn davon abzuhalten, ins Tal zu verschwinden. Aufgrund seiner geringeren Körpergröße war Luigi klar im Nachteil, seine Beine waren einfach viel kürzer als Daniels, der fast doppelt so schnell rennen konnte. Egi und Akay kamen von der Seite. Akay warf sich gleich auf den Kleineren, der von Schnuffi im Zaum gehalten worden war. Schnuffi ließ los, machte brav Platz und wartete auf die nächste Anordnung seines Herrchens.

»Bleib hier! Lass mich nicht mit den Bullen alleine!«, schrie der Kleinere hinter dem Größeren her, der immer noch Anstalten machte, mit seinem Gleitschirm ins Tal zu verschwinden.

Egi sah sich außerstande, noch schneller zu laufen als Daniel, aber selbst der schaffte es nicht, den Größeren einzuholen. Dieser befand sich in einem energischen Trab bergab und zog weiter an seinen Leinen, damit sich der Gleitschirm hob. Und genau das tat er nun auch. Der gestreifte Stoff bäumte sich auf, stieg hoch in die Luft und hob den Flüchtenden an. Seine Füße entfernten sich mehr und mehr von der Wiese.

»Rudiiii! Was soll das?«, schrie Akay, der immer noch auf dem Kleineren lag, den Polizeioberwachtmeister an.

Rudi war nicht dem Flüchtenden hinterher, sondern zu den festgenommenen Schwarzwald-Burschen gelaufen, die noch mit Handschellen auf der Wiese hockten. Jetzt löste er bei dem Rothaarigen die Handschellen, um ihm seinen Gleitschirm abzuschnallen, schnappte sich den Schirm und zog ihn an den Seilen hinter sich her.

Freitag, 20.09.2019: Chefmeier unter Strom

»Was sollen das für Burschen sein?«, brüllte der Chefmeier. Er glaubte den zwei Weibern kein einziges Wort.

»Erwin, jetzt …«, versuchte Silvia einzugreifen. Sie hatte bisher noch kein einziges Wort sagen können, weil der Chefmeier hier einen Heidenaufstand machte.

»Unterbrech mich nicht bei meinem Verhör!«, fuhr der Chefmeier sie an.

Silvia lehnte sich zurück, zog die Stirn kraus und verschränkte die Arme vor ihrer Brust. Hier, in dieser PI, war kein Durchkommen möglich. Sie hoffte, dass sie zum allerletzten Mal hier sein würde.

»Was also für Burschen?«, wiederholte der Chefmeier in einem Tonfall, dass der Tisch anfing zu beben.

»Unsere Cousins«, meinte Lena mit dünnem Stimmchen.

»Eure Cousins, eure Cousins! Wie heißen die?«, bohrte der Chefmeier weiter.

»Paul und Oskar Gremmelspacher«, antwortete Lotta eingeschüchtert. Mit Chefmeiers grantiger Art kamen die zwei Lambert-Schwestern nicht besonders gut zurecht.

»Und woher kennt ihr die?«, fragte der Chefmeier. Silvia rollte wieder die Augen.

»Sie sind unsere Cousins, Herr Bachmann«, meinte Lena wahrheitsgemäß. »Sie sind die Söhne der Schwester unserer Mutter.«

»Bachmeier heiße ich!«, brüllte der Chefmeier und grübelte: »Aha, Söhne der Schwester von der Mutter …«

Mit seinem durch den Verzehr einiger Gläsle Enzian leicht getrübten Intellekt sah er sich aktuell außerstande, die Familienstränge der Lambert-Schwestern zu durchblicken. Daher ging er zum nächsten Thema über. »Und die hatten vor, den … äh … Schatz vom Seealpsee zu heben, den grad auch die Gebrüder Dampf hochholen wollten?«

»Ja«, bestätigte Lotta mit einem unsicheren Blick auf ihre Schwester, die ihr zunickte. »Wir haben ihnen Fotos von Kopien aus dem Allgäuer Sagenbuch per WhatsApp geschickt. Unser Paps hat erzählt, dass Bert und Gerd damals, als sie so dreißig waren, der Aurelie Strunz ihren Schmuck geklaut haben und ihn den Erzählungen im Sagenbuch folgend unter einem Busch am Groppenbach vergraben haben. Dann haben sie immer wieder neue Verstecke aus dem Sagenbuch ausgesucht, damit ihnen keiner auf die Schliche kommt. Der Schatz lag dann mal hier und mal dort.«

»Ihr spinnts doch total! Mir, dem PI-Leiter von Oberstdorf, so einen Scheiß aufzutischen«, schrie der Chefmeier. Er stand auf, warf dabei seinen Stuhl um und schlug kräftig mit der Faust auf den Tisch. »Ihr werdets noch sehen, was ihr davon habt!«

Freitag, 20.09.2019: Rudi, der Cowboy

»Rudiiiii! Du bist am nächsten dran!«, schrie Akay. »Jetzt vertrödel doch nicht deine Zeit!«

Paul Gremmelspacher hob gerade ab. Sein kleiner Bruder Oskar lag unter Akay, Schnuffi saß neben dem eingekeilten Jungmann und knurrte ihn an. Rudi zog den Gleitschirm des Rothaarigen hinter sich her und sortierte während seines kurzen Sprints die Seile. Mit Karabinerhaken formte er eine Schlinge. Er begann sie langsam im Takt seiner Schritte zu schwingen und ließ dabei immer mehr Seil in die Luft gleiten. Paul Gremmelspacher befand sich ungefähr sechs Meter weit entfernt und zwei Meter hoch.

»Rudiiiii! Das schaffst du! Hau rein!«, feuerte Egi ihn an. Der PHK hatte verstanden, was der Polizeioberwachtmeister vorhatte.

Rudi blieb stehen, schwang die zusammengehakten Seile mit voller Wucht über seinen Kopf, schmiss sie mit seiner rechten Hand nach vorne und ließ die Schlinge durch die Luft sausen. Das an der Schlinge befestigte Seil glitt durch seine Linke. Er ließ es laufen und verfolgte mit den Augen, wie die Schlinge in die Luft schnellte und gezielt Paul Gremmelspachers Füße anpeilte, die vorne aus seinem Sitzsack hingen. Sie war noch einige Zentimeter zu tief.

Der Flüchtende starrte entsetzt auf das sich ihm nähernde Seil. Er fing an, sich in seinem Sitzsack zu winden, um der Schlinge aus dem Weg zu kommen. Jedoch erreichte er damit nur, dass sein Gleitflug in Schräglage geriet und er ein bis zwei Meter an Höhe verlor. Die Schlinge kam immer näher.

Freitag, 20.09.2019: Endlich Beweismittel

»Ich fahr jetzt zur Jugendherberge in Oberstdorf-Kornau, Erwin. Von mir aus kannst du die ganze PI kurz und klein schlagen«, verabschiedete sich Silvia aus dem Verhörraum, in dem sie, die Polizeipsychologin und Verhörspezialistin, nicht einmal zu Wort gekommen war.

Schon vor über zehn Minuten hatte Silvia Beate auf dem Handy angerufen und um den Austausch vom Chefmeier gebeten, bis jetzt war aber niemand gekommen. Dass Beate gar nicht in der PI, sondern in der Schweiz war, hatte die Kripobeamtin nicht wissen können. Die Lambert-Schwestern kauerten mittlerweile in einer Nische zwischen dem Schrank und der Wand. Der Chefmeier brüllte immer noch dreckige Parolen und schlug auf den Tisch ein, der zu zerbersten drohte.

Silvia ging am verlassenen Empfang vorbei, ließ die PI erhobenen Hauptes hinter sich und setzte sich in ihren Dienstwagen, um zur Jugendherberge zu fahren, in der sie Paul und Oskar Gremmelspacher vermutete oder zumindest deren Gepäck. Sie hatte kurzum die Wache, die vor dem Verhörraum gesessen hatte, hineingeschickt. Sollten sich die PI-Leute doch selbst um den alkoholisierten Chefmeier kümmern.

Silvia hatte nun Wichtigeres zu tun. Sie musste überprüfen, ob die Lambert-Schwestern recht hatten und die zwei Burschen aus dem Schwarzwald hinter dem Schatz vom Seealpsee her gewesen waren. Wieder half ihr die freundliche Dame vom Empfang der Jugendherberge und begleitete sie zum Viererzimmer der Verdächtigen.

»Haben Sie eigentlich so einen, ähm, wie heißt das noch, Durchsuchungsbeschluss?«, fragte die Empfangsdame vorsichtig.

»Nein, habe ich nicht. Es ist Gefahr im Verzug! Wir vermuten, dass die Hauptverdächtigen flüchtig sind und ihr Gepäck hier haben stehen lassen.«

»Verstehe«, murmelte die Empfangsdame und vermutete eine Ausrede hinter den Worten der Kripobeamtin. »Hier ist das Zimmer, bitte schön.«

»Danke, ich brauche Sie nicht mehr«, meinte Silvia, nachdem die Empfangsdame ihr aufgeschlossen hatte.

Silvia trat in das Viererzimmer und traf ein beachtliches Chaos an. Überall lagen dreckige Kleidung und Schuhe herum, offene Taschen, Trolleys und Rucksäcke standen herum, deren Inhalt sich teilweise auf dem Boden verteilt hatte. Auf einem Tisch lagen zwischen zig Pizzakartons und Getränkedosen zwei Tablet-PCs. Silvia wischte mit dem Zeigefinger über die Displays der Geräte, sie waren beide gesperrt. Eine Meldung forderte Silvia auf, ein Passwort einzugeben.

Freitag, 20.09.2019: Volltreffer

»Rudi, du alter Haudegen, das hätte ich dir gar nicht zugetraut«, meinte Akay mit einem Blick auf die festgenommenen Brüder Paul und Oskar Gremmelspacher und klopfte dem Polizeioberwachtmeister auf die Schulter.

Rudi wusste nicht mit dem unerwarteten Lob umzugehen und murmelte: »Passt scho.«

Egi grinste breit. Rudi hatte dem Kemptener wieder einmal gezeigt, zu was er imstande war, trotz Low Carb. Egi hätte die Schwarzwald-Burschen liebend gern selbst dingfest gemacht, aber so gut wie Rudi konnte er nicht mit dem Lasso umgehen. Der Rudi hatte einmal Urlaub in Texas gemacht und dort einen Rodeo-Kurs belegt.

Dafür hatte der PHK durch Uroma Brunis Skizze die Zusammenhänge aufgedeckt und dafür gesorgt, dass sie noch rechtzeitig hier oben angekommen waren, um Daniel, Luigi und Schnuffi zu unterstützen. Die drei hätten die Lage alleine nicht bewältigen können, das war dem PHK nun klar geworden. Ein Teil der Schwarzwald-Burschen hätte sich ohne die Verstärkung sicher vom Acker machen können.

Akays Handy klingelte plötzlich, Silvia war dran. Egi hörte, wie Akay sagte: »Das haben diese schwarzen Schwestern zugegeben? Und was hast du dann gemacht?«.

Egi und Rudi spitzten die Ohren.

»Du bist fantastisch, das passt hervorragend zusammen! Nimm sie mit. Wir treffen uns gleich in der PI. Wir haben gerade Paul und Oskar

Gremmelspacher festgenommen«, meinte Akay und zwinkerte Rudi zu. »Danke. Bis gleich, Silvia.«

»Was gibt's Neues?«, fragte Egi und hoffte, dass es keinem Oberstdorfer an den Kragen ging.

»Lena und Lotta Lambert haben gestanden, dass Paul und Oskar Gremmelspacher ihre Cousins sind und von dem Schatz im Seealpsee wussten. Vermutlich wollten die beiden Männer den Gebrüdern Dampf den Schmuck und die Münzen stehlen, um damit einen Teil ihrer Gleitschirmschule im Schwarzwald zu finanzieren. Silvia hat in der Jugendherberge die Tablet-PCs der Schwarzwälder sicherstellen können. Gleich wissen wir mehr.«

Freitag, 20.09.2019: Fall 1 gelöst

Als Egi, Rudi und Akay in der PI ankamen, hörten sie ein lautes Schnarchen aus Chefmeiers Büro.

Silvia kam ihnen entgegen, schüttelte den Kopf und meinte: »Der hat sie nicht mehr alle!«

»Schwamm drüber«, entschied Akay und sah zu, wie mehrere Streifenpolizisten die vier Schwarzwald-Burschen hereinführten. »Wir müssen jetzt weiterkommen, auch wenn Erwin ganz offensichtlich gerade den Schlaf der Seligen schläft.«

Die verdächtigen Gleitschirmflieger waren per Gondel-Sonderfahrt ohne touristische Begleitung vom Nebelhorn abgeholt und ins Tal befördert worden. Noch war nicht klar, ob alle vier an den Morden beteiligt gewesen waren. Die Lambert-Schwestern saßen immer noch im Verhörraum, vor dem sich zwei Wachen platziert hatten, nachdem der Chefmeier in sein Büro gestürmt und dort aufgrund der Anstrengungen der letzten Stunden eingenickt war. Währenddessen hatte Silvia Nico, einen IT-Forensiker aus Memmingen, herbestellt, der die Inhalte auf den zwei Tablet-PCs analysieren sollte. Er saß in Egis Büro und tippte in einem Wahnsinnstempo auf seiner Tastatur.

»Lasst uns zuerst in Egis Büro gehen«, bat Silvia. »Dort arbeitet Nico bereits an den Tablets aus der Jugendherberge. Vielleicht weiß er schon, welches Gerät wem gehört und welche Dateien sich darauf befinden.«

»Alles klar«, meinte Akay. »Hier, gib Nico auch schon mal die vier Handys, die wir den Schwarzwäldern abgenommen haben. Ich brauche erst einmal etwas zu trinken, sonst dehydriere ich gleich.«

»Wir auch«, meinten Egi und Rudi, die während der Aktion auf dem Nebelhorn mächtig ins Schwitzen gekommen waren. Vielleicht mussten sie doch einmal diese Polizei-Sportprogramme nutzen.

»Grüß dich, Nico«, meinte Akay, als die drei zurück in Egis Büro kamen. »Bist du schon weitergekommen?«

Egi betrachtete Nico amüsiert. Rein optisch passte er hervorragend zu Lena und Lotta. Auch Nico war schwarz gekleidet, blass und spindeldürr. Im Gegensatz zu den jungen Frauen war er jedoch blond.

»Servus, ihr«, rief Nico. »Klaro, ich habe mich schon reingehackt. Die beiden Tablets gehören Paul und Oskar Gremmelspacher. Und die zwei Smartphones der beiden untersuche ich gerade. Sie haben darauf WhatsApp, Facebook, Twitter, Instagram und andere Apps installiert. Ich konnte ihre Identitäten anhand der Account-Namen verifizieren. Und ich kann euch auch schon sagen, welche Dateien sie ausgetauscht haben.«

»Schieß los!«, forderte Akay den IT-Forensiker auf.

Egi und Rudi hörten gespannt zu, Nico war ein echter Fachmann auf seinem Gebiet. Rudi vergaß dabei sogar seinen chronischen Hunger.

»Zwei Frauen mit den Namen Lena und Lotta Lambert haben in WhatsApp eine Gruppe mit den beiden eingerichtet. Sie haben ihm abfotografierte Seiten aus einem Allgäuer Sagenbuch und dazu eindeutige Texte geschickt. Diese Dateien plus zusätzliche Landkarten habe ich auch auf den Tablets gefunden.«

»Was für Texte waren das?«, fragte Egi. Er hatte schon lange geahnt, dass die zwei Schwestern etwas mit dem Fall zu tun hatten, genau genommen, seit er die Kopien des Sagenbuchs auf ihrem Küchentisch erspäht hatte.

»Ich fasse es kurz zusammen, da das verdammt lange Texte waren«, meinte Nico. »Lena Lambert hat den beiden geschrieben, dass Bert und Gerd Dampf schon als Kinder dieses Allgäuer Sagenbuch von ihren Eltern geschenkt bekommen haben. Und dass man in Oberstdorf munkelt, dass sie als Erwachsene eine Frau namens Aurelie Strunz bestohlen hätten. Sie haben ihr den Familienschmuck geklaut, mit Gold und Edelsteinen. Es hieß, dass Bert und Gerd Dampf die alten Sagen nachempfunden und den Schmuck in einer Kiste am Groppenbach vergraben hätten. Lena Lambert meinte, dass wäre ein perfektes Versteck gewesen, damit hätte ihnen niemand etwas nachweisen können. Dann hat Lotta Lambert noch geschrieben, lasst mich nachsehen, hier steht es: ›Als die Gebrüder Dampf klamm waren, haben sie die Kiste wieder ausgegraben und die Edelsteine durch Glassteine ersetzt. Die echten Steine haben sie dann zusammen mit irgendwelchen Schweizern auf dem Schwarzmarkt verkauft, um damit ihre neuen Fenster zu bezahlen.‹«

»Woher will die das wissen?«, fragte Egi.

»Da stand, ihr Paps hätte das vor Kurzem von einem Stammtisch mitbekommen, Filzläuse oder so. Da seien die Gebrüder Dampf schon recht abgefüllt gewesen, und er habe mit einem befreundeten pensionierten Lehrer am Nebentisch gesessen«, erklärte Nico.

»Haben Lena und Lotta Lambert zusammen mit Paul und Oskar Gremmelspacher den Diebstahl geplant?«, wollte Akay wissen.

»Nein«, meinte Nico. »Aus dem Chat lässt sich das nicht herleiten. Sie kamen nur auf das Thema, weil Paul und Oskar Gremmelspacher ihnen zuvor Sagen aus dem Schwarzwald zugeschickt hatten und meinten, dass das alles Humbug sei. Daraufhin haben Lena und Lotta Lambert zurückgeschrieben, dass es sehr wohl wahre Sagen und verborgene Schätze im Allgäu gebe. Natürlich mit einem Augenzwinkern, weil Bert und Gerd Dampf die Sage ja nur nachempfunden hatten. Dann haben Paul und Oskar Gremmelspacher nachgebohrt, ob es denn echter Schmuck sei. Sie haben Lena und Lotta Lambert nicht in ihr Vorhaben eingeweiht, zumindest nicht über den Chat. Die Texte wirken so, als hätten die zwei Schwestern nichts von den kriminellen Plänen gewusst. Mit den anderen zwei Schwarzwäldern haben sie dieses Wissen auch nicht geteilt, zumindest nicht elektronisch über die Smartphones.«

»Ach so«, leuchtete Egi ein.

»Aber woher taten die Spinnenweiber das alles über Bert und Gerd Dampf wissen?«, fragte Rudi mit hochgezogenen Augenbrauen.

»Spinnenweiber?«, wunderte sich Nico.

»Ja, die Einheimischen hier nennen Lena und Lotta Lambert so, weil sie Giftspinnen züchten«, erklärte Silvia und verdrehte wieder einmal ihre Augen.

»Echt?«, fragte Nico interessiert. »Also, ja, die wussten das, weil die zwei Mädels neben Bert und Gerd Dampf wohnten und sie öfters belauscht haben, als die vor zwei, drei Jahren über ihre Umbauten am Haus gesprochen haben, während sie auf ihrer Terrasse saßen, weil drinnen alles Baustelle war. Seht selbst, hier steht es.« Nico zeigte auf den Bildschirm seines Notebooks und erklärte: »Ich habe ein Datenträgerabbild der Geräte auf meinen Rechner kopiert, weil die Tablets und Smartphones jetzt Beweismittel sind. Wir dürfen daran nichts verändern.«

»Verstehe«, meinte Akay und las die entsprechenden Zeilen durch. »Damit haben wir die Jungs.«

»Es geht ja noch weiter«, fügte Egi hinzu. »Bauer Strunz, der Enkel von Aurelie Strunz, war Bert und Gerd Dampf nach Jahrzehnten auf die Schliche gekommen. Die haben auch gestohlene Kupfermünzen aus dem Alpin-Museum Kempten in ihrem Besitzt gehabt. Wir wissen noch nicht, wie sie da rangekommen sind, aber als sie den Schatz benötigten, um ihren Umbau zu finanzieren, haben sie die Kupfermünzen veredelt. Und zwar mit einem Goldüberzug, der in China, der Heimat ihrer Ehefrauen, von ihrem chinesischen Schwiegervater vorgenommen wurde, der in einer Goldmine gearbeitet hat. Die Schwarzwald-Burschen Paul und Oskar Gremmelspacher sind Cousins der Spinnenweiber. Und die Spinnenweiber haben Paul und Oskar auf den verborgenen Schatz aufmerksam gemacht. Die beiden Burschen wollten den Schatz stehlen, um ihre Gleitschirmschule im Schwarzwald damit zu finanzieren. Sie haben Bert und Gerd Dampf dabei erwischt, wie sie den Schatz aus dem Seealpsee holen wollten. Einer von ihnen hat den Gebrüdern Dampf den Sauerstoff aus den Taucherflaschen herausgelassen, deshalb sind sie erstickt. Es war vermutlich unbeabsichtigt, also fahrlässige Tötung, wie es im Moment aussieht.«

Alle schauten Egi mit großen Augen an. Er hatte gerade den Fall der SOKO Viehscheid gelöst.

Freitag, 20.09.2019: Fall 2 gelöst

Als Egi und Rudi mit Akay und Silvia aus den Verhörräumen kamen, waren sie fix und fertig. Es war ein schwieriges Unterfangen gewesen, aber letztendlich war der jüngere Bruder Oskar Gremmelspacher im Einzelverhör als Erster eingeknickt. Egi, Rudi, Akay und Silvia schleppten sich nun durch den Flur zum PI-Empfang. Als sie an Chefmeiers Büro vorbeikamen, war noch immer ein lauteres Schnarchen zu vernehmen. Ihm schien es wenigstens noch gut zu gehen.

Als sie an der Empfangstheke ankamen, saß wieder einmal Daniel an der Telefonzentrale und schlürfte einen Kakao. Erschöpft standen sie am Tresen und atmeten durch.

»Du, Daniel, du hast wieder einen tollen Job ...«, fing Egi an, hielt jedoch inne, da ihm auffiel, dass sich die Hintergrundgeräusche plötzlich geändert hatten.

Etwas war anders, aber was nur? Als er ein lautes Poltern hörte, war es ihm klar. Das Schnarchen vom Chefmeier hatte nachgelassen, er hatte kurz gegrunzt und danach anscheinend etwas in seinem Büro umgeworfen. Plötzlich hörte Egi, wie Chefmeiers Bürotür aufgerissen wurde und er schnaufend durch den Flur stampfte.

»Was ist hier los? Habts ihr nix mehr zum Tun?«, brüllte er in die Runde.

Egi, Rudi, Akay und Silvia schüttelten nur den Kopf. Nein, für heute hatten sie nix mehr zu tun, sie waren fertig.

»Fall ist gelöst, Chef«, erklärte Egi schnell, damit der PI-Leiter nicht weiter herumjammerte.

»Tatsächlich?«, brummte der Chefmeier.

»Ja, wir haben durch die Aussagen der Spinnenweiber die verwandtschaftlichen Beziehungen zu Paul und Oskar Gremmelspacher aufgedeck...«

»Das habts ihr nur mir zu verdanken!«, grunzte der Chefmeier. Schließlich waren die zwei Lambert-Schwestern unter seinen Verhörmethoden dem Untergang geweiht gewesen! »Und, wer war jetzt der Mörder?«

Das hatte der Chefmeier leider noch nicht herausbekommen, weil ihm die Silvia abgehauen war und er unerwarteterweise vor Ende des Verhörs alleine dagestanden hatte.

»Oskar Gremmelspacher hat bei meinem Verhör alle viere von sich gestreckt«, meinte Akay. »Er hat uns erzählt, dass er und sein Bruder Paul wussten, dass Bert und Gerd Dampf am frühen Morgen des 13.09.2019, dem Tag des Viehscheids, am Seealpsee sein würden, um die Schatzkiste zu heben. Sie sind in den frühen Morgenstunden mit ihren Gleitschirmen in der Nähe des Sees gelandet und haben sich versteckt.«

Chefmeier kratzte sich unschlüssig am Kopf. War das nun ein guter Ausgang? Oder folgte jetzt noch ein Haufen Unannehmlichkeiten?

»Sie haben den Gebrüdern Dampf dort aufgelauert«, schaltete Egi sich fix ein, damit es nicht so aussah, als hätte die Kripo Kempten den Fall alleine gelöst. »Oskar hat mir gegenüber zugegeben, dass er und sein Bruder Paul mit Schnorcheln hinter den Dampfs hergeschwommen sind, um ihnen die Kiste abzunehmen. Und das unter Wasser, wo die nicht mit einem Überfall gerechnet haben. Oskar hat unter Wasser die Ventile an den Taucherflaschen geöffnet und sein Bruder hat die Gebrüder Dampf nicht auftauchen lassen.«

»Dieser hat wiederum nicht gewusst, dass der Sauerstoff komplett entwichen war«, fügte Silvia hinzu, um wieder die führende Rolle der Kripo Kempten hervorzuheben. »Die Ventile waren ja defekt, wie Köhler bereits festgestellt hat. Dabei sind Bert und Gerd Dampf vermutlich ohnmächtig geworden. Nachdem Paul und Oskar Gremmelspacher die beiden Taucher an Land geschleppt hatten, haben sie gedacht, dass diese bereits tot wären. Sie haben die luftdichten Tauchermasken nicht abgehoben und auch keine Wiederbelebungsmaßnahmen eingeleitet.«

Der Chefmeier rieb sich das Doppelkinn. Er schaute seinen PHK an, der gerade unter seinen schweren Augenlidern litt.

»Stattdessen haben die überlegt, wie man die zwei Leichen am besten loswerden kann«, meinte Rudi unerwartet. Er wollte ebenfalls verdeutlichen, dass er an den Vernehmungen beteiligt gewesen war, damit er vor dem Chefmeier nicht als Sesselfurzer dastand. »Sie haben die Taucher an eine uneinsichtige Stelle unterhalb des Seealpsees geschleppt, weil sie befürchteten, dass bald die ersten Bergwanderer an dem See ankommen würden. Sie wollten sich vor neugierigen Blicken schützen. Und da ist Paul auf die Idee gekommen, die Leichen an ihren Gleitschirmen ins Tal fliegen zu lassen.«

Dem Chefmeier sausten nun die Gesichter aller Verdächtigen durch den Kopf. Er konnte die Bilder jedoch nicht mehr verarbeiten. Ihm wurde schwindelig und er hielt sich an der Empfangstheke fest.

»Erstens, weil Unmengen an DNS an den Schirmen klebte«, nahm Akay den Ball wieder auf, »und jeder Kunde von Fly-high der Täter hätte sein können. Und zweitens, weil alle Besucher am Berg die Sensation, die fliegenden Taucher mit den Schwimmflossen am Gleitschirm, beim Sinkflug beobachten würden und Paul und Oskar Gremmelspacher bessere Chancen hätten, ungesehen zu Fuß ins Tal zu gelangen. Dann haben sie versucht, einen Tag nach der Tat zwei neue Gleitschirme von Fly-high zu bekommen. Irgendein Dieter, der für die Kontrolle der Schirme zuständig ist, hat gerade an dem Tag einige ausrangiert, an denen der Stoff etwas gelitten hatte. Sie waren noch flugtauglich, aber er hat sie zur Sicherheit entsorgt und in Mülltüten vor die Tür gestellt. Und die haben sich Paul und Oskar Gremmelspacher geschnappt, damit nicht auffällt, dass es ihre Schirme waren, mit denen die Leichen ins Tal geflogen sind.«

»Die Schirme sind nicht gekennzeichnet oder nummeriert, also konnte das Ganze bei Fly-high nicht auffallen«, ergänzte Daniel, der sich immer noch als erfolgreicher Hauptermittler in dem Fall sah und dabei an seine große Zukunft als angehender Kommissar dachte. »Die werden das jetzt ändern und jeden Schirm eindeutig beschriften und bei den Anmeldungen ihrer Kunden erfassen, damit so etwas in Zukunft nicht mehr passieren kann.«

»Mit diesem Wissen war es für uns ein Leichtes, auch Paul Gremmelspacher zu überführen«, fuhr Silvia fort. »Er hat zwar Anfangs geschwiegen, aber nachdem Akay ihm die Kopien des Chats mit seinen Cousinen Lena und Lotta Lambert vor die Nase gehalten hat, war auch Paul Gremmelspacher am Ende.«

Der Chefmeier schloss die Augen. Er befürchtete, dass er sich gleich vor der Theke übergeben würde.

»Im Endeffekt war das Ganze ein unglücklicher Unfall«, meinte Egi schnell, um seine Fachkenntnis hervorzuheben. »Und damit hat die Silvia sie gelockt, denn bei fahrlässiger Tötung haben die zwei Brüder Paul und Oskar eine geringere Strafe zu befürchten als bei Mord. Und wenn sie's freiwillig zugeben, gibt's noch mal Pluspunkte. Auf den Deal hat sich Paul dann eingelassen, Chef. Und die Chinesinnen sind übrigens abgehauen, die kriegen wir nicht mehr.«

»Ich möchte betonen, Chef, dass die Festnahme nur geklappt hat, weil ich heute Morgen mit Luigi und Schnuffi zum Nebelhorn gefahren bin«, warf Daniel ein, der etwas für seine anstehende Beförderung tun wollte. »Ich bin als Erster darauf gekommen, dass Paul und Oskar Gremmelspacher die Mörder sind. Und zwar, weil sie mir gegenüber die Schweizer als potentielle Täter hingestellt haben. Sie wollten den Verdacht eindeutig auf sie lenken! Ich finde, für die Telefonzentrale bin ich mehr als überqualifizie...«

»Und dann bin ich auch drauf gekommen«, schmiss Egi sich dazwischen, damit der Jungpolizist nicht als Schlauester dastand, immerhin war Egi hier der PHK. »Ich bin mit Rudi und Akay dem Daniel zu Hilfe gekommen. Mit Luigi und Schnuffi allein hätte er die ganzen Schwarzwälder nicht bezwingen können! Wir wussten zu dem Zeitpunkt ja noch nicht, ob nicht alle vier an dem Mord beteiligt waren. Waren sie aber nicht.«

Der Chefmeier schaute von einem zum anderen. Er schien von der maßlosen Informationsflut überfordert zu sein. Und dem Daniel einen höheren Posten geben, das wollte er auch nicht. Normalerweise hätte er jetzt wieder angefangen herumzubrüllen, aber er war noch geschwächt von den Strapazen des heutigen Tages. Vor allem, weil sein Hirn noch unter den sechs Gläsern Enzian zu leiden schien, die er sich heute Morgen gegönnt hatte.

Er fuhr sich mit den Händen durchs Gesicht, rieb sich die Augen und seufzte. Dann drehte er sich um und schleppte sich wortlos zurück in sein Chefbüro. Dort hob er den Telefonhörer ab und legte ihn auf seinen Tisch, damit der Boss der Kripo Kempten ihn nicht erreichen konnte. Sonst rief der ihn immer an, wenn Akay und Silvia mit den PI-Leuten gemeinsam einen Fall gelöst hatten. Und darauf konnte der Chefmeier heute gut verzichten.

Der Fall hatte in den letzten Tagen extrem an den Nerven aller Beteiligten gezehrt. Aber Egi war zumindest erleichtert, dass wieder einmal kein Oberstdorfer der Mörder gewesen war. Lena und Lotta Lambert hatten sich als unschuldig erwiesen. Sie hatten nicht damit gerechnet, dass ihre Cousins planen würden, den Schatz zu stehlen, geschweige denn, Bert und Gerd Dampf zu töten.

Plötzlich öffnete sich die PI-Eingangstür. Alle schauten auf. Beate kam lächelnd herein. Und zwar, ohne zu humpeln!

»Kommst du vom Arzt?«, fragte Egi. Tränen traten in seine Augen, er konnte es gar nicht glauben, dass Beate ohne diese Stütze wieder richtig laufen konnte.

»Nö, ich komm außer Schweiz!«

»Ciao, ihr!«, riefen Lena und Lotta Lambert ihnen zu, winkten kurz, gingen als freie Oberstdorferinnen an ihnen vorbei und verließen die PI.

Egi, Rudi, Akay und Silvia schauten ihnen träge nach, sie waren zu müde, um zu reagieren.

»Was hast du in der Schweiz getrieben?«, wollte Silvia von Beate wissen.

»Ich hab 'nen Fall von anno dazumal gelöst!«, prahlte Beate. »Diese Schweizer, Urs Keller und Mirio Gerber, haben 1981 Kupfermünzen aus'm Alpin-Museum in Kempten geklaut. Die Schweizer Behörden haben uns heute Morgen ein Fax dazu geschickt. Die haben die Fingerabdrücke von damals, die du denen geschickt hast, Akay, mit ihre Datenbank abgeglichen. Und da is denen klargeworden, dat die die Münzen geklaut haben müssen.«

»Nein!«, meinte Rudi, ihm blieb der Mund offen stehen.

»Doch, Schätzeken!«, meinte Beate mit breitem Grinsen. »Die Schweizer haben die Kerle gleich festgenommen. Ich hab denen dabei geholfen und die identifiziert. Ich hab denen gesacht, dat dat genau die sind, die immer bei Bert und Gerd Dampf gewohnt haben. Und ich hab den Packen hier von den Kollegen außer Schweiz mitbekommen, da sind die ganzen Kummelgeschäfte mit Bert und Gerd Dampf und den Chinesinnen drin verzeichnet. Alles anne Schweizer Steuer vorbei. Und ich weiß getz auch, warum die Schweizer den Gebrüdern Dampf immer so viel Knete überwiesen haben.«

»Warum?«, fragte Silvia skeptisch.

»Dat glaubt ihr nich! Weil die damals auf der Flucht durchs Allgäu waren, als die die Kupfermünzen in Kempten geklaut haben. Und Bert und Gerd haben denen für einige Tage Unterschlupf geboten. Seitdem hatten die freundschaftliche Geschäftsbeziehungen. Die Schweizer haben denen Unsummen überwiesen, damit die alten Säcke dat ganze Zeugs für den Umbau bezahlen konnten. Und dafür sollten die jüngeren Schweizer dann als Gegenleistung später dat Haus vonne Gebrüder Dampf erben.«

»Du bist die Beste, Beate«, freute sich Egi und nahm seine Kollegin in den Arm. Tränen liefen ihm dabei über die Wangen, nicht weil sie die beiden Verbrecher aus der Schweiz geschnappt hatte, sondern weil sie wieder laufen konnte und damit auch wieder voll einsatzbereit war.

Genau dieser Gedanke schien auch gerade Daniel Müller, dem Jungpolizisten, durch den Kopf zu gehen. Das Erschrecken darüber stand ihm regelrecht ins Gesicht geschrieben. Hieß es jetzt *forever Telefonzentrale* für ihn? Er wusste, dass der Chefmeier aktuell absolut nicht in der Stimmung war, derart sensible Themen mit ihm zu diskutieren. Also verschob Daniel sein Anliegen wohl oder übel auf unbestimmte Zeit. Äußerst wichtig war, dass er den Chefmeier einmal auf dem richtigen Fuß erwischte, und das konnte bei dessen Gemütszuständen auf ein sinnloses Unterfangen hinauslaufen.

Nico schlurfte an den ausgepowerten Ermittlern vorbei. Er trug mehrere Taschen vollgestopft mit Tablet-PCs, Notebooks und Kabeln hinaus.

»Bis zum nächsten Mal«, verabschiedete er sich und ging durch die Glastür hinaus auf den Parkplatz zu seinem Dienstwagen.

Plötzlich stürmte Lena Lambert zurück in die PI, lief auf Egi zu und zog ihn zur Seite.

»Wer ist das?«, flüsterte sie dem PHK ins Ohr. Bevor sie loslegte, wollte sie sicher sein, dass das Mannsbild keiner der üblichen Rohrkrepierer war.

»Das ist Nico von der IT-Forensik in Memmingen. Und damit du dir nicht weiteren Ärger mit der Kripo einhandelst, sieh zu, dass deine Terrarien dicht bleiben!«, meinte Egi mit erhobenem Zeigefinger.

IT-Forensik bei der Kripo? Das war ein Volltreffer! Lena rannte wieder hinaus und stellte sich neben Nico, der immer noch seine Siebensachen ins Auto räumte. Lotta gesellte sich zu ihnen.

Egi sah durch die Glastür, wie Lena und Nico freudestrahlend ihre Smartphones aus den Taschen zogen und ihre Kontaktdaten austauschten. Egi musste grinsen. Erst Daniel und Luigi, jetzt Lena und Nico. Die Bande zwischen Oberstdorf und der Kripo Kempten festigten sich zusehends!

Freitag, 20.09.2019: Gut's Nächtle

Das Allgäuer Sagenbuch hatte Egi im Keller verschwinden lassen und die nächsten Jahre wollte er es auch nicht wieder hochholen. Jetzt verstand er, dass die Bruni es ihm überlassen hatte, weil sie ihm mit ihren bunten Markierungszettelchen deutlich machen wollte, wo die Gebrüder Dampf überall ihren Schatz versteckt hatten, jedes Mal, wenn ihnen jemand auf die Schliche gekommen war und eine Ahnung von ihrem aktuellen Versteck bekommen hatte. Die Schatzkiste musste unter Büschen, in Pferdeställen, in unterirdischen Gängen, in Höhlen und unter Wasser gelegen haben. Egi ärgerte sich a bissle, dass er immer wieder beim Lesen abgedriftet war und weitere, nicht von Uroma Bruni markierte Sagen gelesen hatte. Aus diesem Grunde hatten ihn des Nachts und auch am Tage kopflose Schimmelreiter und abscheuliche Höllenweiber verfolgt. Aber jetzt war der Spuk vorbei. Es war Zeit, die wiedererlangte Ruhe im Hause Huber zu genießen und Uroma Bruni ins Bett zu bringen.

»So, Uroma Bruni, ab ins Bettle, gell?«, grinste Egi sie an.

Egi wusste, was jetzt folgte. Nach jedem gelösten PHK-Fall schrieb die Bruni ein Gedicht. Und das zu den Viehscheid-Morden hatte sie heute Nachmittag fertiggestellt. Egi hielt es bereits in Händen.

Als die Uroma endlich im Bett unter ihrer Decke lag, las er ihr das liebenswerte Gekritzel vor. Er musste schmunzeln, als er die Zeilen vortrug. Uroma Bruni war geistig noch topfit und hatte ihren feinen Humor, der sie ihr Leben lang ausgezeichnet hatte, noch nicht verloren.

Der Viehscheid ist ein toller Spaß,

drum schau's dir an und laufe mit,

doch wenn vom Himmel fällt das Aas,

hoff i nur, du bist schön fit.

Renn ums Leben, so schnell du kannst,

auch das Braunvieh läuft im Galopp,

sonst liegst da am Ende mit'm Wanst

und schreist laut und deutlich: Stopp!

Keiner hört's, es ist fatal,

die Massen flüchten, ab ins Tal!

Auf dir trampeln Hufe und fallen Schirme,

danach schaust aus wie a faule Birne!

MIDNIGHT
NEWSLETTER

✔ Neuerscheinungen

✔ Preisaktionen

✔ Gewinnspiele

✔ Events

bit.ly/midnight-news